BRANDON SANDERSON creció en Lincoln, Nebraska. Vive en Utah con su esposa e hijos y enseña escritura creativa en la Universidad Brigham Young. Su primera novela publicada, *Elantris* (Nova, 2006), fue recibida por el público y la crítica como una interesantísima renovación del género de la fantasía, que se ha confirmado con la publicación de sus siguientes obras las cuales le han valido un reconocimiento internacional dentro del género.

www.brandonsanderson.com

Saga Elantris
Elantris
Arcanum ilimitado

Nacidos de la Bruma
El imperio final
El pozo de la ascensión
El héroe de las eras
Aleación de ley
Sombras de identidad
Brazales de duelo

El Archivo de las Tormentas
El camino de los reyes
Palabras radiantes
Juramentada

Trilogía The Reckoners
Steelheart
Firefight
Calamity

Bilogía Infinity Blade: La Espada infinita
I. El Despertar
II. Redención

Novelas y relatos independientes
El aliento de los dioses
El Rithmatista
Escuadrón
Legión
El alma del emperador

Alcatraz contra los Bibliotecarios Malvados
Alcatraz contra los Bibliotecarios Malvados
Los huesos del escriba
Los Caballeros de Cristalia
Las lentes fragmentadas
El talento oscuro

Cómic
Arena Blanca

Papel certificado por el Forest Stewardship Council®

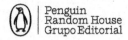

Penguin
Random House
Grupo Editorial

Título original: *The Rithmatist*

Primera edición en B de Bolsillo: febrero de 2016
Cuarta reimpresión: abril de 2022

© 2013, Dragonsteel Entertainment, LLC
© Ben McSweeney, por el mapa e ilustraciones interiores
© 2015, 2016, Penguin Random House Grupo Editorial, S. A. U.
Travessera de Gràcia, 47-49. 08021 Barcelona
© 2015, Albert Solé, por la traducción
Diseño de la cubierta: Penguin Random House Grupo Editorial
Fotografía de la cubierta: © Thinkstok

Printed in Spain – Impreso en España

ISBN: 978-84-9070-185-0
Depósito legal: B-17.659-2019

Impreso en en QP Print
Molins de Rei (Barcelona)

BB 0 1 8 5 C

El rithmatista

BRANDON SANDERSON

Traducción de Albert Solé

Para Joel Sanderson,
cuyo entusiasmo nunca desfallece.

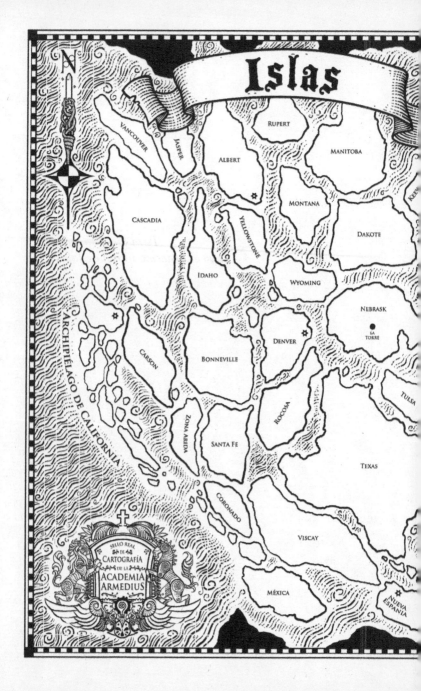

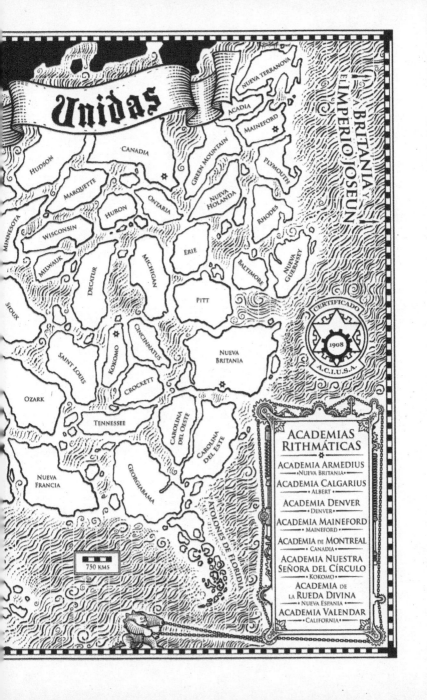

DEFENSA EASTON BÁSICA

La Defensa Easton es versátil contra múltiples oponentes, pero resulta difícil tanto por su empleo del círculo de nueve puntos como por la dificultad que supone erigir un nonágono al cual le faltan tres lados.

Los nueve círculos en los puntos de conexión son de gran ayuda en la defensa y coordinación de los tizoides de ataque.

En algunas variaciones de la Easton se sujetan tizoides de defensa a los círculos externos.

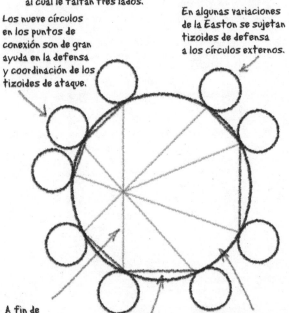

A fin de facilitar la comprensión, en el diagrama se incluyen las líneas de seguimiento, aunque en la defensa real no se dibujarían.

El nonágono irregular interior proporciona una gran estabilidad a esta defensa.

Nótese que al nonágono le faltan tres patas. El polígono inscrito añade estabilidad y ofrece protección en caso de que se produzca una brecha, pero restringe el movimiento.

Lilly corría por el pasillo. De pronto se le apagó la lámpara y la arrojó a un lado, esparciendo petróleo sobre el papel de pared y la suntuosa alfombra. El líquido brilló a la luz de la luna.

La casa se hallaba desierta y silenciosa, salvo por la respiración aterrorizada de Lilly. Había renunciado a gritar. Al parecer nadie la oía.

Era como si la ciudad entera hubiese muerto.

Lilly irrumpió en la sala de estar y se detuvo, sin saber qué hacer a continuación. Un reloj de péndulo hacía tictac en el rincón, iluminado por los rayos de luna que entraban a través de los ventanales. Los edificios de la ciudad, de diez pisos de altura o más, se recortaban más abajo, con las vías del resortrén entrecruzándose entre ellos. Era Jamestown, el hogar de Lilly durante dieciséis años, toda su vida.

«Voy a morir», pensó.

La desesperación la impulsó a superar el terror. Apartó de un empujón la mecedora del centro de sala y acto seguido enrolló apresuradamente la alfombra para poder acceder al suelo de madera. Metió la mano en la bolsita sujeta a su falda con un cordón y sacó de ella un trocito de tiza, blanca como un hueso.

Arrodillándose sobre los tablones de madera, Lilly miró fijamente el suelo e intentó pensar con claridad. «Concéntrate.»

Apoyó la punta de la tiza en la tarima y empezó a dibujar un círculo en torno a sí misma. La mano le temblaba de tal manera que la línea le salió bastante irregular. El profesor Fitch se habría disgustado muchísimo ante una Línea de Custodia tan chapucera. Lilly rio, un sonido impregnado de desesperación que más pareció un grito.

Unas gotas de sudor cayeron de su frente y dejaron unas manchas oscuras en la madera. La mano volvió a temblarle mientras trazaba unas cuantas líneas rectas dentro del círculo: eran Líneas de Prohibición, para estabilizar su anillo defensivo. La Defensa Matson... ¿cómo iba? Dos círculos más pequeños, con puntos de conexión para colocar Líneas de Creación...

Arañazos.

Lilly levantó la cabeza bruscamente y miró pasillo abajo, en dirección a la puerta que llevaba a la calle. Una sombra se movió más allá del cristal empañado de la mirilla.

La puerta vibró.

—Oh, Maestro... —susurró Lilly casi sin querer—. Por favor... por favor...

La puerta dejó de vibrar. Por un instante todo quedó en silencio y de pronto la puerta se abrió de golpe.

Lilly intentó gritar, pero la voz se le quedó atrapada en la garganta. Una silueta recortada por la luz de la luna permanecía inmóvil ante ella, con un sombrero hongo en la cabeza y una corta capa cubriéndole los hombros. Con la mano inmóvil sobre la empuñadura de su bastón, parecía dominar a Lilly con su imponente estatura.

Debido al contraluz Lilly no podía verle bien la cara, pero había algo horriblemente siniestro en aquella cabeza un poco ladeada y los rasgos sumidos en la sombra. Apenas un tenue atisbo de nariz y barbilla, iluminadas por el claro de luna, y dos ojos que la observaban desde una negrura de tinta.

Las cosas pasaron por su lado mientras fluían al interior de la sala llenas de furia, avanzando sobre el suelo, las paredes y el techo. Sus formas blancas como el hueso casi parecían brillar a la luz de la luna.

Todas ellas eran completamente planas, como pedazos de papel.

Todas ellas estaban hechas de tiza.

Eran centenares, todas únicas; monstruos minúsculos con garras y colmillos, como escapadas de alguna lámina. No hicieron el menor ruido a medida que fluían desde el pasillo, estremeciéndose y vibrando silenciosamente mientras iban a por ella.

En ese momento Lilly por fin encontró su voz y gritó.

PARTE
PRIMERA

LAS CUATRO LÍNEAS RITHMÁTICAS

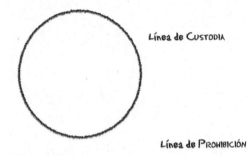

Línea de CUSTODIA

Línea de PROHIBICIÓN

Línea de CREACIÓN
(tizoides)

Línea de VIGOR

Aburrido? —exclamó Joel, parándose en seco—. ¿El duelo Crew-Choi de 1888 te parece aburrido?

Con un encogimiento de hombros, Michael se detuvo y lo miró.

—No sé. Dejé de leer cuando llevaba cosa de una página y media.

—No te lo estás imaginando bien —dijo Joel, yendo hacia su amigo y poniéndole la mano en el hombro. Después sostuvo la otra mano ante él, enmarcándolo con los dedos como si quisiera eliminar cuanto había a su alrededor (las verdes extensiones de césped de la Academia Armedius) y sustituirlo por el campo en el que se libró el duelo.

»Ahora, intenta figurártelo —continuó—. Es el final de la melé, el mayor acontecimiento rithmático del país. Paul Crew y Adelle Choi son los únicos dos duelistas que quedan en el campo. Adelle sobrevivió, a pesar de que lo tenía todo en contra, después de que el resto de su equipo fuera eliminado en el curso de los primeros minutos.

Unos cuantos estudiantes más se detuvieron en la acera para escuchar mientras iban de una clase a la siguiente.

—¿Y qué? —preguntó Michael, bostezando.

—¿No lo entiendes? ¡Michael, era la final! Todo el mundo estaría mirando, en silencio, mientras los dos últimos rithmatistas daban inicio a su duelo. ¡Imagínate lo nerviosa que estaría Adelle! Su equipo nunca había ganado una melé, y en ese momento se enfrentaba a uno de los rithmatistas más dotados de su generación. El equipo de Paul lo había mantenido resguardado en el centro de su despliegue para que los jugadores de menos categoría cayeran primero. Sabían que así él llegaría a la final sin haberse cansado apenas, con su círculo defensivo prácticamente intacto. Era el campeón contra la más desvalida.

—Aburrido —insistió Michael—. Lo único que hacen es arrodillarse ahí y dibujar.

—Eres un caso perdido —replicó Joel—. Vas a la escuela en la que se adiestra a los rithmatistas. ¿Es que no te interesan ni aunque solo sea un poquito?

—Los rithmatistas ya tienen suficientes adeptos —dijo Michael, frunciendo el ceño—. Ellos se mantienen aparte de los demás, Joel, y para mí perfecto. En realidad, preferiría que ni siquiera estuviesen por aquí —añadió. Una brisa le revolvió el pelo rubio. Las verdes colinas y los majestuosos edificios de ladrillo de la Academia Armedius se extendían alrededor de ellos. Un cangrejo mecánico proseguía con su callada obligación muy cerca de donde se habían parado a hablar, mordisqueando la hierba para mantenerla igualada.

—No pensarías así si lo entendieras —dijo Joel, sacándose del bolsillo un par de trozos de tiza—. Anda, coge esto. Y ahora ponte aquí. —Colocó a su amigo y después se arrodilló para dibujar un círculo sobre la acera alrededor de él—. Tú eres Paul. Mira, círculo defensivo. Si se abre una brecha en él, pierdes el combate.

Joel retrocedió un par de pasos, se arrodilló de nuevo y dibujó su propio círculo.

—Bueno, el círculo de Adelle había estado a punto de ser atravesado en cuatro sitios. Entonces ella se dispuso a cambiar rápidamente de la Defensa Matson a... Bueno, mejor dejamos eso, es demasiado técnico. Solo piensa que su círculo era débil, y que Paul contaba con una posición dominante.

—Si tú lo dices... —murmuró Michael. Sonrió a Eva Winters cuando la muchacha pasó por su lado sujetando unos cuantos libros contra el pecho.

—Entonces Paul empezó a golpear el círculo de Adelle con Líneas de Vigor —siguió explicando Joel—, y ella comprendió que no iba a ser capaz de alterar sus defensas lo bastante deprisa para recuperarse.

—¿Con qué líneas dices que golpeaba el círculo de Adelle? —preguntó Michael.

—Con Líneas de Vigor —respondió Joel—. Los duelistas se las disparan unos a otros. La melé consiste precisamente en eso, porque es así como abres una brecha en el círculo.

—Creía que lo que hacían era crear unas cositas de... tiza. Una especie de criaturas, vamos.

—Eso también —asintió Joel—. Las llaman tizoides. Pero esa no es la razón por la que todo el mundo se acuerda de la melé de 1888, incluso después de veinte años. Se acuerdan de ella por las líneas que lanzó Adelle. La respuesta convencional habría sido aguantar tanto como fuera posible, prolongando el duelo para lucirse al máximo.

Puso su tiza delante del círculo.

—Pero Adelle no hizo eso —susurró después—. Vio algo. Paul tenía una pequeña sección debilitada en la parte de atrás de su círculo. Naturalmente, la única manera de atacar esa zona habría sido lanzar un disparo orientándolo de tal manera que este rebotara en tres líneas distintas dejadas por los otros duelistas. Un disparo imposible, vamos. Pero aun así, Adelle optó por él. Dibujó una Línea de Vigor mientras los tizoides de Paul iban comiéndose sus defensas. La lanzó y...

Absorto en la emoción del momento, Joel acabó de dibujar la Línea de Vigor delante de él y levantó la mano con una floritura. No sin cierta sorpresa descubrió que un grupo de unos treinta estudiantes se había congregado para escucharlo, y advirtió que todos contenían la respiración mientras esperaban que su dibujo cobrara vida.

No fue así. Joel no era rithmatista. Sus dibujos solo eran trazos de tiza normal y corriente. Todo el mundo lo sabía,

Joel el primero, pero de algún modo el momento rompió el hechizo tejido por su historia. Los estudiantes que se habían congregado para escucharlo mientras hablaba siguieron su camino, dejándolo arrodillado en el suelo en el centro de su círculo.

—A ver si lo adivino —dijo Michael, volviendo a bostezar—. ¿El disparo de Adelle alcanzó el objetivo?

—Sí —dijo Joel, sintiéndose súbitamente ridículo. Se levantó del suelo y recogió la tiza—. El disparo surtió efecto. Adelle ganó la melé, aunque su equipo iba el último en las apuestas. Ese disparo... Fue espectacular. Al menos, eso dicen los relatos.

—Y estoy seguro de que a ti te hubiera encantado estar allí —dijo Michael, saliendo del círculo que había dibujado Joel—. Por el Maestro, Joel. ¡Apuesto a que si fueras capaz de viajar a través del tiempo, desperdiciarías ese don acudiendo a todos los duelos rithmáticos!

—Claro, supongo. ¿Qué otra cosa iba a hacer con él?

—Bueno —replicó Michael—, tal vez evitar que se cometieran algunos asesinatos, enriquecerte, averiguar qué está sucediendo realmente en Nebrask...

—Me imagino que sí —dijo Joel, guardándose la tiza en el bolsillo. Un instante después se apartó de un salto cuando un balón de fútbol lo pasó rozando. Jephs Daring los saludó con la mano mientras corría en pos de su balón.

Joel se reunió con Michael y los dos siguieron su camino a través del campus. Las hermosas colinas llenas de verdor estaban pobladas de árboles que la primavera ya había empezado a cubrir de flores, y las enredaderas cubrían las fachadas de los edificios. Los estudiantes corrían de un lado a otro en la pausa entre clases, mostrando una amplia variedad de trajes y pantalones. Muchos de los chicos se habían arremangado para disfrutar de los primeros calores de la primavera.

Los rithmatistas eran los únicos que estaban obligados a llevar uniforme. Eso los distinguía; tres de ellos habían salido a dar un paseo entre los edificios y los otros estudiantes se apartaban inconscientemente para dejarlos pasar, la mayoría de ellos sin mirarlos siquiera.

—Oye, Joel —dijo Michael—. ¿Nunca te has preguntado si quizá... ya sabes, si no estarás pensando demasiado en esas cosas? Me refiero a la rithmática y todo lo demás.

—Lo encuentro interesante —adujo Joel.

—Sí, pero... Quiero decir que, bueno, resulta un poco raro, teniendo en cuenta que...

Michael no llegó a decirlo, pero su compañero comprendió a qué se refería. Él no era un rithmatista, y nunca podría llegar a serlo. Había dejado escapar su ocasión. Aun así, no veía por qué no podía estar interesado en lo que hacían los rithmatistas.

Michael entornó los ojos mientras los tres rithmatistas pasaban junto a ellos ataviados con sus uniformes grises y blancos.

—Es como si... —dijo después en voz baja—, como si nosotros y ellos estuviéramos en dos mundos aparte, ¿sabes? Déjalos a su aire para que hagan... lo que sea que hacen los rithmatistas, Joel.

—Lo que pasa es que te molesta que puedan hacer cosas que tú eres incapaz de hacer —replicó Joel.

El comentario hizo que su amigo lo mirara con expresión malhumorada. Quizás hubiera demasiada verdad en aquellas palabras. Michael era hijo de un caballero-senador, lo que equivalía a decir que era un privilegiado. No estaba acostumbrado a verse excluido.

—De todos modos —prosiguió Michael, apartando la mirada mientras seguía andando por la concurrida acera del campus—, no puedes ser uno de ellos, así que no entiendo por qué dedicas tanto tiempo a hablar de lo que hacen o dejan de hacer los rithmatistas. Es absurdo, Joel. Deja de pensar en ellos.

«Tampoco podré ser jamás uno de los vuestros, Michael», pensó Joel. Técnicamente, él no habría tenido que estar en aquella escuela. Armedius salía carísima, y para entrar en la academia había que ser importante y rico, o un rithmatista. Y Joel no cumplía ninguno de esos tres requisitos.

Se detuvieron en el siguiente cruce.

—Bueno, he de ir a clase de historia —dijo Michael.

—Sí —dijo Joel—, y yo tengo período abierto.

—¿Otra vez llevando mensajes? —preguntó Michael—. Tú siempre con la esperanza de echar una miradita a alguna clase de rithmática.

Joel se sonrojó, pero era cierto.

—Ya falta poco para el verano —comentó—. ¿Volverás a ir a casa?

A Michael se le alegró la cara.

—Sí. Papá dijo que podía invitar a algunos amigos. Nadar, ir de pesca, chicas con vestiditos de tomar el sol en la playa. Mmm...

—Suena estupendo —dijo Joel, intentando evitar que la tenue esperanza que sentía se adivinara en su voz—. Me encantaría ver algo así. —Michael se llevaba consigo a un grupo cada año, pero él nunca había sido invitado.

Este año, sin embargo... bueno, ya hacía tiempo que acompañaba a Michael después de las clases. Él necesitaba que le echaran una mano con las matemáticas, y Joel podía explicarle lo que no entendía. Habían congeniado mucho.

Michael arrastró los pies por la acera.

—Mira, Joel —murmuró pasados unos instantes—, lo que quiero decir es... Pasar el rato contigo aquí resulta muy divertido, ¿sabes? En la escuela, ya me entiendes. Pero allá en casa, es otro mundo. Estaré ocupado con la familia. Papá tiene expectativas...

—Oh, sí, claro —dijo Joel.

Michael sonrió, arreglándoselas para que la incomodidad que había sentido momentos antes desapareciera de su expresión como si nunca hubiera existido. No cabía duda de que era hijo de un político.

—Así me gusta —dijo, dándole una palmadita en el brazo—. Nos vemos.

Joel lo vio partir. Michael se cruzó con Mary Isenhorn y enseguida empezó a flirtear con ella. El padre de Mary tenía una gran fábrica de resortes. Allí plantado en aquel cruce, Joel podía distinguir a docenas de miembros de la élite del país. Adam Li era familia directa del emperador de JoSeun. En el árbol genealógico de Geoff Hamilton figuraban tres presidentes. Los padres de Wanda Smith eran dueños de la mitad de los ranchos ganaderos de Georgiabama.

Y Joel... su padre había hecho tizas y su madre limpiaba casas. «Bueno —pensó—, parece que yo y Davis volveremos a pasar todo el verano solitos aquí.» Con un suspiro echó a andar hacia la administración de la escuela.

Veinte minutos después, Joel andaba apresuradamente para repartir mensajes por todo el campus durante su período libre. Ahora las aceras se hallaban prácticamente vacías de estudiantes, ya que todos los demás estaban en clase.

El fugaz abatimiento que había sentido anteriormente se esfumó en cuanto examinó el pequeño fajo de papeles. Ese día solo había tenido que entregar tres mensajes, y Joel los había repartido rápidamente. Eso significaba...

Dentro de su bolsillo había un cuarto mensaje, uno que había añadido él mismo sin decírselo a nadie. Ahora, con algo de tiempo disponible gracias a la rapidez con que había cumplido su tarea, Joel apretó el paso en dirección al Colegio de la Custodia, un aula magna rithmática.

El profesor Fitch estaba dando clases allí ese curso. Joel acarició la carta que llevaba en el bolsillo, dirigida —tras cierto nerviosismo— al profesor de rithmática.

«Esta podría ser mi única oportunidad», pensó mientras se esforzaba por reprimir cualquier asomo de inquietud. Fitch era un hombre tranquilo y agradable, así que no había ninguna razón para preocuparse.

Subió a toda prisa el largo tramo de escalones que conducían al interior del edificio de ladrillos grises cubiertos de enredaderas, y entró por la puerta de roble al aula magna propiamente dicha, que tenía forma de anfiteatro. De los muros encalados colgaban diagramas en los que se detallaban las distintas defensas rithmáticas, y los elegantes asientos atornillados al suelo, todos ellos encarados hacia el foso para conferenciantes situado a un nivel inferior, formaban hileras a lo largo del estrado.

Algunos estudiantes levantaron la vista hacia Joel cuando entró, pero no así el profesor Fitch. Él rara vez se daba cuenta cuando le traían algún mensaje de la administración, y era perfectamente capaz de seguir con su disertación hasta concluirla antes de percatarse de que un miembro de su audiencia no formaba parte de la clase. Cosa que a Joel no le molestaba en lo más mínimo, claro está. Se apresuró a tomar asiento en uno de los escalones. La clase de ese día, al parecer, versaba sobre la Defensa Easton.

—... y esa es la razón por la que esta defensa es una de las mejores que se puede utilizar contra una acometida que llega de múltiples direcciones —estaba diciendo Fitch. Señaló con un largo puntero rojo la zona del suelo donde había dibujado un gran círculo. El aula estaba dispuesta de tal manera que los estudiantes sin ni siquiera mover la cabeza podían bajar la vista hacia los dibujos rithmáticos que fuera haciendo el profesor.

Valiéndose de su puntero, el profesor señaló las Líneas de Prohibición que había conectado a los puntos de sujeción en el círculo.

—La Defensa Easton es conocida, más que nada, por el gran número de círculos menores dibujados en los puntos de sujeción. Se tarda bastante en trazar nueve círculos más como este, pero una vez hecho sus capacidades defensivas demostrarán que el tiempo empleado vale sobradamente la pena.

»Podéis ver que las líneas interiores forman un nonágono irregular, y el número de brazos que dejéis fuera determinará cuánta extensión tendréis que dibujar, pero también lo estable que será vuestra figura. Naturalmente, si queréis una defensa más agresiva también podéis usar los puntos de sujeción para unirles tizoides.

«¿Y qué hay de las Líneas de Vigor? —pensó Joel—. ¿Cómo te defiendes contra esas?»

Pero no lo preguntó en voz alta, porque no se atrevía a atraer la atención hacia su persona. Eso podría hacer que Fitch se interesara por su mensaje y Joel se quedaría sin ninguna razón para seguir en el aula. Así pues, se limitó a escuchar. De todas maneras, la administración no esperaba verlo de vuelta hasta al cabo de un rato.

Se inclinó hacia delante, deseando que alguno de los otros estudiantes preguntara acerca de las Líneas de Vigor, pero ninguno lo hizo. Los jóvenes rithmatistas permanecieron recostados en sus asientos, los chicos con pantalón blanco y las chicas con faldas blancas, tanto ellos como ellas luciendo un suéter gris; colores adecuados para disimular al máximo el siempre presente polvo de tiza.

El profesor Fitch llevaba un tabardo rojo oscuro, una prenda gruesa, con los puños almidonados, que le llegaba hasta los pies. Estaba abotonado de arriba abajo hasta terminar en un cuello circular, ocultando casi por completo el traje blanco que Fitch llevaba debajo. El rígido corte confería una apariencia vagamente marcial, un aire remarcado por las tiras en los hombros que hubieran podido pasar por galones de algún rango militar. El tabardo rojo simbolizaba que un rithmatista había llegado a profesor.

—Y por eso la Defensa Keblin resulta inferior a la Easton en casi todas las situaciones. —Con una sonrisa, el profesor Fitch se volvió para contemplar a la clase. Era un hombre ya entrado en años, de sienes canosas y figura desgarbada, aunque el tabardo le confería un aire de dignidad.

«¿Sois conscientes de lo que tenéis?», pensó Joel mientras miraba a los estudiantes, que no parecían demasiado interesados. Era una clase reservada a los estudiantes de quince y dieciséis años, así que todos los presentes tenían más o menos su edad. Pese a lo noble de su vocación, se comportaban como... bueno, como adolescentes.

Fitch era conocido por no mostrarse demasiado exigente en clase, y muchos de los estudiantes se aprovechaban de ello, prestando muy poca atención, hablando en susurros con sus amistades o sencillamente repantigándose en los asientos para dormitar mirando el techo. Cerca de Joel había unos cuantos que parecían estar echando una cabezadita. No sabía cómo se llamaban, y de hecho desconocía el nombre de la mayoría de los estudiantes de rithmática. Por lo general estos rechazaban con bastante sequedad todos sus intentos de entablar conversación.

Cuando nadie habló, Fitch se arrodilló y apretó su tiza contra el dibujo que había hecho. Cerró los ojos. Un instante después, el dibujo se desvaneció, conminado a desaparecer por la voluntad de su creador.

—Bueno —dijo, alzando su tiza—, pues si no hay preguntas, quizá podríamos hablar de cómo vencer una Defensa Easton. Seguramente habréis reparado en que no he mencionado siquiera las Líneas de Vigor. Eso es porque se habla mejor de ellas desde un punto de vista ofensivo. Si fuéramos a...

La puerta del aula magna se abrió ruidosamente. Fitch se levantó del suelo, sosteniendo la tiza entre dos dedos y enarcando las cejas mientras se volvía.

Una figura muy alta entró en el aula, haciendo que algunos de los estudiantes repantigados se irguieran en sus asientos. El recién llegado llevaba un tabardo gris al estilo de los profesores rithmáticos de bajo rango. Joven, tenía el pelo rubio y el paso firme. El tabardo le caía bien, abotonado hasta la barbilla y suelto a la altura de las piernas. Joel no lo conocía.

—¿Sí? —preguntó el profesor Fitch.

El recién llegado fue hasta el foso, pasó junto al profesor Fitch y se sacó del bolsillo una tiza roja. Después dio media vuelta, se arrodilló y apoyó la punta de la tiza en el suelo. Algunos estudiantes empezaron a hablar en susurros.

—¿Qué es esto? —quiso saber Fitch—. ¿Me he vuelto a

exceder en la duración de la clase? No he oído ningún sonido que indicase la hora. ¡Sentiría muchísimo haber ocupado una parte del tiempo que le estaba asignado a usted!

El recién llegado levantó la vista con lo que a Joel le pareció era una expresión ligeramente petulante.

—No, profesor —replicó—. Esto es un reto.

Fitch pareció atónito.

—Yo... Oh, vaya. El caso es... —Se lamió los labios nerviosamente al tiempo que se retorcía las manos—. No estoy seguro de cómo..., quiero decir, de qué he de hacer. Yo...

—Prepárese para dibujar, profesor —exigió el recién llegado.

Fitch parpadeó. Después, con manos temblorosas, se arrodilló para apoyar la punta de su tiza en el suelo.

—Es el profesor Andrew Nalizar —susurró una chica sentada a escasa distancia de Joel—. Solo hace tres años que consiguió su tabardo en la Academia Maineford. ¡Dicen que se ha pasado los últimos dos años luchando en Nebrask!

—Es guapo —dijo otra joven que ocupaba un asiento junto a ella, al tiempo que hacía girar un trozo de tiza entre los dedos.

En el foso, los dos hombres se pusieron a dibujar. Joel se inclinó hacia delante, muy emocionado. Nunca había visto un duelo de verdad entre dos profesores graduados. ¡Aquello podía ser tan espectacular como estar en la melé!

Ambos empezaron dibujando círculos alrededor de sí mismos para detener los ataques del oponente. En cuanto se abriera una brecha en uno de los dos círculos, el duelo terminaría. Quizá porque había estado hablando de ello, el profesor Fitch pasó a dibujar la Defensa Easton, rodeándose con nueve círculos menores que tocaban al de mayor tamaño en los puntos de sujeción.

No era una posición demasiado buena para un duelo. Eso hasta Joel podía verlo, así que sintió una punzada de desilusión. Quizá no iba a ser un combate tan bueno después de todo. La defensa de Fitch estaba soberbiamente dibujada, pero era demasiado potente; la Easton siempre funcionaba mejor contra múltiples oponentes que te rodeaban.

Nalizar dibujó una Defensa Ballintain modificada, una defensa rápida con un solo refuerzo básico. Mientras el profesor Fitch todavía estaba posicionando sus líneas internas, Nalizar pasó directamente a un ataque agresivo, dibujando tizoides.

Tizoides. Dibujados a partir de Líneas de Creación, constituían el núcleo ofensivo de muchos combates rithmáticos. Nalizar dibujó rápida y eficientemente, creando tizoides que parecían pequeños dragones, con largas alas y sinuosos cuellos. Tan pronto como hubo terminado el primero, este cobró vida con un estremecimiento y empezó a volar a través del foso en dirección a Fitch.

No se elevó por el aire. Los tizoides eran bidimensionales, al igual que todas las Líneas Rithmáticas. La batalla, que se desarrolló en el suelo, consistía en líneas que atacaban a otras líneas. A Fitch todavía le temblaban las manos y no paraba de mirar arriba y abajo, como si estuviera nervioso y no se sintiera demasiado centrado. Joel se encogió cuando al ya anciano profesor le salió torcido uno de los círculos exteriores, cosa que suponía un grave error.

El diagrama de instrucciones que había dibujado antes había sido mucho más preciso. Las líneas torcidas eran más fáciles de romper. Fitch hizo una pausa, miró aquella curva tan mal dibujada y pareció dudar de sí mismo.

«¡Vamos! —Joel apretó los puños—. ¡Usted sabe hacerlo mejor que eso, profesor!»

Mientras un segundo dragón empezaba a moverse por el suelo, Fitch recuperó el control de sí mismo y volvió a apretar su tiza contra el suelo. Los estudiantes congregados en el aula guardaban silencio, y los que habían estado dormitando se irguieron en sus asientos.

Fitch dibujó un largo trazo serpenteante: una Línea de Vigor. Tenía la forma de una ola que se dispone a romper, y cuando estuvo acabada, salió disparada a través del suelo para estrellarse contra uno de los dragones. El impacto levantó una nubecilla de polvo y destruyó la mitad de la criatura. El dragón empezó a retorcerse, moviéndose en la dirección equivocada.

En el aula solo se oía el roce de las tizas al desplazarse por el suelo, acompañado por la respiración entrecortada, como si estuviera al borde del pánico, de Fitch. Joel se mordió el labio mientras el duelo se hacía más encarnizado. El viejo profesor contaba con una defensa mejor, pero la había dibujado demasiado deprisa, dejando algunas secciones que eran demasiado débiles. La escueta defensa de Nalizar le permitía llevar a cabo una mejor ofensiva, y Fitch necesitaba esforzarse para seguir a la altura de su contrincante, pero continuó lanzando Líneas de Vigor, destruyendo a las criaturas de tiza que volaban hacia él, aunque siempre había unas cuantas más para sustituir a las que acababan de ser destruidas.

Nalizar era bueno, de los mejores que Joel había visto. Pese a la tensión, mantenía la fluidez y dibujaba un tizoide tras otro sin dejarse afectar por los que Fitch destruía. Joel no pudo evitar sentirse impresionado.

«No hace mucho estaba haciendo frente a los tizoides salvajes en Nebrask —pensó, acordándose de lo que había oído decir a aquella chica—. Sin duda está acostumbrado a dibujar bajo presión.»

Nalizar envió calmosamente unos cuantos tizoides-araña para que se arrastraran a lo largo del perímetro del suelo, con lo que obligó a Fitch a prestar atención a sus flancos. Acto seguido, empezó a enviar Líneas de Vigor. Las líneas parecidas a serpientes salieron disparadas a través del suelo en un vibrante oleaje, desvaneciéndose cuando chocaban con algo.

Finalmente Fitch consiguió crear un tizoide de cosecha propia —un caballero minuciosamente dibujado— que sujetó uno de sus círculos reducidos. Joel se preguntó cómo podía esbozarlo con tanto esmero y al mismo tiempo con tal rapidez. El caballero de Fitch, un auténtico portento con la armadura llena de detalles y un enorme mandoble, derrotó fácilmente a los dragones de Nalizar, más potentes pero dibujados de una manera mucho más tosca.

Con el caballero en acción, Fitch por fin pudo intentar algunos lanzamientos más ofensivos. Nalizar se vio obligado a dibujar unos cuantos tizoides defensivos, criaturas con forma de ameba que se apresuraban a interponerse en el camino de las Líneas de Vigor.

Ejércitos de criaturas, líneas y ondas recorrieron el suelo, una tempestad de rojo contra blanco con tizoides que se desvanecían en nubecillas de humo y líneas que chocaban con los círculos arrancando fragmentos de la línea protectora, mientras los dos hombres seguían dibujando frenéticamente.

Joel se puso en pie, fascinado, y a punto estuvo de dar un paso hacia el foso, sin querer. El movimiento le permitió tener un atisbo del rostro del profesor Fitch. Parecía frenético. Aterrado.

Joel se quedó helado.

Los profesores seguían dibujando, pero la preocupación que había visto en el rostro de Fitch hizo que el muchacho se sintiera extrañamente distanciado del conflicto. Tanta preocupación, tanta desesperación en los movimientos, todo aquel sudor que le corría por la cara...

Todo el peso de lo que estaba ocurriendo ante sus ojos se precipitó súbitamente sobre Joel. Aquello no era un duelo librado con el propósito de divertirse o practicar. Claramente se trataba de un reto a la autoridad de Fitch, poner en tela de juicio su derecho a ocupar la cátedra. Si perdía...

Una de las Líneas de Vigor rojas de Nalizar dio de lleno en el círculo de Fitch y estuvo a punto de romperlo. Inmediatamente, todos los tizoides del joven profesor fueron en esa dirección, un amasijo caótico de movimientos rojizos que avanzaban hacia la línea recién debilitada.

Por una fracción de segundo, Fitch se quedó absolutamente inmóvil, como abrumado. Enseguida volvió a ponerse en movimiento con una sacudida, pero ya era demasiado tarde. No pudo detener a todos los tizoides. Uno de los dragones consiguió rebasar a su caballero y empezó a lanzar furiosos zarpazos contra la parte debilitada del círculo de Fitch, distorsionándola aún más.

Fitch empezó a dibujar apresuradamente otro caballero, pero el dragón se abrió paso a través de su frontera.

—¡No! —gritó Joel, dando otro paso hacia abajo.

Con una sonrisa, Nalizar apartó su tiza del suelo y se incorporó. Se sacudió el polvo de las manos. Fitch seguía dibujando.

—Profesor —dijo Nalizar—. ¡Profesor!

Fitch dejó de dibujar y solo entonces reparó en el dragón, que continuaba trabajando en el agujero, intentando agrandarlo lo suficiente para que le fuera posible acceder al centro del círculo. En una batalla de verdad, habría pasado a atacar directamente al rithmatista. Aquello, empero, no era más que un duelo, y una brecha en el anillo significaba la victoria para Nalizar.

—Oh —dijo Fitch, bajando la mano—. Oh, sí, bueno, ya veo... —Se volvió, aturdido, para contemplar el aula llena de estudiantes—. Ah, sí. Yo... bueno, en ese caso me iré.

Empezó a recoger sus libros y sus notas. Joel se dejó caer en el escalón de piedra. En la mano tenía la carta que había escrito para entregársela a Fitch.

—Profesor —dijo Nalizar—. ¿Su tabardo?

Fitch bajó la vista.

—Ah, sí. Claro. —Fue desabrochando los botones de su largo tabardo rojo y se lo quitó, revelando la chaqueta blanca, la camisa y los pantalones que llevaba debajo. De pronto pareció menguar de tamaño. Sostuvo el tabardo por un instante y acabó dejándolo encima del atril. Después recogió sus libros y salió apresuradamente del aula. La puerta de la entrada a la planta baja se cerró con un suave chasquido detrás de él.

Joel se quedó sentado donde estaba, atónito. Algunos estudiantes aplaudieron tímidamente, pero la mayoría se limitó a mirar con los ojos muy abiertos y a todas luces sin saber cómo reaccionar.

—Y ahora —dijo Nalizar con brusquedad—, me haré cargo de esta clase durante los días que faltan para que acabe el curso, y daré el curso de verano que había planeado Fitch. Me han llegado informes bastante deshonrosos acerca del rendimiento de los estudiantes de Armedius, particularmente acerca de vosotros. No consentiré descuidos en mi clase. Tú, el que está sentado en los escalones.

Joel levantó la vista.

—¿Qué estás haciendo ahí? —inquirió Nalizar—. ¿Por qué no llevas tu uniforme?

—No soy un rithmatista, señor —dijo Joel, poniéndose en pie—. Pertenezco a la Escuela General.

—¿Cómo? ¿Y qué haces sentado en mi clase, por todos los cielos?

«¿Tu clase?» Aquella era la clase de Fitch. O... debería serlo.

—¿Y bien? —preguntó Nalizar.

—He venido con una nota, señor —respondió Joel—. Para el profesor Fitch.

—Entonces entrégamela a mí —dijo Nalizar.

—Es para el profesor Fitch personalmente —adujo Joel, guardándose la carta en el bolsillo—. No tiene nada que ver con la clase.

—Bueno, pues en ese caso ya te puedes ir —replicó Nalizar, despidiéndolo con un gesto de la mano. El polvo que su tiza roja había esparcido por el suelo parecía sangre. Nalizar empezó a disipar sus creaciones, haciéndolas desaparecer una por una.

Joel retrocedió, subió los escalones a la carrera y abrió la puerta. Fuera se había congregado una multitud, en la que predominaba el blanco y el gris de los rithmatistas. Una figura destacaba entre las demás. Joel bajó corriendo los escalones que llevaban al césped y se apresuró a alcanzar al profesor Fitch. Con los hombros encorvados, el hombre llevaba la abultada pila de sus libros y notas en las manos.

—¿Profesor? —dijo Joel. Era alto para su edad, tanto que le sacaba unos cuantos centímetros a Fitch.

El anciano se volvió con un sobresalto.

—¿Eh? ¿Qué pasa?

—¿Está usted bien?

—¡Oh, hum, pero si es el hijo del que hacía tizas! ¿Qué tal, chico? ¿No deberías estar en clase?

—Es mi período libre —dijo Joel, alargando la mano y tomando algunos libros del profesor para ayudarle a llevarlos—. ¿Se encuentra usted bien? Porque después de lo que acaba de suceder en el aula...

—Lo viste, ¿verdad? —murmuró el profesor Fitch, consternado.

—¿Y usted no puede hacer nada? —preguntó Joel—. ¡No puede permitir que Nalizar se quede con sus clases así como así! Si hablara con el rector York, quizá...

—No, no —dijo Fitch—. Eso sería indecoroso. El derecho de reto tiene una tradición muy honorable y, en realidad, es una parte importante de la cultura rithmática.

Joel suspiró. Bajó la vista, acordándose de la nota que llevaba en el bolsillo. Una petición suya a Fitch. Quería estudiar con él durante el verano, aprender cuanto pudiera sobre la rithmática.

Pero Fitch ya no era un profesor de pleno derecho. ¿Importaría eso? Joel ni siquiera estaba seguro de que el anciano accediera a aceptar a un estudiante no rithmatista. Si no era profesor de pleno derecho, ¿no dispondría entonces de más tiempo para dar clases a estudiantes? El simple hecho de pensar en esa posibilidad hizo que enseguida se sintiera culpable.

Estuvo a punto de sacar la carta para entregársela, pero la expresión de derrota que vio en el rostro de Fitch lo detuvo. Quizá no fuera el mejor momento.

—Debería haberlo visto venir —murmuró Fitch—. Ese Nalizar... Demasiado ambicioso para su propio bien, pensé cuando lo contratamos la semana pasada. Hacía décadas que no había un desafío en Armedius...

—¿Qué hará usted ahora? —preguntó Joel.

—Esto... —respondió Fitch mientras iban por el sendero, pasando bajo la sombra de un roble rojo de gruesas ramas—. Sí, bueno, según la tradición habría de ocupar el puesto de Nalizar. Lo contrataron como profesor auxiliar para dar clases de refuerzo a los estudiantes que no han conseguido superar las pruebas de este año. Supongo que ahora ese será mi trabajo. ¡Pensándolo bien, supongo que viviré más tranquilo alejado del aula!

Con un titubeo, se volvió a mirar el edificio del aula magna. La maciza estructura tenía forma cúbica, pero aun así ofrecía un aspecto elegante, con los ladrillos grises de la pared cubierta de enredaderas dispuestos en forma romboidal.

—Sí —dijo pasados unos instantes—, probablemente ya nunca tendré que volver a dar clases en esa aula ahora que... —Guardó silencio, sin llegar a concluir la frase—. Disculpa. —Bajó la cabeza y se alejó presurosamente.

Joel levantó una mano, pero después dejó marchar al profesor sin decirle nada, con algunos de sus libros aún en las manos. Con un suspiro se dispuso a cruzar el campus en dirección al edificio de la administración.

—Bueno —murmuró, volviendo a pensar en el papel hecho una bola que llevaba en el bolsillo del pantalón—. Qué desastre.

CÍRCULOS DE DOS
Y
CUATRO PUNTOS

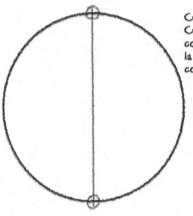

Cuando se dibuja una Línea de Custodia dentro de un círculo completo, esta adquiere la capacidad de ser dotada con «Puntos de Sujeción».

Cada círculo puede tener 2, 4, 6 o 9 puntos de sujeción, dependiendo de dónde se tracen.

Obviamente, el círculo de dos puntos es el más fácil de dibujar. Aquí, las marcas negras muestran la ubicación de los puntos de sujeción, mientras que las líneas indican la relación entre ellos. En un auténtico dibujo rithmático no se trazarían las marcas ni las líneas. Lo que se haría sería poner otras líneas en esos puntos, con lo que estas quedarían fijadas allí en virtud de la naturaleza del círculo.

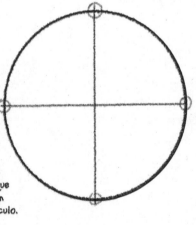

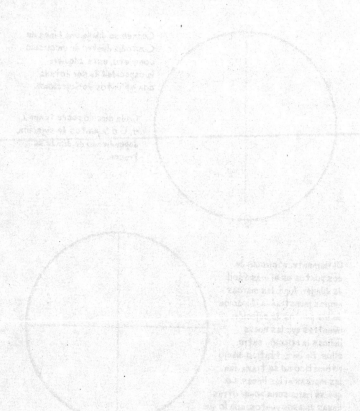

La administración se hallaba ubicada en un pequeño valle entre el campus rithmático y el campus general. Como casi todo en la Academia Armedius, el edificio era de ladrillo, si bien este era rojo. Solo tenía un piso de altura y contaba con unas cuantas ventanas más que los que albergaban las clases. Joel siempre se había preguntado por qué razón el personal administrativo podía tener vistas del exterior y los estudiantes no. Casi parecía como si todo el mundo tuviera miedo de que los estudiantes pudieran vislumbrar la libertad.

—... oído que pensaba plantear un desafío —estaba diciendo una voz cuando Joel entró en la administración.

Quien así hablaba era Florence, secretaria del departamento. Sentada en su escritorio de roble en vez de en su silla, estaba conversando con Exton, el otro secretario. Este lucía su chaqueta y sus pantalones de costumbre, con tirantes y una pajarita; un atuendo muy a la moda, a pesar de estar un poco orondo. Su sombrero hongo colgaba de un gancho al lado de su escritorio. Florence, por su parte, llevaba un vestidito primaveral de color amarillo.

—¿Un desafío? —preguntó Exton, escribiendo con una pluma de ave sin levantar la vista mientras hablaba. Joel nunca había conocido a nadie, aparte de Exton, que fuera capaz de escribir y mantener una conversación simultáneamente—. Ya hace mucho de eso.

—¡Lo sé! —respondió Florence sin moverse de su escritorio. Era joven, con poco más de veinte años, y no estaba casada. Algunos de los profesores más tradicionales del campus habían considerado escandaloso que el rector York contratara a una mujer para semejante puesto, pero ese tipo de cosas estaban sucediendo cada vez más a menudo. Todo el mundo decía que en pleno siglo XX las viejas actitudes tenían que cambiar. York había replicado que si las rithmatistas podían luchar en el frente de Nebrask y el Monarca podía recurrir a los servicios de una mujer para que se encargara de redactarle los discursos, él bien podía contratar a una mujer como secretaria.

—Al principio de la guerra en Nebrask los desafíos eran mucho más frecuentes —dijo Exton, sin dejar de escribir en su pergamino—. Cada profesor advenedizo que acabara de hacerse con un tabardo quería ascender lo más deprisa posible. Fue una época bastante caótica.

—Hum... —dijo Florence—. Es guapo, ¿sabes?

—¿Quién?

—El profesor Nalizar —respondió ella—. Esta mañana yo estaba con el rector York cuando él acudió a verlo para hablarle del desafío. Entró como si tal cosa, y dijo: «Rector, considero conveniente informarle de que no tardaré en ser titular dentro de esta academia.»

Exton soltó un bufido.

—¿Y qué contestó York?

—No le hizo ninguna gracia, eso te lo puedo asegurar. Intentó convencer a Nalizar para que se olvidara de su plan, pero él dijo que ni hablar.

—Me lo imaginaba —dijo Exton.

—¿No piensas preguntarme a quién tenía intención de desafiar? —preguntó Florence. Reparó en que Joel estaba de pie junto a la puerta y le guiñó un ojo.

—Dudo seriamente que vayas a dejarme continuar mi trabajo en paz sin contármelo —masculló Exton adoptando una expresión adusta.

—Al profesor Fitch —dijo ella.

Exton dejó de escribir. Finalmente, levantó la vista.

—¿Fitch?

Florence asintió.

—Buena suerte, entonces —dijo Exton con una risita—. Fitch es el mejor de la academia. Hará papilla a ese arribista tan deprisa que el polvo de tiza no habrá tenido tiempo de posarse antes de que el duelo haya terminado.

—No —dijo Joel—. Fitch perdió.

Los dos secretarios guardaron silencio.

—¿Qué? —exclamó Florence finalmente—. ¿Cómo lo sabes?

—Lo sé porque yo estaba allí —dijo Joel, acercándose al mostrador que había enfrente de los secretarios. El despacho del rector se hallaba detrás de una puerta cerrada, al fondo de la administración.

Exton se sirvió de su pluma de ave para señalar a Joel con ella.

—Jovencito —dijo—, recuerdo muy claramente haberte enviado al edificio de Humanidades para que entregaras un mensaje.

—Entregué ese mensaje —se apresuró a decir Joel—, y los otros que se me dieron. La clase de Fitch me pillaba de camino al volver.

—¿Cómo que la clase de Fitch te pillaba de camino? ¡Pero si queda en el otro extremo del campus!

—Oh, Exton, calla —intervino Florence—. El chico siente curiosidad por los rithmatistas, ¿no? Pues como la mayoría de la gente que hay en el campus —añadió con una sonrisa dirigida a Joel, aunque la mitad de las veces este tenía el convencimiento de que ella se ponía de su parte solo porque sabía que eso disgustaba a Exton.

Este gruñó y volvió a bajar la mirada hacia su pergamino.

—Supongo que no puedo culpar a alguien porque se haya colado en una clase extra. Bastantes dolores de cabeza tenemos con los estudiantes que intentan saltárselas. Aun así, tanta fascinación por esos dichosos rithmatistas... Eso no es bueno para un chico.

—No seas pelma —dijo Florence—. Joel, ¿has dicho que Fitch perdió?

El muchacho asintió.

—Bueno..., ¿y qué implica eso?

—Que cambiará de sitio con Nalizar en la jerarquía académica —explicó Exton—, y dejará de ser profesor titular. Puede desafiar a Nalizar en cuanto haya transcurrido un año, y ambos son inmunes a otros desafíos hasta que llegue ese momento.

—¡Pobre hombre! —exclamó Florence—. Me parece una injusticia. Y yo que pensaba que el duelo solo sería para alardear de derechos.

Exton siguió con su trabajo.

—Bueno —dijo Florence—, por guapo que sea, empiezo a sentirme menos impresionada por el señor Nalizar. Fitch es un encanto de hombre, y le gusta tanto la docencia...

—Sobrevivirá —dijo Exton—. Tampoco es como si se hubiera quedado en la calle. Joel, supongo que te entretuviste en la clase el tiempo suficiente para presenciar todo el duelo.

El joven se encogió de hombros.

—¿Cómo fue, entonces? —inquirió el secretario—. ¿Fitch supo hacer un buen papel?

—Estuvo muy bien —dijo Joel—. Sus formas eran preciosas. Solo que... bueno, parecía como si no tuviera demasiada práctica con los duelos de verdad.

—¡Qué manera más brutal de llevar las cosas! —protestó Florence—. ¡Son académicos, no gladiadores!

Exton no dijo nada y después miró directamente a Florence, observándola en silencio por encima de la montura de sus gafas.

—Querida mía —dijo pasados unos instantes—, no me extrañaría que pronto hubiera varios duelos más como el que acaba de tener lugar. Puede que lo sucedido el día de hoy recuerde a esos rithmatistas engreídos el motivo de su existencia. Si Nebrask llegara a caer...

—No me vengas con cuentos, Exton —dijo Florence—.

Todas esas historias sobre Nebrask solo son patrañas de los políticos para mantenernos preocupados.

—Bah —dijo Exton—. ¿Seguro que no tienes nada que hacer?

—Me estoy tomando un descanso, querido —respondió ella.

—Me da la impresión de que siempre te tomas los descansos cuando da la casualidad de que yo tengo alguna faena importante que acabar.

—Será que no eliges bien el momento, supongo —replicó ella. Extendió la mano hacia una cajita de madera que había encima de su escritorio y sacó de su interior un bocadillo de jamón y kimchi cuidadosamente envuelto.

Joel miró el reloj de péndulo del rincón. Disponía de quince minutos hasta su siguiente clase, tiempo insuficiente para que lo enviaran a entregar otro mensaje.

—Estoy preocupado por el profesor Fitch —dijo sin dejar de mirar el reloj, con todos sus complicados engranajes. Un búho mecánico estaba posado en lo alto del reloj, parpadeando de vez en cuando, y luego mordisqueándose las garras mientras esperaba a que este diera la hora para así poder ulular.

—Venga, que no hay para tanto —dijo Exton—. Sospecho que el rector York se limitará a asignarle unos cuantos estudiantes. Hace mucho que Fitch no disfruta de un poco de tiempo libre. Puede que incluso acabe gustándole el asunto.

«¿Gustarle?», pensó Joel. Pero si el pobre hombre estaba destrozado.

—Fitch es un genio —dijo el muchacho—. Nadie en el campus enseña defensas tan complejas como las que explica él.

—Es todo un erudito, desde luego —dijo Exton—. Tal vez demasiado. Nalizar quizá tenga más éxito en el aula. Algunas de las clases de Fitch podían llegar a ser... de un nivel excesivamente elevado para los estudiantes, por lo que he oído decir.

—¡Qué va! —protestó Joel—. Fitch es un gran profesor.

No trata a los estudiantes como si fueran idiotas, a diferencia de Howards o Silversmith.

Exton soltó una risita.

—Me parece que has tenido demasiados ratos libres, ¿verdad? ¿Quieres volver a tener problemas con los rithmatistas?

Joel no respondió. Los otros profesores habían dejado claro que no querían que interfiriera en sus clases. Sin Fitch y su actitud tan tolerante, tendría que esperar mucho tiempo antes de que le fuese posible volver a colarse en ninguna clase. Al pensarlo sintió que se le hacía un nudo en la garganta.

Aunque quizá todavía le quedaba una oportunidad. Si Fitch iba a dar clases a unos cuantos estudiantes, ¿por qué no podía figurar él entre el grupo?

—Joel, querido —dijo Florence, quien ya había dado cuenta de la mitad de su bocadillo—. Esta mañana he hablado con tu madre. Me ha pedido que te diera un empujoncito con el papeleo de la optativa de verano.

Joel torció el gesto. Vivir en el campus como el hijo de una empleada de la academia tenía sus ventajas. El hecho de que su matrícula fuese gratuita era el mayor de esos beneficios, aunque eso se lo habían concedido únicamente debido a la muerte de su padre.

Sin embargo, también presentaba sus inconvenientes. Muchos empleados de la academia —como Exton y Florence— tenían derecho al alojamiento y la manutención como parte de su contrato laboral. Joel había crecido con ellos y los veía cada día, y eso significaba que también eran buenos amigos de su madre.

—Ya me estoy ocupando de ello —dijo, pensando en su carta a Fitch.

—El final de curso está al caer, querido —insistió Florence—. Tienes que entrar en algún curso optativo. Ahora por fin puedes escoger uno por tu cuenta, en lugar de estar sentado en un tutorial de recuperación. ¿Verdad que es emocionante?

—Claro.

En verano la mayoría de los estudiantes se iban a sus casas. Los que se quedaban solo tenían que acudir al campus la mitad del día, y podían escoger un curso optativo. A menos que durante el año hubieran sacado malas notas y necesitaran un tutorial de recuperación, naturalmente.

—¿Has pensado en ello? —preguntó Florence.

—Un poco.

—Las plazas se están llenando muy deprisa, querido —dijo ella—. Todavía quedan unas cuantas vacantes en las clases de mérito físico. ¿Quieres entrar en ellas?

Tres meses obligado a estar en un campo de deportes mientras todo el mundo corría de acá para allá, dando patadas a los balones para lanzárselos unos a otros, jugando a un juego que no era ni la mitad de interesante que los duelos rithmáticos, por más que todos intentaran fingir lo contrario.

—No, gracias.

—¿Qué, entonces?

Las matemáticas quizá resultaran divertidas. La literatura no sería demasiado inaguantable. Pero ninguna de las dos cosas le parecía tan interesante como estudiar con Fitch.

—Esta noche tomaré la decisión —prometió, sin dejar de mirar el reloj. Ya iba siendo hora de que acudiera a su siguiente clase.

Recogió sus libros del rincón, poniendo los dos manuales de Fitch encima de todo, y salió del edificio antes de que Florence siguiera insistiendo en el tema.

PUNTOS DE SUJECIÓN Y CÍRCULOS,
NOTAS AVANZADAS

Muchos dan por sentado, erróneamente, que un círculo ha de estar
orientado con uno de los puntos de sujeción dirigidos hacia el norte,
o hacia el oponente de uno. Eso es, sin embargo, falso.

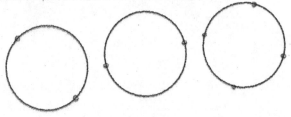

Una vez más, un rithmatista DEBE asegurarse
de que no dibuja puntos en su figura completada.
Los que aparecen en este diagrama se han incluido
únicamente a título ilustrativo.

Es importante que
las líneas se toquen
únicamente en los
puntos de sujeción,
ya que de otro modo
la integridad del
círculo se verá
debilitada, formando
un punto donde un
oponente puede
atacar y atravesar
con mucha más
facilidad la Línea
de Custodia.

Correcta.
no hay debilitamiento.

Crea una
confluencia débil.

La clase de historia de ese día pasó muy deprisa; solo era un repaso para el examen final del día siguiente. Una vez terminada, Joel fue a matemáticas, su último período. Aquel semestre la asignatura giraba en torno a la geometría.

Joel abrigaba sentimientos encontrados hacia la clase de matemáticas. La geometría era la base de la rithmática, así que resultaba interesante. La historia de la geometría siempre lo había fascinado; desde Euclides y los antiguos griegos hasta el monarca Gregory y el descubrimiento de la rithmática.

Pero, en general, la disciplina que exigía esa materia se le hacía pesada. Problemas inacabables por los cuales no sentía el menor interés.

—Hoy vamos a repasar las fórmulas que sirven para determinar el área —dijo el profesor Layton desde su puesto, delante de la clase.

Fórmulas que sirven para determinar el área. Joel se las sabía de memoria desde prácticamente antes de que aprendiera a caminar. Cerrando los ojos, gimió para sus adentros. ¿Cuántas veces tendrían que volver a repasar las mismas cosas?

El profesor Layton, sin embargo, no estaba dispuesto a permitir que sus estudiantes estuvieran desocupados, a pesar de que la mayor parte de la materia del curso —incluido el examen final— ya hubiera sido cubierta. Insistía en que debían pasar la última semana de clases haciendo un repaso exhaustivo de todo lo que habían aprendido.

Lo nunca visto. ¿Quién repasaba después del examen final?

—¡Hoy vamos a empezar con las secciones cónicas! —anunció Layton, un hombretón con unos cuantos kilos de más. Joel siempre pensaba que Layton tendría que haber sido entrenador, no profesor de matemáticas. No cabía duda de que dominaba a la perfección toda la parte del discurso motivacional.

»¿Os acordáis de lo bueno que tienen los conos? —les preguntó Layton, señalando la figura que había dibujado en la pizarra—. Con solo cortar un cono en determinados puntos se obtienen cantidad de formas. ¡Mirad! Cortadlo por la mitad, y tenéis un círculo. Cortadlo en un ángulo, y tenéis una elipse. ¿A que es increíble?

Los estudiantes lo miraron con aire inexpresivo.

—¿Verdad que es increíble?

Consiguió unos cuantos «Sí, profesor Layton» murmurados sin el menor entusiasmo. Lo malo del profesor Layton era su absoluta convicción de que hasta el último aspecto de las matemáticas era «increíble». Su entusiasmo carecía de límites. ¿No podría haberlo aplicado a algo realmente útil, como por ejemplo los duelos rithmáticos?

Los estudiantes se encorvaron sobre sus pupitres. Dispersos entre ellos había unos cuantos jóvenes de ambos sexos que llevaban faldas y pantalones blancos, y suéters grises. Rithmatistas. Joel se inclinó hacia atrás, estudiándolos disimuladamente mientras Layton continuaba explicando las distintas secciones de un cono.

El campus rithmático tenía sus propias clases especializadas para los rithmatistas, o borradores, como los llamaban algunos porque siempre andaban con la tiza a cuestas. Esos cursos ocupaban la primera hora de cada período. Durante la segunda hora, los rithmatistas asistían a los cursos de formación general con los estudiantes corrientes.

Joel siempre pensaba que tenía que resultar duro estudiar todas las materias corrientes tan a fondo como el adiestramiento rithmático. Y, pensándolo bien, resultaba lógico que los rithmatistas fueran tenidos en mayor consideración que los demás. Después de todo, el Maestro en persona los había escogido.

«En realidad no deberían estar aquí», pensó Joel. Sabía sus nombres porque estaban en la misma clase que él, pero aparte de eso lo ignoraba prácticamente todo acerca de ellos. Con la excepción de que asistían a una clase de matemáticas corrientes, claro, y eso era importante.

La rithmática se basaba en conceptos de geometría y trigonometría, y las clases de rithmática incluían una considerable cantidad de estudios de matemática avanzada. Solo podía haber una razón por la que los borradores acababan asistiendo a la clase del profesor Layton, y era que necesitaban que se les prestara alguna clase de ayuda básica en lo tocante a las fórmulas y las formas.

Los dos chicos, John y Luc, habitualmente se sentaban juntos al fondo del aula con cara de haber preferido hallarse en cualquier sitio antes que atrapados en una clase de matemáticas con una pandilla de no rithmatistas. Y luego estaba la chica, Melody. Tenía una melena pelirroja y rizada, aunque sus facciones solían quedar ocultas, dado que la joven se pasaba la mayor parte de cada período inclinada hacia delante, haciendo garabatos en su cuaderno.

«Quizá podría encontrar alguna manera para que uno de ellos me diera clases —pensó Joel—, hacer que me hablara de la rithmática.» A cambio, él podría echarles una mano con las matemáticas.

—¡Y ahora, vamos a repasar las fórmulas para un triángulo! —anunció el profesor Layton—. Este año habéis aprendido muchísimas cosas. ¡Vuestras vidas nunca volverán a ser como antes!

¡Ah, si hubieran permitido que Joel asistiera a una clase de nivel superior! Pero todas esas clases se daban en el campus rithmático, por lo que resultaban inaccesibles para los estudiantes corrientes.

De ahí la carta al profesor Fitch, que Joel todavía llevaba en el bolsillo. La miró mientras el profesor Layton escribía unas cuantas fórmulas más en la pizarra. Ninguna de ellas cobró vida, ninguna se movió ni hizo nada que se saliera de lo normal. Layton no era un rithmatista, claro. Para él, al igual que para Joel —y para la mayoría de los vivos—, la pizarra no era más que una pizarra, y la tiza solo otro utensilio de escritura.

—¡Caramba! —exclamó Layton mientras contemplaba su lista de fórmulas—. ¿He mencionado ya lo increíbles que son?

Un alumno gimió. Layton se volvió, sonriendo para sí mismo.

—Bueno, supongo que todos estáis esperando los cursos optativos de verano. No puedo decir que os culpe por ello. Aun así, hoy me pertenecéis, así que id sacando vuestros cuadernos para que pueda corregir vuestros deberes de anoche.

Joel parpadeó y sintió una punzada de alarma. Los deberes. Su madre había llegado a preguntarle si no tenía ningún trabajo pendiente. Joel había prometido que ya lo haría, pero después lo había ido dejando para más adelante, diciéndose a sí mismo que ya se ocuparía del asunto después... durante su período libre.

Pero en lugar de ocuparse de sus deberes, había ido a ver a Fitch.

«Oh, no...»

Layton fue por la clase, examinando el cuaderno de cada estudiante. Joel sacó el suyo sin darse ninguna prisa y lo abrió por la página apropiada. En ella había diez problemas sin resolver. Todos en blanco. El profesor Layton llegó al pupitre que ocupaba Joel.

—¿Otra vez, Joel? —preguntó con un suspiro.

El muchacho bajó la vista.

—Ven a verme después de clase —dijo Layton, y siguió su camino.

Joel se encogió en su asiento. Solo dos días más. Lo único que tenía que hacer era sobrevivir dos días más y superar su clase. Había tenido intención de cumplir con la tarea, de verdad. Solo que... bueno, al final no lo había hecho.

No debería importar. Layton ponía mucho énfasis en los exámenes, y Joel había obtenido una puntuación impecable en todos ellos. Unos deberes más sin hacer tampoco iba a significar gran cosa para su calificación final.

Layton volvió a situarse al frente de la clase.

—Bien, nos quedan diez minutos. Qué hacer, qué hacer... ¡Vamos a resolver unos cuantos problemas de práctica!

Esta vez consiguió algo más que unos cuantos gemidos.

—O supongo que también podría dejaros marchar temprano —apuntó—, dado que este es el último período del día, y el verano está a la vuelta de la esquina.

Estudiantes que habían pasado todo el período mirando las paredes se pusieron alerta de pronto.

—Muy bien, podéis iros —dijo Layton, agitando la mano.

Sus estudiantes desaparecieron en un abrir y cerrar de ojos. Solo Joel se quedó en el sitio, repasando excusas mentalmente. A través de la ventana, vio a sus compañeros de curso saliendo al verdor del campus. Casi todas las clases se habían dado por finalizadas con los exámenes de fin de curso, y empezaba a haber mucha más calma. A él mismo ya solo le quedaba un examen, de historia. De hecho, incluso había llegado a estudiar para la prueba, así que no le daría demasiados problemas.

Se levantó y se dirigió a la mesa del profesor Layton, llevando su cuaderno.

—Joel, Joel —dijo Layton con expresión sombría—. ¿Qué voy a hacer contigo?

—¿Aprobarme? —preguntó Joel.

El profesor guardó silencio.

—Profesor —dijo Joel—, ya sé que podría haberlo hecho mejor...

—Según mis cuentas, Joel —lo interrumpió el profesor

Layton—, has hecho exactamente nueve tareas. Nueve de un total de cuarenta.

«¿Nueve? Tendría que haber hecho más que eso...» Joel llevó a cabo un rápido repaso mental de la labor efectuada a lo largo del curso. Las matemáticas siempre habían sido la asignatura que mejor se le daba, así que no les había dedicado mayor esfuerzo.

—Bueno —dijo finalmente—, supongo que quizá he sido un poco demasiado perezoso...

—¿Tú crees? —dijo Layton.

—Pero en los exámenes he sacado muy buenas notas —se apresuró a decir Joel.

—Bueno, en primer lugar —replicó Layton—, la escuela no se reduce a exámenes. Graduarse en Armedius es un logro de suma importancia, que confiere prestigio. Dice a los demás que un estudiante sabe aplicarse y seguir instrucciones. No te estoy enseñando únicamente matemáticas, Joel: también te estoy enseñando ciertas habilidades que luego vas a necesitar a lo largo de tu vida. ¿Cómo puedo aprobar a una persona que nunca hace sus tareas?

Era uno de los discursos favoritos de Layton. De hecho, Joel sabía por experiencia que la mayoría de los profesores tendía a considerar que su asignatura era de vital importancia para el futuro de una persona. Todos estaban equivocados..., salvo los rithmatistas, claro está.

—Lo siento —murmuró Joel—. Yo... bueno, tiene usted razón, profesor. Debería haber trabajado más. Pero ahora tampoco puede echarse atrás después de lo que dijo al principio del curso, ¿verdad? Con las notas que he sacado en los exámenes tiene que aprobarme.

Layton entrelazó los dedos.

—Joel, ¿sabes qué da a entender el hecho de que un estudiante nunca haga los deberes y, sin embargo, se las arregle para obtener una puntuación perfecta en los exámenes?

—¿Que ese estudiante es un vago? —preguntó Joel, bastante confuso.

—Esa es una interpretación —dijo Layton, cambiando de sitio unas cuantas hojas de papel en el escritorio ante él.

Joel reconoció una de las hojas.

—Mi examen final.

—Sí —dijo Layton, poniéndolo junto a otro examen, hecho por otro estudiante. Este había obtenido una puntuación buena, pero no perfecta—. ¿Ves las diferencias entre estos dos exámenes, Joel?

El muchacho se encogió de hombros. El suyo se veía pulcro y ordenado, con una respuesta escrita debajo de cada uno de los problemas. El otro examen, apresurado y hecho como con descuido, estaba repleto de anotaciones hechas con premura, ecuaciones y garabatos que ocupaban la totalidad del espacio disponible.

—Cuando un estudiante no muestra su trabajo yo siempre me inclino a sospechar, Joel —continuó Layton, en un tono más duro—. Llevo unas cuantas semanas observándote, y no he sido capaz de determinar cómo lo estás haciendo. Por lo tanto, no puedo formular una acusación oficial.

Joel sintió que se le aflojaba la mandíbula.

—¿Piensa que estoy haciendo trampa?

Layton empezó a escribir en el examen de Joel.

—Yo no he dicho eso. No puedo demostrar nada, y en Armedius nunca hacemos acusaciones que no podamos probar. No obstante, lo que sí puedo hacer es recomendarte para un tutorial de refuerzo en geometría.

Joel sintió que sus esperanzas de poder elegir una optativa libre empezaban a resquebrajarse, para ser sustituidas por la horripilante imagen de tener que pasarse todo el verano estudiando geometría básica. Área de un cono. Área de un triángulo. Radio de un círculo.

—¡No! —exclamó—. ¡No puede hacer eso!

—Claro que puedo. No sé de dónde sacaste las respuestas o quién te está ayudando, pero lo que sí sé es que tú y yo vamos a pasar mucho tiempo juntos. De una manera o de otra, saldrás de mi curso optativo de verano sabiendo geometría.

—Pero es que ya sé geometría —protestó Joel, frenético—. Oiga, ¿y si resuelvo los problemas ahora mismo? Todavía quedan unos cuantos minutos de clase. De esa forma tendré otra tarea hecha. ¿Eso me permitirá aprobar el curso? —Cogió una pluma de encima del escritorio de Layton y abrió el cuaderno.

—Joel... —dijo Layton poniendo cara de paciencia.

«Primer problema —pensó Joel—. Encuentra el área de las tres secciones del cono que están marcadas.» La figura mostraba un cono al que se le habían quitado dos segmentos, con las longitudes y las medidas de los distintos lados escritas debajo. Joel echó una mirada a las cifras, llevó a cabo los cálculos y escribió un número.

Layton le puso la mano en el hombro.

—Joel, eso no va a servir de...

Entonces se calló mientras Joel empezaba a mirar la segunda pregunta. El cálculo no era nada complicado. Joel escribió la respuesta. La siguiente figura mostraba un cubo del que se había sacado un cilindro, y el problema consistía en dar el área de la superficie del objeto. Joel escribió apresuradamente la respuesta.

—Joel —dijo Layton—, ¿de dónde has sacado esas respuestas? ¿Quién te las ha dado?

Joel acabó los dos problemas siguientes.

—Si alguien te había dado las respuestas —dijo Layton—, ¿por qué no te limitaste a escribirlas antes? ¿Te tomaste la molestia de hacer trampa, y luego realmente te olvidaste de hacer los deberes?

—Yo no hago trampas —respondió Joel, escribiendo la siguiente respuesta—. ¿Por qué iba hacerlas, si no lo necesito?

—Joel —dijo Layton, cruzándose de brazos—. Se supone que la resolución de cada uno de esos problemas requiere como mínimo cinco minutos. ¿Esperas que crea que los estás resolviendo mentalmente?

Joel se encogió de hombros.

—Están tirados.

Layton resopló. Después fue a la pizarra, dibujó un cono y escribió unos cuantos números. Joel aprovechó para resolver los siguientes tres problemas de su tarea antes de echar un vistazo a la pizarra.

—Doscientos uno coma un centímetros —dijo antes de que Layton acabara de escribir siquiera. Después volvió a clavar los ojos en su cuaderno, calculando el último problema—. Debería usted practicar un poco con sus diagramas, profesor. Las proporciones de ese cilindro distan mucho de ser correctas.

—¿Perdona? —preguntó Layton.

Joel se reunió con él en la pizarra.

—Se supone que la parte inclinada ha de medir doce centímetros, ¿verdad?

Layton asintió.

—Entonces, proporcionalmente —dijo Joel, alzando la mano y volviendo a dibujar el cono—, el radio del círculo inferior debe medir esto. Si quiere que refleje con precisión cuatro centímetros, claro está.

Layton se quedó donde estaba y examinó el diagrama corregido. Acto seguido echó mano de una regla y efectuó las mediciones, después de lo cual palideció ligeramente.

—¿Te has dado cuenta a simple vista de que mi dibujo estaba equivocado por un par de centímetros? —preguntó.

Joel se encogió de hombros.

—Dibújame una línea que mida un tercio del lado inclinado —pidió Layton.

Joel trazó una línea. Layton la midió.

—¡Exacta al milímetro! —exclamó—. ¿Sabrías trazar un círculo con ese radio?

Joel así lo hizo, dibujando un gran círculo en la pizarra. Layton lo midió sirviéndose de un cordel. Después silbó.

—¡Joel, esas proporciones son perfectas! ¡Y el arco de tu círculo es casi tan exacto como si los hubieras dibujado con compás! ¡Deberías haber sido un rithmatista!

Joel apartó la mirada, metiéndose las manos en los bolsillos mientras lo hacía.

—Creo que ya es ocho años demasiado tarde para eso —musitó.

Layton titubeó y luego lo miró.

—Sí —dijo—. Supongo que tienes razón. Pero, bueno, ¿pretendes hacerme creer que te has tirado todo este tiempo sentado en mi clase cuando sabías hacer esto?

Joel se encogió de hombros.

—¡Tienes que haberte aburrido horrores!

Joel repitió el gesto.

—No me lo puedo creer —dijo Layton—. Oye, ¿qué te parece si fijamos el estudio de la trigonometría como materia de tu optativa de verano?

—Ya sé trigo —adujo Joel.

—Oh —dijo Layton—. ¿Álgebra?

—También sé —dijo Joel.

Layton se frotó la barbilla.

—Mire, por favor —dijo Joel—, ¿no podría aprobarme la asignatura de geometría? Tengo planes para el optativo de verano. Si no consigo llevarlos a cabo... bueno, entonces haría cálculo o alguna otra cosa con usted.

—Bueno —murmuró Layton, sin apartar la mirada de la pizarra—, realmente es una lástima que no seas rithmatista...

«Dígamelo a mí.»

—¿Lo aprendiste de tu padre? —preguntó Layton interesado—. Tengo entendido que era una especie de matemático de salón.

—Algo así —respondió Joel. Layton era nuevo en el campus, apenas hacía unos meses que había llegado a la academia. No había conocido al padre de Joel.

—Está bien —dijo Layton, alzando las manos—. Puedes pasar curso. No quiero ni pensar lo que sería dedicar tres meses a tratar de enseñarte algo que ya dominas.

Joel exhaló un profundo suspiro de alivio.

—Pero a partir de ahora debes procurar hacer los deberes, ¿vale?

Joel asintió ansiosamente mientras se apresuraba a recoger sus libros del escritorio de Layton. Los dos manuales que habían pertenecido al profesor Fitch seguían estando encima de los suyos.

Después de todo, el día quizá no había sido una absoluta pérdida de tiempo.

LA DEFENSA BALLINTAIN

Las dos Líneas de Custodia exteriores ayudan a defender los flancos del rithmatista, al mismo tiempo que empujan a los tizoides enemigos lejos del círculo principal.

Los dibujos rithmáticos incluyen a menudo un motivo en estrella, que señala un punto de sujeción para un tizoide defensivo.

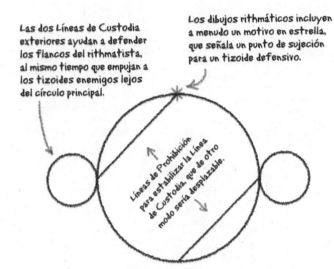

Líneas de Prohibición para estabilizar la Línea de Custodia, que de otro modo sería desplazable.

Rápida de dibujar y exenta de complicaciones, la Defensa Ballintain es una de las más populares erigidas a partir del círculo de cuatro puntos. Contiene líneas básicas de estabilidad, junto con características defensivas solo en las ubicaciones más vitales. Es la favorita de los duelistas agresivos.

CAPÍTULO

04

Joel salió del aula del profesor Layton y puso los pies sobre la hierba. Fuera había sentada una chica con falda blanca y suéter gris, con la espalda apoyada en la pared de ladrillos del edificio mientras dibujaba en su cuaderno. La chica levantó la vista y sus rizos pelirrojos oscilaron alrededor de su cabeza mientras inspeccionaba a Joel.

—Oh, ¿ya ha acabado contigo? —preguntó.

Joel asintió en silencio.

—Bueno, todavía estás entero —dijo la chica—. Supongo que eso es una buena señal. No se ven marcas de mordiscos, no hay huesos rotos...

—¿Me esperabas? —preguntó Joel, frunciendo el ceño.

—No, bobo —respondió ella—. El profesor Tostón me pidió que me quedara aquí y hablara con él en cuanto hubiera acabado contigo. Lo que probablemente significa que voy a suspender. De nuevo.

Joel echó un vistazo al cuaderno de la chica. Llevaba todo el semestre observándola, imaginando los complejos círculos defensivos rithmáticos que llenarían sus páginas. Sin embargo, en las hojas que tenía delante no vio Líneas de Custodia o Prohibición, ni siquiera círculos. En lugar de todo eso, lo que vio fue un dibujo de unicornios y un castillo.

—¿Unicornios? —preguntó.

—¿Qué pasa? —preguntó ella a la defensiva mientras se apresuraba a cerrar el cuaderno—. ¡El unicornio es un animal noble y majestuoso!

—Los unicornios no son reales.

—¿Y qué? —preguntó ella, levantándose del suelo con una mueca.

—Tú eres una rithmatista —dijo Joel—. ¿Por qué pierdes el tiempo dibujando esas memeces? Deberías estar practicando tus Líneas Rithmáticas.

—¡La rithmática por aquí, la rithmática por allá! —protestó ella, sacudiendo la cabeza—. Proteger el reino, mantener a raya a los tizoides salvajes. ¿Por qué todo tiene que estar relacionado con la rithmática? ¿Es que una chica no puede dedicar un poco de tiempo a pensar en otras cosas?

Joel dio un paso atrás, sorprendido por la vehemencia de su reacción. No estaba seguro de cómo responder a ella. Los rithmatistas rara vez hablaban con los estudiantes corrientes. Joel había intentado entablar conversación con algunos de ellos durante sus primeros años de clases, pero nunca le habían hecho el menor caso.

Y en ese momento, una rithmatista estaba hablando con él. Lo que no se había esperado era que fuese tan... difícil de tratar.

—Sinceramente —dijo la chica—, ¿por qué he de ser yo quien se haga cargo de todo eso?

—Porque el Maestro te eligió —replicó Joel—. Tienes mucha suerte. El Maestro escoge a menos de uno entre cien.

—Pues en mi caso, es evidente que el Maestro necesita mejorar el control de calidad —replicó ella. Después, inspirando por la nariz con un ruido de lo más melodramático, dio media vuelta y entró en el aula del profesor Layton.

Joel la siguió con la mirada y finalmente sacudió la cabeza antes de echar a andar por el campus. Pasó junto a grupos de estudiantes que corrían hacia la estación del resortrén. Las clases se habían terminado y ya era hora de volver a casa para pasar el resto del día allí. Pero en el caso de Joel, su «casa» era el campus.

Un grupo de estudiantes estaba de pie en el patio interior de la academia, charlando. Joel fue hacia ellos, medio absorto en sus pensamientos.

—Pues a mí no me parece justo —estaba diciendo Charlington, cruzándose de brazos como si su opinión fuera la única que importaba—. El profesor Harris se puso furioso cuando ella no se presentó a su examen final, pero el rector no le dio mayor importancia.

—Pero es una rithmatista —replicó Rose—. ¿Por qué habría de saltarse el examen?

—Quizá quería empezar a disfrutar del verano antes de tiempo —aventuró Charlington, encogiéndose de hombros.

Joel, que apenas había prestado atención a la conversación, en cuanto oyó que mencionaban a los rithmatistas fue todo oídos. Se dirigió hacia Davis, quien, como de costumbre, había pasado un brazo en torno a los hombros de Rose.

—¿Qué pasa? —preguntó.

—Una de las estudiantes rithmatistas, Lilly Whiting, no se ha presentado al examen final de historia —le explicó Davis—. Chuck está que echa chispas: por lo visto él quería hacer el examen final lo antes posible para poder reunirse con su familia en Europa, pero su solicitud fue rechazada.

—No deberían recibir ningún trato especial —dijo Charlington.

—Supongo que esa chica igualmente tendrá que pasar el examen —dijo Joel—. Tampoco es que tengan una vida muy fácil. Empezar temprano cada día, nada de períodos libres, quedarse en la academia todo el verano...

Charlington lo miró frunciendo el ceño.

—Créeme, Charlie —prosiguió Joel—. Si esa chica se marchó inesperadamente, ahora no estará tumbada en una playa pasándolo bien. Podría estar en Nebrask.

—Supongo —cedió Charlie—. Sí, puede que tengas razón... —Hizo una pausa, como si intentara acordarse de algo.

—Joel —dijo este.

—Eso, Joel. Ya lo sabía. Bueno, puede que tengas razón. No sé. El profesor Harris se puso muy nervioso. Es solo que me ha parecido muy extraño, nada más.

Otros estudiantes llegaron al patio interior. Charlington fue a reunirse con ellos y todos echaron a andar hacia la estación. Joel oyó vagamente que Charlington empezaba a contarles la misma historia a los recién llegados.

—No me lo puedo creer —dijo sin levantar la voz.

—¿Qué es lo que no te puedes creer? —preguntó Davis—. ¿Lo de esa estudiante?

—No, lo de Charlington —contestó Joel—. Llevamos tres años yendo a clase juntos y todavía se olvida de mi nombre cada vez que hablamos.

—Ah —dijo Davis.

—No te preocupes por él —intervino Rose—. Charlington nunca presta atención a nadie que no tenga una delantera digna de ser admirada.

Joel volvió la espalda a los estudiantes que se alejaban.

—¿Todavía no has decidido tu optativa de verano? —preguntó a Davis.

—Bueno, no exactamente. —Davis era hijo de un profesor y, como tal, vivía en el campus, igual que Joel. De hecho, era el único otro hijo de un empleado que tenía aproximadamente su edad.

Casi todos los hijos del personal administrativo iban a la escuela pública cercana. Solo los hijos de los profesores estudiaban en la propia Armedius. Bueno, ellos y Joel. El padre de este y el rector habían sido muy amigos, antes del accidente que le costó la vida hacía ocho años.

—Pues a mí se me ha ocurrido una idea bastante disparatada —dijo Joel—. Acerca de mi optativa. Verás...

Se calló al ver que Davis no le estaba prestando la menor atención y al darse la vuelta vio que un grupo de estudiantes había empezado a congregarse frente al edificio de la administración.

—¿Qué es eso? —preguntó.

Davis se encogió de hombros.

—¿Ves a Peterton? ¿No debería estar en el resortrén de las 3.15 de camino a Georgiabama? —Peterton, alto y delgado, estaba intentando atisbar a través de las ventanas.

—Sí —dijo Joel.

La puerta del edificio de la administración se abrió y una figura salió por ella. Joel quedó impresionado al ver los pantalones y la chaqueta de corte castrense que llevaba, ambas prendas de color azul marino, con botones dorados. Era el uniforme de un inspector federal. El hombre se encasquetó el sombrero en forma de cúpula que llevaban los policías, y luego se fue a toda prisa.

—¿Un inspector federal? —exclamó Joel—. Qué raro.

—De vez en cuando hay policías en el campus —dijo Rose.

—Pero no inspectores federales —adujo Joel—. Ese hombre tiene jurisdicción sobre todas y cada una de las sesenta islas. No entiendo qué puede haberle traído por aquí. —Entonces reparó en que el rector York estaba inmóvil en la entrada a su oficina, con Exton y Florence detrás de él. Parecía... inquieto.

—Bueno, no importa —dijo Davis—. En cuanto al optativo de verano...

—Sí —dijo Joel—. En cuanto a eso...

—Yo, ejem... —Davis se removió nerviosamente—. Joel, este año no voy a pasar el verano contigo. Resulta que, eh..., no estaré libre.

—¿No estarás libre? ¿Y eso qué significa exactamente?

Davis respiró hondo.

—Voy a estar con el grupo al que Michael ha invitado este verano. A su residencia de verano, allá en el norte.

—¿Tú? —se extrañó Joel—. Pero... tú no eres uno de ellos, quiero decir que, bueno, solo eres... «Lo mismo que yo.»

—Algún día Michael va a ser un hombre importante —prosiguió Davis—. Sabe que mi padre me ha estado preparando para que vaya a la Facultad de Derecho, y Michael tiene planeado estudiar allí. Querrá ayuda en un futuro. Algún día necesitará disponer de buenos abogados en los que pueda confiar. Será un caballero-senador, ¿sabes?

—Eso es... eso es estupendo para ti —murmuró Joel.

—Es una gran oportunidad —asintió Davis, poniendo cara de sentirse bastante incómodo—. Lo siento, Joel. Sé que esto significa que pasarás el verano solo, pero he de ir. Es una ocasión para mí, una auténtica ocasión de progresar en la vida.

—Sí, claro, lo entiendo.

—Siempre podrías preguntarle si no sería posible que fueras a...

—En cierto modo ya lo he hecho.

Davis torció el gesto.

—Oh.

Joel se encogió de hombros, tratando de expresar una indiferencia que no sentía.

—Tampoco es que se lo tomara a mal, ojo.

—Michael tiene mucha clase —dijo Davis—. Quiero decir que, bueno, debes admitir que aquí todo el mundo te trata bastante bien. Tienes una buena vida, Joel. Nadie se mete contigo.

Eso era cierto. Joel nunca había padecido ninguna clase de acoso. Los estudiantes de Armedius eran demasiado importantes para perder el tiempo acosando a nadie. Si alguien no era de su agrado, simplemente recurrían al ostracismo. El campus contaba con una docena de pequeñas facciones protopolíticas. Joel nunca había formado parte de ninguna de ellas, ni siquiera de las que gozaban de menos favor entre los estudiantes.

Probablemente tenían la sensación de que le estaban haciendo un favor. Lo trataban con educación, reían con él. Pero no lo incluían.

Joel habría cambiado de buena gana todo eso por un poco de acoso al viejo estilo. Ser acosado al menos habría significado que alguien lo consideraba digno de reparar en su presencia o de acordarse de él.

—Tengo que irme —dijo Davis—. Lo siento.

Joel asintió y su amigo se fue corriendo para unirse al grupo que había empezado a formarse en torno a Michael cerca de la estación.

Con la ausencia de Davis, Joel tendría que pasar el verano solo. Su curso se había quedado prácticamente vacío.

Sopesó los libros del profesor Fitch. Aunque al principio no había tenido intención de llevárselos, resultaba que ahora los tenía consigo, así que, ya puestos, siempre podía darles algún uso, sobre todo teniendo en cuenta que la biblioteca no prestaría textos rithmáticos a los estudiantes corrientes.

Echó a andar en busca de un buen sitio para leer. Y pensar.

Varias horas después, Joel seguía leyendo a la sombra de un roble alejado del camino. Bajó su libro y miró hacia arriba, atisbando entre las ramas del árbol los diminutos fragmentos de cielo azul que podía distinguir.

Desafortunadamente, el primero de los libros de Fitch había resultado de lo más decepcionante: no era más que una explicación básica de las cuatro Líneas Rithmáticas. Joel había visto que en alguna ocasión Fitch se lo prestaba a estudiantes que parecían estar teniendo algunas dificultades con la materia.

Afortunadamente, el segundo libro era mucho más jugoso. Se trataba de una publicación reciente donde se detallaba la controversia surgida en torno a un círculo defensivo del que Joel nunca había oído hablar anteriormente. Aunque muchas de las ecuaciones rithmáticas que contenía eran demasiado complicadas para él, al menos pudo entender los argumentos del texto. Eran lo bastante interesantes para que hubiera permanecido absorto en ellos durante un buen rato.

Cuanto más leía, más pensaba en su padre. Se acordó de

aquel hombre tan fuerte que solía trabajar hasta bien entrada la noche, perfeccionando una nueva receta para la tiza. Recordó las ocasiones en que su padre, con voz temblorosa por la emoción, describía al pequeño Joel los duelos rithmáticos más apasionantes de la historia.

Habían sido ocho años. El dolor de la pérdida aún estaba presente. Nunca se iba. El paso del tiempo no había hecho más que taparlo, como una roca que va siendo recubierta lentamente por el polvo.

Atardecía, ya era casi demasiado oscuro para que Joel pudiera leer, y el campus iba aquietándose. En algunas de las aulas había luces encendidas; muchas de ellas contaban con un segundo piso para proporcionar alojamiento a los profesores y sus familias. Al levantarse, Joel vio al viejo Joseph —el conserje— dando vueltas por el campus, para encender una por una las linternas esparcidas por el césped. Los mecanismos de relojería que había dentro de ellas empezaron a zumbar, y las linternas enseguida cobraron vida con un fogonazo.

Joel recogió sus libros, sumido en cavilaciones sobre la Defensa Miyabi y su nada tradicional aplicación de las Líneas de Custodia. Su estómago empezó a gruñir, quejándose de la falta de atenciones.

Esperaba no haberse perdido la cena. En Armedius todos comían juntos: profesores, alumnos, incluso rithmatistas. Los únicos estudiantes comunes que vivían en el campus eran hijos de algún miembro del profesorado o de un empleado, como era el caso de Joel. En cambio, muchos de los estudiantes rithmatistas se alojaban en las instalaciones, bien porque su familia vivía demasiado lejos, bien porque necesitaban tiempo extra para el estudio. En general, alrededor de la mitad de los rithmatistas de Armedius vivía en el campus. El resto continuaba haciendo desplazamientos cotidianos.

El gran refectorio era un hervidero de actividad y caos. Profesores y cónyuges estaban sentados en el extremo izquierdo de la sala, riendo y hablando entre sí, con sus hijos en mesas aparte. El personal no docente estaba en el extremo derecho, instalado en unas cuantas grandes mesas de madera. Los estudiantes rithmatistas disponían de su propia mesa larga al fondo de la sala, casi escondida detrás de un afloramiento de ladrillo.

Dos largas mesas ubicadas en el centro de la sala contenían la oferta del día. Las sirvientas llenaban bandejas y se las llevaban a los profesores, pero se esperaba que la familia de estos y el personal no docente se sirvieran ellos mismos. La mayoría de la gente estaba sentada ya en sus bancos, comiendo mientras el suave murmullo de sus conversaciones dominaba la sala. Los platos tintineaban, el personal de cocina iba y venía en un continuo ajetreo, y los olores batallaban entre sí en una confusa amalgama.

Joel fue hasta su sitio en la mesa de su madre. Vio que ella ya estaba allí, cosa que lo llenó de alivio. A veces su madre trabajaba durante la hora de cenar. Todavía llevaba su traje de faena marrón, con el pelo recogido en un moño, e iba picoteando distraídamente de su plato mientras hablaba con la señora Cornelius, otra de las limpiadoras.

Joel dejó sus libros encima de la mesa y se apresuró a batirse en retirada antes de que su madre pudiera acribillarlo a preguntas. Se llenó el plato con un poco de arroz y unas cuantas salchichas fritas, comida alemana. Por lo visto los cocineros volvían a tener uno de sus arranques de exotismo. Al menos habían dejado de lado los platos al estilo joseun, que Joel siempre encontraba demasiado picantes. Tras coger una jarra de zumo de manzana especiado, volvió a su sitio.

Su madre lo estaba esperando.

—Florence me ha dicho que prometiste tener elegido un optativo de verano para esta noche —dijo.

—Estoy en ello —dijo él.

—¡Joel! —exclamó su madre—. Vas a ir a un curso optativo de verano, ¿verdad? Espero que no acabes teniendo que pasar por otro tutorial.

—No, no —le aseguró él—. Lo prometo. Hoy mismo el

profesor Layton me ha dicho que puedo estar seguro de que aprobaré las matemáticas.

Su madre hincó el tenedor en un trozo de salchicha.

—Otros intentan hacer algo más que limitarse a «aprobar» las asignaturas.

Joel se encogió de hombros.

—Si dispusiera de más tiempo para ayudarte con tus deberes... —murmuró su madre con un suspiro. Después de la cena, pasaría la mayor parte de la noche limpiando. No empezaba a trabajar hasta la tarde, dado que la mayoría de las clases que le tocaba limpiar se hallaban ocupadas durante el día.

Como siempre, tenía círculos oscuros debajo de los ojos. Su madre trabajaba demasiado.

—¿Y la alquímica? —preguntó—. ¿También la aprobarás?

—La ciencia es fácil —respondió Joel—. El profesor Langor ya nos ha entregado los resultados del rendimiento académico: los últimos días solo habrá laboratorio, y no pondrán nota. Esa asignatura también la aprobaré seguro.

—¿Y literatura?

—Hoy he entregado mi trabajo —dijo Joel. Ese había conseguido terminarlo dentro del plazo, pero solo porque la profesora ZoBell les había dado tiempo para escribir en clase mientras ella iba leyendo una serie de novelas. El profesorado tendía a volverse un poco perezoso a medida que llegaba el final del curso, exactamente igual que les ocurría a los estudiantes.

—¿Y la historia, qué? —preguntó su madre.

—El examen de evaluación será mañana.

Su madre enarcó una ceja.

—Será sobre historia de la rithmática, mamá —dijo él, poniendo los ojos en blanco—. No tendré problemas.

Eso pareció satisfacerla, y Joel empezó a dar buena cuenta de su plato.

—¿Te has enterado de lo del profesor Fitch y ese horrible desafío? —preguntó su madre.

Joel asintió, con la boca llena.

—Pobre hombre —prosiguió ella—. ¿Sabes que estuvo preparándose durante veinte años para llegar a profesor de pleno derecho? Hoy lo ha perdido todo en unos instantes, y ahora vuelve a ser un simple tutor.

—Mamá —dijo Joel entre bocado y bocado—, ¿has oído algo sobre un inspector federal en el campus?

Ella asintió distraídamente.

—Piensan que una estudiante rithmatista se escapó anoche. Había ido a visitar a su familia y no volvió a la escuela.

—¿Era Lilly Whiting? —conjeturó Joel.

—Creo que ese era su nombre, sí.

—¡Chesterton dijo que sus padres la sacaron de la escuela!

—Sí, al principio esa fue la historia que circuló —dijo su madre—. Pero claro, es difícil mantener en secreto algo como una rithmatista fugitiva. Me pregunto por qué es tan frecuente que intenten huir, con la buena vida que se pegan. Apenas han de trabajar, ¡pandilla de ingratos...!

—Pronto la encontrarán —dijo Joel, apresurándose a intervenir antes de que su madre siguiera por esa línea.

—Mira, Joel, tienes que entrar en un optativo de verano. ¿O es que quieres acabar en instrucción laboral?

Muchos estudiantes que no conseguían decidirse a elegir un optativo —o que tardaban demasiado en hacerlo— acababan ayudando en el ajardinamiento de los terrenos de la escuela. La razón oficial para que existiera aquel programa, según el rector York, era «enseñar a la población estudiantil acomodada a sentir respeto por otras situaciones económicas». Ese concepto había suscitado bastantes protestas por parte de ciertos padres.

—Instrucción laboral —dijo Joel—. Eso tampoco sería tan terrible, ¿no? Papá trabajaba con las manos. Quizá llegue el día en que tendré que desempeñar un trabajo de esas características.

—Joel... —dijo su madre.

—¿Qué? —replicó él—. ¿Qué hay de malo en este tipo de trabajos? Tú lo haces.

—Estás recibiendo una de las mejores educaciones que existen. ¿Es que eso no significa nada para ti?

Él se encogió de hombros.

—Rara vez haces tus tareas —dijo su madre, frotándose la frente—. Todos tus profesores dicen que eres inteligente, pero que apenas prestas atención al estudio. ¿No entiendes lo que estarían dispuestas a hacer otras personas por tener una oportunidad como la tuya?

—Sí que lo entiendo —dijo Joel—. De verdad. Voy a conseguir un optativo de verano, madre. El profesor Layton dijo que si no encuentro ninguna otra cosa, siempre podía hacer matemáticas con él.

—¿Clases de recuperación? —preguntó ella con suspicacia.

—No —se apresuró a decir Joel—. Matemáticas avanzadas.

«Si se limitaran a dejarme estudiar las cosas que quiero aprender —pensó mientras clavaba el tenedor en una salchicha—, entonces todos seríamos felices.»

Eso volvió a traerle a la mente la carta, que seguía hecha una bola en su bolsillo. El profesor Fitch había conocido a su padre; habían sido amigos, hasta cierto punto. Ahora que sabía que Davis no iba a estar en Armedius durante el verano, Joel se sintió todavía más resuelto que antes a seguir adelante con sus planes para estudiar bajo la supervisión de Fitch. Dedicó unos instantes a cambiar de sitio la comida en su plato, y finalmente se levantó.

—¿Adónde vas? —preguntó su madre.

Joel recogió los dos libros del profesor Fitch.

—Tengo que devolverlos. Solo tardaré unos minutos.

EL CÍRCULO DE SEIS PUNTOS

Para los estudiantes rithmatistas avanzados,
el círculo de Seis Puntos ofrece mayor
versatilidad y capacidad defensiva que
las versiones de dos o cuatro puntos.

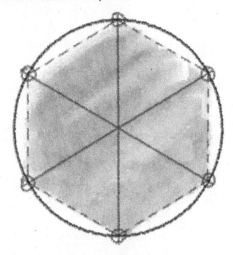

Para empezar, claro está, simplemente se dibuja un círculo.
A partir de ahí, sin embargo, el rithmatista tiene que intuir
los seis puntos de sujeción basándose en los lugares donde
las puntas del hexágono inscrito dentro del círculo tocan
el borde de este. Determinar la ubicación de dichos puntos
sin ver el hexágono o dibujar las líneas transversales no
resulta fácil, pero es una habilidad que cualquier estudioso
de la rithmática debería llegar a dominar.

CAPÍTULO

Los profesores y sus respectivos cónyuges estaban sentados a lo largo de su mesa de acuerdo con su rango. El rector York —alto, distinguido, con un bigote castaño de guías caídas— ocupaba la cabecera de la mesa. Corpulento y de hombros muy anchos, York era lo bastante alto para que pareciera elevarse sobre todos los demás.

A continuación venían los profesores titulares, ya fueran rithmatistas u hombres corrientes, pues durante la cena todos recibían el mismo trato. Joel sospechaba que esa costumbre tenía que ver con el hecho de que el rector de Armedius no fuera un rithmatista. Siguiendo por la mesa en dirección al extremo de esta, el siguiente grupo estaba formado por aquellos a los que se conocía como profesores «permanentes»; todavía no titulares, pero bien establecidos y respetados. Había seis. Los rithmatistas que había entre ellos llevaban chaquetas azules.

Después venían los profesores auxiliares, de verde. Y al final estaban los tres profesores de tutoriales. El profesor Fitch, veinte o treinta años mayor que quienes estaban sentados a su alrededor, ocupaba el último asiento de la mesa. Nalizar, de rojo, se hallaba cerca de la cabecera. Mientras se aproximaba, Joel oyó su potente voz.

—... ciertamente espero que determinadas personas espabilen y empiecen a prestar atención —estaba diciendo Nalizar—. Somos guerreros. Han pasado años desde la última vez en que la mayoría de ustedes mantuvo el círculo en Nebrask, pero yo estuve allí hace solo unos meses, ¡en el mismo frente de batalla! Demasiados académicos olvidan que somos los que educan a la próxima generación de defensores. ¡No podemos permitir que una formación poco rigurosa amenace la seguridad de las sesenta islas!

—Se ha explicado usted con mucha claridad, Nalizar —dijo el profesor Haberstock, otro rithmatista—. Me refiero a que..., bueno, no hay necesidad de complicar las cosas todavía más de lo que están ya.

Nalizar lo miró, y a Joel le pareció que apenas se molestaba en ocultar el desprecio que sentía.

—No podemos permitirnos tener ningún lastre en Armedius —dijo al cabo—. Debemos formar luchadores, no académicos.

Fitch bajó la vista y se concentró en su plato. No parecía haber comido gran cosa. Joel se detuvo, intentando decidir cómo abordar al profesor.

—La teoría es importante —intervino Fitch sin levantar la voz.

—¿Qué ha sido eso? —preguntó Nalizar, mirando a lo largo de la mesa—. ¿Ha dicho usted algo?

—Nalizar —dijo el rector York—, está usted rozando los límites del decoro. Sus acciones ya nos han dejado muy claro lo que piensa, así que no hace falta que ahora añada a ello el insulto.

El joven profesor se ruborizó y Joel captó el destello de ira que brilló en sus ojos ante la reprimenda.

—Rector —dijo Fitch sin levantar la vista—, no pasa nada. Prefiero que hable claro.

—Usted es mucho mejor profesor que él, Fitch —dijo el rector, con lo cual Nalizar enrojeció todavía más—. Y mejor educador. No siento demasiado aprecio por todas esas reglas y tradiciones que tienen ustedes, los rithmatistas.

—Somos nosotros quienes debemos seguirlas —dijo Fitch.

—Con el debido respeto, rector —intervino Nalizar—, me resulta imposible estar de acuerdo con lo que ha dicho hace un momento. El profesor Fitch puede ser un hombre encantador y un excelente académico, pero en tanto que educador... ¿Cuándo fue la última vez que uno de sus estudiantes salió victorioso en la Melé Rithmática?

La pregunta quedó suspendida en el aire. Que Joel supiera, ninguno de los estudiantes de Fitch había ganado nunca la melé.

—Yo enseño defensa, Nalizar —dijo Fitch—. O, ejem, bueno, lo enseñaba. De todos modos, una buena defensa es vital en Nebrask, por mucho que no siempre sea la mejor manera de ganar los duelos.

—Lo que usted enseña no sirve de nada —dijo Nalizar—. Teorías que solo confunden, líneas extra que nadie necesita.

Los dedos de Fitch se tensaron sobre su tenedor; no a causa de la ira, pensó Joel, sino por puro nerviosismo. Obviamente no le gustaba nada la confrontación, porque cuando volvió a hablar evitó mirar a los ojos a Nalizar.

—Yo... Bueno, enseñaba a mis estudiantes a hacer algo más que meramente dibujar líneas —dijo—. Les enseñaba a entender lo que estaban dibujando. Quería que estuviesen preparados para el día en que tuvieran que luchar por sus vidas, no solo por los galardones de una competición carente de significado.

—¿Carente de significado? —preguntó Nalizar—. ¿La melé no significa nada? No nos venga con excusas. Yo enseñaré a esos estudiantes a ganar.

—Yo... Bueno... —dijo Fitch—. Yo...

—Bah —bufó Nalizar, agitando la mano—. A su edad, no creo que pueda llegar a entenderlo jamás. ¿Cuánto tiempo sirvió en las líneas del frente en Nebrask?

—Solo unas semanas —admitió Fitch—. Pasé la mayor parte del tiempo en el comité de planificación defensiva de la ciudad de Denver.

—¿Y en qué se especializó durante sus estudios universitarios? —preguntó Nalizar—. ¿En teoría ofensiva? ¿En las Líneas de Vigor? ¿Fue ni siquiera en la defensa, ya que según asegura usted tanta importancia tiene para sus estudiantes?

Fitch tardó unos instantes en responder.

—No —contestó finalmente—. Estudié los orígenes de los poderes rithmáticos y su tratamiento en los inicios de la sociedad americana.

—Un historiador —masculló Nalizar, volviéndose hacia los otros profesores—. Han tenido a un historiador enseñando rithmática defensiva. ¿Y todavía se preguntan por qué todas las evaluaciones del rendimiento académico llevadas a cabo en Armedius arrojan unos resultados tan bajos?

La mesa guardó silencio. Incluso el rector permaneció callado mientras pensaba en ello. Cuando los comensales volvieron a prestar atención a sus platos, Nalizar miró a Joel.

El muchacho sintió una punzada de pánico. Ese día ya había provocado una vez a aquel hombre entrando en su clase. ¿Se acordaría...?

Pero la mirada de Nalizar pasó rápidamente sobre él, sin verlo siquiera. A veces, era una suerte pasar inadvertido.

—¿Ese chico que está de pie ahí no es el hijo del que hacía tizas? —preguntó el profesor Haberstock, mirando a Joel con los ojos entornados.

—¿Quién? —preguntó Nalizar, volviendo a mirar a Joel.

—Acabará acostumbrándose a su presencia, Nalizar —dijo Haberstock—. Siempre tenemos que echarlo de las clases. No sé cómo, pero al final encuentra la forma de colarse y escuchar.

—Eso es intolerable —replicó Nalizar, al tiempo que sacudía la cabeza—. Permitir que un no rithmatista distraiga a nuestros discípulos degrada el nivel de la enseñanza.

—Bueno, yo no le dejo entrar en clase, Nalizar —dijo Haberstock—. Algunos sí que lo hacen.

—Largo de aquí —dijo Nalizar, dirigiéndose a Joel con un ademán—. Si vuelvo a pillarte molestándonos, te...

—En realidad, Nalizar —intervino Fitch—, fui yo quien le pidió al chico que viniera a hablar conmigo.

Nalizar lo fulminó con la mirada, pero no tenía derecho a contradecir una instrucción dada a un estudiante por otro profesor. Pasó a centrar deliberadamente la conversación sobre la situación en Nebrask, un tema en el que al parecer era todo un experto.

Joel se acercó a Fitch.

—Nalizar no debería hablarle como acaba de hacerlo, profesor —dijo en voz baja, agachándose junto al anciano.

—Bueno, tal vez tengas razón, pero también es posible que tenga todo el derecho a hacerlo. Me venció.

—No fue una batalla justa —adujo Joel—. Usted no estaba preparado.

—He perdido la práctica —dijo Fitch con un suspiro—. La verdad, muchacho, es que pelear nunca se me ha dado muy bien. Puedo dibujar una Línea de Custodia perfecta delante de una clase, ¡pero en un duelo apenas soy capaz de trazar una curva! Sí, de veras. Deberías haber visto cómo temblaba hoy durante el desafío.

—Lo vi —dijo Joel—. Estaba allí.

—¿Estabas? —exclamó Fitch—. Ah, sí. ¡Estabas!

—Su exposición de la Defensa Easton me pareció absolutamente magistral.

—No, no —dijo Fitch—. Escogí una defensa poco adecuada para una competición uno-a-uno. Nalizar es el mejor guerrero. Fue un héroe en Nebrask. Pasó años combatiendo a la Torre... Yo, bueno, para serte sincero muy pocas veces combatí, ni siquiera cuando estaba allí. Tendía a ponerme demasiado nervioso, no podía sostener recta la tiza.

Joel no abrió la boca.

—Sí, de verdad —insistió Fitch—. En el fondo puede que todo esto haya sido para bien. No quiero que ningún estudiante tenga un mal adiestramiento por mi culpa. Nunca podría perdonarme que uno de mis alumnos muriera en el frente porque yo no fui capaz de formarlo como es debido. Sinceramente, me parece que nunca había llegado a pensar en ello.

¿Qué podía decir Joel a eso? No supo cómo responder.

—Profesor —dijo, cambiando de tema—, le he traído sus libros. Antes se fue sin ellos.

Fitch dio un respingo.

—¡Vaya, así que realmente tenías una razón para hablar conmigo! Qué divertido. Y yo que solo intentaba incordiar a Nalizar. Gracias.

El profesor aceptó sus libros y los puso encima de la mesa antes de ocuparse nuevamente de su plato.

Joel se armó de valor.

—Profesor —dijo, al tiempo que metía la mano en el bolsillo—, quería pedirle otra cosa.

—¿Hum? ¿Qué?

Joel sacó la hoja de papel y la alisó contra la mesa. Después se la pasó a Fitch, quien la contempló con aire de desconcierto.

—¿Una petición para el optativo de verano?

Joel asintió.

—¡Quiero participar en su curso de defensas rithmáticas avanzadas!

—Pero... tú no eres un rithmatista, hijo —objetó Fitch—. ¿Qué sentido tendría eso?

—Sería divertido —respondió Joel—. Quiero convertirme en especialista, en rithmática, quiero decir.

—Una meta muy elevada para alguien que nunca podrá hacer que una línea llegue a cobrar vida.

—Hay críticos musicales que no saben tocar ningún instrumento —dijo Joel—. Y los historiadores no tienen que ser los tipos que hacen la historia. ¿Por qué solo los rithmatistas han de poder estudiar rithmática?

Fitch contempló la hoja por un instante y acabó sonriendo.

—Un argumento válido, hasta cierto punto. Desgraciadamente, ya no dispongo de ninguna clase para que asistas a ella.

—Sí, pero seguirá dando tutoriales. Podría participar como oyente en uno de ellos, ¿verdad?

Fitch sacudió la cabeza.

—Me temo que las cosas no funcionan así. Los que estamos abajo de todo no podemos elegir qué enseñamos o a quién se lo enseñamos. He de aceptar a los estudiantes que me asigne el rector, y él ya ha elegido. Lo siento.

Joel bajó la vista.

—Bueno..., ¿cree que, quizás, alguno de los otros profesores podría hacerse cargo de sus clases de defensa avanzada?

—Muchacho —dijo Fitch, poniéndole bondadosamente una mano en el hombro—, ya sé que la vida de los rithmatistas parece llena de emoción y peligro, pero incluso lo que el profesor Nalizar cuenta sobre Nebrask es mucho más espectacular que la realidad. El grueso del estudio rithmático consiste en líneas, ángulos y números. La guerra contra la Torre es librada por un puñado de hombres y mujeres ateridos de frío y calados hasta los huesos que no hacen más que dibujar líneas en el suelo, con intervalos de semanas enteras durante los que no hay otra cosa que hacer que sentarse bajo la lluvia.

—Lo sé —se apresuró a decir Joel—. Profesor, lo que me apasiona es la teoría.

—Eso es lo que dicen todos —replicó Fitch.

—¿Todos?

—¿Crees que eres el primer joven que ha querido participar en las clases de rithmática? —preguntó Fitch con una sonrisa—. Recibimos peticiones como esta continuamente.

—¿Sí? —preguntó Joel, sintiendo que se le caía el alma a los pies.

Fitch asintió.

—La mitad están convencidos de que en esas aulas tiene que estar sucediendo algo misterioso y emocionante. La otra mitad da por sentado que si estudian con suficiente empeño, podrán convertirse en rithmatistas.

—Podría... haber una manera, ¿verdad? —preguntó Joel—. Quiero decir que, bueno, borradores como usted no eran más que personas normales antes de su Acogida. Por lo tanto, otras personas normales pueden ser rithmatistas.

—Pero es que la cosa no va así, chico —dijo Fitch—. El Maestro elige cuidadosamente a sus rithmatistas. En cuanto la edad de la Acogida ha quedado atrás, todas las elecciones han sido hechas. En los últimos dos siglos, no se ha elegido a nadie que tuviera más de ocho años.

Joel bajó la vista.

—No te pongas tan triste —dijo Fitch—. Gracias por haberme traído mis libros. ¡Estoy seguro de que habría puesto patas arriba tres veces todo mi estudio buscándolos!

Joel asintió y se dio la vuelta para irse.

—Está equivocado, por cierto.

—¿Quién?

—Yallard, el autor de ese manual —dijo Joel, señalando el segundo de los dos volúmenes—. Asegura que la Defensa Blad debería ser excluida de los duelos y torneos oficiales, pero eso es mera falta de perspectiva. Cuatro segmentos elipsoides combinados no pueden crear una Línea de Custodia defensiva «tradicional», pero resultan muy efectivos. Si excluyen esa defensa de los duelos porque es demasiado poderosa, entonces nadie la aprenderá, y en consecuencia no se podrá utilizar en una batalla si es preciso hacerlo.

Fitch enarcó una ceja.

—Así que de verdad estabas prestando atención en mis clases.

Joel asintió.

—Quizá sea cosa de familia —dijo Fitch—. Tu padre sentía cierto interés por esas cosas. —Tras un titubeo se inclinó hacia delante para estar un poco más cerca de Joel—. Lo que deseas está prohibido por la tradición, pero siempre hay quienes están dispuestos a romper con lo que dictan las costumbres. Universidades más nuevas, jóvenes y llenas de entusiasmo, están empezando a enseñar rithmática a cualquiera que desee aprender. Ve a una de ellas cuando hayas crecido un poco. Eso no hará de ti un rithmatista, pero podrás aprender lo que deseas.

Joel no supo qué responderle. La verdad es que sonaba bien. Al menos era un plan. Él nunca sería un rithmatista, y lo aceptaba. Pero ir a una de esas universidades...

—Me encantaría —dijo finalmente—. Pero ¿me admitirían aunque no hubiera estudiado con un profesor de rithmática?

—Tal vez. —Pensativo, Fitch golpeó suavemente su plato con el cuchillo—. O tal vez no. Si estudiaras conmigo...

Volvió la mirada hacia la cabecera de la mesa, hacia Nalizar y los demás, antes de bajar los ojos hacia su plato.

—No. No, hijo, no puedo acceder a ello. Sería demasiado poco convencional, y ya he causado suficientes problemas. Lo siento, jovencito.

Le estaba diciendo que se fuera. Joel dio media vuelta y se alejó con las manos en los bolsillos.

LA DEFENSA MATSON

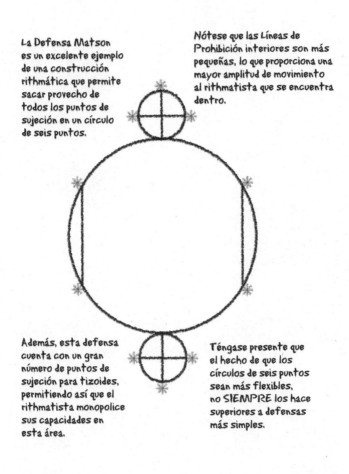

La Defensa Matson es un excelente ejemplo de una construcción rithmática que permite sacar provecho de todos los puntos de sujeción en un círculo de seis puntos.

Nótese que las Líneas de Prohibición interiores son más pequeñas, lo que proporciona una mayor amplitud de movimiento al rithmatista que se encuentra dentro.

Además, esta defensa cuenta con un gran número de puntos de sujeción para tizoides, permitiendo así que el rithmatista monopolice sus capacidades en esta área.

Téngase presente que el hecho de que los círculos de seis puntos sean más flexibles, no SIEMPRE los hace superiores a defensas más simples.

CAPÍTULO

Joel detestaba las noches.

«Noche» significaba cama, y cama significaba yacer en la oscuridad, incapaz de dormir a pesar de sentirse agotado.

Él y su madre dormían en una única habitación en los alojamientos familiares de Armedius. Tenían un armario, que también se utilizaba como vestidor, y compartían un cuarto de baño comunitario al final del pasillo, fuera. El cuarto era minúsculo: paredes de ladrillo, la rendija solitaria de una ventana, una cama. Cuando su madre tenía fiesta en el trabajo, Joel dormía en el suelo. Los otros días, hacía la cama y se la dejaba a ella para que durmiera durante las horas de luz en que no le tocaba cumplir con su turno.

Antes habían vivido en unas estancias más espaciosas adyacentes al taller del padre de Joel, en el sótano de los alojamientos familiares. Después del accidente, la madre de Joel había pedido al rector que les permitiera trasladarse a otra habitación. Joel no se quejó. El taller de la tiza guardaba demasiados recuerdos.

Miró el techo. Algunas noches, salía al césped y leía libros a la luz de una linterna, pero eso le causaba problemas. Su madre estaba medio convencida de que su bajo rendimiento en los estudios guardaba una estrecha relación con sus hábitos nocturnos.

Encima de él, trazadas en el techo, Joel podía distinguir

líneas, iluminadas por la tenue claridad de las linternas exteriores del recinto académico. Era la Defensa Easton, uno de los círculos defensivos rithmáticos tradicionales más complejos. Fue recorriéndolas con los ojos, siguiendo el círculo exterior, el nonágono inscrito con los lados ausentes y finalmente los círculos exteriores.

El dibujo era bastante torpe, aunque Joel se había sentido orgulloso de él cuando lo trazó hacía dos años. Los nueve puntos de sujeción no se hallaban marcados, y un par de los círculos estaban torcidos. Si un rithmatista hubiera utilizado aquella defensa en un duelo, el círculo habría acabado lleno de brechas en un abrir y cerrar de ojos. Incluso en condiciones normales, a menudo Joel no podía hacer un círculo de nueve puntos sin un boceto de referencia. Si ponía aunque solo fuera un punto de sujeción fuera, eso podía destruir la integridad de todo el dibujo.

Integridad del dibujo. Este carecía de integridad. No era más que tiza sobre papel, no tenía poder. Joel parpadeó, apretando los dientes. A veces odiaba la rithmática, que se centraba exclusivamente en la lucha y el conflicto. ¿Por qué no se ocupaba de algo útil?

Se volvió de costado y se preguntó si Michael no tendría razón después de todo. ¿Estaría demasiado pendiente de la rithmática? Todo el mundo, desde Fitch hasta su madre, acababa diciéndoselo en un momento u otro.

Sin embargo... la rithmática era lo único que le importaba, lo único en lo que parecía ser hábil. Sin eso, ¿qué era él? Era muy consciente, pues ya se habían ocupado de repetírselo hasta la saciedad, de que una buena formación académica no lo elevaría al estatus de los otros estudiantes.

¿Qué iba a hacer, pues? ¿Seguir el rumbo que todos esperaban de él? ¿Estudiar con empeño para conseguir un trabajo de oficinista, un escalón por encima de ser un trabajador manual?

¿O iba a seguir corriendo en pos de un sueño? Estudiar rithmática en una universidad. Llegar a ser un erudito de la rithmática, todo un experto en ella. Fitch le había ofrecido una migaja de algo grande, pero le había arrebatado el plato inmediatamente después de ofrecérselo. Al pensar en ello sintió un destello de ira.

Procuró controlarse. «Fitch quería enseñarme —pensó—. Pero está tan afectado por lo que ha pasado hoy que no se ha atrevido a pedirlo.»

Fitch pasaría el verano impartiendo un tutorial a los estudiantes que le había asignado el rector York. Un plan empezó a incubarse en la mente de Joel. Un plan desesperado, insensato.

Sonrió. Tenía que suspender la asignatura de historia.

Debo recordarles de nuevo lo importante que es este examen —dijo el profesor Kim. Era uno de los pocos extranjeros que había en la facultad. Aunque hablaba sin ningún acento, pues su familia se había trasladado a las Islas Unidas cuando él no era más que un bebé, su herencia se apreciaba claramente en el color asiático de la piel y en la forma de los ojos.

El nombramiento de Kim para la Escuela General había causado considerable conmoción. A los padres les preocupó que fuera a enseñar historia, porque temían que presentara la versión joseun de los acontecimientos. Joel no estaba seguro de si realmente uno podía alterar la perspectiva hasta tal punto que dejara de corresponderse con la verdad. Después de todo, los joseun habían conquistado Europa. ¿Realmente se podía poner en duda este hecho?

—El examen representa el cincuenta por ciento de vuestra nota final —dijo el profesor Kim, quien repartía las pruebas a los estudiantes mientras iba entre los pupitres—. Disponéis de dos horas para terminarlo, así que no os precipitéis.

El profesor Kim llevaba traje y pajarita, a diferencia de los profesores que habían realizado sus estudios universitarios en Francia o Espania, que solían optar por el atuendo formal joseun en lugar de faldas o trajes. Kim probablemente comprendía que él necesitaba ser todavía más americano que los demás.

Joel escribió su nombre en el extremo superior de la prueba y empezó a mirar las tres preguntas-ensayo que se planteaban.

«Analiza los acontecimientos y posibles causas que condujeron al descubrimiento de la rithmática.»

«Analiza las ramificaciones del exilio de Britania del Monarca.»

«Detalla las primeras luchas contra los tizoides salvajes y su posterior aislamiento en la Torre de Nebrask.»

Joel conocía las respuestas. Sabía, porque lo había estudiado a fondo, que el rey Gregory se había visto expulsado de Britania durante el avance de los joseun y que fue acogido en América, a pesar de la tensión histórica existente entre las dos naciones. Careciendo de poder político, Gregory se había convertido fundamentalmente en un líder religioso.

Y entonces los tizoides salvajes habían aparecido en el oeste, una amenaza para toda la vida en las islas. El rey Gregory había descubierto la rithmática, y de hecho se había convertido en el primer rithmatista. Ya era un anciano cuando sucedió eso.

¿Era demasiado esperar que Joel, pese a haber superado la edad de la Acogida, pudiera convertirse también en rithmatista? Había ocurrido antes.

Fue escribiendo rápidamente respuestas a las preguntas. No las respuestas correctas. Auténticos disparates. Aquella prueba representaba el cincuenta por ciento de la nota final. Si suspendía historia, tendría que pasar el resto del verano repasando la asignatura con un tutor.

«Mamá me va a matar», pensó mientras terminaba, respondiendo a la última pregunta con un chiste sobre el kimchi, y sugiriendo que los tizoides salvajes probablemente habían huido a la Torre para escapar de su hedor.

Se levantó del asiento mucho antes del tiempo estipulado para terminar, fue hasta el frente del aula y le tendió el examen al profesor Kim.

Este lo aceptó con cierta vacilación. Frunciendo el ceño, leyó las tres escuetas respuestas.

—¿No quieres repasar las contestaciones?

—No —dijo Joel—. Estoy satisfecho.

—Joel, ¿qué estás haciendo? ¿No me has oído cuando he recalcado lo importante que es esta prueba?

—Soy muy consciente de ello.

Kim se quedó mirando el examen.

—Creo que deberías ir a hablar con el rector —dijo finalmente, escribiendo una nota para la administración.

«Perfecto», pensó Joel mientras la cogía.

Llegó al edificio de la administración y empujó la puerta. Esta vez Florence se hallaba muy ocupada, y el silencio solo era roto por el rasgueo de las plumas de ave moviéndose sobre el papel.

Exton levantó la vista cuando entró Joel. Ese día el secretario llevaba una pajarita azul, a juego con el color de sus tirantes.

—Joel —dijo—. ¿Ya es el quinto período? —Echó una mirada al reloj del rincón y se ajustó las gafas—. No...

—Me han enviado a ver al rector —anunció el muchacho, quien le tendió la nota.

—Oh, Joel —dijo Florence—. ¿Qué has hecho esta vez?

El joven se acomodó en una de las sillas de aquel lado de la oficina, de forma que Exton quedó oculto tras el ancho mostrador de madera.

—¿No piensas contestar? —insistió Florence, cruzándose de brazos.

—No había estudiado suficiente para el examen —dijo Joel.

—Pues tu madre me comentó que estabas muy seguro.

Joel guardó silencio sintiendo los latidos de su corazón. Una parte de él no podía creer lo que había hecho. Por supuesto que muchas veces se había olvidado de hacer los deberes o

no había estudiado para algún examen. Pero sabotear deliberadamente su nota... Lo que acababa de hacer significaba que
había suspendido al menos una asignatura en cada uno de los
cuatro cursos que había estado en Armedius. Motivo más que
suficiente para que un alumno fuera expulsado de la academia.

—Bueno, sea lo que sea —dijo Florence mientras miraba la nota—, tendrás que esperar unos minutos. El rector
está...

La puerta de la oficina se abrió de golpe. Nalizar, luciendo
su tabardo rojo de rithmatista que le llegaba hasta los tobillos, apareció en el hueco.

—¿Profesor Nalizar? —preguntó Exton, levantándose—.
¿Necesita usted algo?

El joven profesor irrumpió en la oficina con el pelo rubio
elegantemente ondulado. El tabardo que llevaba no parecía el
de Fitch: tenía un aspecto demasiado nuevo, y el corte le sentaba como un guante. Joel exhaló un suave siseo de disgusto.
Eso significaría que Nalizar había obligado a Fitch a desprenderse de su tabardo delante de toda una clase cuando él ya tenía uno de su propiedad, listo y esperándolo.

—Ha llegado a mi conocimiento —dijo Nalizar— que tienen ustedes a estudiantes corrientes entregando mensajes e
interrumpiendo el valioso tiempo de adiestramiento rithmático.

Florence palideció, pero Exton no pareció sentirse intimi-
dado en lo más mínimo.

—Hay mensajes que deben ser entregados a las aulas, profesor. ¿Sugiere que obliguemos a los profesores de rithmática
a venir a la oficina entre cada período para comprobar si hay
alguna nota para ellos?

—No sea ridículo —replicó Nalizar con un ademán des-
pectivo. La frecuencia con que recurría a la tiza había teñi-
do sus dedos de rojo—. Las interrupciones son inevitables.
No obstante, estoy preocupado por la integridad del campus
rithmático. Ver merodear por ahí a estudiantes que no tie-

nen derecho a hallarse presentes resulta de lo más indecoroso.

—Entonces, ¿qué propone usted que se haga al respecto? —preguntó Exton en tono de cansancio—. ¿Enviar a estudiantes rithmatistas para que se ocupen de los recados? En una ocasión pedí que me mandaran uno y me dijeron que su tiempo era «demasiado valioso».

—Señorita Muns, haga el favor de entrar —dijo secamente Nalizar.

Una chica con falda blanca entró en la oficina. Sus rizos pelirrojos destacaban llamativamente contra el gris de su suéter. Era la chica de la clase de matemáticas de Joel.

—La señorita Muns ha demostrado una ineptitud fuera de lo corriente para la rithmática básica —dijo Nalizar—. Esa falta de dedicación podría llegar a suponer un gran peligro tanto para ella como para quienes luchen a su lado. Se ha determinado que debe someterse a alguna forma de castigo, y por lo tanto vendrá a la oficina cada día después de su optativo de verano, para ocuparse de los recados que guarden relación con el campus rithmático.

La chica suspiró suavemente.

—Imagino que este arreglo resultará aceptable para ustedes, ¿no? —preguntó Nalizar.

Exton titubeó y acabó asintiendo en silencio.

Joel, sin embargo, sintió que empezaba a enfurecerse.

—Está haciendo todo esto por mi causa.

Nalizar lo miró por fin y frunció el ceño.

—¿Y tú eres...?

—Esto es ir pero que muy lejos, solo para mantener a un chico fuera de sus clases —le espetó Joel.

Nalizar lo miró de arriba abajo y ladeó la cabeza.

«¡Tizas! —pensó Joel—. Realmente no me reconoce. ¿Tan poca atención presta?»

—Niño arrogante —replicó Nalizar con indiferencia—. Me veo obligado a llevar a cabo esta acción para asegurar que los estudiantes rithmatistas no serán molestados, ahora o en el futuro. —Y salió majestuosamente de la oficina.

La chica de los rizos pelirrojos tomó asiento en una de las sillas junto a la puerta, abrió su cuaderno y empezó a dibujar.

—No puedo creer que haya hecho eso —dijo Joel, volviendo a sentarse.

—Pues, la verdad, no me parece que te haya tenido presente a ti, específicamente, cuando ha tomado la decisión —dijo la chica, sin dejar de dibujar—. Nalizar está muy interesado en el control. Esto solo es otra forma de hacerse con él.

—Ese tipo es un acosador —gruñó Joel.

—Piensa como un soldado, supongo —replicó la chica—. Y quiere mantener una clara separación entre los rithmatistas y los demás. Dijo que debíamos tener cuidado con cómo nos comportábamos en presencia de la gente corriente. Aseguró que si no manteníamos las distancias, adquiriríamos sicofantes que interferirían con nuestra labor. Eso...

—Melody, querida —dijo Florence—. Estás divagando.

La chica parpadeó y acabó levantando la vista.

—Oh.

—Espera —dijo Joel—. ¿No deberías volver a clase con Nalizar?

La chica torció el gesto.

—No —murmuró—. Yo... bueno, en cierta manera él me echó de clase.

—¿Te echó? —dijo Joel—. ¿De clase? ¿Qué hiciste?

—Mis círculos dejaban bastante que desear —dijo ella con un dramático chasquido de los dedos—. ¿Qué pasa con los círculos, de todas maneras? Todo el mundo está obsesionado con los círculos...

—El arco de una Línea de Custodia es vital para la integridad estructural del perímetro defensivo —le explicó Joel—. Si tu círculo tiene un arco inconsistente, te verás vencida en cuanto un solo tizoide llegue a tu muro. ¡Dibujar un círculo regular es la primera y más importante de las habilidades rithmáticas!

—¡Tizas! —exclamó ella—. Hablas igualito que un profesor. ¡No me extraña que todos piensen que eres rarito!

Joel se sonrojó. Al parecer, hasta los rithmatistas pensaban que estaba demasiado pendiente de la rithmática.

La puerta trasera de la oficina se abrió.

—¿Florence? —preguntó el rector—. ¿A quién le toca ahora?

Joel se puso en pie y le sostuvo la mirada. El hombretón frunció el ceño y las guías de su bigote cayeron un poco más.

—¿Joel?

Florence cruzó la habitación y le entregó la nota del profesor Kim. El rector la leyó y se le escapó un gemido, un sonido retumbante que pareció crear ecos.

—Entra, por favor.

Joel rodeó el mostrador y Florence sacudió la cabeza con expresión compasiva cuando pasó junto a ella para entrar en el despacho del rector. La cámara estaba revestida de la mejor madera de nogal, y la alfombra era de un verde bosque. Distintos diplomas, menciones honoríficas y títulos de toda clase colgaban de las paredes. El rector York tenía un imponente escritorio a juego con su corpulencia y tomó asiento, señalando a Joel la silla que había ante él.

El muchacho se acomodó en ella, sintiéndose empequeñecido por el magnífico escritorio y su intimidatorio ocupante. Solo había estado en aquel despacho tres veces anteriormente, al final de cada año cuando había suspendido una asignatura. Oyó un rumor de pasos sobre la alfombra detrás de él, y Florence llegó con un expediente. Se lo tendió al rector y luego se retiró, cerrando la puerta tras ella. El despacho carecía de ventanas, aunque dos linternas mecánicas giraban silenciosamente en cada pared.

York examinó el expediente, dejando que Joel se agobiara durante ese tiempo. Rumor de papeles. Tictac de las linternas y del reloj. Conforme se prolongaba el silencio, estirándose tensamente como un trozo de regaliz, Joel empezó a tener dudas sobre su plan.

—Joel —dijo por fin el rector en un tono extrañamente

suave—, ¿eres consciente de la oportunidad que estás desperdiciando?

—Sí, señor.

—No permitimos que los hijos de otros empleados ingresen en Armedius —continuó York—. Dejé que te matricularas en nuestra institución como un favor personal a tu padre.

—Soy consciente de ello, señor.

—Cualquier otro estudiante con tu rendimiento —prosiguió el rector— ya habría sido expulsado. He echado a hijos de caballeros-senadores, ¿sabes? Expulsé nada menos que al sobrino nieto del Monarca. Contigo, dudé. ¿Sabes por qué?

—¿Porque mis maestros dicen que soy listo?

—Desde luego que no. Al contrario, ya que esa inteligencia tuya es una razón para expulsarte. Un niño con poca capacidad, y que sin embargo se esfuerza, me resulta mucho más deseable que uno dotado de un gran potencial pero que no hace sino desperdiciarlo.

—Lo intento, rector. De verdad, yo...

York levantó una mano para interrumpirlo.

—Creo recordar que el año pasado mantuvimos una conversación similar.

—Sí, señor.

York guardó silencio unos instantes y acto seguido cogió una hoja en la que se veían muchos sellos de aspecto oficial. No era una solicitud para un tutor, sino un formulario de expulsión.

Joel sintió una punzada de pánico.

—Si te di otra oportunidad, Joel, fue porque eres hijo de tus padres —dijo el rector, cogiendo una pluma del soporte que había encima de su escritorio.

—Rector —intervino Joel—, ahora comprendo que soy...

El rector volvió a interrumpirlo levantando la mano. Joel reprimió su irritación. Si York no le dejaba hablar, ¿qué podía hacer él? En la oscuridad de la noche anterior, su absurdo plan había parecido osado e inteligente. Ahora el joven empezaba a temer que le saliera el tiro por la culata.

El rector empezó a escribir.

—Hice mal ese examen a propósito —declaró Joel.

York levantó la vista.

—Escribí respuestas incorrectas adrede —añadió el chico.

—¡Por todos los cielos! ¿Qué te impulsó a hacer algo semejante?

—Quería suspender para conseguir un tutorial de historia.

—Joel —dijo el rector—, podrías haberte limitado a preguntarle al profesor Kim si podías participar en su curso este verano.

—Su optativo abordará la historia europea durante la ocupación joseun —dijo Joel—. Yo necesitaba suspender historia de la rithmática y así seguir estudiando precisamente esta materia.

—Podrías haberte dirigido a alguno de los profesores y haberle pedido que fuera tu tutor —señaló York con severidad—. Sabotear tus propias notas no me parece un método de lo más apropiado.

—Lo intenté, en serio —repuso Joel—. El profesor Fitch dijo que a los estudiantes corrientes no les estaba permitido estudiar con profesores de rithmática.

—Bueno, estoy seguro de que el profesor Kim hubiese podido dar con algún curso de estudio independiente que cubriera... ¿Te dirigiste a Fitch?

—Sí.

—¡Fitch es un rithmatista!

—Pues precisamente por eso, señor. —¿Cómo podía explicarlo?—. En realidad no quiero estudiar historia. Quiero estudiar Líneas Rithmáticas. He pensado que si consigo estar a solas con el profesor Fitch y me las arreglo para que empiece a hablar de rithmática, entonces podré aprender acerca de las defensas y las ofensivas, aunque el tutorial sea sobre historia.

Tragó saliva, esperando la misma clase de desdén que había recibido de otras personas.

—Vaya —dijo York—. Entonces la cosa tiene sentido, supongo..., sobre todo teniendo en cuenta que piensas como un adolescente. Hijo, ¿por qué no te limitaste a pedírmelo?

Joel parpadeó.

—Bueno, es que... En fin, todo el mundo parece estar convencido de que estudiar rithmática sería muy arrogante por mi parte, de que no debería ir por ahí molestando a los profesores.

—Al profesor Fitch le gusta que le molesten —dijo el rector—, especialmente los estudiantes. Es uno de los pocos auténticos maestros que tenemos en esta escuela.

—Sí, pero él dijo que no podía adiestrarme.

—Hay ciertas normas —convino York, dejando a un lado el formulario y cogiendo otro. Después lo miró sin decir nada, como si no estuviera demasiado seguro de qué debía hacer.

—¿Señor? —preguntó Joel con un atisbo de esperanza.

York dejó a un lado el formulario.

—No, Joel —dijo—. Fitch tiene razón. Existen reglas que no permiten asignar estudiantes corrientes a los cursos de rithmática.

Joel cerró los ojos.

—Por otra parte —prosiguió York—, he puesto a Fitch al frente de un proyecto de gran importancia. Seguramente le resultaría muy útil disponer de ayuda. No hay nada que me impida asignarle un ayudante de investigación de la Escuela General.

Joel abrió los ojos desmesuradamente mientras el rector York cogía otra hoja de papel.

—Eso presuponiendo, claro está, que la presencia de dicho ayudante no suponga ninguna distracción para el profesor Fitch. Ya le he asignado a una estudiante para que sea su tutor. No quiero sobrecargarlo.

—Prometo no ser ninguna molestia —se apresuró a decir Joel.

—Sospecho que, habida cuenta de sus repetidos intentos por separar a los rithmatistas de la gente corriente, esto pondrá fuera de sí al profesor Nalizar. Una tragedia.

Sonrió. Joel sintió que el corazón le daba un brinco en el pecho.

—Naturalmente —añadió el rector, mirando el reloj—, no puedo concederte esta asignación a menos que tengas un optativo de verano abierto. Según mis cálculos, aún te quedan cuarenta y cinco minutos de la clase de historia de Kim. ¿Crees que podrías conseguir un aprobado si volvieras al aula y dieras buen uso del tiempo que te queda?

—Pues claro que podría —aseguró el muchacho.

—Bien, en ese caso... —dijo York, golpeando suavemente la hoja con las puntas de los dedos—. Este formulario estará aquí, listo y esperando, en el supuesto de que puedas volver a verme al final del día provisto de un aprobado en historia.

En un abrir y cerrar de ojos Joel ya había salido del despacho y corría a través del césped en dirección a la clase de historia. Irrumpió en el aula, jadeante, y les dio un buen susto a los estudiantes que todavía estaban sentados haciendo la prueba.

Su examen estaba encima del escritorio de Kim, en el mismo sitio donde él lo había dejado antes.

—El rector me ha convencido de que volviera a intentarlo —dijo Joel—. ¿Puedo... repetir el examen?

Kim tamborileó con los dedos.

—¿Has ido a mirar las respuestas mientras estabas fuera?

—¡Le prometo que no he hecho tal cosa, señor! —exclamó Joel—. Administración puede confirmar que he estado sentado allí todo este tiempo, con los libros cerrados.

—Muy bien —dijo Kim, mirando el reloj—. Pero igualmente tendrás que terminar en el tiempo asignado. —Cogió un examen en blanco y se lo tendió a Joel.

Este casi se lo arrebató de la mano antes de coger un tintero y una pluma de ave para dirigirse corriendo a su asiento. Escribió a toda velocidad hasta que sonó el reloj, indicando el fin de la clase. Entonces miró la última pregunta, que no había llegado a responder verdaderamente a fondo por falta de tiempo.

Respirando hondo, Joel se reunió con los estudiantes que estaban entregando sus exámenes. Esperó hasta que todos ellos hubieron salido del aula antes de ofrecer el suyo.

Kim lo tomó y enarcó una ceja al ver lo concienzudas que eran las respuestas.

—A la vista del resultado de la entrevista con el rector, quizá debería haberte enviado a su despacho hace meses.

—¿Podría usted corregirlo ahora, por favor? —preguntó Joel—. Así podría saber si he aprobado.

Kim miró el reloj. Después cogió una pluma de ave, mojó la punta y empezó a leer. Joel esperó, con el corazón desbocado, mientras el profesor iba sustrayendo puntos aquí y allá.

Por último Kim escribió la puntuación obtenida al final de la hoja.

—¿Apruebo? —preguntó Joel.

—Sí —respondió Kim—. Dime, ¿por qué entregaste ese otro examen? Ambos sabemos que conoces a fondo este tema.

—Solo necesitaba la motivación apropiada, señor —dijo el chico—. Por favor, ¿podría escribir una nota al rector explicándole que he aprobado?

—Supongo. ¿Por casualidad no estarás interesado en estudiar mi optativo de historia avanzada este verano?

—Quizás el año que viene —dijo Joel, sintiendo que se le levantaba el ánimo—. Gracias.

Cuando poco después llegó a la administración, encontró el formulario esperándolo. Había sido rellenado, y ordenaba a Joel que se convirtiera en ayudante de investigación para el profesor Fitch durante el verano. A su lado había una nota del rector. Decía lo siguiente:

La próxima vez, te aconsejo que vengas a hablar conmigo. Últimamente he estado pensando que los rithmatistas están demasiado obsesionados con mantenerse aislados y separados del resto del campus.

Siento mucha curiosidad por ver cómo se las arregla el profesor Fitch con su proyecto actual. El inspector Harding insistió en que pusiera a trabajar en el problema a mi mejor rithmatista; me pareció conveniente, aunque infortunado, que mi mejor especialista dispusiera de mucho tiempo libre repentinamente.

Mantente alerta por mí en lo que concierne a este proyecto, si no te importa. Quizá te pida que me pongas al día de forma ocasional.

Rector YORK

PARTE

SEGUNDA

LÍNEAS DE PROHIBICIÓN

Es muy importante que los rithmatistas sean muy conscientes de dónde dibujan las Líneas de Prohibición, ya que nadie puede cruzarlas, ni siquiera el rithmatista que las dibujó.

Aquí, un rithmatista ha dibujado una Línea de Prohibición bajo su defensa para obtener una protección extra.

Igualmente, los rithmatistas deben tener en cuenta que si dibujan una Línea de Prohibición, esta impedirá que las personas puedan desplazarse en dicha dirección. Esto puede ser útil, pero también peligroso.

Panel de fuerza invisible creado por encima de la línea

Línea de Prohibición

Los rithmatistas deben tener muy claro, sin embargo, que ello les impide también ir más allá de esa línea para dibujar tizoides, y que no podrán lanzar Líneas de Vigor a través de la línea. Esto puede dejar atrapado a un rithmatista, dado que hacen falta cuatro segundos para disipar una Línea de Prohibición.

CAPÍTULO 7

A la mañana siguiente, Joel salió temprano del edificio de los alojamientos y echó a andar hacia el campus rithmático. Respiraba profundamente, disfrutando del aroma de los árboles en flor y la fragancia del césped recién cortado. El campus rithmático consistía en cuatro majestuosos edificios principales de ladrillo, cada uno de los cuales recibía el nombre de una Línea Rithmática.

Joel abrió una puerta en el exterior del Colegio de la Custodia y se dirigió a una estrecha escalera. Subió hasta el tercer piso, donde encontró una sólida puerta. La madera estaba llena de nudos, con lo que producía esa impresión de algo curtido por el paso del tiempo que prevalecía en todo el campus rithmático.

Joel titubeó. Nunca había visitado a ninguno de los profesores de rithmática en sus despachos. El profesor Fitch era un hombre muy afable, pero no había manera de saber cuál sería su reacción cuando se enterara de que Joel había pasado por encima de él, acudiendo directamente al rector York.

Solo había una forma de averiguarlo. Joel llamó a la puerta. Transcurrió un corto espacio de tiempo sin que hubiera respuesta. Joel levantó la mano para volver a llamar, pero en ese momento la puerta se abrió de golpe. Fitch apareció en el hueco, con su tabardo gris de rithmatista desabrochado dejando al descubierto la chaqueta y los pantalones blancos que llevaba debajo.

—¿Sí? ¿Hum? —preguntó—. Oh, el hijo del que hacía tizas. ¿Qué te trae por aquí, muchacho?

Joel alzó nerviosamente el formulario que le había entregado el rector York.

—¿Hum? ¿Qué es esto? —Fitch cogió el formulario y lo examinó—. ¿Ayudante de investigación? ¿Tú?

Joel asintió en silencio.

—¡Ja! —exclamó Fitch—. ¡Qué idea más maravillosa! ¿Por qué no se me ocurriría antes? Sí, sí, entra.

Joel exhaló un suspiro de alivio mientras Fitch le indicaba que pasara. La cámara que había al otro lado del umbral parecía más un pasillo que una habitación. Era mucho más larga que ancha, y estaba llena de pilas de libros. Unas cuantas angostas ventanas en la pared de la derecha iluminaban una amalgama de muebles y chucherías junto a ambos muros. Dos linternitas mecánicas colgaban del techo, emitiendo suaves chasquidos mientras daban luz.

—Desde luego —dijo Fitch, avanzando cautelosamente entre los rimeros de libros—, debería haber sabido que York lo resolvería todo de la mejor manera posible. Ese hombre es un excelente gestor. No sé cómo se las arregla para mantener equilibrados todos los egos que tropiezan entre sí por este campus. Hijos de caballeros-senadores relacionándose con rithmatistas y hombres que se consideran héroes de Nebrask. Cielos, cielos.

Joel siguió al profesor. La habitación discurría a lo largo de la parte exterior del edificio; al llegar a la esquina, torcía en un ángulo de noventa grados y después continuaba hacia el norte, también a lo largo de ese mismo muro. Finalmente concluía en una pared de ladrillo, contra la cual había adosada una pequeña cama arreglada con mucho esmero. Las sábanas remetidas a conciencia y la pulcritud de la colcha contrastaban con la descuidada acumulación que imperaba en el resto de la oficina de Fitch, con su oscuridad y sus paredes de ladrillo.

Joel se quedó en un rincón, contemplando a Fitch mientras este rebuscaba entre sus libros y apartaba unos cuantos para sacar a la luz un taburete tapizado y una butaca a juego. El lugar olía a cerrado, y las emanaciones de viejos volúmenes y pergaminos se mezclaban con la humedad que rezumaba de las paredes de ladrillo. Pese al ambiente casi estival que imperaba fuera, allí dentro hacía más bien frío.

Joel se encontró sonriendo. La oficina era muy parecida a como se la había imaginado. La pared de la izquierda estaba cubierta de hojas llenas de viejos bocetos rithmáticos. Algunas se hallaban protegidas por marcos, y todas aparecían repletas de anotaciones. Había tal cantidad de libros que las mismas pilas parecían amontonarse unas encima de otras. Chucherías exóticas medio enterradas asomaban por doquier: una flauta de origen probablemente asiático, un cuenco de cerámica esmaltado de vivos colores, varias pinturas egipcias.

Y las Líneas Rithmáticas... estaban por todas partes. No solo en las hojas de papel que colgaban de las paredes. Aparecían impresas en las tapas de los libros, talladas en la madera del suelo, entretejidas en la alfombra, e incluso dibujadas en el techo.

—Pedí a York que me asignara un ayudante —estaba diciendo Fitch mientras deambulaba de un lado a otro—, pero nunca me hubiese atrevido a solicitar un no rithmatista. Demasiado transgresor. Pero por lo visto no existe ninguna regla al respecto, y... ¿Muchacho?

Joel miró al rithmatista.

—¿Sí?

—Pareces distraído —dijo Fitch—. Disculpa el desorden. Siempre me propongo limpiarlo, pero como aquí nunca entra nadie aparte de mí... y, bueno, supongo que ahora tú..., en fin, tampoco me parecía tan necesario.

—No —dijo Joel—. No, es perfecto. Yo...

—¿Cómo lo podría explicar?—. Nada más entrar aquí he sentido como si por fin hubiera llegado a casa.

Fitch sonrió.

—Bueno, en ese caso —dijo, alisándose el tabardo y tomando asiento en la butaca—, ¡supongo que debería ponerte a trabajar! Vamos a ver...

Lo interrumpió una suave llamada que resonó en el pasillo. Ladeó la cabeza y enseguida se levantó de la butaca.

—¿Quién...? Oh, sí. Iban a ser dos estudiantes.

—¿Dos? —preguntó Joel, siguiendo a Fitch mientras este doblaba la esquina y avanzaba por el pasillo atestado de cosas.

—Sí, hum. York me la asignó para un tutorial de recuperación. Hizo muy mal papel en mi clase de... bueno, en la clase de rithmática del profesor Nalizar.

—No será... —empezó a decir Joel con cierto nerviosismo.

Se calló cuando vio que Fitch abría la puerta. Y, en efecto, allí fuera estaba Melody, la chica de los rizos pelirrojos y la falda blanca. Había sustituido su suéter gris por una blusa de manga corta. La verdad es que no era fea; de hecho, tenía unos ojos muy bonitos.

—Aquí estoy —anunció sonoramente—. ¡Que empiece la flagelación!

Lástima que estuviera chalada.

—¿Flagelación? —exclamó Fitch—. Querida, ¿te encuentras bien?

Melody entró en la habitación.

—No hago sino resignarme a mi destino, profesor.

—Ah, perfecto, muy bien. —Fitch se volvió y pasó junto a Joel, haciéndole una seña a Melody para que lo siguiera. La muchacha echó a andar, pero se detuvo junto a su condiscípulo mientras Fitch empezaba a rebuscar en algunas de las pilas de libros.

—Dime la verdad —le susurró a Joel—, ¿me estás siguiendo?

El chico dio un respingo.

—¿Qué?

—Bueno, escogiste la misma clase de matemáticas que yo.

—¡Nuestras clases nos fueron asignadas por la administración! —dijo Joel.

—Y luego —continuó ella, hablando como si no hubiera oído la protesta de él—, te buscaste un trabajo en la administración: el mismo sitio en el que yo, desgraciadamente, me veo obligada a prestar servicio.

—¡He tenido ese trabajo desde que empezó el curso!

—Y finalmente —dijo ella—, me has seguido a la oficina de Fitch. Es como muy sospechoso, ¿no te parece?

—No te he seguido. ¡Yo estaba aquí antes que tú!

—Sí —admitió Melody—, una excusa de lo más conveniente. No se te ocurra aparecer enfrente de mi ventana de noche, o tendré que gritar y tirarte algo.

—¡Ah! —exclamó Fitch, echando mano de un gran cuaderno de dibujo. Después miró la pared y se frotó la barbilla con expresión pensativa. Acabó señalando una de las hojas colgadas en ella, que contenía el diagrama de una Defensa Matson simplificada.

La descolgó de la pared y acto seguido apartó unos cuantos libros, empujándolos con el pie para hacer un poco de sitio en el suelo.

—Mi joven dama —le dijo a Melody—, quizá se considere usted una causa perdida. Yo, desde luego, no creo que sea el caso. Lo único que necesita es un poco de práctica en lo fundamental. —Puso el diagrama en el suelo y después arrancó una hoja del cuaderno para colocarla encima del borde superior.

Melody suspiró.

—¿Dibujar?

—Sí, por supuesto.

—¡Eso ya lo hicimos en séptimo!

—Lo cual, querida mía —dijo Fitch—, nos lleva a la razón por la que esto recibe el nombre de tutoría de recuperación. Me parece lógico pensar que para cuando haya acabado el día, serás capaz de haber completado al menos diez copias. ¡Ase-

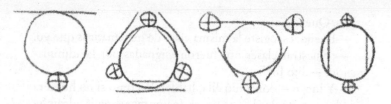

gúrate de que dibujas las líneas de cruce en el centro y marcas los puntos de sujeción!

Melody volvió a suspirar —algo que al parecer hacía con mucha frecuencia— y lanzó una mirada furibunda a Joel, como si lo culpara por presenciar su humillación. Él se encogió de hombros. Dibujar pautas rithmáticas le parecía una manera bastante entretenida de pasar la tarde.

—A trabajar, Melody —dijo Fitch, poniéndose en pie—. Y ahora, Joel, también tengo algo que hacer para ti. —Echó a andar por el pasillo y Joel se apresuró a ir tras él, sonriendo con anticipación. El rector había mencionado un proyecto en el que estaba trabajando Fitch, algo lo bastante importante como para que exigiera la atención de un inspector federal. Joel había pasado buena parte de la noche acostado en la cama, pensando en qué tipo de trabajo estaría haciendo Fitch. Algo relacionado con la rithmática, las líneas, y...

—Registros censales —declaró Fitch, cogiendo un montón de libros de registros censales y tendiéndoselos a Joel.

—¿Cómo dice? —preguntó el muchacho.

—Tu trabajo —explicó el profesor— consistirá en examinar las actas de defunción en estos libros y localizar a todos los rithmatistas que han ido muriendo a lo largo de los últimos veinte años. Después quiero que cruces esas referencias con las listas de graduados de Armedius que tengo aquí. Quiero que taches de la lista a los rithmatistas que hayan fallecido.

Joel frunció el ceño.

—Parece muchísimo trabajo.

—¡Por eso precisamente solicité que me asignaran un ayudante! —dijo Fitch

Joel echó una ojeada a los libros que le había entregado

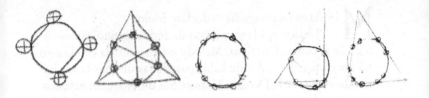

Fitch. Eran necrológicas procedentes de todos los confines de las sesenta islas.

—Será más fácil de lo que piensas, muchacho —añadió Fitch—. En las actas, los rithmatistas siempre aparecen con un asterisco, y las necrológicas indican en cuál de las ocho academias estudió el finado. Solo tienes que ir mirando las páginas para buscar rithmatistas muertos que estudiaran en Armedius. Cuando encuentres uno, localízalo en esta otra lista y táchalo. Además, cuando encuentres a un antiguo estudiante de Armedius que haya fallecido, quiero que leas la necrológica y tomes nota de cualquier cosa... rara que figure en ella.

—¿Rara? —preguntó Joel.

—Sí, sí. Me refiero a si murieron de una manera poco habitual, o fueron asesinados, o algo así. En Armedius se gradúan alrededor de veinte alumnos por curso. Si tomamos un período de ochenta años, eso significa que tenemos más de mil quinientos rithmatistas que examinar. Quiero saber cuáles de ellos han muerto, y cómo fallecieron. —Se frotó la barbilla—. Se me ocurrió que la escuela debería disponer de esa información, pero después de comprobar con Exton los archivos de la administración vimos que no hay un registro adecuado de las muertes de los antiguos alumnos. Y ahora nosotros... bueno, tú... tendrás que pagar el precio de ese descuido.

Joel se dejó caer en el taburete, mirando las aparentemente inacabables pilas de documentos censales. A un lado, Melody lo miró y después sonrió para sí antes de volver a concentrarse en dibujar.

Joel se preguntó en qué se había metido.

Mi vida es una tragedia —declaró Melody.

Joel levantó la vista de su pila de documentos con nombres de personas fallecidas. Melody estaba sentada en el suelo no muy lejos de él, donde había pasado las últimas horas haciendo copias de la Defensa Matson. Sus dibujos eran nefastos.

El profesor Fitch, que trabajaba en un escritorio en el rincón, hizo caso omiso del arranque de Melody.

—¿Por qué —continuó ella— de todas las personas que hay en las Islas Unidas, se me tuvo que elegir para que fuese una rithmatista? ¡Ni siquiera soy capaz de dibujar un círculo perfecto!

—En realidad —dijo Joel, cerrando su libro—, a la mano humana le es imposible dibujar un círculo perfecto sin alguna clase de ayuda. Por eso, entre otras cosas, los duelos rithmáticos resultan tan interesantes.

Melody lo fulminó con la mirada.

—Tecnicismos.

—Mira —dijo Joel, inclinándose y cogiendo una de las hojas de papel. Después echó mano de tinta y pluma para trazar un círculo.

Melody se inclinó sobre él para ver mejor.

—No está mal —admitió de mala gana.

El muchacho se encogió de hombros y miró alrededor. Vio un trozo de cordel que colgaba de un tomo lleno de polvo. Lo sacó de allí y lo utilizó para medir el círculo que había dibujado; sujetando un extremo en el centro, y después colocando el resto alrededor del perímetro.

—¿Ves? —dijo—. Me he equivocado por cosa de medio milímetro.

—¿Y qué problema hay? —replicó Melody—. Aun así, has estado increíblemente preciso.

—Sí —admitió Joel—, pero si estuviéramos librando un duelo y tú pudieras determinar dónde está el error en el arco de mi círculo, podrías atacarme por allí. Ese error es mi punto débil. De todos modos, el truco no está en dibujar un Círculo de Custodia perfecto: solo tienes que aproximarte todo lo que puedas a la perfección.

—Deberían dejar que utilizáramos alguna clase de instrumento, como ese cordel.

—No siempre puedes contar con disponer de un compás —adujo Joel—. Y dibujar con una herramienta es un proceso mucho más lento. Este círculo mío puede no ser perfecto, pero se aproxima lo bastante a la perfección para que encontrarle los puntos débiles no resulte fácil, especialmente cuando mi oponente está sentado dentro de su propio círculo a unos dos o tres metros de distancia.

Volvió a acomodarse en el taburete.

—Es mejor aprender a dibujar un buen círculo a mano alzada, créeme. A la larga eso te será más útil que prácticamente todo lo demás en la rithmática.

La chica se lo quedó mirando.

—Sabes mucho de esto.

—Me interesa.

—Eh, ¿quieres hacer mis dibujos por mí? —preguntó ella, inclinándose hacia él para tenerlo más cerca.

—¿Qué?

—Ya sabes, acabar este trabajo para mí. Haremos un trueque. Yo puedo buscar en estos libros por ti.

—El profesor Fitch está sentado ahí mismo —alegó Joel, señalando con el dedo—. Probablemente está oyendo todo lo que decimos.

—Pues claro que os oigo —dijo el rithmatista, sin dejar de escribir en un cuaderno.

—Oh —murmuró Melody, torciendo el gesto.

—Eres una chica muy rara —masculló Joel.

Ella volvió a erguir la espalda, cruzó las piernas bajo su falda y suspiró melodramáticamente.

—A lo mejor tú también serías raro si te hubieras visto obligado a llevar una vida de abyecta e implacable esclavitud.

—¿Esclavitud? —preguntó Joel—. Deberías estar orgullosa de haber sido elegida.

—¿Orgullosa? —bufó ella—. ¿De verme obligada a seguir una carrera desde los ocho años? ¿De tener que pasarme la vida oyendo cómo se me repite una y otra vez que si no aprendo a dibujar un estúpido círculo, eso podría costarme la vida o incluso poner en peligro la seguridad de todas las Islas Unidas? ¿Debería estar orgullosa de no tener libertad o voluntad propia? ¿De que tarde o temprano vaya a llegar el día en que se me enviará a Nebrask para luchar? Supongo que al menos tengo un poquito de derecho a quejarme.

—O quizá sencillamente te estás comportando como una niña mimada.

Melody abrió los ojos como platos, se levantó con un bufido y echó mano de su enorme cuaderno de dibujo. Después se fue, doblando la esquina que llevaba al otro pasillo y derribando sin querer una pila de libros al pasar junto a ella.

—Joel, tú a lo tuyo, por favor —dijo Fitch sin levantar la vista de su labor—. Y no hagas enfadar a la otra estudiante.

—Lo siento —dijo el muchacho al tiempo que cogía otro libro censal.

Fitch había estado en lo cierto respecto al trabajo, ya que este avanzaba más deprisa de lo que Joel imaginó en un principio. Con todo, era aburrido. ¿Qué sentido tenía? ¿Era su «importante proyecto» una excusa para poner al día los registros de la escuela? El rector quizá quería localizar a los antiguos graduados para así poder convencerlos de que donaran dinero o lo que fuese a la escuela.

Después de todo lo que había tenido que hacer para entrar en un tutorial con Fitch, Joel hubiera preferido estar participando en algo interesante. Tampoco hacía falta que fuese nada espectacular. Pero ¿examinar viejos documentos?

Mientras proseguía con su labor, descubrió que sus pensamientos empezaban a derivar hacia Nebrask. El trabajo de Fitch tenía algo que ver con la razón por la que los había visitado aquel inspector federal. ¿Estaba Lilly Whiting realmente involucrada en ello? Quizá sí que había huido a Nebrask. Melody podía no tener ningún deseo de ir allí, pero a Joel le parecía que cuanto estaba relacionado con aquel lugar sonaba de lo más emocionante. La oscura isla se encontraba en el centro de las otras, y en ella terribles y peligrosos tizoides salvajes trataban de escapar e inundar las otras islas.

Los rithmatistas mantenían allí un enorme círculo de tiza, del tamaño de una ciudad. A un lado, campamentos y patrullas se esforzaban por impedir que los tizoides salvajes salieran. Y dentro del círculo, estos atacaban las líneas, intentando abrir una brecha y salir por ella. A veces conseguían atravesarlo, y entonces los rithmatistas debían luchar.

Tizoides salvajes... tizoides que podían matar. Nadie sabía quién los había creado. Aun así Joel podía imaginar ese círculo, dibujado sobre cemento vertido en el suelo. Se decía que lo peor de todo eran las tormentas. Aunque los toldos ofrecían bastante protección, el agua acababa infiltrándose, particularmente desde el lado de los tizoides salvajes, borrando la tiza... Creando brechas...

El reloj de péndulo del rincón avanzaba con un lento tictac hacia el mediodía, la hora en que terminaban las clases de los optativos de verano. Joel siguió trabajando con los libros de registros, aunque los tizoides y los círculos rithmáticos invadían sus pensamientos. Pasado un rato, cerró su último registro censal y se frotó los ojos. El reloj decía que faltaban quince minutos para el mediodía. Joel se levantó para estirar un poco las piernas y se acercó al profesor Fitch.

Al notar su presencia, este cerró rápidamente el cuaderno de notas. Joel solo tuvo tiempo de entrever alguna clase de dibujo. ¿Rithmática? ¿Un círculo que había sido atravesado?

—¿Qué quieres? —preguntó el profesor.

—Ya casi es hora de irse —señaló el muchacho.

—¿Ah, sí? Hum, pues tienes razón. Bueno, es lo que hay. ¿Qué tal ha ido la investigación?

«¿Investigación? —pensó Joel—. No estoy seguro de que esa sea la palabra más apropiada para describir mi trabajo...»

—He conseguido tachar alrededor de unos treinta nombres.

—¡No me digas! ¡Excelente! Puedes continuar mañana, entonces.

—¿Profesor? No es que quiera ser descortés, pero... Bueno, ayudaría bastante que supiera a qué viene todo esto. ¿Por qué estoy buscando en los registros censales?

—Ah... hum... La cosa es que no sé si puedo contártelo —objetó Fitch.

Joel ladeó la cabeza.

—Tiene algo que ver con el inspector federal que visitó la escuela, ¿verdad?

—En serio, no puedo...

—Esa parte ya me la contó el rector.

—¿Ah, sí? —Fitch se rascó la cabeza—. Bueno, en tal caso, supongo que eso sí puedes saberlo. Pero, realmente, no debería revelarte nada más. Y dime, ¿has encontrado algo... sospechoso en las actas?

Joel se encogió de hombros.

—La verdad es que da un poco de miedo... Me refiero a lo de repasar listas y más listas de personas muertas. En cierto modo, todos podrían ser sospechosos, ya que no hay demasiados detalles. Parece que la mayoría se murió de enfermedad o a edad avanzada.

—¿Algún accidente? —preguntó Fitch.

—Un par. Los marqué, como usted me pidió.

—Ah, muy bien. ¡Esta noche los miraré! Un trabajo excelente.

Joel apretó los dientes. «Pero ¿por qué? ¿Qué está buscando, profesor? ¿Tiene que ver con la chica que se escapó? ¿O solo son esperanzas mías de que así sea?»

—Bueno, pues ya puedes irte —dijo Fitch—. Y tú también, Melody. Hoy terminamos la sesión un poco antes de tiempo.

Melody desapareció por la puerta en cuestión de segundos. Joel, en cambio, se quedó un poco más, intentando decidir si debería presionar un poco más a Fitch.

Finalmente su estómago, que empezó a gruñir reclamando el almuerzo, le ayudó a tomar la decisión. Así pues, partió en busca de algo que comer, decidido a que se le ocurriese alguna manera de conseguir que Fitch le enseñara el cuaderno.

LA DEFENSA SUMSION

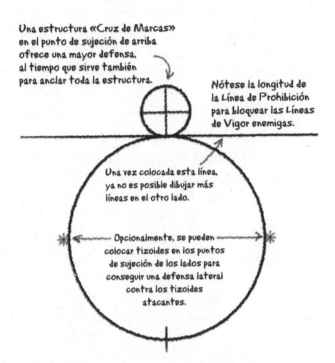

Una estructura «Cruz de Marcas» en el punto de sujeción de arriba ofrece una mayor defensa, al tiempo que sirve también para anclar toda la estructura.

Nótese la longitud de la Línea de Prohibición para bloquear las Líneas de Vigor enemigas.

Una vez colocada esta línea, ya no es posible dibujar más líneas en el otro lado.

Opcionalmente, se pueden colocar tizoides en los puntos de sujeción de los lados para conseguir una defensa lateral contra los tizoides atacantes.

La Defensa Sumsion es una estructura rápida de cuatro puntos con una larga Línea de Prohibición defensiva en lo alto. Es la defensa preferida por quienes desean atacar desde los lados.

CAPÍTULO 8

Joel cruzó el césped en dirección al refectorio. El campus no estaba muy lleno, ya que más de la mitad de los alumnos pasarían el verano fuera. Buena parte del personal no docente también se tomaba vacaciones, e incluso algunos de los profesores se iban igualmente, ya fuera a Francia o a la Britania joseun, para efectuar trabajos de investigación y asistir a simposios.

Aun así, el almuerzo probablemente estaría un poco concurrido, así que Joel rodeó el edificio y entró en las cocinas por una puerta trasera. Normalmente los estudiantes tenían prohibido el acceso a esa zona, pero Joel no era un alumno cualquiera.

Aquel día la tarea de supervisar cómo se servía el almuerzo había recaído en Hextilda, una robusta matrona que saludó a Joel con un gesto de la cabeza.

—Joel, muchacho —dijo con su marcado acento escocés—, ¿estás disfrutando de tu primer día de verano?

—Lo he pasado encerrado en la mazmorra de un profesor de rithmática —respondió el joven—. Me tuvo leyendo registros censales.

—¡Ja! —exclamó ella—. ¡Bueno, tengo noticias!

Joel enarcó una ceja.

—¡Mi hijo ha conseguido un permiso de viajeros a toda nuestra familia para visitar el hogar de nuestros antepasados! ¡Dentro de un mes me iré para allí!

—¡Eso es fantástico, Hextilda!

—Será la primera vez que un McTavish pisará el suelo patrio desde que mi bisabuelo fue expulsado de allí. Esos malditos hijos del sol... ¡Mira que obligarnos a pedir un permiso para visitar nuestra propia tierra!

Los escoceses habían resistido mucho tiempo en las Highlands, combatiendo encarnizadamente a los invasores joseun, antes de acabar siendo expulsados de allí. Intentar convencer a un escocés de que aquella tierra ya no le pertenecía rayaba en lo imposible.

—Bien —dijo Joel—, ¿quieres celebrarlo dándome un bocadillo, para que así no me vea obligado a esperar en la cola?

Hextilda le lanzó una mirada inexpresiva, pero en menos de cinco minutos ya le estaba entregando uno de sus característicos y siempre bien surtidos bocadillos. Joel dio un bocado, paladeando el sabor salado del abadejo ahumado mientras salía de las cocinas y echaba a andar por el campus.

Allí estaba sucediendo algo: la manera en que se había comportado el rector York, la forma en que Fitch había cerrado el cuaderno de notas cuando se le aproximó Joel... Todo aquello resultaba bastante sospechoso, así que Joel se preguntó cómo podría involucrarse un poco más en el asunto.

Se recordó a sí mismo la advertencia de Fitch acerca de que la vida de un rithmatista distaba mucho de ser envidiable. Aun así, tenía que haber alguna forma.

Quizá pudiera averiguar qué estaba investigando Fitch por su cuenta. Joel reflexionó unos instantes y bajó la vista hacia los últimos vestigios del bocadillo que tenía en la mano, sintiendo que una idea empezaba a cobrar forma dentro de su cabeza. Se apresuró a volver al refectorio.

Unos minutos después salió de las cocinas con dos bocadillos más metidos en sendas bolsitas de papel y cruzó a la carrera el césped del campus rumbo al edificio de la administración.

Florence y Exton levantaron la vista cuando entró.

—¿Joel? No esperaba verte hoy. ¡Es verano!

—No estoy aquí para trabajar, solo he venido a saludaros. ¿O acaso pensabas que siendo verano ya nunca me dejaría caer por aquí?

Florence sonrió. Ese día llevaba un vestidito verde y su rubia cabellera domada en un moño.

—Qué amable por tu parte. ¡Estoy segura de que Exton se pondrá muy contento!

El aludido siguió escribiendo en uno de sus libros de contabilidad.

—Oh, sí. Me encanta tener aquí a otro adminículo que se esforzará por distraerme de los doscientos informes de fin de curso que debo rellenar y archivar antes de que termine la semana. Delicioso.

—Haz como si no estuviera, querido —dijo Florence—. Es su manera de decir que se alegra mucho de verte.

Joel puso las dos bolsas encima del mostrador.

—Bueno, he de admitir que no es solo una visita social. He estado en las cocinas, y la cocinera pensó que quizás os apetecería alguna cosita para almorzar.

—Qué bien —exclamó Florence, yendo hacia él. Incluso Exton soltó un gruñido de asentimiento. Florence le pasó una de las bolsas y enseguida empezaron a dar buena cuenta de sus respectivos bocadillos. Joel sacó lo que quedaba de su almuerzo, sosteniéndolo y dándole bocaditos para no sentirse demasiado fuera de lugar.

—Y bien —dijo, apoyándose en el mostrador—, ¿ha sucedido algo emocionante durante las cuatro horas que llevamos de verano?

—Poca cosa —respondió Florence—. Como suele decir Exton, en esta época del año hay mucho trabajo rutinario.

—Aburrido, ¿eh? —insistió Joel.

Exton gruñó a su bocadillo.

—Bueno —dijo el muchacho—, supongo que no cada día podemos disfrutar con la visita de inspectores federales.

—Cierto —asintió Florence—. Y me alegro de ello. Menudo jaleo que organizó ese.

—¿Llegaste a enterarte de qué iba todo? —preguntó Joel, dando un mordisco a su bocadillo.

—Más o menos —contestó la secretaria, bajando la voz—. No pude oír lo que se estaba diciendo dentro del despacho del rector, naturalmente...

—Florence... —la interrumpió Exton en tono de advertencia.

—Oh, calla —dijo ella—. Tú estate por el bocadillo, ¿vale? En fin, Joel, ¿has oído lo de esa rithmatista que desapareció hace unos días? ¿Lilly Whiting?

Joel asintió.

—Pobre chica —prosiguió Florence—. Era muy buena estudiante, a juzgar por sus calificaciones.

—¿Leíste sus registros académicos? —preguntó Exton.

—Pues claro —respondió la joven—. En fin, por lo que he oído, no se escapó como han publicado los periódicos. Sacaba buenas notas, la apreciaban, y se llevaba bien con sus padres.

—¿Qué le sucedió, entonces? —preguntó Joel.

—Asesinato... —susurró Florence, bajando mucho la voz.

Joel guardó silencio. Asesinato. Eso tenía sentido; después de todo, había un inspector federal involucrado. Sin embargo, oír pronunciar la palabra ya era otra sensación. Le hizo recordar que estaban hablando de una persona real, no de un mero enigma teórico.

—Asesinato —repitió.

—Cometido por un rithmatista —añadió Florence.

Joel se envaró.

—Eh, eso es mera especulación —advirtió Exton, agitando un dedo en el aire.

—Oí lo suficiente antes de que el rector cerrase la puerta de su despacho —replicó Florence—. Ese inspector piensa que un rithmatista estuvo involucrado en la muerte, y quería ayuda experta. Porque...

Se interrumpió cuando la puerta del despacho detrás de Joel se abrió y se cerró.

—Le entregué el mensaje a Haberstock —dijo una voz femenina—. Pero yo...

Joel gimió.

—¡Tú! —exclamó Melody, señalándolo con el dedo—. ¿Ves como me estás siguiendo?

—Solo he venido a...

—Esta vez no quiero excusas —replicó Melody—. Ahora tengo pruebas.

—Melody —intervino Florence con cierta sequedad—, te estás comportando como una cría. Joel es un amigo. Puede visitar la oficina siempre que quiera.

La rithmatista pelirroja puso cara de enfado, pero Joel no quería entrar en otra discusión. Pensó que ya le había sacado todo lo que podía a Florence, así que se despidió de los dos secretarios con una inclinación de cabeza y salió.

«¿Asesinada por un rithmatista? —pensó una vez fuera—. ¿Cómo pueden haberse enterado de eso?»

¿Habría muerto Lilly en un duelo que se descontroló? Los estudiantes no conocían los glifos que convertían a los tizoides en seres peligrosos. Normalmente, un tizoide dibujado con una Línea de Creación era incapaz de herir o hacer daño a nada que no fuese otras estructuras de tiza. Para que fueran verdaderamente peligrosas se requería el empleo de un glifo especial.

Ese glifo —el Glifo del Desgarramiento— solo se enseñaba en Nebrask durante el último año del adiestramiento, cuando el rithmatista iba a mantener el enorme Círculo de Custodia dibujado alrededor de la Torre. Con todo, no era inconcebible que un estudiante pudiera haberlo descubierto por su cuenta. Y si un rithmatista había estado involucrado, eso explicaría por qué se había recurrido a Fitch.

«Aquí está pasando algo raro —pensó—. Algo peligroso.» Iba a descubrir qué era, pero necesitaba un plan.

¿Y si acababa de inspeccionar todos aquellos registros censales lo más pronto posible? Así demostraría a Fitch hasta qué punto estaba dispuesto a trabajar de firme y que era digno de confianza. Si conseguía inspeccionarlos rápidamente, el profesor tendría que asignarle otro proyecto; algo más complicado, algo que le proporcionase una idea más clara de lo que estaba sucediendo.

Con el plan ya formado en su mente, Joel echó a andar hacia la oficina de su tutor para pedirle unos cuantos registros censales que llevarse a casa aquella noche. Tenía pensado leer una novela; de hecho había encontrado una que parecía interesante, ambientada cuando la dinastía Koreo reinaba en Jo-Seun, durante esos primeros tiempos en que el pueblo joseun consiguió que los mongoles se pasaran a su bando. Bueno, la novela podía esperar.

Tenía trabajo que hacer.

LA DEFENSA OSBORN

Nótese que los lados del círculo NO están en contacto con la defensa principal. Las elipses solo tienen dos puntos de sujeción, uno arriba y otro abajo. Es preferible no permitir que el círculo esté en contacto con ellos. Dichas estructuras laterales son opcionales, dependiendo del tiempo disponible y la cantidad de defensa que se desee.

Con solo un punto de sujeción para tizoides, quienes se sirvan de esta defensa deberían poner aquí una Línea de Creación a fin de contar con una defensa extra.

Lo único que ancla esta defensa para que no sea desplazada por una Línea de Vigor es una única línea posterior.

Para muchos esto constituye su principal inconveniente.

Por su constitución, la Osborn ofrece solidez en la parte frontal, y representa una buena opción para quienes prefieren una ofensiva rápida.

La Osborn es la única defensa básica basada en una elipse. Se basa en el hecho de que las estructuras elipsoides ofrecen una defensa más sólida en los puntos superior e inferior, pero más débil en los laterales.

Hacia el final de la semana, Joel había descubierto algo importante sobre sí mismo. Algo profundo, primigenio y absolutamente indiscutible.

El Maestro no quería que él fuera un secretario.

Joel estaba harto de tantas fechas, harto de registros. Y le repugnaban las notas, aquellas referencias cruzadas y los pequeños asteriscos colocados junto a los nombres de las personas.

A pesar de eso, siguió sentándose en el suelo en las dependencias de Fitch para estudiar una página tras otra. Sentía como si le hubieran sorbido el cerebro, grapado los labios e insuflado una vida propia en los dedos. Algo en la naturaleza del trabajo rutinario le resultaba fascinante. Joel sabía que no podría parar hasta que hubiera acabado.

Y de hecho ya casi había terminado. Tras una semana de dura labor, había conseguido examinar más de la mitad de las listas. Empezó llevándose registros a casa cada día para trabajar hasta que oscurecía. Después de eso solía dedicarles unas cuantas horas extras, cuando no podía dormir, trabajando a la luz de linternas.

Pero pronto, muy pronto, habría acabado. «Eso suponiendo que antes no me vuelva loco», pensó mientras anotaba otra muerte por accidente en una de sus listas.

Un papel crujió en el otro extremo de la oficina de Fitch.

Cada día, el profesor daba a Melody un círculo defensivo distinto que dibujar. Aquella chica era un caso perdido.

Por las noches, a la hora de cenar, Melody se sentaba separada de los otros rithmatistas. Comía en silencio mientras los demás hablaban entre ellos. Bueno, estaba claro que Joel no era el único que encontraba pesadísimo todo aquello.

Fitch había dedicado la última semana a examinar viejos y mohosos textos rithmáticos. Joel había mirado disimuladamente uno de ellos: eran volúmenes teóricos, de un nivel tan elevado que quedaban por entero fuera de su comprensión.

Volvió a centrar la atención en su trabajo y marcó otro nombre, después de lo cual pasó al libro siguiente. Era...

Algo de esa última lista no dejaba de rondarle por la cabeza. Se trataba de otra relación de graduados de Armedius, organizada según el año, y estaba tachando a los que habían muerto.

Uno de los nombres que no había tachado le llamó la atención. Exton L. Pratt. Exton, el secretario. Quien nunca había dado la menor indicación de que hubiera sido alumno de la academia. Llevaba siendo secretario de primera en la oficina desde que Joel tenía uso de razón. Exton era algo así como una parte integrante de Armedius, con sus trajes de caballero y sus pajaritas, indumentaria a la moda encargada por catálogo a los mismísimos Atolones Californianos.

—¡Bueno, hasta ahí podíamos llegar...! —declaró Melody—. ¡Una servidora, Melody Muns, ya ha tenido bastante!

Joel suspiró. Los arranques de genio de Melody eran de una regularidad sorprendente. Parecía incapaz de aguantar más de una hora callada antes de que sencillamente tuviera que romper el silencio con una erupción melodramática.

—¿Hum? —preguntó el profesor Fitch, levantando la vista de su libro—. ¿Qué ha sido eso?

—Que ya he tenido suficiente —repitió Melody, cruzándose de brazos—. Me parece que no voy a ser capaz de dibujar otra línea. Mis dedos no lo harán. ¡Antes preferirán desprenderse de mis manos para quedar libres!

Joel se levantó del suelo y se desperezó.

—No sirvo para esto —continuó ella—. ¿Hasta qué punto ha de ser negada para la rithmática una chica antes de que todos se den por vencidos y le permitan ir a la suya?

—Muchísimo más que tú, querida —contestó Fitch, dejando a un lado su libro—. En todos los años que llevo aquí, eso solo ha sucedido dos veces, y únicamente porque esos estudiantes fueron considerados peligrosos.

—Yo soy peligrosa —advirtió Melody—. Ya ha oído lo que dijo de mí el profesor Nalizar.

—El profesor Nalizar no es el experto-en-todo que pretende ser —replicó Fitch—. Puede que sepa librar un duelo, pero no entiende a los estudiantes. Tú, querida mía, distas mucho de ser un caso perdido. ¡Caramba, piensa en lo mucho que han mejorado tus dibujos en solo una semana!

—Oh, claro —dijo ella—. La próxima vez que necesite impresionar a un grupo de niños de cuatro años, puede mandarme a buscar.

—La verdad es que estás mejorando —intervino Joel. Melody seguía sin ser ninguna maravilla, pero había progresado. Al parecer, el profesor Fitch realmente sabía lo que se hacía.

—¿Lo ves, querida? —dijo Fitch, volviendo a coger su libro—. Te recomiendo que no abandones.

—Pensaba que esto iba a ser un tutorial —protestó ella—. Pero lo único que le veo hacer es sentarse ahí y leer. Creo que intenta rehuir sus responsabilidades.

Fitch parpadeó.

—Dibujar defensas rithmáticas es el método tradicional de enseñar a un estudiante a centrarse en las técnicas básicas, y su eficacia ha sido corroborada por el paso del tiempo.

—Bueno, pues ya estoy harta de dibujar —dijo Melody—. ¿No hay nada más que pueda hacer?

—Sí, bueno, supongo que después de dedicarte siete días a dibujar puedes acabar un poco harta. Hum. Sí. Quizá nos iría bien variar un poco. Joel, ¿me ayudarías a cambiar de sitio estos libros...?

El muchacho fue hacia el profesor y lo ayudó a apartar algunas de las pilas de libros, despejando un espacio de un par de metros de longitud.

—Bien —dijo Fitch, sentándose en el suelo—, en la rithmática el éxito no depende únicamente de las líneas. La habilidad para dibujar es muy importante, desde luego; absolutamente fundamental, de hecho. Pero la capacidad de pensar lo es todavía más. Los rithmatistas que piensan más deprisa que su oponente pueden tener tanto éxito como el que sabe dibujar deprisa. Después de todo, la rapidez de trazo no te servirá de nada si dibujas las líneas equivocadas.

Melody se encogió de hombros.

—Supongo que eso tiene sentido.

—Excelente —dijo Fitch, sacando una tiza del bolsillo de su chaqueta—. ¿Te acuerdas de las cinco defensas en las que te he hecho trabajar esta semana?

—¿Cómo iba a poder olvidarlas? —masculló ella—. Matson, Osborn, Ballintain, Sumsion y Eskridge.

—Todas ellas son formas básicas —prosiguió Fitch—, cada una con sus propias ventajas y sus puntos débiles. Teniéndolas presentes, podemos pasar a analizar lo que los rithmatistas suelen definir como «calar».

—¿«Calar»? —preguntó Joel, y enseguida se maldijo a sí mismo. ¿Qué pasaría si Fitch se daba cuenta de que estaba observando, y decidía ordenarle que volviera a sus registros censales?

Fitch ni siquiera levantó la vista.

—Sí, eso es —respondió—. Algunos de los rithmatistas más jóvenes prefieren llamarlo «anticiparse», pero eso siempre me ha parecido un término demasiado sofisticado. Imaginemos un duelo entre dos rithmatistas.

Empezó a dibujar en el suelo. No hizo un círculo a tamaño completo, sino uno más pequeño, con propósitos claramente instructivos. Apenas llegaba al palmo de diámetro, y Fitch lo había dibujado con la punta de la tiza de manera que las líneas fueran lo más finas posible.

—Imaginemos que estás en un duelo —dijo—. En cualquier enfrentamiento, tienes tres opciones para empezar. Puedes escoger tu defensa basándote en tu propia estrategia: una defensa potente si te propones un combate más largo, o una defensa más débil si quieres acabar deprisa y atacar agresivamente.

»Sin embargo, también podrías esperar a dibujar tu defensa hasta que estés segura de la estrategia de tu oponente. Esto es lo que llamamos calar al contrincante: permites que este tome la iniciativa y después obtienes una ventaja estructurando tu defensa para contrarrestar lo que está haciendo. Ahora supongamos que tu oponente está dibujando la Defensa Matson. ¿Cuál sería tu respuesta?

Fitch pasó a llenar el pequeño círculo que había trazado previamente dibujando círculos todavía más pequeños en los puntos de sujeción superior e inferior, y después añadió pequeños tizoides en los otros puntos de sujeción. Cuando acabó el primero —una serpiente—, esta cobró vida con una ondulación y acto seguido se puso a acechar enfrente del círculo. La serpiente se hallaba amarrada al punto de sujeción frontal mediante una pequeña correa que le rodeaba el cuello.

—¿Y bien? —preguntó Fitch—. ¿Cuál de las defensas sería más aconsejable utilizar contra mí?

—No lo sé —dijo Melody,

—La Ballintain —conjeturó Joel.

—Ah —dijo Fitch—, ¿y por qué?

—Porque la Matson obliga a tu oponente a dibujar un mayor número de tizoides defensivos. Si puedo erigir una defensa básica que sea rápida de dibujar, pero deje mucho espacio en la parte superior para que yo pueda dibujar Líneas de Vigor, entonces podré empezar a disparar antes de que mi oponente haya completado su defensa.

—Excelente —lo felicitó Fitch—. Por desgracia esa es, hum, la estrategia que Nalizar utilizó contra mí. Dudo que me calara, ya que empezó a dibujar demasiado deprisa. Indudablemente, una defensa rápida es su estilo habitual, y probablemente sabía que yo me inclino más por las defensas complejas. Nalizar seguramente sabía que su estrategia era buena.

Fitch titubeó y acabó poniendo la punta de la tiza en su pequeño círculo defensivo. Al cabo de unos segundos, este se convirtió en polvo. Cualquier rithmatista podía disipar sus propias líneas de ese modo, aunque no así las que hubieran sido dibujadas por otro. Solo tenías que tocar con la tiza las líneas que habías dibujado y desear intencionadamente que desaparecieran.

—Pero no presupongas que siendo agresiva, vencerás indefectiblemente a una buena defensa —dijo Fitch—. Si bien es cierto que una defensa sólida por lo general es más viable contra múltiples oponentes, un duelista hábil puede erigir su defensa incluso contra una ofensiva determinada.

—Entonces, lo que está diciendo es que da igual cuál sea la defensa que yo utilice —dijo Melody.

—¡Ni mucho menos! —exclamó Fitch—. O, bueno, supongo que en el fondo sí. Da igual cuál sea la defensa que utilices, porque lo más importante es la estrategia. Primero debes entender las defensas para saber qué ventajas obtienes al escoger una determinada. Debes entender la defensa de tu oponente para saber cuáles son sus puntos débiles. Mira, ¿qué me dices de esto?

Dibujó una elipse y después empezó a completarla con Líneas de Prohibición y un tizoide arriba de todo.

—Esa es la Defensa Osborn —dijo Joel.

—Muy bien —aprobó Fitch—. Naturalmente, eso no debería ser demasiado difícil de determinar, dado que solo existe una defensa básica que se sustente en una elipse. Y ahora, ¿qué defensa sería más sólida contra la Osborn?

Joel reflexionó unos instantes. La Osborn era una defensa elipsoidal, lo que significaba que tanto la parte delantera como la trasera eran mucho más sólidas que en un círculo. En los lados, sin embargo, sería débil.

—Yo utilizaría otra Osborn —contestó finalmente—. De

esa manera, estaría igualado con él en solidez, y así el duelo pasaría a ser una prueba de habilidad.

—Ah —dijo Fitch—, ya veo. ¿Y tú, Melody? ¿Harías lo mismo que Joel?

La chica abrió la boca, probablemente para decir que el tema no le interesaba en lo más mínimo. Pero entonces titubeó.

—No —dijo finalmente, ladeando su cabeza de rizos pelirrojos—. Si estoy observando a mis oponentes para ver qué es lo que hacen, entonces no puedo limitarme a ir con la misma defensa que ellos... ¡porque al dudar hubiese permitido que se me adelantaran! Y después tendría que pasar el resto del duelo intentando atraparlos.

—¡Ajá! —exclamó Fitch—. Correcto.

Joel se sonrojó. Se había precipitado al intervenir.

—Bien —dijo Fitch—, si no vas a utilizar otra Osborn, ¿qué defensa utilizarías en su lugar?

—Hum... ¿la Sumsion?

Joel asintió. La Sumsion era una defensa rápida que estaba abierta a los lados. A menudo la utilizaban rithmatistas que preferían servirse de tizoides ofensivos, lo cual sería la principal manera de derrotar a alguien provisto de una Osborn. Enviarías a tus tizoides para que atacaran los flancos expuestos.

Melody le lanzó una sonrisita triunfal mientras Fitch se servía de su tiza para borrar el dibujo.

«¡Oh, eso es!», pensó Joel.

—Haga otro, profesor.

—Hum. ¿No deberías estar trabajando en esos registros?

—Venga, deme otra oportunidad de derrotarla —pidió Joel.

—Muy bien. Sacad vuestra tiza, los dos.

Joel titubeó. En aquel momento no llevaba tiza encima.

—¿Puedo... coger prestado un trozo? —le susurró tímidamente a Melody.

Ella puso los ojos en blanco, pero le tendió un pedazo. Después se arrodillaron en el suelo uno al lado del otro. Fitch empezó a dibujar. Joel lo observaba, intentando adivinar a qué defensa recurriría el profesor. Estaba trazando un círculo, así que no era la Osborn. Después Fitch dibujó un círculo más pequeño arriba de todo, para luego cruzarlo con Líneas de Prohibición.

«La Sumsion —pensó Joel—. Es la Defensa Sumsion de nuevo.»

La Defensa Sumsion tenía una Línea de Prohibición delante, que, una vez colocada, impediría que Fitch pudiera seguir dibujando en aquella parte. Esa defensa, por lo tanto, empezaba contando con un frontal muy sólido, pero ese frontal no podía ser protegido. Quien la utilizara consumiría su tiempo en dibujar tizoides a los lados y enviarlos fuera para atacar.

«Necesito atacar duro por ese frontal —pensó Joel—. Irrumpir por el punto en el que él cree ser fuerte, pero donde no puede protegerse.»

Eso probablemente significaba que la mejor opción era la Ballintain. Joel, sin embargo, no dibujó esa defensa. Él quería algo más espectacular. Movió furiosamente la tiza sobre el áspero suelo de madera, construyendo un círculo de nueve puntos con un gran número de tizoides sujetos alrededor de él, proporcionándose una defensa muy sólida. No se molestó en dibujar Líneas de Prohibición para anclarse. Pasó directamente a trazar Líneas de Vigor para lanzarlas contra el frontal del círculo de Fitch.

—Muy bien —dijo el profesor, levantándose del suelo—. Vamos a ver qué tenemos aquí. Hum...

Joel volvió la mirada hacia Melody. La muchacha había dibujado la Defensa Ballintain, y había hecho un trabajo bastante aceptable, tratándose de ella. Las líneas no eran demasiado firmes y el círculo estaba un poco torcido, pero al menos había puesto cada parte en el sitio apropiado.

—Claro que sí —dijo Fitch—. Eso está pero que muy bien, querida. Quizá no tengas ojo para los círculos, pero sabes pensar como una rithmatista. —Se quedó callado y después se inclinó sobre la obra de Melody para inspeccionarla más atentamente—. ¡Y, cielos! ¡Fijaos en ese tizoide! ¡Lo que hay que ver!

Joel se inclinó sobre el dibujo. La mayoría de los rithmatistas utilizaban tizoides de lo más simplistas. Serpientes, arañas, de vez en cuando algún dragón. Fitch tendía a emplear dibujos más detallados, en principio más potentes que los dotados de menos líneas. Joel no había tenido ocasión de estudiar mucha teoría de los tizoides.

El tizoide solitario de Melody —en la Ballintain solo había espacio para uno— era increíblemente detallado y complejo, pese a lo reducido de la escala. El minúsculo oso estaba realzado con sombras, contaba con pequeñas líneas para el pelaje, y tenía unas proporciones perfectas. Iba y venía a través del bosque enfrente del círculo de Melody, conectado al punto de sujeción por una diminuta cadena de tiza, cada uno de cuyos eslabones había sido dibujado individualmente.

—¡Caray! —exclamó Joel sin poder contenerse.

—Ya lo creo —asintió Fitch—. Y la Ballintain era la elección adecuada en este caso, creo. Aunque algo con una defensa contra tizoides muy sólida habría sido igualmente correcto.

Fitch miró el círculo de Joel.

—Ah, ¿un nueve puntos? Tenemos ganas de alardear, ¿verdad?

Joel se encogió de hombros.

—Hum —continuó Fitch—. No está mal, Joel, debo admitirlo. El tercer punto está unos cuantos grados fuera del sitio, pero los otros quedan dentro de los límites razonables. ¿Eso es una Defensa Hill?

—Sí, pero modificada.

—¿Sin Líneas de Prohibición?

—Usted ha dibujado la Sumsion —se explicó Joel—, así que probablemente no iba a utilizar muchas Líneas de Vigor. A menos que sea un experto en reflejarlas, pero usted no estructuró su defensa para hacer eso. Así que no podría haberme zarandeado. Eso significa que yo no necesitaba la estabilización.

—Un razonamiento excelente —dijo Fitch—. En el supuesto, claro está, de que yo fuese a reparar en lo que habías hecho. Recuerda que siempre me sería posible disipar la Línea de Prohibición y atacarte por sorpresa desde el frontal.

—Para eso necesitaría unos cuantos segundos —señaló Joel—. Yo me daría cuenta a tiempo y estabilizaría mi defensa.

—Siempre que me estuvieras observando atentamente —puntualizó Fitch.

—Lo estaría haciendo —dijo Joel—. Puede estar seguro de ello.

—Sí... creo que lo harías. Bueno, eso es impresionante. ¡Creo que ambos podríais haberme derrotado!

«Poco probable», pensó Joel. Había visto dibujar a Fitch, y el profesor era bueno. Inseguro de sí mismo en un duelo, cierto, pero realmente bueno. Aun así, Joel sospechó que el hombre no pretendía ser condescendiente, solo alentador.

A juzgar por la respuesta de Melody, su estrategia estaba dando resultado. De hecho, parecía realmente emocionada por estar dibujando.

—¿Y ahora qué? —preguntó.

—Bueno, supongo que podemos hacer algunos más —dijo el profesor Fitch, haciendo desaparecer sus líneas. Melody lo imitó.

Joel se limitó a mirar su dibujo.

—Hum... —dijo—. ¿Tiene un borrador?

Fitch levantó la vista, sorprendido.

—¡Oh! Bueno, hum, déjame ver...

Tras cinco minutos de rebuscar entre los trastos de la habitación, Fitch consiguió suministrarle un borrador. Joel lo empleó, aunque con escaso éxito. Las líneas se transformaron en unos borrones esparcidos por el suelo, que no había sido diseñado pensando en acoger dibujos hechos con tiza.

Sonrojándose, Joel frotó más fuerte.

—A partir de ahora quizá sea mejor que dibujes en una pizarra, Joel... —dijo Fitch, localizando una pizarrita.

Joel contempló el dibujo a medio borrar que tenía delante. Le pareció un claro recordatorio de qué era él. Por mucho que se esforzara o estudiara, nunca sería un rithmatista, capaz de hacer que sus líneas de tiza cobraran vida o se desvanecieran por obra del pensamiento.

—Quizá debería volver a mi investigación —dijo, levantándose del suelo.

—Oh, haz unos cuantos más con nosotros —lo animó Fitch, agitando la pizarrita al tiempo que se la ofrecía—. Has trabajado demasiado con esos informes censales, y a la señorita Muns le irá bien tener alguna competición.

Joel se quedó quieto. Era la primera vez que un rithmatista le ofrecía participar. Sonrió y después extendió la mano para coger la pizarrita.

—¡Excelente! —exclamó Fitch. Parecía encontrar mucho más emocionante la perspectiva de enseñarles que la de investigar.

Durante las horas siguientes, repasaron una docena de ejemplos de defensas y contraataques. Fitch dibujó círculos más complicados, retando a Joel y Melody a que examinaran dos o tres maneras de atacar cada uno. No hubo verdaderos duelos: el profesor Fitch parecía rehuir tales cosas. En lugar de eso, dibujaba, explicaba y entrenaba. Hablaron de cuáles eran las defensas que daban mejores resultados contra múltiples oponentes. Debatieron por qué era importante tener en cuenta la posibilidad de estar rodeado, ya que en el campo de batalla de Nebrask en ocasiones los rithmatistas tenían que luchar en varias direcciones al mismo tiempo. También analizaron la elección del momento, cómo sacar el máximo provecho de los dibujos y ciertas cuestiones relacionadas con la teoría general. Todo ello lo fueron alternando con más dibujos.

Joel se metió de lleno en la tarea. Aunque aquello no fuera

la clase de rithmática avanzada a la que tanto había deseado asistir, no dejaba de ser dibujar con auténticos rithmatistas. Era maravilloso. Y, desde luego, mucho mejor que examinar registros censales.

Finalmente, Fitch miró el reloj.

—Bueno, deberíamos dar el día por terminado.

—¿Qué? —estalló Melody, levantando la vista de su último conjunto de dibujos—. ¡Ni hablar! ¡Está ganando él!

Joel sonrió con aire de suficiencia. Según las cuentas que llevaba —y sospechaba que Melody estaba llevando unas similares—, Fitch había aprobado sus contradefensas en siete ocasiones, mientras que Melody solo había dado con la defensa adecuada en tres.

—¿Ganando? —replicó Fitch—. Eh, que esto no es ninguna competición.

—Claro, Melody —dijo Joel—. No es una competición; al menos, no lo es cuando tú participas. En absoluto.

Melody dio un respingo y por un momento pareció como si acabaran de abofetearla. Joel titubeó, cayendo en la cuenta de lo crueles que habían sonado aquellas palabras. En lugar de replicarle furiosamente, Melody cogió su cuaderno.

—Bueno... Seguiré practicando unos cuantos dibujos más, profesor.

—Muy bien —dijo Fitch, con una mirada de soslayo a Joel—. Me parece buena idea. Joel, he de devolver algunos de esos libros a la biblioteca. ¿Me ayudarías a llevarlos?

El muchacho se encogió de hombros, cogió la pila de libros y luego siguió al profesor en dirección a la escalera. Melody se quedó donde estaba, respirando agitadamente.

Maestro y alumno salieron de la escalera al césped del campus, y Joel parpadeó ante la súbita claridad solar: en la oficina de Fitch era fácil perder la noción del tiempo.

—Se te dan muy bien los dibujos rithmáticos, Joel —dijo Fitch—. Sinceramente, me parece que eres el estudiante más dotado que he conocido. Dibujas como un hombre con treinta años de práctica.

—El de nueve puntos casi nunca me sale bien —se lamentó Joel.

—Pocos rithmatistas consiguen que les quede como es debido —dijo Fitch—. Tu capacidad, sobre todo teniendo en cuenta que no eres un rithmatista, raya en lo asombroso. He de añadir, sin embargo, que también eres desconsiderado e insensible.

—¡Desconsiderado! —exclamó Joel.

Fitch levantó un dedo.

—La persona más peligrosa no es aquella que pasó su juventud abusando de los demás. Esa clase de gente se vuelve perezosa y a menudo está demasiado satisfecha con su vida para ser realmente peligrosa. En cambio, quien pasó su juventud padeciendo los abusos de los demás... Cuando esa persona adquiere un poco de poder y autoridad, suele utilizar su posición para convertirse en un tirano a la altura de los peores señores de la guerra que ha habido en la historia. Me preocupa que eso pueda llega a sucederte.

Joel bajó la vista.

—No pretendía dejarla en mal lugar, profesor. ¡Solo intentaba dibujar lo mejor que pudiera!

—No hay nada malo en hacer las cosas lo mejor que puedas, hijo —señaló Fitch severamente—. Nunca te avergüences de la aptitud. No obstante, el comentario que has hecho ahí dentro... No era propio de un chico que estaba orgulloso de su aptitud, sino de un hombre que se envanecía de ser mejor que otra persona. Me has decepcionado, y mucho.

—Yo... —¿Qué podía decir?—. Lo siento.

—Me parece que no soy la persona ante la que deberías disculparte. Eres joven, Joel. Lo bastante joven para que aún tengas tiempo de decidir qué tipo de persona te gustaría llegar a ser. No permitas que los celos, la amargura o la ira sean tus guías. Pero, visto lo visto, probablemente yo también he sido demasiado duro contigo. Solo prométeme que pensarás en lo que he dicho.

—Lo haré.

Los dos continuaron recorriendo el campus. Joel se sentía avergonzado hasta la médula mientras cargaba con los libros.

—Profesor, ¿de verdad cree que puede adiestrarla para que llegue a ser una gran rithmatista?

—¿Te refieres a Melody? En realidad el único obstáculo que debe superar es su inseguridad. He examinado el historial académico de esa chica. Es notable que haya seguido adelante, habida cuenta de todo. Creo que, con el adiestramiento adecuado en las materias básicas, Melody...

—¡Vaya, profesor Fitch! —llamó una voz.

El anciano se volvió, sorprendido. Joel no había reparado en ello antes, pero una pequeña multitud se había congregado cerca del patio interior del campus, donde se alzaba una pequeña colina de cemento junto al césped. Un hombre con un tabardo rojo de rithmatista estaba de pie en el punto más alto, con los brazos cruzados mientras bajaba la vista hacia Joel y Fitch.

—Profesor Nalizar —dijo Fitch—. ¿No debería estar en clase?

—Hoy estamos teniendo la clase aquí fuera —dijo Nalizar, señalando con un movimiento de cabeza lo alto de la colina, donde un gran grupo de estudiantes rithmatistas estaba arrodillado en el cemento, dibujando—. La única manera de aprender es hacer, y la única manera de ganar es pelear. Estos estudiantes ya han tenido suficientes lecciones magistrales y clases llenas de polvo.

«Y además, eso le permite lucirse», pensó Joel, reparando en la atención que el espectáculo organizado por Nalizar había suscitado entre los estudiantes y profesores que antes estaban jugando al fútbol en las inmediaciones.

—Hum —dijo Fitch—. Sí. Interesante. Bueno, que tenga un buen día.

—¿No le gustaría subir aquí arriba, profesor? —preguntó Nalizar—. ¿Disputar una pequeña competición, usted y yo? ¿Dar a los chicos otro atisbo de cómo se hace realmente? Cada uno de ellos debe librar un duelo conmigo cuando les toca el turno, naturalmente, pero no son gran cosa como adversarios.

Fitch palideció.

—Hum, no creo que...

—Vamos, vamos —insistió Nalizar—. Teniendo en cuenta la pobre exhibición que nos ofreció la última vez, pensaba que estaría impaciente por tener ocasión de redimirse.

—Suba, profesor —susurró Joel—. Usted puede vencerle. Le he visto dibujar. Es mucho mejor que él.

—No, gracias, profesor Nalizar —respondió Fitch, poniendo la mano sobre el hombro de Joel y haciéndolo girar. El chico notó que el anciano temblaba perceptiblemente y permitió de mala gana que Fitch se lo llevara de allí. Al alejarse oyó que Nalizar le ladraba algo a su clase y que sus palabras eran seguidas por un coro de carcajadas.

—¿Por qué? —preguntó el muchacho mientras se marchaban—. ¿Por qué no ha querido batirse con él?

—No tenía sentido, Joel —dijo Fitch—. No puedo recuperar mi titularidad hasta dentro de un año. Si luchara y perdiera, volvería a quedar humillado. Si ganara, lo único que conseguiría sería enfurecer a Nalizar.

—Ese hombre es un hipócrita —soltó Joel—. Tanto hablar de mantener fuera de su aula a los no rithmatistas, ¿y hoy sale aquí a campo abierto y exhibe a sus estudiantes para que todo el mundo los vea?

—También tendrán que exponerse a las miradas cuando vayan a la melé —dijo Fitch—. Sospecho que Nalizar quiere que se acostumbren a dibujar frente a una multitud. Pero, sí, entiendo a qué te refieres. De todos modos, evitaré por todos los medios volver a luchar con él. En estas circunstancias no sería caballeroso.

—Nalizar no merece que lo traten como a un caballero —espetó Joel, apretando los puños. Si alguien abusaba de la fuerza en Armedius, ese era Nalizar—. Debería haber vuelto a librar un duelo con ese hombre, con orgullo o sin él. No puede perder nada, porque todo el mundo da por sentado que

Nalizar es mejor. Sin embargo, si ganara, estaría haciendo una proclama.

Fitch permaneció en silencio unos instantes.

—No sé, Joel —dijo finalmente—. Lo que pasa es que... Bueno, la verdad es que los duelos no se me dan nada bien. Nalizar me derrotó, y su victoria fue merecida. No. Volver a librar un duelo con él no me haría ninguna gracia, y eso es lo que hay. No volveremos a hablar de ello.

Joel no pudo evitar darse cuenta de que el profesor todavía temblaba ligeramente mientras seguían su camino.

Las tres Líneas de Prohibición
internas proporcionan firmeza
y solidez a esta defensa.

No obstante, esas
mismas líneas impiden
en parte que el rithmatista
pueda dibujar según
su capacidad.

Las Líneas de Prohibición
inscritas en los círculos menores
deben estar orientadas hacia
los oponentes.

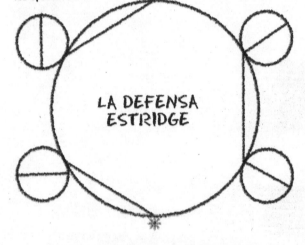

LA DEFENSA
ESTRIDGE

La Defensa Estridge es uno de los círculos
más complejos que se enseña a los estudiantes.
Es una defensa solvente, concebida para
brindar protección frente a múltiples oponentes
al tiempo que sigue ofreciendo un alto grado
de flexibilidad.

L isto!», pensó Joel con satisfacción mientras cerraba el libro. Después de dos semanas, había terminado con todos los registros censales.

Hojeó la pila de papeles. La página más antigua contenía la lista de los graduados de hacía ochenta años, y Joel había podido tachar hasta el último de los nombres que figuraban en ella, al igual que los de los siete u ocho años siguientes. Las listas iban progresando en el tiempo hasta llegar a los graduados de hacía un año. De esos solo había muerto uno, en un accidente que tuvo lugar en Nebrask.

Junto con los otros informes, Joel también había incluido una lista especial de rithmatistas que habían desaparecido y se hallaban en paradero desconocido. Ninguno de esos casos había sucedido recientemente —a excepción de Lilly Whiting—, pero se le ocurrió que Fitch podía estar interesado en el asunto.

Extendió la mano hacia la linterna que estaba junto a su escritorio de la biblioteca para dar vuelta a la llave, dejando que el mecanismo de relojería se parase y la luz fuera extinguiéndose. Se sorprendió ante la intensa sensación de logro que estaba experimentando.

Se puso las hojas debajo del brazo, cogió los libros sobre los que había estado trabajando, y atravesó la biblioteca. Era bastante tarde, así que probablemente se había perdido la cena, pero cuando había llegado el momento de ir a refectorio le faltaba tan poco para terminar que fue incapaz de parar.

La biblioteca era un laberinto de estanterías, aunque la mayoría de ellas solo medían alrededor de un metro y medio de altura. Otras personas trabajaban en algunas de las estancias, y sus lámparas proporcionaban una luz parpadeante a cada una de ellas. El edificio no tardaría en cerrar, y sus ocupantes, parecidos a ermitaños, tendrían que abandonar las salas.

Joel pasó junto a la señora Torrent, la bibliotecaria, y salió al césped. Atravesó los terrenos en una oscuridad ya casi total, intentando decidir si sería capaz de mendigar algo de comida del personal de la cocina. No obstante, acababa de concluir una tarea importante y lo que realmente quería ahora no era comer, sino compartir su logro con alguien.

«Todavía no son las diez —pensó, volviendo la mirada hacia el campus rithmático—. El profesor Fitch aún estará levantado.» Querría saber que Joel había acabado el trabajo que le encomendó, ¿no?

Tras tomar la decisión, Joel echó a andar por el campus, pasando entre zonas de luz procedente de las linternas mecánicas, con sus engranajes en movimiento y sus anillos resplandecientes. Pasó junto a alguien que estaba sentado en el césped delante de las habitaciones de los rithmatistas. La figura le resultó conocida.

—Eh, Melody —dijo.

Ella continuó dibujando a la luz de la linterna sin levantar la vista de su cuaderno.

Joel suspiró. Por lo visto su compañera de estudios era un tanto rencorosa. Él ya se había disculpado tres veces por su broma, pero aun así ella continuaba sin dirigirle la palabra. «Bueno —pensó—, ¿por qué debería importarme que no me hable?»

Pasó junto a ella sin aflojar el paso y llegó al Colegio de la Custodia caminando con un nuevo brío. Subió las escaleras que llevaban al dormitorio de Fitch y llamó ansiosamente.

Tras unos instantes el profesor abrió la puerta. Joel había estado en lo cierto: Fitch ni siquiera se había preparado para irse a la cama. Todavía llevaba su chaqueta blanca y su largo tabardo de rithmatista. Despeinado y con la mirada un poco desenfocada, parecía exhausto. Pero, después de todo, eso tampoco era insólito en él.

—¿Qué? ¿Hum? —dijo—. Oh, Joel. ¿Qué pasa, muchacho?

—¡He acabado! —exclamó, enseñándole la pila de papeles y libros—. Ya está, profesor. ¡He examinado hasta el último de los registros!

—Oh. ¿De veras? —La voz de Fitch sonaba extrañamente inexpresiva—. Maravilloso, muchacho, eso es maravilloso. Has trabajado muchísimo. —Con esas palabras, Fitch se fue, casi como si estuviera aturdido, dejando a Joel plantado en el hueco de la puerta.

Joel bajó la pila de papeles. «¿Ya está? —pensó—. ¡He dedicado dos semanas a esto! ¡He trabajado por las noches! ¡Me quedé levantado hasta muy tarde cuando hubiese debido estar durmiendo!»

Fitch fue hacia su escritorio en el rincón del despacho en forma de L. Joel entró y cerró la puerta.

—Es lo que usted quería, profesor. Todos los nombres en una lista. ¡Mire, incluso he llevado una relación de desapariciones!

—Sí, Joel, gracias —dijo Fitch, tomando asiento—. Puedes dejar los papeles en ese montón de ahí.

Joel sintió una intensa desilusión. Dejó los papeles donde se le había dicho y una súbita idea lo llenó de horror. ¿Y si todo aquel trabajo había sido únicamente para tenerlo ocupado? ¿Y si Fitch y el rector habían decidido nombrarlo ayudante de investigación solo para impedir que se metiera en más líos? ¿Sus listas serían olvidadas e irían cogiendo polvo como los cientos de tomos que abarrotaban la oficina del profesor?

Levantó la vista, intentando desechar aquellas ideas. Encorvado sobre su escritorio, el profesor Fitch tenía un codo apoyado en la mesa y una mano en un lado de la cara. La otra sostenía una pluma con la que golpeaba suavemente una cuartilla.

—¿Profesor? —preguntó Joel—. ¿Se encuentra usted bien?

—Sí, estupendamente —respondió con voz cansada—. Bueno, es que... ¡siento que a estas alturas ya debería tenerlo claro!

—¿El qué? —preguntó el muchacho, recorriendo la habitación con mucho cuidado para no tirar nada.

Fitch no respondió. Parecía distraído por los papeles que tenía sobre el escritorio, así que Joel probó otra táctica.

—¿Profesor?

—¿Hum?

—¿Qué quiere que haga ahora? He terminado el primer encargo. Supongo que tendrá alguna otra labor para mí, ¿no? —«Algo relacionado con lo que está haciendo usted, sea lo que sea.»

—Ah, bueno, sí —dijo Fitch—. Lo has hecho muy bien; has terminado mucho más deprisa de lo que me esperaba. Por lo visto te gusta lo relacionado con los archivos.

—Yo no diría tanto... —murmuró Joel.

—Sería de suma utilidad que averiguaras en qué lugar de esta isla están viviendo todos los rithmatistas que se han retirado del servicio activo en Nebrask —continuó Fitch—. ¿Por qué no empiezas a trabajar en eso?

—Averiguar... Profesor, ¿cómo voy a poner en marcha un proyecto así?

—¿Hum? Bueno, pues para empezar podrías examinar el censo del último año, y después comparar los nombres que figuran en él con los que aparecen en las listas de graduados de las distintas academias.

—Está usted de broma —replicó el chico. Sabía lo suficiente del tema para comprender que esa clase de investigación podía llevar varios meses.

—Sí, sí —insistió el hombre. Obviamente apenas estaba prestando atención—. Muy importante...

—¿Profesor? —preguntó Joel—. ¿Alguna cosa va mal? ¿Ha sucedido algo?

Fitch levantó la vista, centrando la mirada como si acabara de reparar en la presencia de Joel.

—¿Que si ha sucedido algo...? —preguntó—. ¿No te has enterado, muchacho?

—¿De qué?

—Anoche desapareció otro estudiante —dijo Fitch—. La policía ha difundido la noticia hace unas horas.

—He pasado toda la tarde en la biblioteca —dijo Joel, acercándose al escritorio—. ¿Otro rithmatista?

—Sí —dijo Fitch—. Herman Libel. Un alumno de mi antigua clase.

—Lo siento —murmuró el joven, viendo la inquietud en los ojos del profesor—. ¿Siguen pensando que un rithmatista está detrás de las desapariciones?

Fitch levantó la vista.

—¿Cómo sabes tú eso?

—Yo... Bueno, acaba de pedirme que localice a los rithmatistas, y el rector me dijo que estaba usted trabajando en un proyecto importante para los inspectores federales. Parecía bastante obvio.

—Oh —dijo Fitch. Bajó la vista hacia sus papeles—. Entonces ya sabes que esto es culpa mía.

—¿Qué?

—Sí. Yo debía encargarme de descifrar este rompecabezas. ¡Pero de momento no tengo nada! Me siento inútil. Si hubiera sido capaz de resolverlo antes, el pobre Herman quizá no habría... bueno, ¿quién sabe qué le sucedió?

—No se sienta culpable, profesor —dijo Joel—. No ha sido culpa suya.

—Claro que sí —repuso Fitch—. Soy responsable. Porque si no hubiera demostrado que soy incapaz de llevar a cabo esta tarea... —Suspiró—. York quizá debería haberle asignado este problema al profesor Nalizar.

—¡Profesor! —exclamó el chico—. Nalizar puede haberle vencido en un duelo, pero no tiene ni veinticinco años. Usted lleva toda una vida estudiando la rithmática. Tiene muchos más conocimientos y experiencia que él.

—No sé... —murmuró Fitch. Encima del escritorio, Joel

pudo ver varias hojas llenas de notas muy detalladas y dibujos, todo ello hecho en tinta.

—¿Qué es esto? —preguntó, señalando uno de los dibujos. Parecía una Defensa Matson simplificada. O más bien lo que «quedaba» de ella. El dibujo, muy detallado, mostraba que le faltaban bastantes fragmentos, como si partes enteras de la defensa hubieran sido arrancadas a zarpazos por unos tizoides. Incluso allí donde las líneas no estaban rotas, tenían un aspecto entre precario y desigual.

Fitch lo cubrió con los brazos.

—No es nada.

—Quizá puedo ayudar.

—Muchacho, acabas de decirme que el profesor Nalizar es demasiado joven para tener experiencia. ¡Y tú tienes dieciséis años!

Joel se quedó helado. Después asintió, torciendo el gesto.

—Sí, claro. Y ni siquiera soy rithmatista. Comprendo.

—No seas así, muchacho —dijo Fitch—. No pretendía menospreciarte, pero... Bueno, el rector York me dijo que fuera lo más discreto posible acerca de esto. No queremos sembrar el pánico. Para serte sincero, ni siquiera sabemos si realmente se trata de un crimen. Quizá sea simple coincidencia, y esos dos jóvenes decidieron huir.

—Usted no cree eso —dijo Joel, leyéndole la expresión.

—No —admitió él—. Se encontró sangre en ambas escenas. No mucha, ojo, pero sí un poco. Cuerpos no, sin embargo. Les hicieron daño, y luego se los llevaron a alguna parte.

Joel sintió un escalofrío. Se arrodilló junto al escritorio.

—Mire, profesor, el rector le dijo que contara conmigo como ayudante de investigación, ¿verdad? ¿No implica eso que yo participe en este asunto? Sé guardar un secreto.

—Es más que eso, muchacho —dijo Fitch—. No quiero involucrarte en nada peligroso.

—Lo que sea que está sucediendo —dijo Joel— solo parece afectar a rithmatistas, ¿correcto? Por lo tanto, puede que esa sea la razón por la que me envió el rector York. Yo sé mucho acerca de la rithmática, pero no puedo dibujar las líneas. Supongo que eso me mantiene a salvo.

Fitch reflexionó en silencio unos instantes y después apartó los brazos para poner al descubierto las notas en su escritorio.

—Bueno, el rector te asignó este trabajo —dijo finalmente—. Y, para serte sincero, me aliviaría tener a alguien con quien hablar de ello. ¡Debo de haber examinado esos dibujos centenares de veces!

Joel se inclinó ávidamente sobre ellos.

—Fueron hechos por la policía en la escena de la desaparición de Lilly Whiting —explicó Fitch—. No puedo evitar preguntarme si los agentes que los hicieron no pasaron por alto algo de lo que no dejaron constancia. ¡Las complejidades de los dibujos rithmáticos no deberían ser encomendadas a profanos!

—Son los restos de una Defensa Matson —observó Joel.

—Sí. La noche de la desaparición, Lilly y sus padres asistieron a una cena de gala. Ella se fue temprano, más o menos a eso de las diez. Cuando sus padres llegaron a casa unas horas más tarde, encontraron forzada la puerta principal y este dibujo hecho con tiza en el centro del suelo de la sala de estar. Lilly no estaba en parte alguna, ya fuese en la casa o en la academia.

Joel estudió el dibujo.

—Las líneas fueron atacadas por tizoides. Un gran número de ellos.

—Pobre niña —murmuró Fitch—. Encontraron sangre dentro del círculo. Quienquiera que hiciese esto conocía el Glifo del Desgarramiento. Eso implica que estuvo en Nebrask.

—Pero Lilly aún podría estar viva, ¿no?

—Esperemos que sí.

—¿Qué se supone que ha de hacer usted? —preguntó Joel.

—Descubrir quién es el responsable de esto —respondió Fitch—. O, al menos, suministrar al inspector toda la información que pueda sobre el perpetrador.

—¿Todo eso a partir de un dibujo? —preguntó Joel.

—Bueno, también están estos de aquí —dijo Fitch, echando mano de dos hojas más. Eran bocetos ejecutados con gran realismo, muy parecidos al ejercicio de un estudiante de bellas artes. El primero mostraba lo que parecía ser un suelo de madera; el segundo, una sección de un muro de ladrillo. En ambos se veían fragmentos de líneas que los atravesaban.

—¿Qué son esas líneas? —preguntó Joel.

—No estoy seguro. Fueron dibujadas con tiza; las primeras justo en la entrada de la casa, las segundas en la fachada.

—Eso no son Líneas Rithmáticas —dijo Joel. Las del primer boceto eran bruscas e irregulares, como picos en un gráfico. En el segundo había una línea que giraba sobre sí misma, igual que el garabato arremolinado de un niño. Algo en ella le resultó extrañamente familiar a Joel.

—Sí —dijo Fitch—. ¿A qué vienen esas líneas? ¿Son para despistarnos y confundirnos? ¿O acaso hay algo más?

Joel señaló el primer boceto, el que era la reproducción de una Defensa Matson.

—¿Presuponemos que esto lo dibujó Lilly?

—Cerca del círculo se descubrió un trozo de tiza a medio utilizar —dijo Fitch—. Era de la misma composición que la que se utiliza en Armedius. Además, este patrón Matson es uno de los míos. Cada profesor tiene una manera ligeramente distinta de enseñar las defensas, y reconozco la obra de mis estudiantes. Podemos estar seguros de que este círculo fue dibujado por Lilly. Era una de mis mejores estudiantes, ¿sabes? Una chica brillante.

Joel estudió el círculo.

—Ese círculo... fue atacado por un montón de tizoides, profesor —dijo finalmente—. Tal vez por demasiados, incluso. Se habrían estorbado unos a otros. Quien hizo esto no disponía de ninguna estrategia.

—Cierto —convino Fitch—. O eso, o su estrategia consistía simplemente en abrumar.

—Sí —convino el muchacho—. Pero la semana pasada,

cuando Melody y yo dibujamos, nos dijo que la Defensa Matson resistía muy bien las Líneas de Creación. Dijo que lo mejor que se podía hacer contra ella era recurrir a Líneas de Vigor. En este círculo no hay ninguna de las señales de impacto que dejan esas líneas, solo mordiscos y zarpazos asestados por tizoides.

—Bravo, Joel —dijo Fitch—. Tienes buen ojo para la rithmática. Yo también reparé en eso, pero ¿qué significa?

—El rithmatista que atacó a Lilly no pudo haber dibujado tantos tizoides rápidamente —explicó Joel—. Para atravesar una Matson, tendría que disponer de unos tizoides fuertes y muy detallados. Quien se defiende siempre cuenta con una ventaja, dado que el punto de sujeción confiere bastante fortaleza a sus tizoides. Considerando eso, es dudoso que el atacante pudiera haber completado suficientes tizoides lo bastante fuertes para causar esta clase de daños en el tiempo que Lilly tardó en dibujar una Matson.

—Lo que significa...

—Que los tizoides ya estaban dibujados —comprendió Joel—. ¡Eso explica por qué no se descubrió ningún círculo para el atacante! No lo necesitaba para defenderse, ya que Lilly no habría dispuesto del tiempo necesario para organizar ninguna clase de ofensiva. El atacante tuvo que tener a sus tizoides esperando en algún lugar, retenidos por Líneas de Prohibición hasta que Lilly estuvo cerca. Entonces los soltó.

—¡Sí! —exclamó Fitch—. ¡Justo lo que pienso yo!

—Pero eso sería casi imposible —dijo Joel. Los tizoides eran muy difíciles de controlar, por lo que el rithmatista se veía limitado a darles instrucciones lo más precisas y simples posible. Cosas como: camina adelante y tuerce a la derecha cuando des con la pared. O: camina adelante y ataca cuando encuentres tiza—. ¿Cómo alguien pudo arreglárselas para irrumpir por la puerta y luego guiar a todo un ejército de tizoides contra Lilly?

—No lo sé —respondió Fitch—. Aunque me pregunto si no tendrá algo que ver con esas otras dos líneas. He dedicado las dos últimas semanas a buscar pistas en mis textos. ¿Quizás esta línea irregular iba a ser una Línea de Vigor, pero fue muy mal dibujada? Algunas líneas, si no han sido bien ejecutadas, carecen de propiedades rithmáticas: no serán más que tiza sobre el suelo. Esta otra podría ser una Línea de Custodia, quizá. La tiza hace cosas extrañas, a veces, y no sabemos por qué.

Joel acercó el taburete y se sentó.

—Esto no tiene ningún sentido, profesor. Si fuera posible controlar los tizoides para que hicieran algo semejante, entonces no serían necesarios los Círculos de Custodia. Podría haber cajitas llenas de tizoides listos para atacar.

—Cierto —admitió Fitch—. A menos que alguien haya descubierto algo que no entendemos. ¿Nuevas instrucciones para tizoides? Esto casi huele a...

—¿A qué?

Fitch tardó unos instantes en responder.

—A tizoides salvajes —concluyó finalmente.

Joel sintió un escalofrío.

—Están atrapados —dijo—. En Nebrask. Eso queda a cientos de kilómetros de aquí.

—Sí, por supuesto. Acabo de decir un disparate. Además, los tizoides salvajes no huirían llevándose un cuerpo. Lo morderían y lo desgarrarían, dejando un cadáver destrozado. Quienquiera que hiciese esto se llevó a Lilly. Yo...

Una llamada en la puerta lo interrumpió.

—¿Quién será...? —murmuró, yendo hacia ella y abriéndola.

Un hombre alto aguardaba en el umbral. Llevaba un casco azul de policía debajo del brazo y un rifle, delgado y de largo cañón, al hombro.

—¡Inspector Harding! —exclamó Fitch.

—Profesor —dijo Harding—. Acabo de regresar de la segunda escena del crimen. ¿Puedo pasar?

—Por supuesto, adelante —respondió Fitch—. Oh, hum, le pido disculpas por el desorden.

—Sí —dijo Harding—. No se ofenda, amigo mío, pero

semejante desbarajuste nunca pasaría una inspección en el campo de batalla.

—Bueno, entonces es una suerte que no estemos en un campo de batalla —comentó Fitch, cerrando la puerta después de que hubiera entrado el inspector.

—Tengo información vital para usted —dijo el inspector Harding. Su voz, potente y grave, era la que cabe esperar de un hombre acostumbrado a hablar alto y ser obedecido enseguida—. Espero grandes cosas de usted en este caso, soldado. ¡Hay vidas en juego!

—Bueno, haré cuanto esté en mi mano —dijo Fitch—. Aunque no sé hasta qué punto puedo serle de ayuda. Me he estado esforzando al máximo, ¿sabe?, pero quizá no sea el hombre más adecuado para ayudarle...

—¡No sea tan humilde, profesor! —lo interrumpió Harding a la par que entraba con mucho ruido en la habitación—. York habla extremadamente bien de usted, y para un hombre no existe mejor recomendación que la de su superior. Y ahora, me parece que necesitamos...

Se calló en cuanto vio a Joel.

—¿Quién es este joven, por cierto?

—Mi ayudante de investigación —contestó Fitch—. Me ha estado echando una mano con este problema.

—¿Qué autorización de seguridad tiene? —quiso saber Harding.

—Es un buen chico, inspector —aseguró el profesor—. De total confianza.

Harding observó a Joel.

—No puedo hacer este trabajo yo solo, inspector —prosiguió Fitch—. Tenía la esperanza de que quizá pudiéramos incluir al chico en este proyecto. Oficialmente, quiero decir.

—¿Cómo te llamas, hijo?

—Joel.

—No eres un rithmatista, veo.

—No, señor —dijo el muchacho—. Lo lamento.

—Nunca lamentes aquello que eres, hijo —dijo Harding—.

Yo tampoco soy rithmatista, y bien orgulloso que estoy de ello. ¡Me salvó la vida unas cuantas veces en el frente de batalla! Las criaturas que hay ahí primero van a por los borradores. A los hombres corrientes suelen ignorarnos, olvidando que un buen cubo de ácido las hará desaparecer del suelo tan deprisa como las líneas de cualquier rithmatista.

Eso hizo sonreír a Joel.

—Señor —dijo—, perdone que se lo pregunte... pero ¿usted es un agente de policía o un soldado?

Harding bajó la vista hacia su uniforme de policía con botones dorados.

—Serví durante quince años en el Frente Este de Nebrask, hijo —explicó—. Policía militar. Recientemente transferido a la división civil. Yo... bueno, he tenido ciertas dificultades para adaptarme. —Dicho eso, el inspector se volvió hacia Fitch—. El muchacho parece serio. Si usted responde por él, a mí me basta con eso. Ahora tenemos que hablar. ¿Qué ha descubierto?

—Por desgracia, nada más aparte de lo que le conté hace dos días —respondió Fitch, yendo hacia su escritorio—. Estoy convencido de que nos las vemos con un rithmatista, y uno muy poderoso e inteligente. Voy a hacer que Joel examine los registros censales y recopile los nombres de todos los rithmatistas que viven en la zona.

—Bien pensado —asintió Harding—. Pero ya he pedido que se encarguen de eso en el Departamento de Policía. Le enviaré una lista.

Joel exhaló un suspiro de alivio.

—También le hice examinar los antiguos registros censales —prosiguió Fitch—. En busca de rithmatistas que murieron o desaparecieron en extrañas circunstancias. El pasado quizá contenga alguna pista que pueda sernos de ayuda.

—Excelente idea —dijo Harding—. Pero ¿qué hay de los dibujos mismos? Mi gente puede investigar números, Fitch. Es la rithmática, esa dichosa rithmática, lo que nos frena.

—Estamos trabajando en eso —contestó el profesor.

—¡Confío en usted! —exclamó el inspector, al tiempo que

le daba una palmada en el hombro. Después se sacó del cinturón un rollo de papeles y los puso encima del escritorio—. Aquí hay dibujos de la escena de la segunda desaparición. Hágame saber qué descubre.

—Sí, por supuesto.

—Creo que esos muchachos siguen con vida, Fitch —dijo Harding, inclinándose sobre el escritorio—. Cada momento es crucial. El canalla que está haciendo esto... se está riendo de nosotros. Puedo sentirlo.

—¿Qué quiere decir?

—La primera chica... —respondió Harding, poniéndose bien el rifle en el hombro—. Desde su casa solo hay tres edificios hasta una comisaría de la policía federal. Después de que desapareciera, doblé nuestras patrullas callejeras. Al segundo estudiante se lo llevaron de un edificio en el mismo bloque donde estuvimos patrullando la noche anterior. Esto no es únicamente un secuestro. La persona que se encuentra detrás de estas desapariciones quiere que sepamos que lo está haciendo, y que le da igual lo cerca que estemos nosotros.

—Ya veo —dijo Fitch, visiblemente afectado.

—Daré con él —aseguró Harding—. Sea quien sea, lo encontraré. No se ataca a los jóvenes mientras estoy de servicio. Cuento con usted para que me ayude a saber dónde he de mirar, Fitch.

—Haré cuanto esté en mi mano.

—Excelente. Buenas noches, y no escatimen esfuerzos. No tardaré en volver a contactar con ustedes. —Con una seca inclinación de cabeza a Joel, fue hacia la puerta y salió de la habitación.

El muchacho no apartó la mirada de la puerta mientras esta se cerraba, y después se volvió nerviosamente hacia Fitch.

—Vamos a ver qué contienen las nuevas hojas. ¡Podría haber alguna pieza más para el rompecabezas!

—Joel, muchacho —dijo Fitch—. Recuerda que hablamos de la vida de un joven, no de un rompecabezas.

Joel asintió solemnemente.

—Sigo dudando sobre si fue buena idea involucrarte en esto —continuó Fitch—. Antes debería haber hablado con tu madre —murmuró y, como a regañadientes, deshizo el nudo de la cinta que rodeaba el rollo de papeles. La primera hoja era un informe policial.

Víctima: Presuntamente Herman Libel, hijo de Margaret y Leland Libel. Dieciséis años. Estudiante en la Academia Armedius. Rithmatista.

Incidente: Libel fue abordado y secuestrado en su dormitorio en la residencia familiar, que había visitado para el fin de semana según las normas de la escuela. Los padres dormían a solo tres habitaciones de distancia y aseguran no haber oído nada. Los sirvientes de la familia también declararon no haber oído ninguna clase de sonidos.

Escena: Sangre en el suelo. Curiosos dibujos hechos con tiza (¿rithmáticos?) descubiertos en el suelo del dormitorio y en la parte exterior de la ventana.

Perpetrador: Desconocido. Ausencia de testigos. Probablemente un rithmatista.

Móvil: Desconocido.

El profesor Fitch pasó a la hoja siguiente. Estaba etiquetada «Bocetos descubiertos en la habitación. Manchas de sangre marcadas con una X».

El boceto mostraba unos cuantos cuadrados, cada uno dentro del otro, con un círculo en el medio. Los cuadrados habían sido dibujados en las esquinas, y los lados mostraban el mismo tipo de señales que el círculo en casa de Lilly Whiting. Había fragmentos de líneas diseminados por todas partes: Joel supuso que serían los restos de los tizoides que habían sido destruidos, pero resultaba difícil estar seguro.

—Hum —dijo el profesor Fitch—. Se cerró el paso a sí mismo.

Joel asintió.

—Vio venir a los tizoides y se rodeó con Líneas de Prohibición.

Una pésima táctica de duelo, porque una Línea de Prohibición no solo cortaba el paso a los tizoides, sino también a los objetos físicos. El rithmatista que las había dibujado no podía ir más allá de ellas para dibujar nuevas líneas y defenderse. Al cerrarse el paso, Herman había sellado su destino.

—No debería haber hecho eso —comentó Joel.

—Quizá —convino Fitch—. Pero si temía ser arrollado, esa tal vez era la única manera. Las Líneas de Prohibición son más sólidas que un Círculo de Custodia.

—Excepto en las esquinas —señaló Joel.

Las Líneas de Prohibición tenían que ser rectas, y las líneas rectas carecían de puntos de sujeción. Los tizoides habían entrado por las esquinas. Pero Fitch tal vez tuviera razón. Los tizoides eran rápidos, y correr podría haber sido una mala idea.

La única opción sería fortificarse, dibujando montones de líneas, encerrarse y pedir auxilio a gritos. Después habría que aguardar, con la esperanza de que alguien oyera la llamada y fuera capaz de hacer algo. Habría que quedarse sentado, mirando mientras una masa convulsa de dibujos hechos con tiza iba abriéndose paso a base de zarpazos y mordiscos, rebasando las líneas de una en una, cada vez más cerca...

Joel se estremeció.

—¿Se ha fijado en esos puntitos?

Fitch los examinó con más atención.

—Hum. Sí.

—Parecen restos de tizoides —apuntó Joel—. Después de que hubieran quedado hechos pedazos.

—Quizá —dijo Fitch, entornando los ojos—. No los han recreado demasiado bien. ¡Rayos! ¡Los dibujantes que hacen los bocetos de la policía no saben qué es importante y qué no lo es!

—Necesitamos ver la escena misma —declaró Joel.

—Sí —coincidió Fitch—. Sin embargo, ahora probablemente ya sea demasiado tarde. La policía se habrá movido por ella, confundiendo las líneas, echando ácido sobre las Líneas de Prohibición para quitarlas a fin de registrar la habitación. Y eso significa...

No llegó a terminar la frase.

«No podremos ver una escena del crimen a menos que haya otro incidente —pensó Joel—. Y eso suponiendo que la policía sepa que no debe tocar nada hasta que nosotros lleguemos allí.»

Eso significaba esperar a que desapareciera otra persona, lo cual no era la mejor perspectiva. Más valía trabajar con lo que tenían por el momento.

—Aquí —señaló Fitch, mirando la tercera y última hoja. Contenía una pauta de líneas serpenteantes, como la que había sido descubierta en la casa de Lilly. El boceto estaba etiquetado como «Extraña pauta de tiza descubierta en la pared exterior de la habitación de la víctima»—. Qué raro. La misma de antes. Pero eso no es ningún patrón rithmático.

—Profesor —dijo Joel, cogiendo la hoja y levantándola hacia la luz—. Yo he visto ese patrón antes en alguna parte. ¡Sé que lo he visto!

—Es un diseño bastante simple. Puede que lo hayas visto en una alfombra o en alguna obra de mampostería. Tiene un aire casi céltico, ¿no te parece? Quizás es el símbolo del asesino... o, hum, secuestrador.

Joel sacudió la cabeza.

—Tengo la sensación de que lo he visto en algún sitio relacionado con la rithmática. ¿Quizás en uno de los textos que leí?

—En ese caso, no se trata de ningún texto que yo haya visto jamás —dijo Fitch—. Eso no es un patrón rithmático.

—¿No podrían existir líneas por descubrir? —preguntó el joven—. Quiero decir que..., bueno, ni siquiera sabíamos que la rithmática era posible hasta hace unas décadas.

—Supongo —admitió Fitch—. Algunos estudiosos hablan de tales cosas.

—¿Por qué no dibuja usted esa pauta? Quizás hará algo.

—Sí, supongo que podría intentarlo. ¿Qué daño podría hacer eso? —Se sacó un trozo de tiza del bolsillo de la chaqueta, y luego hizo sitio en la mesa.

Titubeó.

«¿Qué daño podría hacer eso? —pensó Joel súbitamente—. Potencialmente mucho, si la pauta tiene algo que ver con los secuestros.»

Sin decir nada, imaginó que el dibujo de Fitch convocaba, sin que ellos lo advirtieran, a un ejército de tizoides o atraía la atención de la persona que los controlaba. Una de las lámparas del profesor empezó a detenerse y su luz fue debilitándose poco a poco. Joel se apresuró a ir hacia ella para volver a darle cuerda.

—Supongo que tendremos que probarlo en algún momento —suspiró Fitch—. Quizá deberías esperar fuera.

Joel sacudió la cabeza.

—Por ahora solo han desaparecido rithmatistas. Creo que debería quedarme, para ver y ayudar en caso de que a usted le pasara algo.

Fitch se quedó inmóvil por un instante, y finalmente suspiró antes de extender la mano para copiar el boceto con el anillo curvado que tenía encima del escritorio.

No pasó nada.

Joel contuvo la respiración. Los minutos fueron pasando. Todavía nada. Joel fue con paso nervioso hacia el escritorio.

—¿Lo ha dibujado de la manera apropiada?

—Hum. Bueno, eso creo —murmuró Fitch, levantando el dibujo—. Suponiendo que los agentes que fueron a la casa de Herman lo copiaran correctamente, claro.

Extendió la mano y puso la punta de la tiza en la pauta circular, obviamente intentando hacerla desaparecer. Nada.

—Carece de propiedades rithmáticas —dedujo—. De otro modo, con este gesto se volatizaría. —Hizo una pausa y ladeó la cabeza—. Yo... vaya, parece que he conseguido cambiar de sitio todo lo que tenía encima del escritorio... Hum. No se me había ocurrido pensar en eso.

—Necesitamos hacer más pruebas —dijo Joel—. Intentar distintas variaciones.

—Sí —convino Fitch—. Quizá tengas razón. Pero tú deberías volver a acostarte. ¡Tu madre estará preocupada!

—Mamá está trabajando —adujo Joel.

—Bueno, probablemente estarás cansado.

—Tengo insomnio.

—Entonces te recomiendo que vuelvas a tus habitaciones e intentes dormir —insistió Fitch—. No pienso tener a un estudiante en mi oficina a altas horas de la noche. Ya es demasiado tarde. Vete de una vez.

Joel suspiró.

—Me comunicará cualquier cosa que descubra, ¿verdad?

—Sí, sí —contestó Fitch, agitando la mano.

Joel volvió a suspirar, esta vez más ruidosamente que antes.

—Ya empiezas a parecerte a Melody —masculló Fitch—. ¡Largo!

«¿Melody? —pensó Joel mientras echaba a andar—. ¡Yo no soy así!»

—Esto..., Joel —lo llamó el profesor.

—¿Sí?

—Procura pasar por... las áreas bien iluminadas del campus mientras vayas a los dormitorios, muchacho. ¿De acuerdo?

Joel asintió y luego cerró la puerta.

Dibujos hechos con tiza encontrados en la escena de la desaparición de Lilly Whiting

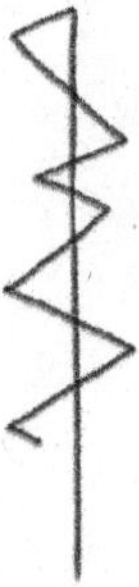

Figura 2

<u>Figura desconocida.</u>
Parece ser un cruce
entre una Línea de Vigor
y una Línea de Prohibición.

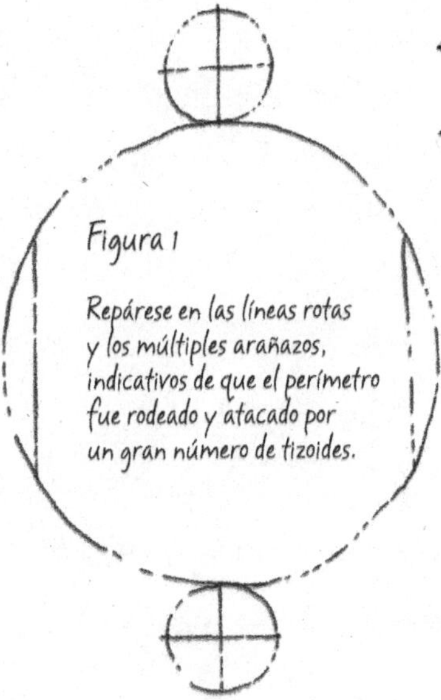

Figura 1

Repárese en las líneas rotas
y los múltiples arañazos,
indicativos de que el perímetro
fue rodeado y atacado por
un gran número de tizoides.

Figura 3

Extraño motivo lleno
de curvas encontrado
en el exterior del edificio.

CAPÍTULO

A la mañana siguiente, Joel se levantó temprano y se dispuso a ir a la oficina de Fitch. Mientras atravesaba el césped húmedo de rocío, oyó un clamor proveniente de donde estaba la administración del campus. Al rodear la colina descubrió un grupo congregado delante del edificio.

Se trataba de adultos, no de estudiantes.

Frunciendo el ceño, Joel fue hacia la gente. Exton se mantenía un poco apartado, luciendo una chaqueta roja con pantalones oscuros y un sombrero hongo a juego. El resto de la gente vestía de manera similar; ropa de buena calidad, con vestidos de vivos colores para las mujeres y trajes para los hombres. Debido al calor veraniego nadie llevaba prendas de abrigo, pero la mayoría lucía sombrero.

Los adultos murmuraban entre ellos y unos cuantos agitaban el puño en dirección al rector York, quien estaba plantado en la entrada de la administración.

—¿Qué está pasando? —le susurró Joel a Exton.

El secretario fue golpeando suavemente el suelo con la contera de su bastón mientras hablaba.

—Padres —dijo—. La cruz de cualquier escuela.

—¡Les aseguro que sus hijos se encuentran a salvo en Armedius! —decía el rector en ese momento—. Esta academia siempre ha sido un remanso de paz para quienes han sido escogidos para ser rithmatistas.

—¿Seguros como Lilly y Herman? —gritó uno de los padres. Otros gruñeron en señal de asentimiento.

—¡Por favor! —dijo el rector York—. ¡Todavía no sabemos qué está sucediendo! No saquen conclusiones precipitadas.

—Rector York —intervino una mujer de rasgos afilados y nariz lo bastante puntiaguda como para que pudiera sacarle el ojo a alguien si se volvía demasiado deprisa—, ¿está negando que aquí existe alguna clase de amenaza para los estudiantes?

—Por supuesto que no estoy negando tal cosa —repuso York—. Lo único que digo es que en el campus se encuentran a salvo. Ningún estudiante ha sufrido daño alguno mientras se hallaba dentro del recinto escolar. Fue solo en el curso de visitas fuera de los muros cuando ocurrieron incidentes.

—¡Voy a llevarme a mi hijo! —exclamó un hombre—. A otra isla. No intente detenerme.

—Los estudiantes corrientes pueden dejar la academia durante el verano —dijo otro—. ¿Por qué los nuestros no?

—¡Los estudiantes rithmatistas deben entrenarse, y ustedes lo saben! —le replicó York—. ¡Si actuamos precipitadamente, podríamos minar nuestra capacidad para defendernos en Nebrask!

Eso los acalló un tanto. No obstante, Joel oyó que un padre hablaba en murmullos a otro.

—¡Como si a él le importara eso! —masculló el hombre—. York no es un rithmatista. ¿Qué más le da que mueran aquí o en Nebrask?

Entonces el muchacho reparó en unos hombres elegantemente vestidos que se mantenían un poco apartados de los demás, sin proferir ninguna clase de quejas. Llevaban chaquetas de colores apagados y sombreros de fieltro triangulares. Joel no distinguió el menor vestigio de emoción en sus facciones.

Finalmente York consiguió dispersar al grupo de padres. Mientras estos empezaban a irse, los hombres de los sombreros de fieltro se acercaron a él.

—¿Quiénes son? —preguntó Joel.

—Seguridad privada —le susurró Exton—. Los de la izquierda trabajan para Ditrich Calloway, caballero-senador de Carolina del Este. Su hijo estudia rithmática aquí. A los demás no los conozco, pero sospecho que trabajan para ciertas personas muy influyentes que también tienen hijos rithmatistas aquí en Armedius.

El rector parecía preocupado.

—Va a tener que dejarlos marchar, ¿verdad? —preguntó Joel—. Me refiero a los hijos de la gente muy importante.

—Probablemente —dijo Exton—. El rector York tiene mucha influencia, pero en un enfrentamiento con un caballero-senador, hay pocas dudas de quién vencería.

Un pequeño grupo de estudiantes rithmatistas observaba desde la ladera de una colina, no muy lejos de allí. Joel no hubiera sabido decir si su abatimiento se debía a que estaban preocupados por los secuestros, o si se sentían incómodos viendo presentarse en la escuela a sus padres. Probablemente ambas cosas.

—Muy bien —oyó que decía el rector York desde la puerta del departamento de administración—. Veo que no tengo elección. Pero sepan que hacen esto en contra de mi voluntad.

Joel se volvió hacia Exton.

—¿Alguien ha hecho venir al inspector Harding?

—No lo creo —dijo Exton—. ¡Ni siquiera he podido entrar en la oficina! Estaban aquí antes de que llegara yo, obstruyendo la entrada.

—Envíe un mensajero a Harding —sugirió Joel—. Tal vez le interese estar al corriente de las reacciones de los padres.

—Sí —dijo Exton, observando con abierta hostilidad a los hombres de seguridad—. Sí, es una buena idea. Esto no contribuirá precisamente a aliviar las tensiones en el campus, diría yo. Si esos estudiantes no estaban asustados antes, ahora sí que lo estarán.

Joel se encaminó al despacho de Fitch y se cruzó con James Hovell, que se dirigía a clase acompañado por sus padres. James iba con los hombros encorvados y la mirada baja en una clara muestra de incomodidad. Tener una madre que siempre estaba trabajando quizá tuviera sus ventajas, después de todo.

Cuando Joel llamó a la puerta de Fitch, este tardó lo suyo en responder. Por fin la abrió. El profesor tenía los ojos legañosos y todavía llevaba puesto un batín azul.

—¡Oh! —exclamó—. Joel. ¿Qué hora es?

El muchacho torció el gesto, comprendiendo que Fitch probablemente había pasado toda la noche en vela estudiando aquellos dibujos tan extraños.

—Siento haberle despertado, profesor —dijo—, pero estaba impaciente por saber si había descubierto usted algo. Acerca de los dibujos, quiero decir.

Fitch bostezó.

—No, desgraciadamente. ¡Pero no habrá sido por no haberlo intentarlo, eso te lo puedo asegurar! Localicé la otra versión de esa pauta, la que se encontró en casa de Lilly, e intenté determinar si había alguna variación. Dibujé cien modificaciones distintas sobre el tema. Lo siento, muchacho, pero la verdad es que no creo que sea una Línea Rithmática.

—De verdad que la he visto antes en alguna parte —insistió Joel—. Estoy seguro, profesor. Quizá debería ir a la biblioteca, mirar en algún libro de los que he leído recientemente.

—Sí, sí —dijo Fitch, volviendo a bostezar—. Me parece... una gran idea.

Joel asintió y echó a andar en dirección a la biblioteca, dejando solo al profesor para que pudiera volver a conciliar el sueño. Mientras cruzaba el césped en dirección al patio interior de la academia, vio a una persona que había estado entre el gentío antes —la mujer de la nariz afilada y los rasgos marcados—, de pie en el césped, con los brazos en jarras y cara de estar perdida.

—¡Eh, tú! —lo llamó la mujer—. No conozco muy bien

el campus. ¿Podrías decirme dónde encontrar a un tal profesor Fitch?

Joel señaló el edificio que se alzaba detrás de él.

—Oficina número tres, subiendo por las escaleras del costado. ¿Para qué quiere verlo?

—Mi hijo lo mencionó —dijo la mujer—. Solo quería hablar un ratito con él, preguntarle sobre lo que está pasando en el campus. ¡Gracias!

Joel llegó a la biblioteca y empujó la puerta, pasando del tonificante aire matinal a un sitio que se las arreglaba para resultar húmedo y agobiante incluso durante los días más cálidos del verano. La biblioteca no tenía demasiadas ventanas —el sol estropeaba los libros—, así que la iluminación dependía de las linternas mecánicas.

Fue avanzando entre las estanterías, dirigiéndose a la sección dedicada a los libros de interés general sobre la rithmática, tanto de ensayo como de ficción, un apartado que ya empezaba a resultarle muy familiar. Joel había leído un gran número de esos volúmenes, prácticamente la totalidad del material de la biblioteca al cual le estaba permitido acceder. Si de verdad había visto esa pauta en algún sitio, podía haber sido en cualquiera de aquellos libros.

Abrió uno que había cogido en préstamo hacía unas semanas. Al principio solo se acordó vagamente de él, pero conforme hojeaba las páginas, se estremeció. Era una novela de aventuras sobre rithmatistas en Nebrask.

Se detuvo en una página, leyendo —casi contra su voluntad— párrafos sobre un hombre que era horrendamente devorado por tizoides salvajes. Estos se arrastraban sobre su piel por debajo de la ropa —después de todo, los tizoides salvajes solo tenían dos dimensiones— y, a mordiscos, iban separándole la carne de los huesos.

Melodramáticos y exagerados, aquellos pasajes eran mera ficción. Aun así, le revolvieron el estómago. Joel había anhelado participar en el trabajo del profesor Fitch. Sin embargo, si tuviera que hacer frente a un ejército de tizoides, no sería capaz de construirse una defensa. Las criaturas se arrastrarían como si tal cosa por encima de sus líneas y llegarían hasta él. Estaría tan perdido como el hombre del libro.

Sacudió la cabeza en un intento de expulsar de su mente todas aquellas imaginaciones acerca de tizoides salvajes que le subían y le bajaban por el cuerpo. Él lo había querido. Si realmente iba a convertirse en un especialista en rithmática —si su meta era esa—, tendría que aprender a vivir con la idea de que a veces esta disciplina podía ser peligrosa, y que llegado el momento no sería capaz de defenderse a sí mismo.

Dejó la novela, que carecía de ilustraciones, y pasó a la sección de ensayo. Una vez allí, cogió un montón de libros que le parecieron familiares y fue hasta un escritorio de estudio en un lado de la sala.

Tras una hora de búsqueda se sentía todavía más frustrado que cuando empezó. Gimió, se puso recto en la silla y se desperezó. Quizá solo estaba persiguiendo sombras, buscando alguna clase de relación con su propia vida para así demostrar a Fitch que podía serle de utilidad.

Le parecía que el recuerdo de aquella pauta era más antiguo que aquello. Familiar, cierto, pero perteneciente a un pasado muy lejano. Joel tenía buena memoria, sobre todo cuando se trataba de rithmática. Recogió su pila de libros y echó a andar en dirección a las estanterías para devolverlos a su sitio. Mientras lo hacía, un hombre con un tabardo rojo de rithmatista entró en la biblioteca.

«El profesor Nalizar —pensó Joel—. Cuánto me gustaría que, algún día, otro joven advenedizo lo retara a un duelo y lo despojara de su cátedra. Entonces...»

La primera desaparición se había producido después de que Nalizar llegara a la escuela. Joel titubeó y se puso a reflexionar.

«Solo es una coincidencia —pensó—. No saques conclusiones precipitadas.»

Sin embargo... ¿no había hablado Nalizar de lo peligroso que era el campo de batalla en Nebrask? Él pensaba que los estudiantes y profesores de Armedius eran débiles. ¿Habría ido tan lejos como para hacer algo que preocupara más a todo el mundo? ¿Algo que los tuviera a todos en vilo y les hiciera estudiar y practicar más?

«Pero ¿secuestrar? —pensó Joel—. Eso sería pasarse de la raya.»

Aun así, consideró que sería interesante saber qué libros estaba examinando Nalizar. Entonces vislumbró un aleteo de tela roja entrando en el ala rithmática de la biblioteca y se apresuró a ir detrás de Nalizar.

Nada más llegar a la puerta del ala rithmática, oyó una voz que lo interpelaba.

—¡Joel! —dijo la señora Torrent, sentada a su escritorio—. Ya sabes que no debes entrar ahí.

El muchacho se detuvo, acobardado. Había abrigado la esperanza de que la señora Torrent estuviera distraída, pero las bibliotecarias parecían poseer un sexto sentido para captar a cualquier estudiante dispuesto a quebrantar las normas.

—Acabo de ver al profesor Nalizar —dijo Joel—. Quería ir a comentarle una cosa.

—No puedes entrar en la sección rithmática de la biblioteca sin una escolta, Joel —dijo la señora Torrent, que sellaba las páginas de un libro sin levantar la vista hacia él—. No hay excepciones.

El joven apretó los dientes con una mueca de frustración.

«Una escolta —pensó de pronto—. ¿Me ayudaría Fitch?»

Salió corriendo de la biblioteca, pero enseguida cayó en la cuenta de que el profesor quizás aún estaría durmiendo. Para cuando Joel hubiera conseguido llevarlo a la biblioteca, Nalizar probablemente ya se habría ido. Aparte de eso, sospechaba que Fitch desaprobaría que espiara a Nalizar; incluso era posible que tuviera miedo de hacerlo.

Necesitaba a alguien más dispuesto a correr riesgos...

Era la hora del desayuno, y el refectorio quedaba a poca distancia de allí.

«No puedo creer que esté haciendo esto», pensó. Pese a ello, echó a correr hacia el refectorio.

Melody estaba sentada en el sitio de costumbre, y sola, como era habitual.

—Eh —dijo Joel, yendo hacia aquella mesa y ocupando uno de los asientos vacíos.

Melody levantó la vista de su plato de fruta.

—Oh. Eres tú.

—Necesito tu ayuda.

—¿Para qué?

—Quiero que me escoltes a la sección de rithmática de la biblioteca —dijo Joel en voz baja—. Es para espiar al profesor Nalizar.

Melody clavó el tenedor en un trozo de naranja.

—Bueno, vale.

Joel parpadeó.

—¿Eso es todo? ¿Por qué has accedido tan rápido? Podríamos meternos en un buen lío, ¿sabes?

Con un encogimiento de hombros, ella volvió a poner el tenedor en el plato.

—No sé por qué será, pero al parecer soy capaz de meterme en líos solo con estar sentada —respondió—. ¿Como cuánto de peor podría ser esto que me propones?

Joel no pudo refutar esa lógica y se levantó del asiento con una sonrisa. Melody lo imitó y unos instantes después ya estaban fuera del refectorio, corriendo a través del césped.

—Bien, ¿alguna razón en particular por la que vayamos a espiar al profesor Nalizar? —preguntó—. Dejando aparte lo guapo que es.

Joel torció el gesto.

—¿Guapo?

—A su manera arrogante y mezquina, claro —puntualizó ella con un encogimiento de hombros—. Doy por sentado que tendrás una razón mejor que esa, naturalmente.

¿Qué podía decirle Joel? Harding estaba preocupado por la seguridad, y... bueno, Melody no parecía la clase de persona a la que fuera prudente contarle secretos.

—Nalizar llegó a Armedius casi en el mismo momento en que empezaron a desaparecer estudiantes —dijo por fin, compartiendo únicamente lo que había deducido por su cuenta.

—¿Y qué? —replicó Melody—. A menudo contratan nuevos profesores antes de que empiece el optativo de verano.

—Nalizar es sospechoso —dijo Joel—. Si su comportamiento en el frente fue tan heroico, ¿por qué ha vuelto aquí? ¿Por qué ocupar una posición con un nivel tan bajo como la de tutor? Ese hombre esconde algo.

—¿Insinúas que Nalizar está detrás de las desapariciones?

—No lo sé —respondió el muchacho mientras llegaban a la biblioteca—. Solo quiero saber qué libros está mirando. Espero que la señora Torrent me deje utilizar como escolta a una estudiante rithmatista.

—De acuerdo, está bien —dijo Melody—. Pero solo lo hago porque me apetece echarle una miradita a Nalizar.

—Nalizar no es trigo limpio —dijo Joel.

—En ningún momento he mencionado sus valores morales, Joel —replicó ella al tiempo que abría la puerta—. Solo me refería a su aspecto físico.

Entró con paso decidido en la biblioteca y Joel la siguió. La señora Torrent levantó la vista cuando pasaron junto a su escritorio.

—Él va conmigo —declaró Melody señalando a Joel con un gesto melodramático—. Necesito que me lleve los libros.

La señora Torrent pareció a punto de protestar, aunque afortunadamente al final decidió no hacerlo. Joel se apresuró a ir detrás de Melody, pero se detuvo en el umbral del ala rithmática.

Llevaba años intentando dar con la manera de entrar en aquella sala. Había pedido a más de un estudiante rithmatista que le permitiera acompañarlo, pero nadie estuvo dispuesto a hacerlo. Nalizar no era el único que se mostraba mezquino con los secretos rithmáticos. Toda la orden irradiaba un aura impalpable de exclusión. Los rithmatistas se sentaban juntos y separados de los demás en el refectorio. Expresaban hostilidad hacia los estudiantes no rithmatistas. Tenían su propia sala en la biblioteca, que contenía los mejores textos sobre rithmática.

Joel respiró hondo y se apresuró a seguir a Melody, que se había vuelto hacia él y daba golpecitos en el suelo con el pie mientras ponía cara de disgusto. Joel prescindió de ella, disfrutando del momento. La sala incluso se sentía distinta del ala ordinaria de la biblioteca. Las estanterías eran más altas, los libros más antiguos. Las paredes contenían numerosos esquemas y diagramas.

Joel se detuvo junto a uno que detallaba la Defensa Taylor; una de las más complicadas y controvertidas defensas rithmáticas. Hasta entonces solo había visto vagos bocetos de aquella defensa. Allí, sin embargo, las distintas secciones estaban analizadas y explicadas con mucho detalle, con unas cuantas variaciones dibujadas a una escala más reducida a los lados.

—¡Joel! —exclamó Melody—. No he dejado abandonada la mitad de mi desayuno para que tú pudieras mirar dibujos. Por favor.

De mala gana, Joel volvió a centrar la atención en la tarea que se había fijado. Allí las estanterías eran lo bastante altas para que Nalizar no fuera capaz de verlos entrar en la sala, lo cual era una suerte. Joel no quería ni pensar en el escándalo que montaría el arrogante profesor si sorprendía a un no rithmatista fisgando entre aquellos textos.

Le hizo una seña a Melody y avanzó rápidamente entre las estanterías, que, a diferencia de lo que ocurría en el ala general, parecían estar dispuestas al azar. Aun así, debería ser capaz de encontrar...

Joel se quedó paralizado cuando pasó junto a un pasillo entre estanterías. Allí estaba Nalizar, a un metro y medio de donde acababa de detenerse él.

Melody tiró de él, apartándolo de la línea de visión del

profesor. Joel reprimió un gemido y se reunió con ella en el pasillo siguiente. Desde allí podían atisbar a través de una rendija entre las estanterías y entrevieron a Nalizar, aunque el ángulo no permitía que Joel leyera el título del libro que el profesor tenía en las manos.

Entonces el joven profesor levantó la vista hacia el punto en el que había estado Joel hacía apenas unos instantes. Acto seguido se volvió, sin percatarse de que Joel y Melody lo observaban a través de la pequeña rendija, y se alejó.

—¿Qué libros hay allí? —le susurró Joel a Melody.

Ella fue por el otro lado —aunque Nalizar la viera daría igual—, y cogió un libro del estante. Frunciendo la nariz, lo sostuvo delante de la rendija para que Joel pudiera verlo. *Postulados teóricos sobre rithmática del desarrollo*, edición revisada, con prólogo de Attin Balazmed.

—Un tostón —dijo.

«Teórica rithmática», pensó Joel.

—¡Necesito saber exactamente qué libros se lleva Nalizar!

Melody puso los ojos en blanco.

—Espera aquí —dijo, y se fue.

Joel aguardó con nerviosismo. Otros estudiantes rithmatistas husmeaban por aquella sección de la biblioteca. Quienes lo vieron le miraron raro, pero nadie lo interpeló.

Unos minutos después, Melody apareció y le tendió un papel. En él estaban escritos los títulos de tres libros.

—Nalizar se lo dio a los bibliotecarios —dijo Melody—, dándoles instrucciones de que sacaran los libros y se los llevaran a su despacho, y después se fue a impartir su clase.

—¿Cómo has conseguido esto? —preguntó Joel mientras se guardaba el papel.

—Fui hacia él y le expuse que no estaba de acuerdo en que se me hubiera castigado a hacer recados.

Joel parpadeó.

—Eso bastó para que decidiera soltarme un sermón —explicó Melody—. A los profesores les encanta sermonear. En fin, que mientras él me estaba soltando la reprimenda, pude leer los títulos de los libros que sostenía.

Joel volvió a mirar aquellos tres títulos. *Postulados sobre la posibilidad de nuevas y todavía no descubiertas Líneas Rithmáticas,* rezaba el primero, de Gerald Taffington. Los otros dos tenían títulos más vagos relacionados con la teórica, pero el primero parecía una auténtica joya.

Nalizar estaba investigando nuevas Líneas Rithmáticas.

—Gracias —dijo Joel—. De verdad. Gracias.

Melody se encogió de hombros.

—Deberíamos irnos. Nalizar acaba de soltarme un sermón impresionante, y no quiero aguantar otro de Fitch por llegar tarde.

—Sí, desde luego —dijo Joel—. Un segundo. —Miró los estantes repletos de libros. ¡Llevaba tanto tiempo intentando entrar allí!—. Necesitaría echar un vistazo a algunos de esos libros —dijo—. ¿Los sacarás en préstamo por mí?

—Puedes coger *uno.* Hoy ando decididamente impaciente.

Joel decidió no protestar y fue al estante más próximo donde Nalizar había estado rebuscando.

—Venga —dijo Melody.

Joel cogió un volumen que parecía prometedor. *El hombre y la rithmática: los orígenes del poder* Se lo pasó a Melody y se fueron. La señora Torrent los miró de nuevo con aire de reprobación antes de registrar la salida del libro y entregárselo a Melody, a regañadientes. Joel exhaló un profundo suspiro mientras salían al césped.

Melody le pasó el libro y él se lo puso debajo del brazo. En aquel momento, no obstante, parecía mucho menos importante que el papelito que le había dado su compañera. Había conseguido una prueba de que Nalizar estaba interesado en nuevas Líneas Rithmáticas.

Naturalmente, Fitch estaba convencido de que el círculo lleno de curvas no era rithmático. En realidad aquello no era más que otro indicio, y no demostraría que Nalizar estuviera involucrado en las desapariciones. «Necesito ese libro

—pensó Joel—. Si contiene algo parecido a ese círculo, tendré una prueba incontrovertible.»

Lo cual sonaba extremadamente peligroso. El muchacho consideró que quizá sería mejor conformarse con ver a Harding y expresarle sus preocupaciones. Incapaz de decidirse, dobló el papel y se lo guardó en el bolsillo. Melody caminaba junto a él luciendo su falda blanca, la carpeta apretada contra el pecho y una expresión distante en el rostro.

—Otra vez gracias —dijo Joel—. De verdad. Creo que esto va a ser una gran ayuda.

—Es bueno ser útil para algo, supongo.

—Oye, lo que dije el otro día... No hablaba en serio.

—Pues claro que hablabas en serio —replicó ella, la voz insólitamente suave—. Fuiste sincero. Sé que soy completamente negada para la rithmática. Mi reacción de entonces solo sirvió para hacerme quedar el doble de mal por negar la verdad, ¿no?

—Estás siendo demasiado dura contigo misma, Melody. Los tizoides se te dan pero que muy bien.

—Como si eso me sirviera de algo.

—Es una gran habilidad —dijo Joel—. En eso eres mucho mejor que yo.

Ella puso los ojos en blanco.

—Eh, tampoco te pases. No hay ninguna necesidad de ponerse melodramático, porque en realidad solo intentas sentirte mejor. Te perdono, ¿vale?

Joel enrojeció.

—Eres una persona de lo más irritante. ¿Lo sabías?

—De acuerdo —dijo ella, levantando un dedo acusadoramente—. Ahora has ido demasiado lejos en sentido opuesto. Si lo intentas con todas tus fuerzas, seguramente encontrarás un término medio entre ser condescendiente conmigo e insultarme.

—Lo siento —se disculpó Joel.

—De todas formas —añadió ella—, en realidad da igual si las Líneas de Creación se me dan bien, porque sigo sin ser capaz de erigir una defensa decente. En un duelo, un buen disparo con una Línea de Vigor me dejaría fuera de combate.

—No necesariamente —replicó él—. Verás, por mucho que el profesor Fitch insista en lo de calar al contrincante, en tu caso esa estrategia quizá no sea apropiada.

—¿Qué quieres decir? —preguntó ella al tiempo que lo observaba con suspicacia, por lo visto esperando otro insulto.

—¿Has probado alguna vez la Defensa Jordan?

—Es la primera vez que oigo hablar de ella.

—Es una defensa avanzada —explicó Joel—, una de las más avanzadas sobre las que he leído nunca. Pero podría funcionar. Primero tienes que dibujar una red de Prohibición, y después... —Titubeó—. Espera, te lo enseñaré. ¿Tienes tiza?

Ella puso los ojos en blanco.

—Claro que sí. Durante el primer curso en la escuela rithmática, si cualquier profesor te pilla sin una tiza encima puede hacerte limpiar los suelos durante dos horas.

—¿De verdad?

Ella asintió y le pasó una tiza. El patio interior estaba cerca, y no parecía que nadie lo estuviera utilizando. Joel corrió colina arriba, seguido de Melody.

—Eh —dijo ella entonces—. ¿No tendremos problemas por llegar tarde al despacho de Fitch?

—No creo —dijo Joel, deteniéndose en la cima recubierta de cemento—. Anoche Fitch estuvo levantado hasta tarde, y esta mañana fue interrumpido un par de veces. Apostaría a que todavía está durmiendo. Y ahora, mira esto.

Joel dejó a un lado su libro, se arrodilló y trazó un dibujo aproximado de la Defensa Jordan. Se trataba de una defensa elipsoidal, con una línea en cada punto de sujeción para estabilizarla. Sin embargo, su característica principal no era el círculo primario, sino la gran jaula hecha a partir de Líneas de Prohibición que rodeaba el exterior. A Joel le recordaba un poco lo que había intentado Herman Libel.

—Eso te deja encerrado —comentó Melody mientras se agachaba junto a Joel—. No puedes hacer nada si te rodeas con Líneas de Prohibición. Eso es rithmática básica, hasta yo lo sé.

—Es una regla básica, cierto —admitió Joel, todavía dibujando—. Pero muchos de los diseños rithmáticos avanzados pasan por alto la sabiduría tradicional. Los duelistas realmente buenos saben cuándo es conveniente correr un riesgo. Mira esto. —Señaló con su tiza una sección del dibujo—. He hecho una gran caja a cada lado. La teoría con la Jordan es llenar a tope esas cajas con tizoides ofensivos. Si se te dan bien los tizoides, deberías ser capaz de instruirlos para que esperen y no ataquen tu propia línea desde atrás.

»De esa manera, mientras tu oponente pierde el tiempo atacando frontalmente, tú estás organizando un solo ataque incontenible. Cuando lo tienes preparado, liberas la oleada de tizoides y después vuelves a dibujar rápidamente esa Línea de Prohibición. Entonces utilizas Líneas de Vigor para destruir a cualquier tizoide enemigo que haya podido entrar mientras tus defensas estaban caídas, y luego creas otra oleada de tizoides.

»Cabe la posibilidad de que no vayas tan deprisa como tu oponente, pero eso carece de importancia porque tu ataque llega en enormes oleadas que lo confunden y le impiden responder. Matthew Jordan, el rithmatista que diseñó esta defensa, salió vencedor en un par de duelos de muy alto perfil sirviéndose de ella, y causó conmoción entre los académicos debido a lo poco convencional que era.

Melody ladeó la cabeza.

—Espectacular —dijo.

—¿Quieres intentarlo? —preguntó Joel—. Puedes usar mi pequeño boceto como guía.

—Probablemente no debería —dijo ella—. Quiero decir que, bueno, el profesor Fitch...

—Oh, vamos —la animó Joel—. Solo una vez. Oye, te metí en la biblioteca para que pudieses ver a Nalizar, ¿verdad?

—Y oír cómo me sermoneaba.

—Eso fue idea tuya —señaló Joel—. ¿Vas a dibujar, sí o no?

Melody dejó su cuaderno y se arrodilló sobre el cemento. Cogió su tiza, examinó el dibujo en miniatura de Joel, y después empezó a trazar una elipse en torno a sí misma.

Joel también empezó a dibujar.

—Yo voy a optar por la Ballintain —dijo, dibujando un círculo a su alrededor—. Pero con tu Defensa Jordan no necesitas prestar demasiada atención a lo que estoy haciendo. Limítate a dibujar lo más deprisa que puedas.

Melody se concentró en la labor, dibujando un rectángulo defensivo en torno al Círculo de Custodia, y después empezó rápidamente con sus tizoides.

Joel dibujó, esperando que su intuición fuera acertada. El punto débil de la Defensa Jordan eran los tizoides. Controlarlos de aquella manera no resultaba nada fácil; podía hacerse únicamente porque se trataba de un duelo formal, y Melody podía orientarlos directamente hacia su objetivo.

Por alguna razón, los tizoides resultaban bastante difíciles de controlar si querías que se limitaran a esperar. Por eso la mayoría de rithmatistas los enviaban a atacar o los dejaban quietos con un punto de sujeción.

«La verdad es que necesito estudiar más teoría de los tizoides —pensó Joel mientras daba los últimos toques a su defensa—. Quizá Melody podría sacar de la biblioteca unos cuantos libros sobre el tema.»

—Bien —dijo, extendiendo la mano para dibujar unas cuantas Líneas de Vigor—. Esto va a requerir un poco de imaginación, ya que al no ser un rithmatista es imposible que mis líneas hagan nada. Tú finge que se me da bien dibujar Líneas de Vigor, lo que dicho sea de paso es cierto, y que cada una de ellas da en el mismo punto de tu defensa, debilitándola. Una Línea de Custodia bien dibujada puede aguantar alrededor de seis impactos de una Línea de Vigor; una de Prohibición puede aguantar diez. Cuando veas hacia dónde estoy disparando yo, dibuja otra Línea de Prohibición detrás de la primera para frenar mi ataque.

Melody así lo hizo, dibujando una línea.

—Ahora yo he de pasar a través de dos Líneas de Prohibición y una de Custodia. Eso significa que con esta defensa, tienes alrededor de veintiséis Vigores para acabar tus tizoides. Lo que no es mucho tiempo, teniendo en cuenta que...

Se calló cuando Melody adelantó velozmente la mano y apoyó la tiza contra la parte interior de su Línea de Prohibición para liberar a sus tizoides.

«¡Qué celeridad! —pensó—. ¡Solo he terminado seis de mis Líneas de Vigor!» Cierto, no había trabajado tan deprisa como hubiera podido, pero aun así...

La línea de Melody se volatilizó —hacían falta cuatro segundos para disipar una línea—, y una oleada de ocho tizoides completos corrió a través del suelo hacia Joel.

—Caray —exclamó él.

Levantando la vista, Melody se apartó un mechón que le caía sobre los ojos. Después parpadeó con sorpresa, como si la asombrara ver que había conseguido hacerlo. Joel se apresuró a dibujar unas cuantas Líneas de Vigor más y a defenderse contra las criaturas. Pero, naturalmente, eso no sirvió de nada. En la exaltación de la batalla, Joel casi había olvidado que él no era un rithmatista.

Los tizoides llegaron a sus defensas y titubearon. Por un instante, Joel sintió una breve punzada de miedo; una emoción similar a la que tuvo que haber experimentado Herman Libel mientras estaba sentado allí, completamente indefenso contra el grupo de monstruos hechos de tiza que lo atacaban. Aunque dudaba que Herman se hubiera enfrentado a unicornios.

Finalmente, las criaturas pusieron a prueba las defensas dibujadas por Joel y, como era lógico, estas no las detuvieron. Los tizoides avanzaron en tropel, primero rodeando a Joel para luego correr en círculos a su alrededor. El muchacho se encogió mientras los imaginaba arrancándole la carne de los huesos. Por suerte, aquellos seres eran inofensivos.

—¿Unicornios? —preguntó resignadamente.

—¡El unicornio es un animal de lo más noble y majestuoso!

—Es solo que... me parece una forma muy poco digna de perder, sobre todo con todas las cabriolas que hacen.

—Bueno —dijo Melody, levantándose del suelo—, pues entonces agradece que no disponga de ninguna tiza rosa. No nos permitirán utilizar colores hasta que estemos en juveniles.

Joel sonrió.

—Lo has hecho verdaderamente bien. ¡No puedo creer que los dibujaras tan deprisa!

Melody fue hacia los unicornios y tocó a uno de ellos con su tiza. Este dejó de corvetear inmediatamente y se quedó inmóvil como si de nuevo fuera tan solo un dibujo. Cuatro segundos después ya no estaba ahí. Melody repitió el proceso con los demás.

—Eso no fue difícil —dijo—. Solo tenía que hacer que mis tizoides esperaran antes de atacar.

Por lo poco que había leído Joel sobre el tema, no creía que fuera tan fácil. Si no se daban las instrucciones correctas, los tizoides atacarían la propia Línea de Prohibición. Entonces, cuando se disipara la línea, se quedarían desconcertados e irían de un lado a otro en lugar de abalanzarse sobre el oponente.

—Te dije que la Jordan te funcionaría —dijo Joel, levantándose del suelo.

—Me lo pusiste bastante fácil —señaló ella—. Además, mis líneas tampoco estaban tan bien. Apuesto a que podrías haber atravesado mi muro de Prohibición con la mitad de disparos que hubieran hecho falta de otro modo.

—Es posible —concedió Joel—. No esperaba que terminaras tan deprisa. Tu elipse era un desastre, pero eso daba igual. Has hecho un gran trabajo, Melody. No se te da nada mal. Ahora solo has de encontrar los patrones y las defensas que mejor convengan a tus capacidades.

—Gracias —dijo ella, sonriendo tímidamente.

—Es cierto.

—No —dijo ella—. No te estaba agradeciendo el cumplido, sino que me hayas mostrado esto. Dudo que vaya a revolucionar mi estilo: nunca llegaré a ser una buena rithmatista a menos que consiga aprenderme los círculos. Pero, bueno, es agradable saber que puedo hacer algo bien.

Joel le devolvió la sonrisa.

—Claro. Bueno, ahora quizá deberíamos ir a clase. El profesor Fitch...

Se calló, porque a lo lejos acababa de ver una figura con sombrero y uniforme de policía, montada en un caballo muy grande. Acordándose de que había pedido a Exton que llamara al inspector, el muchacho agitó la mano.

—¿Joel? —preguntó Melody.

—Un segundo —dijo él—. Ve tú primero. He de hablar con ese policía.

—¡Tizas! —exclamó ella, dándose la vuelta—. ¿Eso es un corcel equílix?

Joel se dio cuenta de que Melody tenía razón. Harding hizo avanzar a su montura, que en realidad no era un caballo. Tenía la forma de ese animal, cierto, pero estaba hecho de metal, con los flancos de cristal mostrando los resortes y los engranajes que giraban en su interior.

—Joel, hijo —dijo Harding mientras guiaba a su montura, cuyos cascos metálicos dejaron profundas huellas en el suelo—. ¿Cómo va el frente académico?

—Bien, inspector —respondió el chico.

Joel había visto caballos mecánicos antes, naturalmente. Eran caros, pero distaban mucho de ser una rareza. Un equílix, sin embargo, no era un mecanismo de relojería cualquiera. Construidos a partir de las últimas tecnologías mecánicas salidas de Egipto, se decía que eran asombrosamente inteligentes. En aquel país vivía una mujer, una científica genial, que había descubierto nuevas maneras de dar cuerda a los engranajes para obtener energía a través de los vientos armónicos.

Joel miró en el interior de los ojos de cristal de la máquina y distinguió los diminutos rotores y resortes moviéndose, todas las levas en miniatura que subían y bajaban como las teclas de una máquina de escribir, impulsando las funciones de aquel complicado cerebro de relojería.

—Vaya, ¿y quién es esta hermosa damita? —preguntó Harding. El tono era cortés, pero Joel captó cierta vacilación en su voz.

«¿Hermosa?» Melody lo irritaba tan a menudo que había olvidado lo guapa que podía ser cuando sonreía. Como estaba haciendo en aquel preciso instante.

—Es una de las estudiantes del profesor Fitch —dijo Joel.

—¿Señorita...?

—Muns —dijo ella.

«Un momento —pensó Joel—. ¿Muns? Yo he oído ese apellido en alguna parte hace poco. Hablando de alguien que no era Melody...»

—Señorita Muns —saludó Harding, inclinando aquel sombrero azul parecido a un casco. Después se volvió hacia Joel—. Gracias por esa información sobre los padres, Joel. Necesitamos asegurar este campus; he ordenado que a partir de ahora ningún estudiante abandone la academia durante las fiestas o los fines de semana. También he pedido refuerzos, para que este lugar sea nuestra base de operaciones y primera línea de defensa.

Joel asintió.

—No me pareció conveniente que los padres empezaran a salir corriendo con sus hijos. Dondequiera que vayan, la... persona podría seguirlos.

—Estoy de acuerdo —asintió Harding.

Melody miró a Joel entornando los ojos.

—Por cierto, soldado —dijo el inspector—, ¿has visto a una mujer rubia, de un metro setenta de estatura, con el pelo recogido en un moño y alrededor de treinta y cinco años de edad, con un vestido azul? Tiene la cara estrecha y las facciones muy marcadas.

—La vi —dijo Joel—. Es la madre de uno de los rithmatistas.

—No creo —resopló Harding—. Me estoy refiriendo a Elizabeth Warner, periodista.

—¿Una mujer periodista? —preguntó Joel.

—¿Qué hay de malo en eso? —dijo Melody, contrariada.

—Nada —se apresuró a decir Joel—. Es solo que... nunca lo había oído.

—Los tiempos están cambiando —comentó Harding—. Apuesto a que llegará el día en que ni siquiera podremos mantenerlas fuera del campo de batalla. De todas maneras, mujeres o no, la prensa es el enemigo. ¡Si los periodistas se salen con la suya, toda esta isla se sumirá en el pánico! ¿Dónde la viste, hijo?

—Iba hacia la oficina del profesor Fitch.

—Rayos y truenos —dijo Harding, haciendo dar media vuelta a su montura. Joel oyó el ruido de los engranajes y los resortes que se movían en su interior—. ¡Cubre mi retirada! —pidió antes de alejarse.

Después partió al galope en dirección al campus rithmático.

—¿Y de qué iba todo eso exactamente? —preguntó Melody.

—Uh... nada.

Ella puso los ojos en blanco mostrando una expresión exagerada.

—Sí, claro.

—No te lo puedo decir —replicó él.

—¡Vas a relegarme a la ignorancia continuada!

—Uh, no —dijo Joel, sin saber qué cara poner—. Mira, en realidad no sé nada.

—¿Eso es una mentira?

Joel titubeó.

—Sí —dijo finalmente.

Melody soltó un bufido de disgusto.

—Y yo que pensaba que empezábamos a llevarnos bien. —Cogió su cuaderno de notas y empezó a alejarse—. ¡Mi vida es una tragedia! —dijo teatralmente, al tiempo que alzaba la mano hacia el cielo—. ¡Hasta mis amigos me mienten!

Joel suspiró. Cogió el libro que Melody había sacado de la biblioteca para él, y después corrió tras ella en dirección al despacho de Fitch.

Dibujo a tiza
descubierto en la escena
de la desaparición de
Herman Libel

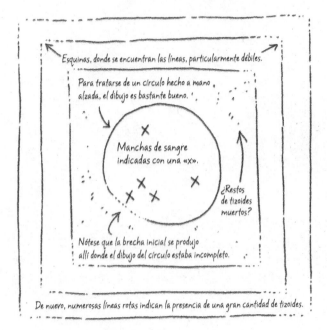

Esquinas, donde se encuentran las líneas, particularmente débiles.

Para tratarse de un círculo hecho a mano alzada, el dibujo es bastante bueno.

Manchas de sangre indicadas con una «x».

¿Restos de tizoides muertos?

Nótese que la brecha inicial se produjo allí donde el dibujo del círculo estaba incompleto.

De nuevo, numerosas líneas rotas indican la presencia de una gran cantidad de tizoides.

Bueno, sí, hablé con esa mujer —dijo el profesor Fitch, visiblemente desconcertado—. No estaba segura de si debía permitir que su hijo permaneciera en Armedius. Quería cerciorarse de que nos estábamos esforzando de verdad para proteger a los alumnos.

—Y entonces usted se lo contó todo —dijo el inspector Harding.

—Claro. La pobre estaba a punto de echarse a llorar. Hum, cielos, nunca he sabido tratar a las mujeres cuando se encuentran al borde de la histeria, inspector. No le dije gran cosa. Solo que estábamos seguros de que detrás de esto había un rithmatista, pero que esperábamos que los desaparecidos siguieran con vida, y que estábamos trabajando sobre algunos extraños dibujos hechos con tiza encontrados en las escenas del crimen.

—Profesor... —dijo Harding, al tiempo que se frotaba la frente con un gesto de indecisión—, esto supone un tremendo atentado contra la seguridad. Si usted fuera un soldado a mis órdenes, me temo que tendría que disciplinarlo por ello.

—Oh, cielos —murmuró el profesor—. Bueno, supongo que por algo me dedico a la docencia, y no a la guerra.

Joel enarcó una ceja, intentando que no se le subiera demasiado a la cabeza el hecho de que tanto Harding como Fitch hubieran insistido en que Melody esperase fuera, pero no le hubieran prohibido la entrada a él.

—Desgraciadamente —dijo Harding, yendo y viniendo por el vestíbulo del despacho de Fitch con las manos cruzadas a la espalda—, ahora la cosa ya no tiene remedio. Se ha producido una fuga de información, y una espía escapó con nuestro plan de batalla. Debemos cargar con ello y esperar que todo vaya lo mejor posible. Pero, profesor, le sugiero que a partir de ahora evite hablar de estos asuntos con nadie más.

—Comprendo, inspector —dijo Fitch.

—Me alegro —replicó Harding—. Ahora, creo que debería saber que he hablado con el caballero-senador de Nueva Britania y le he pedido permiso para instalar un perímetro de seguridad aquí en Armedius. Ha accedido a suministrarme una legión completa de la milicia de Jamestown para utilizarla en la defensa de esta ubicación.

—¿Va a... ocupar la escuela? —preguntó Fitch.

—Nada tan drástico, profesor —dijo Harding mientras proseguía con sus paseos, girando sobre un talón para luego volver en dirección opuesta—. Los rithmatistas son uno de los mayores recursos de la Unión, así que hemos de asegurarnos de que se encuentran adecuadamente protegidos. Asignaré unos hombres para que patrullen los terrenos. Quizá podamos servirnos de la mera intimidación para evitar que ese secuestrador fantasma vuelva a atacar.

»El rector York me ha proporcionado una habitación en el campus para que me sirva como base de operaciones. Mis hombres no interferirán con el día a día de la escuela. Sin embargo, queremos que se nos vea, y que los estudiantes sepan que cuentan con nuestra protección. Puede que eso también nos sea de alguna ayuda a la hora de apaciguar a los padres, que parecen estar decididos a quebrantar la moral y aislar a sus hijos para una derrota fácil.

—¿Qué dice que están haciendo? —exclamó Fitch.

—Algunos padres de estudiantes rithmatistas se están llevando a sus hijos de la escuela —explicó Harding—. El joven Joel fue lo bastante despierto para prevenirme acerca de ello. Desgraciadamente, no me ha sido posible clausurar las instalaciones a tiempo. Al menos una docena de estudiantes, la mayoría rithmatistas, fueron sacados de la escuela esta mañana.

—Eso no suena nada bien —dijo Fitch—. Todos los ataques tuvieron lugar fuera del campus. ¿Por qué querrían esos padres llevarse lejos de Armedius a sus hijos?

—Cuando se trata de sus hijos, los padres siempre acaban siendo impredecibles —replicó Harding—. Antes preferiría enfrentarme a un escuadrón de Olvidados que vérmelas con una madre rica convencida de que su pequeño corre peligro.

Fitch miró a Joel, aunque este no supo cómo debía interpretar esa mirada.

—Ahora ya están al corriente de cuál es la situación —dijo Harding—. Si no hay nada más que comentar, he de volver a mis rondas.

«Debería contárselo —pensó Joel—. No puedo limitarme a actuar por mi cuenta y tratar de enfrentarme a Nalizar en solitario.»

—De hecho —dijo—, yo... hum... Bueno, hay una cosa que probablemente debería mencionar.

Ambos se volvieron hacia él y de pronto Joel no supo de qué manera debía seguir. ¿Cómo se acusaba a un profesor de ser un secuestrador?

—Probablemente no sea nada —dijo pasados unos instantes—. Pero, bueno, hace un rato vi al profesor Nalizar comportándose de manera algo sospechosa. ¿Y se han fijado en que los secuestros empezaron a producirse justo cuando él llegó aquí contratado por el rector?

—¡Joel! —exclamó el profesor Fitch—. ¡Comprendo que estés resentido con ese hombre porque se batió en duelo conmigo, pero esto está completamente fuera de lugar!

—No se trata de eso, profesor —dijo Joel—. Es solo que... bueno...

—No —dijo Harding—. Has hecho bien, muchacho. Nunca te guardes ese tipo de cosas. Sin embargo, creo que no tenemos motivos para inquietarnos a causa de Andrew Nalizar.

Joel lo miró.

—¿Conoce a Nalizar?

—Pues claro —respondió Harding—. Nalizar es una leyenda allá en Nebrask. Conozco a dos docenas de hombres excelentes que le deben la vida..., y yo mismo me cuento entre ellos.

—¿Quiere decir que realmente es un héroe, como él no se cansa de repetir a todo el mundo?

—Por supuesto que sí —dijo Harding—. Debo reconocer que no destaca por su humildad, pero puedo perdonarle algo así si se lo ha ganado. ¡Vaya, hubo un momento en el que los tizoides se abrieron paso a lo largo del río hasta el Frente del Este! Si nos hubieran rebasado, podrían haber flanqueado a nuestros efectivos; quizás incluso tomado todo el Frente del Este. Desde allí, solo habría sido cuestión de navegar sobre troncos caídos para que luego invadieran las islas cercanas y sembraran el caos.

»En fin, el caso es que mi destacamento se encontraba en un buen apuro. Entonces llegó Nalizar, nos construyó una fortificación sin ayuda de nadie y plantó cara a centenares de tizoides. ¡Que se me lleven las tizas si no nos salvó la vida a todos nosotros! Y podría contar muchas más proezas como esta. Rara vez he visto un rithmatista tan hábil y con tanta sangre fría como Andrew Nalizar. Lástima que...

Se quedó callado.

—¿Qué? —preguntó Joel.

—Lo siento, hijo —dijo Harding—. Acabo de comprender que no dispones de autorización para escuchar eso. De todas maneras, Nalizar no supone ninguna amenaza. De hecho, me alegro de que esté en el campus. Es bueno contar con la protección de ese hombre.

Después les dirigió un asentimiento con la cabeza —por un momento casi pareció un saludo militar, antes de que se controlara—, y acto seguido salió de la habitación y se fue escaleras abajo.

—No me esperaba eso —dijo Joel—. Lo de Nalizar, quiero decir.

—Para serte sincero —dijo Fitch—, yo tampoco.

—¡Nalizar no puede ser un héroe! —exclamó Joel—. ¡Es un engreído insoportable!

—Estoy de acuerdo con lo segundo —dijo Fitch—, pero me temo que no con lo primero, porque... Bueno, me derrotó sin ninguna dificultad. Con todo, es indecoroso para un estudiante referirse de semejante manera a un profesor que da clases en la escuela. Debes mostrar un poco más de respeto, Joel.

De pronto llamaron a la puerta. Al cabo de un instante esta se abrió de golpe para revelar a Melody, quien obviamente había decidido no esperar a que alguien respondiera a su llamada.

—Bueno —dijo con un mohín de disgusto—, daré por sentado que toda la discusión secreta, valiosa e interesante habrá concluido ya y que la gente del montón ya puede entrar. Es así, ¿verdad?

—Melody, querida —dijo Fitch—. No es que queramos excluirte, es solo que...

Ella levantó la mano.

—¿Debo presuponer que hoy tendré que seguir dibujando?

—Bueno, pues sí —respondió el profesor—. Practicar el dibujo te es muy beneficioso, Melody. Algún día me lo agradecerás.

—Claro —bufó ella. Cogió un cuaderno de dibujo y una pluma, y después dio media vuelta para marcharse.

—¿Melody? —exclamó el profesor Fitch—. ¿Adónde vas?

—Me voy a dibujar ahí fuera —replicó ella—, sentada en el prosaico y anodino escalón de la puerta. Así no habrá forma de que interfiera en las trascendentales conversaciones que puedan mantenerse aquí dentro.

Y dicho esto, cerró la puerta tras ella.

Fitch suspiró, sacudió la cabeza y volvió a su escritorio.

—Ya se le pasará —dijo, tomando asiento para luego empezar a rebuscar entre sus papeles.

—Sí —dijo Joel, sin dejar de mirar la puerta. ¿Volvería Melody a enfadarse, después de haber conseguido congraciarse un poco con ella? Realmente, le estaba costando muchísimo entender a aquella chica—. ¿Qué quiere que haga, profesor?

—¿Eh, hum? Ah, bueno, pues sinceramente no lo sé. Tenía planeado que pasaras unas cuantas semanas más trabajando en esos informes censales. Vaya —dijo mientras golpeaba suavemente la mesa con la punta del dedo índice—. ¿Por qué no te tomas el día libre? Estas últimas semanas has trabajado mucho... Así podré examinar lo que me ha entregado Harding. Estoy seguro de que mañana tendré algo en lo que puedas trabajar.

Joel abrió la boca para protestar —sin duda podía ayudar con la investigación de aquellas extrañas líneas que había emprendido el profesor—, pero titubeó. Miró el libro que seguía llevando consigo, el que Melody había sacado de la biblioteca para él.

—Muy bien —decidió finalmente—. Pues nos vemos mañana.

Fitch asintió y volvió a centrar la atención en sus papeles. Joel abrió la puerta para salir y casi tropezó con Melody, que en efecto se había instalado a dibujar justo enfrente del umbral. La muchacha se apartó de mala gana para dejarlo pasar y Joel bajó las escaleras, decidido a encontrar un árbol que diera sombra para poder examinar el libro.

Joel se sentó debajo de un árbol con el volumen en las manos. Unos cuantos estudiantes jugaban al fútbol como curso optativo de verano en un campo a lo lejos, dando patadas al balón para impulsarlo hacia la portería. Joel oía el griterío, pero no le molestaba.

Grupos de agentes de policía patrullaban los terrenos, pero

se mantenían a distancia, tal como había prometido Harding que harían. Un pájaro silbaba en las ramas encima de Joel, y un pequeño cangrejo mecánico iba por el césped, recortando la hierba. Tenía unas largas antenas de metal que le colgaban por delante, evitando que vagara por el césped o recortara lo que no debía.

Joel apoyó la espalda en el tronco del árbol y levantó la vista hacia las hojas que brillaban al sol. Cuando eligió el libro, había dado por hecho, basándose en el título —*Orígenes del poder*—, que tendría que ver con la manera en que se había descubierto la rithmática, allá en los primeros tiempos, cuando las Islas Unidas aún eran nuevas. Había esperado un examen en profundidad del rey Gregory y los primeros rithmatistas.

El manual, sin embargo, trataba de cómo las personas se convertían en rithmatistas.

Eso sucedía durante la ceremonia de Acogida, un acontecimiento que tenía lugar cada festividad del Cuatro de Julio. Cada chico o chica que hubiera cumplido los ocho años desde la última ceremonia de Acogida era llevado a su capilla monárquica local. Una vez allí, el grupo era bendecido por el vicario. Entonces, de uno en uno, los niños entraban en la cámara de Acogida, donde permanecían durante unos minutos antes de salir por el otro lado, un símbolo de renacimiento. Entonces se les daba un trozo de tiza y se les pedía que dibujaran una línea. A partir de ese momento, algunos podían crear dibujos dotados de poder rithmático y los demás no. Era así de sencillo.

Con todo, tal como lo describía el manual, el proceso parecía cualquier cosa menos sencillo. Joel volvió a hojear el volumen, frunciendo el ceño con creciente confusión mientras el cangrejo jardinero se aproximaba y daba media vuelta cuando sus antenas le rozaron la pierna. El libro, donde se daba por sentado que el lector era un rithmatista, hablaba de cosas como el «encadenamiento» y mencionaba algo conocido como una «llamarada de sombra».

Al parecer había mucho más en la Acogida de lo que Joel había imaginado al principio. En aquella habitación sucedía algo, algo que cambiaba físicamente a algunos de los niños, confiriéndoles poder rithmático. No era solo el roce invisible del Maestro.

Si lo que decía el libro era cierto, los rithmatistas tenían alguna clase de visión o experiencia especial dentro de la cámara, algo de lo que no hablaban después. Cuando salían de allí para dibujar su primera línea, ya sabían que se habían convertido en rithmatistas.

Eso no casaba con nada de cuanto tenía entendido Joel. O, al menos, eso era lo que parecía decir el libro. Joel se consideraba bastante instruido en lo referente a rithmática, pero ahora no estaba entendiendo absolutamente nada de aquel texto.

El encadenamiento de una llamarada de sombra, apartada la cuarta entidad, a menudo es un proceso indeterminable —leyó— y el agente que vaya a realizarlo debería considerar la situación con la máxima prudencia antes de tomar ninguna decisión con respecto a los recipientes que vayan a ser ligados.

¿Qué podía significar eso? Joel siempre había dado por sentado que solo con que consiguiera entrar en la sección rithmática de la biblioteca, podría aprender muchísimo. Ni siquiera había considerado la posibilidad de que muchos de los libros estuvieran más allá de su entendimiento.

Cerró el volumen de golpe. A su lado, el cangrejo mecánico había empezado a moverse más despacio. Ya era bastante tarde, así que el encargado probablemente pasaría por allí al cabo de poco para dar cuerda al ingenio o recogerlo para que estuviera a buen recaudo durante la noche.

Joel se levantó con el libro debajo del brazo y echó a andar en dirección al refectorio. Se sentía raro, después de haber pasado toda la tarde estudiando. El campus empezaba a quedar sometido a un confinamiento cada vez más estricto, y los estudiantes iban desapareciendo en la negrura de la noche. Era como si de pronto hubiera pasado a estar mal visto que uno se quedara sentado en alguna parte leyendo un libro. Joel quería ayudar de alguna manera.

«Podría hacerme con el libro que Nalizar sacó de la biblioteca...», pensó. Pese a todo lo que les había dicho Harding, Joel seguía sin confiar en el joven profesor. En ese libro sin duda había algo importante. Pero ¿qué? ¿Y cómo conseguirlo?

Sacudiendo la cabeza, Joel entró en el refectorio. Su madre estaba allí —lo que era bueno—, así que fue a servirse una ración del plato principal de la noche: espaguetis con albóndigas. Lo espolvoreó con un poco de queso parmesano, cogió un par de palillos para comer, y después fue hacia la mesa.

—Eh, mamá —dijo mientras se sentaba—. ¿Qué tal te ha ido el día?

—Preocupante —respondió ella, volviendo la mirada hacia un pequeño grupo de agentes de policía que estaban cenando juntos en una mesa—. Quizá no deberías andar solo de noche.

—Ahora mismo este campus probablemente sea el sitio más seguro de la ciudad —replicó Joel mientras empezaba a atacar su cena. Espaguetis acompañados de pimientos fritos, setas, castañas de agua y salsa de soja con tomate. La comida italiana era una de sus favoritas.

Su madre no dejaba de mirar a los policías. Probablemente se encontraban allí para recordar a la gente, como había dicho el inspector Harding, que el campus se hallaba bajo protección. Con todo, su presencia parecía incrementar el estado de nerviosismo, pues en sí misma era un indicio de que había peligro.

El refectorio zumbaba con el rumor de las conversaciones que se mantenían en voz baja. Joel oyó mencionar tanto a Herman como a Lilly, aunque cuando algunos de los cocineros pasaron junto a su mesa, también los oyó quejarse de «esos rithmatistas que traían peligro al campus.

—¿Cómo pueden ser tan insensatos? —preguntó Joel—. Necesitamos a los rithmatistas. ¿O acaso quieren que los tizoides salgan de Nebrask?

—La gente tiene miedo, hijo —dijo su madre. Removió la comida en su plato, pero aparte de eso no parecía estar haciendo gran cosa con ella—. Quién sabe. Puede que todo esto sea el resultado de una disputa entre rithmatistas. Siempre se andan con tantos secretos...

Miró a los profesores. Fitch no estaba allí, probablemente porque seguiría trabajando hasta tarde en las desapariciones. Nalizar tampoco se encontraba en su sitio habitual. Joel entornó los ojos. Él estaba involucrado de alguna manera, ¿verdad? No había perdido la esperanza de encontrar ese libro que había estado estudiando Nalizar.

En la mesa de los estudiantes rithmatistas, los adolescentes hablaban en susurros, con un aspecto entre inquieto y preocupado. Igual que un grupo de ratones que acabara de oler a un gato. Como era habitual, Melody estaba sentada al extremo de la mesa, con al menos dos asientos vacíos a cada lado de ella. Mantenía la vista baja mientras comía, sin hablar con nadie.

Tenía que ser duro para ella, comprendió Joel, no tener a nadie con quien hablar, sobre todo en aquellos momentos de tensión. Sorbió unos cuantos espaguetis, pensando en lo mal que se había tomado Melody que la hubieran excluido de la conversación entre él, Fitch y Harding. Y con todo... quizá no le faltaba algo de razón. ¿Habría reaccionado así porque el resto de los rithmatistas siempre acostumbraban a rehuirla?

El muchacho sintió una punzada de culpabilidad.

—Joel —dijo su madre—, quizá no sea una buena idea que estudies con el profesor Fitch en estos momentos.

El chico se volvió hacia ella, súbitamente alarmado. Su madre podía poner fin a sus estudios con Fitch. Si iba a ver al rector...

Una docena de objeciones acudieron rápidamente a su mente. Pero no, tampoco podía protestar demasiado. Si lo hacía, su madre podía interpretarlo como una confirmación de sus temores y decidir que debía actuar sin más dilación. ¿Qué hacer, entonces? ¿Cómo convencerla?

—¿Es eso lo que querría padre? —preguntó casi sin habérselo propuesto.

La mano con que su madre sostenía la cuchara llena de espaguetis se quedó inmóvil a mitad de camino de la boca.

Mencionar a su padre siempre era peligroso. Su madre no lloraba a menudo por él, ya no. No a menudo. Era aterrador cómo un simple accidente en un resortrén podía trastocarlo todo súbitamente. Felicidad, planes futuros, las posibilidades que podía haber tenido Joel de llegar a ser un rithmatista.

—No —dijo ella—, tu padre no querría verte sometido al ostracismo como les sucede a otros. Y supongo que yo tampoco lo quiero. Solo... ten cuidado, Joel. Hazlo por mí.

Joel asintió en silencio, algo más relajado. Por desgracia, enseguida se encontró buscando de nuevo a Melody con la mirada. Su compañera seguía sentada allí, completamente sola. Todo el mundo observaba a los rithmatistas, que hablaban en susurros, como si estuvieran en un escaparate.

Joel hincó los palillos de comer en sus espaguetis y se levantó. Su madre lo miró, pero no dijo nada mientras él cruzaba el refectorio en dirección a la mesa de los rithmatistas.

—¿Qué? —preguntó Melody cuando Joel llegó junto a ella—. ¿Vienes a ver si unos cuantos halagos más consiguen convencerme de que te cuele en algún otro sitio que te está prohibido?

—Pareces aburrida —comentó Joel—. Pensé que, a lo mejor, te apetecería venir a cenar con mi madre y conmigo.

—¿Eh? ¿Estás seguro de que, después de haberme invitado, no me darás la patada en cuanto tengas que hablar de algo importante?

—¿Sabes qué? Mejor olvídalo —dijo Joel. Dio media vuelta y empezó a alejarse.

—Lo siento —dijo ella desde atrás.

El muchacho volvió la cabeza hacia su compañera. Melody parecía muy triste, con la mirada fija en un cuenco lleno de espaguetis de un marrón rojizo y un tenedor hincado en ellos.

—Lo siento —repitió—. Yo... sí, la verdad es que me gustaría cenar con vosotros.

—Bueno, pues entonces ven —dijo Joel, haciéndole una seña con la mano.

Tras un titubeo, Melody cogió su cuenco y se apresuró a reunirse con él.

—Sabes lo que va a parecer esto, ¿verdad? ¿Irme con el mismo chico dos veces en un día? ¿Sentarme con él durante la cena?

Joel se sonrojó. «Estupendo —pensó—. Justo lo que necesito.»

—No tendrás problemas por no sentarte con los demás, ¿verdad?

—Qué va. Nos animan a compartir la mesa, pero tampoco es que nos obliguen. Lo que pasa es que nunca he tenido ningún otro sitio al que pudiera ir.

Joel señaló su asiento libre en la mesa de la servidumbre enfrente del de su madre, y unas cuantas personas a cada lado se apartaron un poco para hacer sitio a Melody. Ella se sentó, alisándose la falda y pareciendo un tanto nerviosa mientras lo hacía.

—Mamá —dijo Joel, echando mano de sus palillos para comer—, esta es Melody. Ella también va a pasar el verano estudiando con el profesor Fitch.

—Encantada de conocerte, querida.

—Gracias, señora Saxon —dijo Melody, cogiendo el tenedor e hincándolo en los espaguetis.

—¿No sabes usar los palillos? —preguntó Joel.

Melody torció el gesto.

—Nunca me ha ido demasiado la comida europea. Un tenedor va la mar de bien.

—Tampoco es tan difícil —dijo él, mostrándole cómo había que sostenerlos—. Mi padre me enseñó cuando yo era pequeño.

—¿Cenará con nosotros? —preguntó Melody educadamente.

Joel no supo qué decir.

—El padre de Joel falleció hace ocho años, querida —respondió su madre por él.

—¡Oh! —dijo Melody—. ¡Lo siento!

—Tranquila, no pasa nada —dijo la madre de Joel—. De hecho, es agradable volver a estar sentada con alguien que se dedica a la rithmática. Me recuerda a mi marido.

—¿Era rithmatista? —preguntó Melody.

—No, no —dijo la madre de Joel—. Pero conocía a un montón de profesores. —Una mirada distante apareció en sus ojos—. Les preparaba tizas especiales, y en correspondencia, ellos hablaban de su trabajo con él. Yo no entendía gran cosa de lo que decían, pero a Trent le encantaba. Supongo que como hacía tizas, los profesores casi lo consideraban uno de ellos.

—¿Cómo que hacía tizas? —preguntó Melody—. ¿La tiza no sale del suelo, así sin más?

—Bueno, la tiza normal y corriente sí. De hecho no es más que una variante de la piedra caliza. No obstante, las tizas que utilizáis vosotros los rithmatistas no tienen por qué ser puras al cien por cien. Eso deja mucho campo libre a la experimentación. O al menos eso decía siempre Trent.

»La mejor tiza para la rithmática, en su opinión, era la que se hace expresamente para ese propósito. No puede ser demasiado dura, porque entonces las líneas no salen lo bastante gruesas, pero tampoco demasiado blanda, porque entonces se rompe con facilidad. Un vidriado exterior impide que se pegue a los dedos del rithmatista, y Trent disponía de unos cuantos compuestos que podía mezclar con la tiza y que hacían que no produjera tanto polvo.

Joel permanecía en silencio. Conseguir que su madre hablara de su padre no era nada fácil.

—Algunos rithmatistas quieren dibujar con determinados colores —continuó ella—, y Trent trabajaba durante horas hasta que conseguía el tono exacto. De todas formas, en general las escuelas no disponen de alguien que haga tizas. El rector York no sustituyó a Trent, porque no encontró a nadie que le pareciera lo bastante competente para el trabajo. La verdad es que tampoco es imprescindible tener a un especialista en tizas, porque las tizas corrientes producen el mismo resultado.

»Pero Trent siempre discutía con cualquiera que se atreviera a calificar su trabajo de frívolo. El sabor de la comida también puede considerarse una frivolidad, decía, porque el cuerpo obtiene los mismos nutrientes de un alimento insípido que de un platillo delicioso. Los colores de las telas, los cuadros de las paredes, la música melodiosa: ninguna de esas cosas es estrictamente necesaria. No obstante, los seres humanos somos algo más que la necesidad de sobrevivir. Obtener clases de tiza cada vez mejores y más útiles era su gran meta en la vida.

»En cierto momento, llegó a ofrecer cinturones llenos con seis clases de tiza, de distintas durezas y puntas diferentes, para dibujar sobre distintas superficies. Muchos profesores se acostumbraron a llevarlos puestos. —Suspiró—. Pero todo eso pertenece al pasado. Ahora los que quieren tiza especial se limitan a obtenerla de Maineford.

Guardó silencio y volvió la mirada hacia el gran reloj que hacía tictac en la pared.

—¡Tizas! Tengo que volver al trabajo. Encantada de conocerte, Melody.

Melody se levantó de su asiento mientras la madre de Joel se iba a toda prisa. En cuanto se hubo alejado, la muchacha volvió a sentarse y se centró en su comida.

—Tu padre debió de ser una persona interesante.

Joel asintió.

—¿Guardas muchos recuerdos de él? —preguntó ella.

—Sí —dijo Joel—. Yo tenía ocho años cuando murió, y tenemos unos cuantos daguerrotipos suyos colgados en nuestra habitación. Era muy bueno; alto y fuerte. Parecía más un campesino que un artesano. Le gustaba reír.

—Eres afortunado —dijo Melody.

—¿Cómo? —exclamó Joel—. ¿Porque mi padre murió? Ella se ruborizó.

—Eres afortunado por haber tenido un padre como él, y por ser capaz de vivir con tu madre.

—Tampoco es tan divertido. Nuestra habitación prácticamente es un armario, y mamá se mata a trabajar. Los otros estudiantes son amables conmigo, pero ni siquiera puedo hacer buenas amistades. No están seguros de cómo tratar al hijo de una señora de la limpieza.

—Yo ni siquiera tengo eso.

—¿Eres huérfana? —preguntó Joel con sorpresa.

—Nada tan drástico —dijo ella con un suspiro mientras cogía unos cuantos espaguetis con el tenedor—. Mi familia vive en los atolones de Floridia. Mis padres gozan de excelente salud, casi tan excelente como su falta de interés por venir a visitarme. Supongo que después de haber traído al mundo a tu cuarto rithmatista, la cosa empieza a dejar de ser una novedad.

—¿En tu familia hay cuatro rithmatistas?

—Bueno, seis, contando a mis padres —dijo ella—. Ellos también son rithmatistas.

Joel frunció el ceño y se la quedó mirando. La rithmática no era hereditaria. Numerosos estudios habían demostrado que si había una mayor probabilidad de que un rithmatista tuviera hijos rithmatistas, esta era tan reducida que en la práctica apenas tenía trascendencia.

—Eso es imposible —dijo finalmente.

—Imposible no —precisó ella, dando cuenta de sus espaguetis—. Solo improbable.

Joel miró a un lado. El libro que llevaba todo el día leyendo estaba puesto sobre la mesa, con la tapa marrón llena de señales y oscurecida por el paso del tiempo.

—Bueno —dijo como si tal cosa—, he estado leyendo sobre lo que les sucede a los rithmatistas cuando entran en la cámara de Acogida.

Melody frunció el ceño. Unos cuantos espaguetis le colgaban de la boca con las puntas todavía dentro del cuenco.

—Una lectura muy interesante —continuó Joel, dando la vuelta al libro—. Aunque no he podido evitar hacerme ciertas preguntas acerca del proceso.

Melody acabó de sorber los espaguetis.

—¿Eso? —exclamó—. ¿Me estás diciendo que el libro va de eso? —murmuró después.

Joel asintió.

—Oh, tizas —dijo ella, llevándose las manos a la cabeza—. Oh, tizas. Ahora sí que me voy a meter en un buen lío, ¿verdad?

—No veo por qué. Quiero decir que, bueno, ¿qué problema hay? Todo el mundo entra en la cámara de Acogida, ¿no? Tampoco es como si todo lo relacionado con ese sitio hubiera de mantenerse en secreto.

—Bueno, en realidad no es que sea secreto —puntualizó Melody—. Solo es... bueno, no sé. Sagrado. Hay cosas de las cuales se supone que no debes hablar.

—Bueno, no sé si me explico, pero he leído el libro —dijo Joel. «O, al menos, tanto como conseguí entender»—. Así que ya sé mucho acerca del tema, ¿verdad? No veo qué puede haber de malo en contarme unas cuantas cosas más.

Ella lo miró fijamente.

—Si respondo a tus preguntas, ¿me contarás lo que tú y Fitch estuvisteis hablando con ese agente de policía?

Joel se quedó cortado.

—Hum... bueno —respondió finalmente—. Di mi palabra de no hacerlo, Melody.

—Bueno, pues yo prometí que no hablaría de la Cámara de Acogida con los no rithmatistas.

«Tizas», pensó Joel, contrariado.

Melody suspiró.

—Supongo que no iremos a discutir otra vez, ¿verdad?

—No lo sé —respondió Joel—. La verdad es que no tengo ganas de hacerlo.

—Yo tampoco. En este momento ando demasiado escasa de energías para discutir. Es lo que pasa por comer esta porquería que los italianos llaman comida. Se parece demasiado a los gusanos. En fin, ¿qué tenías pensado hacer después de la cena?

—¿Después de la cena? Yo... bueno, probablemente solo leeré un poco más, a ver si consigo aclararme con este libro.

—Estudias demasiado —dijo ella, frunciendo la nariz.

—Mis profesores discreparían.

—Bueno, eso es porque ellos se equivocan y yo tengo razón. No más lectura para ti. Vayamos a por un poco de helado.

—No sé si la cocina tendrá —dijo Joel—. Durante los veranos no resulta fácil de conseguir, y...

—De la cocina no, idiota —dijo Melody, poniendo los ojos en blanco—. De la heladería que hay en la calle del Caballero.

—Oh. Nunca... he estado allí.

—¡Qué! Eso es una tragedia.

—Melody, para ti todo es una tragedia.

—¡No tener helado es la culminación de todos los desastres! —proclamó ella—. Punto final, y se acabó el discutir. Iremos allí. Acompáñame.

Y con estas palabras salió rauda del refectorio. Joel comió un último bocado de espaguetis y después se apresuró a ir tras ella.

Primero se dibuja la línea del frontal, y después se la disipa cuando un contingente de tizoides esté listo para atacar.

Normalmente esta línea más pequeña solo se dibuja después de que el frontal haya sido atravesado, y únicamente en el lugar necesario.

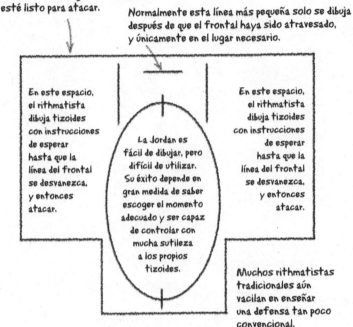

En este espacio, el rithmatista dibuja tizoides con instrucciones de esperar hasta que la línea del frontal se desvanezca, y entonces atacar.

La Jordan es fácil de dibujar, pero difícil de utilizar. Su éxito depende en gran medida de saber escoger el momento adecuado y ser capaz de controlar con mucha sutileza a los propios tizoides.

En este espacio, el rithmatista dibuja tizoides con instrucciones de esperar hasta que la línea del frontal se desvanezca, y entonces atacar.

Muchos rithmatistas tradicionales aún vacilan en enseñar una defensa tan poco convencional.

LA DEFENSA JORDAN

Bueno, ¿qué hay de especial en los rithmatistas para que tengas tantísimas ganas de serlo? —preguntó Melody mientras el día de verano iba tocando a su fin.

El viejo Barkley, el encargado del campus, pasó junto a ellos por el sendero, yendo de una linterna a otra en su cotidiana tarea de dar cuerda a los mecanismos para que empezaran a moverse y emanaran luz. Joel y Melody pronto se verían obligados a dar por finalizada aquella salida para respetar el toque de queda decretado por Harding, pero de momento aún les quedaba tiempo para una rápida excursión.

Joel caminaba al lado de Melody con las manos en los bolsillos de los pantalones mientras iban hacia la salida del campus.

—No sé —dijo—. ¿Qué razón podría tener alguien para no querer ser un rithmatista?

—Bueno, conozco a un montón de personas que quieren serlo —repuso Melody—. Les gusta la notoriedad, el tratamiento especial de que son objeto. Otras prefieren el poder, imagino. Tú no eres de esos, Joel. No quieres notoriedad; siempre te estás escondiendo, callado y sin llamar la atención. Parece como si te gustara estar solo.

—Supongo. Quizá solo quiero el poder. Ya has visto cómo puedo llegar a ponerme cuando estoy compitiendo con alguien.

—No —replicó ella—. Cuando explicas las líneas y las defensas te emocionas, pero no hablas de la rithmática como si pensaras que es una forma de conseguir lo que quieres o un sistema para que otros te obedezcan. Mucha gente habla de ese tipo de cosas. Incluso algunos de mis compañeros de clase.

Estaban llegando a las puertas del campus. Dos agentes de policía montaban guardia, pero no intentaron impedirles el paso. Junto a ellos había unos cubos. Ácido, para hacer frente a los tizoides. No era lo bastante concentrado para hacer daño a los seres humanos, o al menos no mucho, pero destruiría a un tizoide en un abrir y cerrar de ojos. Harding no quería ningún riesgo.

Uno de los agentes de guardia les hizo una seña con la cabeza.

—Id con cuidado, chicos —dijo—. Sed precavidos. Dentro de una hora tenéis que estar de vuelta.

Joel asintió.

—¿Estás segura de que esto es una buena idea? —le preguntó después a Melody.

Melodramática como siempre, ella puso los ojos en blanco.

—Nadie ha desaparecido de una heladería, Joel.

—No —repuso él—, pero Lilly Whiting desapareció mientras volvía a su casa después de haber ido a una fiesta.

—¿Cómo sabes eso? —preguntó ella, al tiempo que lo miraba con suspicacia.

Él apartó la mirada.

—Oh, claro —dijo ella—. Conversaciones secretas.

Joel no abrió la boca y —por suerte para él— Melody lo dejó correr.

La calle estaba de lo más concurrida y el secuestrador siempre había atacado cuando los estudiantes estaban solos, así que Joel pensó que probablemente no había motivo de preocupación. Con todo, se encontró observando con mucha atención cuanto le rodeaba. Armedius era un parque cerrado, con el césped pulcramente recortado y majestuosos edificios a su derecha. A su izquierda estaba la calle, donde un coche de caballos pasaba de vez en cuando entre un repiqueteo de cascos.

Ese medio de transporte era cada vez menos habitual conforme la gente iba sustituyendo los caballos por bestias mecánicas de distintas formas y diseños. Un dragón sin alas pasó junto a ellos entre un ruido de engranajes en funcionamiento, y sus ojos eran faros que servían para iluminar la calle. En el lomo llevaba un carruaje en el que viajaba un hombre con bigote y sombrero de copa.

Armedius se encontraba ubicada directamente en el centro de Jamestown, cerca de varios cruces muy concurridos. Edificios de unos diez pisos de altura se alzaban en la lejanía, todos ellos construidos en sólidos diseños de ladrillo y algunos con pilares u otros tipos de mampostería. En las aceras destacaban los motivos hechos con adoquines, muchos de los cuales mostraban el sello de Nueva Britania. Esta había sido la primera de las islas que se colonizó, hacía ya mucho tiempo, cuando los europeos descubrieron el inmenso archipiélago que actualmente formaba los Estados Unidos de América.

Era viernes, y en la calle del Arpa habría representaciones teatrales y conciertos, lo que explicaba una parte del tráfico. Trabajadores con pantalones y camisas sucias se cruzaban con ellos, saludando a Melody con un gesto de la mano; el uniforme de rithmatista requería respeto por su parte. Incluso quienes iban bien vestidos —hombres con abrigo y chaqueta, mujeres con vestidos de noche—, a veces la saludaban con una inclinación de cabeza.

Joel se preguntó cómo sería que todo aquel con quien se cruzara lo reconociese y respetara. Ese era un aspecto de ser un rithmatista en el que nunca se le había ocurrido pensar.

—¿Es por eso por lo que no te gusta? —le preguntó a Melody mientras pasaban por debajo de una farola.

—¿Qué?

—Me refiero a la notoriedad —explicó Joel—. El modo en que te mira toda la gente, el hecho de que te traten de otra manera. ¿Por eso no te gusta ser una rithmatista?

—En parte, sí. Es como si... como si todo el mundo esperase algo de mí. ¡Hay tantos que dependen de mí! Los estudiantes corrientes pueden hacerlo mal, pero cuando eres rithmatista, todo el mundo procura darte a entender que no puedes equivocarte. No se permite elegir otro rithmatista hasta que uno de nosotros muere, así que el número es limitado. Y si no soy competente en lo que hago, crearé un agujero en nuestras defensas.

Siguió caminando al tiempo que se apretaba las manos. Pasaron por debajo del resortrén y, mirando hacia la derecha, Joel vio que daban cuerda a una locomotora en la estación de Armedius.

—La presión es tremenda... —dijo Melody—. La rithmática no se me da nada bien, pero el Maestro en persona me eligió. Lo cual implica que he de poseer la aptitud, claro. Así pues, si no consigo buenos resultados, eso significa que no me esfuerzo lo suficiente.

—Ay —dijo Joel—. Tiene que ser duro.

—Sí.

Él guardó silencio, porque no estaba seguro de qué más podía decir. No era de extrañar que Melody fuera tan susceptible. Siguieron andando en silencio durante un rato y Joel reparó por primera vez en que algunas de las personas con las que se cruzaban ya no se mostraban tan respetuosas con Melody como las de antes. Ahora algunas la miraban desde debajo de la visera de su gorra y murmuraban algo a sus acompañantes. Joel no se había dado cuenta de que las quejas acerca de los rithmatistas podían ir más allá de los celos estudiantiles en el campus.

Finalmente dejaron atrás la catedral del centro. La imponente estructura tenía unas grandes puertas metálicas provistas de engranajes que giraban e iban contando la naturaleza infinita del tiempo. Estatuas y gárgolas mecánicas esperaban en los muros y en el techo, inmóviles salvo cuando volvían la cabeza o sacudían las alas.

Joel se detuvo para alzar la mirada hacia la catedral, enmarcada por el cielo ya oscurecido.

—No has respondido a mi pregunta —dijo Melody—. La de por qué tienes tantas ganas de ser rithmatista.

—Quizá sea porque me parece que dejé escapar mi ocasión.

—La misma que tuvo cualquier otra persona —dijo Melody—. Fuiste acogido.

—Sí —murmuró Joel—. Pero no en julio, sino en diciembre.

—¿Qué? —preguntó Melody mientras Joel se daba la vuelta y reanudaba la marcha. Enseguida se apresuró a adelantarlo y, dando media vuelta, empezó a caminar hacia atrás sin dejar de mirarlo a la cara mientras lo hacía—. La Acogida tiene lugar en julio.

—A menos que te la pierdas —dijo Joel.

—¿Por qué ibas a perderte tu Acogida?

—Hubo... complicaciones.

—Pero que se hiciera en diciembre... Para esa época del año, el Maestro ya ha elegido a todos los rithmatistas.

—Sí —dijo Joel—. Lo sé.

Melody volvió a ponerse a su lado y lo miró con expresión pensativa.

—¿Cómo fue? Tu Acogida, quiero decir.

—Pensaba que no debíamos hablar de esas cosas.

—No. Soy yo la que no debe hablar de ellas.

—Tampoco es que haya gran cosa que contar —dijo Joel—. Mi madre y yo fuimos a la catedral un sábado. El padre Stewart me roció con agua, me marcó la cabeza con un poco de aceite, y acto seguido me dejó solo en el altar para que rezara allí durante alrededor de quince minutos. Después de eso, mi madre y yo nos fuimos a casa.

—¿No entraste en la cámara de Acogida?

—El padre Stewart dijo que no era necesario.

Melody frunció el ceño, pero prefirió dejar el tema. Poco después llegaron al barrio comercial, pequeño pero próspero, que había en las inmediaciones de Armedius. Los toldos de los distintos establecimientos colgaban de las fachadas de los edificios de ladrillo, y los rótulos de madera se mecían ligeramente a impulso del viento.

—Ojalá hubiera cogido un jersey —observó Melody, al tiempo que se estremecía—. Aquí puede refrescar bastante, incluso en verano.

—¿Tienes frío? —preguntó Joel—. Oh, claro. Tú eres de Floridia, ¿verdad?

—Aquí arriba en el norte hace tanto frío...

Joel sonrió.

—Nueva Britania no es fría. Maineford, en cambio... Ahí sí que hace frío de verdad.

—Aquí hace frío en todas partes —replicó ella—. He llegado a la conclusión de que los norteños nunca habéis experimentado lo que es tener calor de verdad, así que aceptáis un sucedáneo por pura ignorancia.

—¿No fuiste tú quien sugirió que fuéramos a tomar un helado? —preguntó Joel, divertido.

—En la heladería no hará frío —respondió ella—. O... bueno, quizá sí. Pero todo el mundo sabe que un buen helado merece que pases algo de frío. Como todas las cosas buenas, hay que sufrir para obtener la recompensa.

—¿El helado como una metáfora para la virtud religiosa? —se extrañó Joel—. Precioso.

Ella sonrió mientras iban por la acera adoquinada. La luz de las linternas mecánicas que zumbaban sobre ellos realzaba el rojo de su pelo y los hoyuelos de sus mejillas.

«Sí —pensó Joel—, cuando no está haciendo cosas raras o chillándome, es realmente guapa.»

—¡Ahí! —dijo Melody, señalando un establecimiento.

Cruzó la calle a toda velocidad, mientras Joel la seguía con más cautela para no interponerse en el camino de ningún vehículo. La heladería, aparentemente, era bastante popular. Joel nunca había estado allí antes, ya que apenas visitaba el distrito comercial. ¿Qué iba a comprar? La academia atendía todas las necesidades de su familia.

Reconoció a algunos de los estudiantes de Armedius entre

la clientela. Richardson Matthews estaba en la acera enfrente del establecimiento y le dirigió un pequeño saludo con la mano. Alto y delgado, iba un año por delante de Joel y siempre había sido amable con él. Miró a Melody y después le guiñó el ojo a Joel.

«Bueno —pensó el muchacho—. Si antes no había rumores sobre Melody y yo, ahora los habrá.» No sabía decir qué opinión le merecía eso.

Fue hacia Richardson con la intención de hablar un poco con él. Melody fue a echar un vistazo a los sabores de helado.

Entonces Joel vio los precios que había colgados junto a la lista de sabores y eso lo detuvo en seco.

Se maldijo, tratándose de idiota. Debería haberlo imaginado, tendría que haberse parado a pensar. Él rara vez salía del campus y casi nunca gastaba dinero en nada.

—Melody —dijo, agarrándola del brazo antes de que ella pudiera entrar—, yo... no puedo permitírmelo.

—¿El qué? —preguntó ella.

Joel señaló los precios colgados en el cristal.

—¿Diez centavos por una bola de helado? ¡Es ridículo!

—Bueno, estamos en junio —dijo ella—. Con todo, tampoco está tan mal. Dudo que vayas a ser capaz de encontrar una bola de helado por menos de siete centavos en ningún lugar de la isla, y lo más barato que he llegado a ver en invierno son cinco.

Joel parpadeó.

—¿Cuánto dinero tienes? —preguntó ella.

El chico metió la mano en el bolsillo y sacó un solitario penique de plata. Delgado y del tamaño de la yema de su dedo pulgar, estaba estampado con el sello de Nueva Britania. Su madre se lo hacía llevar encima, por si se daba el caso de que necesitase pagar un carruaje o comprar un billete para el resortrén.

—Un penique —dijo Melody con voz inexpresiva.

Joel asintió.

—¿Esa es toda la asignación que recibes a la semana?

—¿A la semana? —exclamó él—. Melody, mi madre me dio esta moneda por mi cumpleaños el año pasado.

Melody se quedó mirando el dinero sin decir nada.

—Vaya —murmuró al final—. Sí que eres pobre.

Un poco sonrojado, Joel volvió a guardarse el penique en el bolsillo.

—Pide lo que quieras. Yo esperaré fuera...

—Oh, no seas bobo —replicó ella, cogiéndolo del brazo y metiéndolo en el caldeado interior del establecimiento, después de lo cual se puso a hacer cola detrás de Richardson y una chica de pestañas muy largas a la que Joel no conocía—. Ya te lo pago yo.

—¡No puedo dejar que una chica pague mi consumición!

—Vano orgullo masculino —replicó ella, echando mano de su monedero para sacar de él una reluciente moneda dorada de veinticinco centavos—. Toma —dijo, al tiempo que le entregaba la moneda—. Ahora ya puedes pagar lo que tomemos.

—¡Esto es ridículo! —protestó él.

—Más vale que pidas, porque es nuestro turno.

Joel titubeó, mirando al dependiente que había detrás del mostrador. Este enarcó la ceja mientras le devolvía la mirada.

—Uh... —dijo Joel—. Hola.

—Oh, no tienes remedio —intervino Melody, apartándolo con el codo—. Tomaré un batido triple de chocolate con dulce de leche y virutas de chocolate. —Miró a Joel—. Él tomará helado de vainilla. Dos bolas. Con cerezas. ¿Te ha quedado claro?

El dependiente asintió.

—Pagará él —dijo Melody, dirigiendo un gesto a Joel.

El muchacho entregó la moneda y a cambio recibió un par de peniques.

Melody señaló una mesa y Joel la siguió. Cuando tomaron asiento, él intentó darle el cambio, pero la joven lo rechazó con un ademán de indiferencia.

—Quédatelo. Odio llevar chatarra. No para de hacer ruido.

—¿Cuánto dinero tienes? —preguntó Joel, bajando la vista hacia las monedas.

—Cada semana recibo un dólar de mi familia —respondió Melody, sacando del monedero un dólar de oro que mediría sus buenos cinco centímetros de diámetro.

Joel se quedó boquiabierto. Nunca había sostenido un dólar antes. La moneda tenía las dos caras de cristal para mostrar los engranajes que había dentro, indicando así su autenticidad.

Melody le dio la vuelta antes de sacar una llavecita para dar cuerda a los minúsculos engranajes. Estos encajaron con un suave chasquido y empezaron a girar dentro de la cara de cristal.

«Un dólar a la semana», pensó Joel con asombro.

—Toma —dijo ella, haciéndolo rodar por la mesa en dirección a él—. Es tuyo.

—¡No puedo aceptarlo! —protestó él, deteniendo la moneda antes de que rodara fuera de la mesa.

—¿Por qué no?

—No estaría bien. Yo... —Nunca había tenido en la mano tanto dinero. Intentó devolverlo, pero Melody cerró el monedero con un seco chasquido.

—Olvídalo —dijo después—. En mis habitaciones creo que tengo unas cincuenta de esas monedas. Nunca sé qué hacer con tanto dinero.

—Eso es... ¡es asombroso!

Melody resopló desdeñosamente.

—Comparado con lo que tiene la mayoría de estudiantes rithmatistas de esta escuela, eso no es nada. En una de las clases a las que voy hay un chico que cada semana recibe diez dólares de su familia.

—¡Tizas! —exclamó Joel—. Sí, ya veo que soy realmente pobre. —Titubeó—. Pero igualmente no puedo aceptarlo, Melody. No quiero limosnas.

—No es ninguna limosna —replicó ella—. Es solo que estoy harta de llevarla encima. ¿Por qué no la utilizas para comprarle algo bonito a tu madre?

Eso le dio que pensar. De mala gana, se la guardó en el bolsillo.

—Me parece que a tu madre no le iría mal tomarse un descanso —comentó Melody—. Trabaja mucho, ¿verdad?

—Muchísimo —asintió Joel.

—¿Dónde va a parar su dinero, entonces? ¿Sirve para pagar tu educación?

Joel sacudió la cabeza.

—Cuando murió mi padre, el rector decidió que las clases me saldrían gratis.

—Tu madre ha de obtener alguna compensación más que solo el alojamiento y la manutención —dijo Melody, saludando con la cabeza al camarero cuando este les trajo su pedido.

Joel se sintió impresionado por el montículo de crema helada coronado con trocitos de cereza y nata batida. Y eso que el suyo solo tenía dos tercios de las dimensiones que alcanzaba el leviatán de chocolate que Melody había pedido para ella.

—Bueno —dijo la muchacha mientras empezaba a dar buena cuenta de su helado—, ¿adónde va a parar el dinero de tu madre?

—Pues el caso es que no lo sé —respondió Joel—. Nunca había pensado en ello, supongo. —Volvió a mirar la moneda de dólar. Una fortuna. ¿De verdad recibían los rithmatistas semejantes cantidades de dinero?

Tenían que combatir por espacio de una década en Nebrask. Podían permanecer allí más tiempo si querían, pero con tal de que hubieran cumplido sus diez años de servicio, podían retirarse del frente de batalla, y luego solo se les convocaba si se les necesitaba. Eso sucedía raras veces, solo una en los últimos treinta años, cuando los tizoides salvajes abrieron una gran brecha en el círculo.

Por esos diez años de servicio, se les asignaba un estipendio durante el resto de su existencia. Joel desconocía la cifra exacta, pero si los rithmatistas necesitaban más dinero, siempre podían trabajar para las empresas que gestionaban el resortrén. Estas tenían contratos con el gobierno que las autorizaban a servirse de tizoides —en cuyo dibujo se había incluido el glifo de desgarramiento, para permitirles afectar al mundo—, que se encargaban de dar cuerda a los enormes resortes que propulsaban los trenes por el tendido ferroviario.

Joel apenas sabía nada del tema, pues era una de esas cosas sobre las que los rithmatistas nunca hablaban con los demás. Ni siquiera estaba seguro de cómo se las componían los tizoides para empujar. Lo hacían, sin embargo, y el trabajo reportaba unas sustanciosas sumas a los rithmatistas.

—El dinero parece una razón bastante buena para ser rithmatista —comentó—. Ingresos fáciles.

—Sí —murmuró Melody—. Fáciles.

Joel finalmente probó su helado. Era muchísimo mejor que los que servían los cocineros en el refectorio de Armedius. Pero ver cómo Melody empezaba a remover el suyo con la cuchara, con los ojos bajos y expresión desconsolada, hizo que de pronto le resultara extrañamente difícil disfrutarlo.

«¿Qué he dicho?», pensó. ¿Sería quizá que aquella conversación le había recordado su falta de habilidad?

—Melody —dijo—, la rithmática se te da muy bien. Lo que haces con los tizoides es genial.

—Gracias —contestó ella, pero no salió de su abatimiento. Al parecer no era eso lo que la inquietaba. Con todo, no tardó en empezar a dar buena cuenta de su batido—. El chocolate es el mayor invento de todos los tiempos.

—¿Qué me dices de los mecanismos impulsados por resortes? —preguntó Joel.

Melody agitó la mano con una mueca de indiferencia.

—Da Vinci siempre fue un inventor de pacotilla. Todo el mundo lo sabe. Tiene mucha más fama de la que en realidad se merece.

Joel sonrió, disfrutando de su helado.

—¿Cómo supiste qué sabor debías pedir para mí?

—Me pareció que era el apropiado —respondió ella, llevándose otra cucharada de chocolate a la boca—. Joel... ¿hablabas en serio cuando dijiste eso de los tizoides? Lo de que se me da bien dibujarlos, quiero decir.

—Pues claro —aseguró él—. Me he colado en un montón de clases, y nunca he visto que un profesor del campus creara tizoides ni la mitad de detallados que los tuyos.

—Entonces, ¿por qué no hay forma de que las otras líneas me salgan bien?

—Así que la rithmática te importa un poco después de todo, ¿eh?

—Claro que sí. La cosa no sería tan trágica si no me importara.

—Quizá solo necesitas un poco más de práctica.

—He hecho toneladas de práctica.

—Pues entonces no sé... ¿Cómo te las arreglaste para conseguir que tus tizoides se mantuvieran detrás de las defensas? No pareció costarte nada, y eso que en principio eso es muy difícil de conseguir.

—¿En principio?

—No lo sé con certeza —dijo Joel, llevándose otra cucharada a la boca. Paladeó el sabor, delicado y cremoso, y después lamió la cuchara—. Apenas si he podido estudiar la teoría de los tizoides. No hay mucho material acerca de ellos en la sección general, y el profesor Fitch, que es el único que me dejaba colarme y escuchar de manera regular, no da clases sobre tizoides.

—Lástima. ¿Qué quieres saber sobre ellos?

—¿Me lo contarías? —preguntó Joel, sorprendido.

—No veo por qué no.

—Más que nada por cómo te pusiste cuando te diste cuenta de que estaba indagando sobre las ceremonias de Acogida.

—Eso es diferente —replicó ella, poniendo los ojos en blanco—. ¿Vas a preguntar, sí o no?

—Bueno —dijo Joel—, sé que los tizoides no siempre responden igual a las instrucciones. ¿Por qué?

—No sé si alguien sabe a qué se debe eso. Normalmente

mis tizoides hacen lo que yo quiero que hagan, aunque otros tienen más problemas.

—¿No será que tú te sabes los glifos de instrucción mejor que otros rithmatistas?

—No creo —respondió Melody—. Los tizoides... no son del todo como las otras líneas, Joel. Una Línea de Prohibición solo hace una cosa. Tú la dibujas y la línea se queda en el sitio. Los tizoides, en cambio... son versátiles. Tienen vida propia. Si no los estructuras correctamente, no serán capaces de hacer lo que se supone que deben hacer.

Joel frunció el ceño.

—Ya, pero ¿qué se supone que significa «estructurarlos correctamente»? No paro de buscar en los libros y solo dicen que los detalles proporcionan fuerza a los tizoides. Pero... bueno, en realidad un tizoide no es más que tiza. ¿Cómo puede darse cuenta de si lo has dibujado con mucho detalle o no?

—Porque sí —respondió Melody—. Un tizoide sabe cuándo es una buena imagen.

—Entonces, ¿lo que importa es la cantidad de tiza? ¿Mucha tiza hace que un dibujo sea «detallado»?

Melody sacudió la cabeza.

—Algunos estudiantes de mi clase de primero intentaron dibujar círculos y luego colorearlos, para servirse de ellos como tizoides. Pero los tizoides hechos así siempre morían enseguida: algunos se limitaban a rodar por el suelo, sin ir adónde se suponía que debían.

Joel frunció el ceño. Él siempre había considerado la rithmática como... bueno, como algo científico y mesurable. La solidez de una Línea de Custodia guardaba proporción con el grado de su curvatura. La intensidad del poder de una Línea de Prohibición era proporcional a su grosor. Todas las líneas tenían un sentido directo, mesurable.

—Tiene que estar relacionado con alguna cifra —señaló.

—Ya te lo he explicado —respondió Melody—. Tiene que ver con la destreza con que hayan sido dibujadas. Si dibujas un unicornio que parezca un unicornio, entonces aguantará más que uno con las proporciones equivocadas, o uno que tenga una pata demasiado corta, o uno que no se sepa si es un unicornio o un león.

—Pero ¿cómo lo sabe? ¿Qué determina si estás ante un «buen» dibujo o ante un «mal» dibujo? ¿Está relacionado con la imagen mental que tenga el rithmatista? ¿Cuanto mejor pueda dibujar la idea que tenga en su cabeza, más fuerte se vuelve el tizoide?

—Es posible —dijo ella, encogiéndose de hombros.

—Pero si ese fuera el caso —dijo Joel, agitando su cuchara—, entonces los mejores dibujantes de tizoides serían los que tienen poca imaginación. Yo he visto los tizoides que haces tú y son tan poderosos como detallados. Dudo que el sistema recompense a las personas que son incapaces de imaginar imágenes detalladas.

—¡Vaya! Pues sí que estás metido en el tema.

—Las Líneas de Creación son las únicas que no parecen tener sentido.

—Pues para mí sí que lo tienen —repuso ella—. Cuanto más bonito es el dibujo, más poderoso es y más capaz será de hacer aquello que tú le indiques. ¿Qué es lo que te extraña de eso?

—Todo, porque no deja de ser muy vago —dijo Joel—. Soy incapaz de entender algo hasta que sé por qué ocurre de la forma en que lo hace. Tiene que existir un punto objetivo de referencia que determine que un dibujo sea bueno y otro no, aunque ese punto objetivo de referencia sea la opinión subjetiva del rithmatista que está haciendo el dibujo.

Melody parpadeó y después se llevó otra cucharada de helado a la boca.

—Tú, Joel, deberías haber sido un rithmatista.

—Eso me han dicho —murmuró él con un suspiro.

—No, en serio —insistió Melody—. Alguien que habla de esa manera...

Joel volvió a concentrarse en su helado. Después de la cantidad de dinero que había costado, no quería que se derritiera y acabara siendo desperdiciado. Aunque para él, eso no era tan importante como el delicioso sabor.

—¿Esos de ahí no son de los tuyos? —preguntó, señalando un grupo de estudiantes de rithmática sentados a una mesa en el rincón.

Melody miró hacia donde señalaba él.

—Sí.

—¿Qué están haciendo? —preguntó Joel.

—¿Mirar un periódico? —aventuró Melody, entornando los ojos—. Eh, ¿eso que hay en primera plana no es un dibujo del profesor Fitch?

Joel gimió. «Bueno, no cabe duda de que esa reportera trabaja deprisa.»

—Vamos —dijo, metiéndose en la boca la última cucharada de helado antes de levantarse—. Tenemos que encontrar un ejemplar de ese periódico.

LÍNEAS DE VIGOR
PRIMERA PARTE: USO BÁSICO

Tú   Enemigo

Primer paso: Dibuja una Línea de Vigor,
partiendo del exterior y progresando
hacia dentro.

Cuando se levante la tiza, si la línea
ha completado al menos dos ondulaciones,
saldrá disparada en línea recta y continuará
avanzando hasta que colisione con algo.

Si ha sido apuntada correctamente,
la línea hará que la defensa de tu oponente
quede marcada o rota. Nota: normalmente
hacen falta varios impactos en el mismo punto
para abrirse paso a través de una Línea de Custodia,
dependiendo de la solidez del círculo. La mayoría
de los tizoides son más fáciles de destruir.

Es importante recordar que las Líneas de Vigor NO PUEDEN
afectar a objetos o criaturas reales, solo a aquello que esté
hecho de tiza.

El profesor Fitch —leyó Melody en el periódico— es como una ardillita humana, acurrucado ante sus libros como si fueran las nueces del invierno, amontonadas sin orden ni concierto por toda su madriguera. También es un hombre engañosamente importante, porque está en el centro de la investigación para dar con el asesino de Armedius.»

—¿Asesino? —preguntó Joel.

Melody levantó un dedo y siguió leyendo.

O, al menos, eso es lo que especula una fuente. «Sí, tememos por las vidas de los estudiantes secuestrados», dijo esa fuente no mencionada. «Cualquier policía sabe que si alguien desaparece de una manera tan conspicua, hay muchas probabilidades de que nunca llegue a ser encontrado. Al menos no con vida.»

El profesor Fitch es más optimista. Él no solo piensa que los jóvenes siguen con vida, sino que está convencido de que pueden ser rescatados. Y el secreto de su paradero podría tener mucho que ver con el descubrimiento de ciertas extrañas Líneas Rithmáticas encontradas en las escenas del crimen.

«No sabemos qué son o lo que hacen», explicó el profesor Fitch. «Pero no cabe duda de que esas líneas han tenido algo que ver con el asunto.» Se negó a mostrarme esos dibujos, pero indicó que no estaban formados por ninguna de las cuatro líneas básicas.

Fitch es un hombre humilde que nunca levanta la voz y no se da aires de grandeza. Pocos se darían cuenta de que sobre él se basan nuestras esperanzas. Porque si realmente hay un rithmatista loco suelto en Nueva Britania, entonces sin duda también hará falta un rithmatista para derrotarlo.

Levantó la vista del periódico y miró los recipientes que habían contenido sus helados. La heladería empezaba a vaciarse conforme la mayoría de los estudiantes se ponían en camino hacia Armedius para respetar el toque de queda.

—Bueno, supongo que ahora ya sabes de qué va el asunto —dijo Joel.

—¿No hay más? —exclamó Melody—. ¿Eso es todo lo que Fitch y tú estuvisteis hablando con el inspector?

—A grandes rasgos, sí. —El artículo contenía ciertos detalles espeluznantes, como la naturaleza de las desapariciones de Lilly y Herman y el hecho de que se había encontrado sangre en cada una de las escenas del crimen—. Esto es grave, Melody. No puedo creer que se haya llegado a publicar semejante artículo.

—¿Por qué?

—Porque hasta ahora, tanto la policía como el rector York aún estaban dando a entender que Herman y Lilly podían haberse fugado. Los padres de los rithmatistas que estudian en la academia sospechaban que no había sido así, pero la gente de la ciudad no lo sabía.

—Bueno, entonces es mejor que conozcan la verdad —proclamó Melody.

—¿Aunque eso provoque el pánico general? ¿Aunque las personas corrientes se escondan en sus hogares por temor a un asesino que tal vez no exista, y que indudablemente no va a hacerles ningún daño?

Melody se mordió el labio.

Joel suspiró y se puso en pie.

—Volvamos al campus —dijo, doblando el periódico—. Tenemos que respetar el toque de queda, y yo quiero llevarle esto al inspector Harding, por si todavía no lo ha visto.

Melody asintió y siguió a Joel mientras este salía del establecimiento. En ese momento todo parecía estar más oscuro, y Joel volvió a preguntarse si sería prudente salir a la calle cuando había un asesino suelto. Melody parecía sentir algo parecido, y cuando echaron a andar se mantuvo más cerca de él que antes. Anduvieron con rapidez y en silencio hasta que alcanzaron las puertas de Armedius.

Los mismos dos agentes de antes estaban en la entrada. Justo cuando Joel traspuso la puerta, el reloj del campus indicó que faltaban quince minutos para la hora.

—¿Dónde está el inspector Harding? —preguntó Joel.

—Fuera, me temo —contestó uno de los agentes—. ¿Podemos ayudarte en algo?

—Denle esto cuando vuelva a entrar en el campus —pidió el muchacho, tendiéndole el periódico al policía. Cuando este lo examinó, su expresión fue oscureciéndose y Joel se volvió hacia Melody—. Vamos —le dijo—. Te acompañaré a tu dormitorio.

—Vaya —dijo ella—, qué caballeroso te has vuelto de pronto.

Mientras recorrían el sendero, Joel iba absorto en sus pensamientos. Al menos el artículo no mostraba ninguna clase de menosprecio hacia Fitch. Quizá la periodista se había sentido culpable por haberle mentido.

Llegaron a la residencia.

—Gracias por el helado —dijo Joel.

—No, gracias a ti.

—Bueno, lo pagaste tú —dijo él—. Aunque antes me dieras el dinero.

—No te estaba dando las gracias por eso —dijo Melody con displicencia, abriendo la puerta de la residencia.

—Entonces, ¿por qué?

—Por tenerme en cuenta —dijo ella—. Y, al mismo tiempo, por no tener en cuenta el hecho de que, a veces, soy una especie de bicho raro.

—A veces todos somos una especie de bichos raros, Melody. Tú solo... bueno, digamos que se te da mejor que a la mayoría.

Ella enarcó una ceja.

—Muy halagador.

—No me ha salido exactamente como quería.

—En ese caso, tendré que perdonarte —dijo ella—. Qué aburrido. Buenas noches, Joel.

Entró en la residencia y la puerta se cerró tras ella. Confuso, Joel atravesó lentamente el césped y se encontró dando vueltas en torno al campus rithmático.

Sabía dónde vivían casi todos los profesores, por lo que no le costó determinar cuál de las oficinas en desuso tenía más probabilidades de albergar a Nalizar. Efectivamente, no tardó en dar con una puerta que lucía el nombre del joven profesor en el muro exterior del Colegio de la Creación.

Deteniéndose junto al edificio, alzó la mirada hacia el segundo piso, que estaba a oscuras. El Colegio de la Creación era el más nuevo de los cuatro que había en el campus, y tenía muchas más ventanas que los más antiguos. Las de las habitaciones de Nalizar no mostraban ninguna luz encendida. ¿Significaba eso que el profesor no estaba dentro, o bien que ya se había acostado?

«Melody dijo que Nalizar quería que le llevaran los libros a su despacho —pensó—. Probablemente ahora mismo estarán encima de su escritorio, o quizá esperando en el suelo al final de su escalera...»

Un instante después se encontró extendiendo la mano hacia el picaporte.

Se detuvo a sí mismo. «¿Qué estoy haciendo?» ¿De verdad estaba considerando la idea de entrar en la habitación del profesor Nalizar? Joel decidió que necesitaba reflexionar un poco antes de intentar algo tan drástico. Se alejó de allí por el césped. Mientras lo hacía, oyó un sonido y se volvió.

La puerta que daba a la escalera de Nalizar se abrió, y una figura de pelo rubio que llevaba una capa oscura salió por ella. Era Nalizar en persona. Joel sintió que el corazón le daba un vuelco en el pecho, pero estaba lo bastante lejos —y lo bastante envuelto en oscuridad— para que el profesor no reparase en él.

El hombre, que aún llevaba su larga capa de rithmatista, se puso un sombrero de copa y echó a andar acera abajo. Joel sintió que el corazón empezaba a latirle más deprisa. Si hubiera subido por aquellas escaleras, se habría dado de bruces con Nalizar. Respiró profundamente unas cuantas veces, intentando calmarse.

Entonces fue cuando se dio cuenta de que en ese momento ya sabía con toda certeza que el profesor estaba fuera de sus habitaciones.

«¿Y si regresa enseguida?», pensó. Sacudió la cabeza. Si decidía fisgar en los alojamientos del profesor Nalizar, iba a necesitar algo más parecido a un plan.

Siguió andando, pero no le apetecía ir a dormir. Estaba demasiado desvelado para poder conciliar el sueño. Finalmente, optó por seguir otro curso de acción. Conocía a alguien que estaría despierto a esas horas de la noche, alguien con quien podía hablar.

Joel sabía todos los sitios normales en los que buscar a su madre, y primero probó suerte allí. No dio con ella, pero encontró a la señora Darm, otra limpiadora. Ella lo envió al lugar adecuado.

Resultó que su madre estaba limpiando el campo en el que se libraban los duelos. Joel fue hasta la puerta, que una cuña mantenía ligeramente entornada, y miró al interior. Allí oyó el ruido de un cepillo restregando el suelo, así que abrió la puerta y entró.

La cámara de duelo estaba ubicada en el centro del Colegio de la Creación y ocupaba la mayor parte del espacio central del edificio. Grandes cuadrados de cristal con marcos de acero formaban el techo. Los duelos rithmáticos, después de todo, se observaban mejor desde arriba. Durante la melé, los profesores y los dignatarios locales veían los duelos desde los mejores asientos en el piso de arriba.

Joel nunca había visto aquella sala, aunque había tenido la suerte de conseguir un asiento para un par de melés. Tenía la forma de una pista de patinaje sobre hielo. Estaba el suelo de abajo —negro para que los trazos de tiza resultaran claramente visibles—, con espacio suficiente para que unas cuantas docenas de rithmatistas dibujaran círculos defensivos a la vez. Los asientos estaban alineados a lo largo del exterior, aunque nunca había suficientes para todos los que querían asistir a la melé.

Las competiciones de duelo iban sucediéndose a lo largo de todo el año, por supuesto. La melé, sin embargo, era la más popular de todas. Era la última ocasión de que disponían los estudiantes de tercero para lucir sus habilidades antes de que los enviaran a Nebrask, donde tendría lugar su último año de adiestramiento. Los ganadores de la melé recibían puestos importantes en el frente, y tendrían más posibilidades de llegar a capitanes y jefes de destacamento.

La madre de Joel estaba de rodillas en el centro de la sala, restregando el suelo de piedra negra, mientras una solitaria linterna mecánica arrojaba luz junto a ella. Llevaba el pelo recogido mediante un pañuelo, las mangas enrolladas y la falda marrón llena de polvo de tanto ir por el suelo.

Joel sintió una punzada de ira. Otras personas iban al teatro, permanecían ociosas en sus habitaciones o dormían mientras su madre restregaba los suelos. La ira dio paso inmediatamente a la culpabilidad. Mientras su madre limpiaba los suelos aquella noche, él había estado comiendo helado.

«Si yo fuera rithmatista —pensó—, mi madre no tendría que hacer esto.»

Melody había hablado con desdén del dinero y del poder que codiciaban muchos rithmatistas. Obviamente, su compañera no tenía ni idea de lo que representaba carecer de todo eso.

Cuando bajó los escalones entre las gradas, sus pasos crearon ecos en la sala. Su madre levantó la vista.

—¿Joel? —dijo mientras él avanzaba por el suelo de piedra negra—. Deberías estar preparándote para ir a la cama, jovencito.

—No estoy cansado —repuso. Se acercó a ella y cogió un cepillo que flotaba en el agua del cubo—. ¿Qué estamos haciendo? ¿Restregar el suelo?

Ella lo miró en silencio por un instante antes de volver a su trabajo. En verano siempre era mucho menos estricta con los horarios nocturnos de Joel.

—No te estropees los pantalones —dijo—. Este suelo es bastante rugoso. Si no tienes cuidado, te rozará las rodillas y la tela se echará a perder.

Joel asintió y después empezó a trabajar en un trozo de suelo que su madre aún no había restregado.

—¿Por qué necesitamos limpiar este sitio? Tampoco es que se utilice tan a menudo.

—Ha de tener buen aspecto para la melé, Joel —explicó ella, apartándose de la cara un mechón de pelo para luego volver a ponérselo detrás de la oreja—. Cada año hemos de aplicarle un acabado para mantener oscuro el color, y el suelo tiene que estar bien limpio antes de que podamos empezar con eso.

Joel asintió y continuó restregando con el cepillo. Le gustaba sentirse útil, en lugar de limitarse a rebuscar entre los libros.

—Esa chica parecía bastante simpática —comentó su madre.

—¿Quién? ¿Melody?

—No, la otra chica que trajiste a cenar —replicó su madre con sorna.

Joel se sonrojó.

—Sí, supongo. Es un poco rara.

—Lo normal en los rithmatistas —dijo ella—. De todas formas, me alegro de verte con una chica. Estoy preocupada por ti, Joel. Siempre pareces tener gente con la que hablar, pero no sales de noche. Tienes un montón de conocidos, pero no demasiadas amistades.

—Nunca me lo habías comentado.

Su madre resopló.

—No hace falta ser un profesor para saber que a los adolescentes no les gusta oír hablar de las preocupaciones de sus madres.

Joel sonrió.

—Pues conmigo lo tienes fácil —observó—. Para lo que suelen ser los hijos adolescentes, no doy demasiados dolores de cabeza.

Siguieron trabajando durante un rato. Joel todavía estaba irritado por el hecho de que su madre se viera obligada a hacer una labor tan dura. De acuerdo, los rithmatistas eran importantes; ayudaban a proteger las islas de los peligros que había en Nebrask. Pero lo que hacía su madre también era importante, ¿o no? El Maestro escogía a los rithmatistas. ¿No elegía también, en cierta manera, a las señoras de la limpieza?

¿Por qué la gente valoraba muchísimo menos el trabajo de su madre que lo que hacía alguien como el profesor Fitch? Joel no conocía a nadie que trabajara ni la mitad que ella, y sin embargo no obtenía ninguna notoriedad, ninguna riqueza o prestigio.

Melody se había preguntado adónde iba a parar el dinero que ganaba su madre, y sin duda era una buena pregunta. La madre de Joel trabajaba un montón de horas al día. ¿Qué hacía con su salario? ¿Sería quizá que lo estaba ahorrando todo?

¿O había algo más? Un gasto en el que nunca se le había ocurrido pensar...

Se irguió de golpe, sintiendo un escalofrío.

—En realidad el rector no me dejó entrar gratis en Armedius, ¿verdad? Tú solo me lo dijiste para evitar que me sintiera culpable. Estás pagando lo que cuestan mis estudios aquí.

—¿Qué dices? —exclamó su madre, sin dejar de restregar el suelo—. Nunca podría permitírmelo.

—Mamá, casi todos los días trabajas dos turnos. Ese dinero tiene que ir a alguna parte.

Su madre soltó un bufido.

—Ni siquiera trabajando dos turnos podría permitirme costear este sitio. ¿Tienes idea de la fortuna que pagan la mayoría de esos padres?

Joel reflexionó unos instantes, acordándose de que Melody había hablado de un estudiante que recibía diez dólares a la semana como asignación. Si semejante cantidad no era más que calderilla para cubrir pequeños gastos, ¿cuánto estaban pagando aquellos padres para que sus hijos fueran a Armedius?

Decidió que prefería no saberlo.

—Bueno, entonces dime —insistió—. ¿Por qué trabaja tantas horas extras?

Su madre no levantó la vista.

—Cuando tu padre murió dejó tras de sí algo más que una familia, Joel.

—¿Qué quieres decir?

—Que tenemos deudas —contestó ella, sin dejar de restregar el suelo—. Aunque en realidad no es nada por lo que debas preocuparte.

—Padre hacía tizas —dijo Joel—. El taller se lo proporcionaba la escuela, al igual que los materiales. ¿De dónde salieron esas deudas?

—De muchas cosas distintas —respondió ella, restregando el suelo con un poco más de fuerza—. Tu padre viajaba mucho, para reunirse con rithmatistas y hablar de su trabajo. Entonces los resortrenes no eran tan baratos como ahora. Y aparte de eso estaban los libros, los suministros, el tiempo libre para trabajar en sus distintos proyectos. Obtenía algo del rector York, pero la mayor parte provenía de fuentes exteriores. El tipo de personas que prestarían dinero a un pobre artesano como tu padre... bueno, digamos que no son la clase de gente a la que luego puedas dar largas cuando viene a exigir que se le pague.

—¿Cuánto?

—Eso no es asunto tuyo.

—Quiero saberlo.

Su madre se volvió hacia él, mirándolo a los ojos.

—La que tiene que hacerse cargo de eso soy yo, Joel. No voy a permitir que te arruine la vida. Gracias al rector York, dispondrás de una buena educación y podrás ganarte bien la vida. Deja que yo me ocupe de los problemas de tu padre.

Obviamente, su madre consideraba que eso ponía punto final a la conversación, así que volvió a concentrarse en restregar el suelo.

—¿En qué estuvo trabajando papá durante todo ese tiempo? —preguntó Joel, atacando otro trozo de suelo—. Tenía que creer mucho en ello, si estaba dispuesto a arriesgar tanto.

—Buena parte de sus teorías nunca las entendí —dijo su madre—. Ya sabes cómo era él cuando se ponía a hablar de cosas como los distintos porcentajes en la composición de la tiza. Se imaginaba que iba a cambiar el mundo con su tiza. Yo creía en tu padre, que el Maestro me valga.

Se hizo el silencio en la sala, roto únicamente por el sonido de los cepillos contra la piedra.

—Su gran ilusión en la vida era que estudiaras en Armedius, ¿sabes? —dijo su madre pasados unos instantes—. Quería que te formaras aquí. Creo que por eso te dio la beca el rector York.

—¿Y por eso te enfadas tanto conmigo si suspendo?

—En parte, sí. Oh, Joel. ¿Es que no lo ves? Solo quiero que tengas una vida mejor. Tu padre... sacrificó tantas cosas. Podría haberlo conseguido, además, si esa dichosa investigación suya no hubiera acabado costándole la vida.

Joel ladeó la cabeza.

—Quedó herido en un accidente de resortrén.

Su madre lo miró sin decir nada.

—Sí —murmuró finalmente—. A eso me refería. Si no hubiera salido de viaje por uno de sus proyectos, tu padre no habría estado en ese tren cuando descarriló.

Joel la miró fijamente.

—Mamá... —dijo—. Papá murió a causa de un accidente de resortrén, ¿verdad?

—Tú lo viste en el hospital, Joel. Estuviste sentado a su lado en los últimos momentos.

Joel frunció el ceño, pero no podía negar que había sido así. Recordaba las habitaciones estériles, los médicos que iban de un lado a otro, los medicamentos que daban a su padre y la serie de operaciones quirúrgicas que llevaron a cabo sobre sus piernas aplastadas. También recordaba el optimismo forzado del que hicieron gala todos cuando le dijeron que su padre se recuperaría.

Ellos habían sabido que moriría. Ahora se daba cuenta: todos lo habían sabido, incluso su madre. Solo el pequeño Joel, con sus ocho años, había abrigado esperanzas, pensando —no, sabiendo— que su padre acabaría despertando y todo volvería a ser como antes.

El accidente había tenido lugar el 3 de julio. Joel había pasado el 4 de julio —el día de la Acogida— al lado de su padre. Sintió un nudo en el estómago solo de pensarlo. Había tenido cogida la mano de su padre mientras moría.

Trent nunca llegó a despertar, pese al centenar de plegarias que Joel había rezado durante todo ese día.

No se dio cuenta de que estaba llorando hasta que una lágrima se estrelló contra la piedra negra enfrente de él. Se apresuró a secarse los ojos. ¿No se suponía que el tiempo todo lo curaba?

Aún podía recordar la cara de su padre. Bondadosa, con sus afables carrillos y sus ojos que siempre sonreían. El recuerdo era doloroso.

Se puso en pie y volvió a meter el cepillo dentro del cubo.

—Quizá debería ir a dormir un poco —dijo, y se apresuró a darse la vuelta para que su madre no viera las lágrimas.

—Sí, será lo mejor —asintió su madre.

El muchacho se encaminó a la salida.

—Joel —lo llamó su madre, y él se detuvo—. No te preocupes demasiado por las cosas. Por el dinero, me refiero. Lo tengo controlado.

«Te matas a trabajar —pensó él—, y pasas el resto del tiempo enferma de preocupación. He de encontrar una manera de ayudarte. De algún modo.»

—Comprendo —dijo—. A partir de ahora me centraré en mis estudios.

Su madre volvió a restregar el suelo, y Joel se fue en dirección a su dormitorio. Se acostó sin cambiarse, súbitamente agotado.

Horas después, con el sol dándole en la cara, parpadeó y se dio cuenta de que, por una vez, no le había costado nada dormirse. Bostezó, se levantó de la cama y se preparó para el momento en que llegara su madre, cosa que sucedería al cabo de una hora. Cogió algo de ropa de un pequeño arcón a los pies de la cama y se cambió.

Por lo demás, la habitación estaba prácticamente vacía. Una cómoda, los baúles, la cama. Era tan pequeña que Joel casi podía tocar las paredes opuestas al mismo tiempo. Bostezando y con la intención de ir al lavabo comunitario que había al final del pasillo, abrió la puerta.

Se quedó parado cuando vio gente que corría por el pasillo, hablando excitadamente. Agarró del brazo a una mujer que pasó junto a él.

—¿Señora Emuishere? —dijo—. ¿Qué pasa?

La mujer, una egipcia de piel oscura, se lo quedó mirando.

—¡Joel, muchacho! ¿Es que no te has enterado?

—¿De qué? Acabo de despertarme.

—Ha habido una tercera desaparición. Otro rithmatista, Charles Calloway.

—¿Calloway? —dijo Joel, reconociendo el apellido—. ¿Se refiere a...?

La señora Emuishere asintió.

—El hijo del caballero-senador de Carolina del Este, Joel. Anoche se lo llevaron secuestrado de la finca de su familia. Deberían haber hecho caso a la recomendación del rector, pienso yo. El pobre chico hubiera estado mucho más seguro aquí.

—¡El hijo de un caballero-senador!

Aquello era grave.

—Hay más —dijo ella, acercándose un poco—. Hubo muertes, Joel. Los sirvientes del chico (hombres corrientes, no borradores) fueron encontrados en la escena del crimen, con la piel arrancada y los ojos medio masticados. Como...

—Como si los hubieran atacado unos tizoides salvajes —susurró Joel.

La señora Emuishere asintió en silencio antes de irse a toda prisa, obviamente decidida a compartir la noticia con otras personas.

«Nada menos que el hijo de un caballero-senador secuestrado o muerto —pensó Joel, aturdido—. Civiles asesinados.»

Todo acababa de cambiar drásticamente.

PARTE
TERCERA

PARTE

TERCERA

PROGRAMAR TIZOIDES

1. La mayoría de rithmatistas empiezan dibujando el tizoide.

2. Después añaden instrucciones vía glifos dentro del tizoide.

3. Tras haber terminado las instrucciones, el tizoide las sigue.

Por alguna razón, los tizoides hechos por humanos tienen mentes más bien débiles. Hay que decirles exactamente qué hacer en todo momento, o se pondrán a vagar sin rumbo. Los glifos utilizados no son estándares y varían de un rithmatista a otro. Los significados de los glifos, no obstante, sí son estándares.

ALGUNOS GLIFOS BÁSICOS

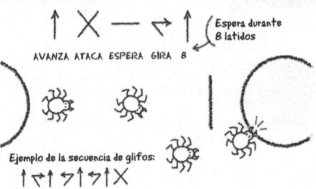

AVANZA ATACA ESPERA GIRA 8

Espera durante 8 latidos

Ejemplo de la secuencia de glifos:

Joel cruzó el campus a la carrera hasta la oficina del profesor Fitch. Llamó a la puerta y no obtuvo respuesta, así que probó con el picaporte y descubrió que no estaba cerrada. La abrió empujándola con la mano.

—¡Un momento! —pidió Fitch. El profesor estaba de pie junto a su escritorio, recogiendo rápidamente un montón de rollos, utensilios de escritura y libros. Presentaba un aspecto todavía más descuidado que de costumbre, despeinado y con la pajarita torcida.

—¿Profesor? —preguntó Joel.

—Ah, Joel —dijo Fitch, levantando la vista—. ¡Excelente! Ven a echarme una mano con esto, por favor.

El muchacho se apresuró a ayudarle a transportar una brazada de rollos.

—¿Qué está pasando?

—Hemos vuelto a fracasar —se lamentó Fitch—. Ha habido otra desaparición.

—Lo sé —dijo Joel, siguiendo al profesor hacia la puerta—. Pero lo que querría saber es qué estamos haciendo al respecto.

—¿No te acuerdas? —Fitch cerró la puerta en cuanto hubo pasado Joel y lo precedió a toda prisa bajando la escalera—. Sugeriste que necesitábamos ver la escena del crimen antes de que fuera contaminada por agentes de policía. Son competentes en su oficio, pero no entienden en qué consiste realmente la rithmática. Le expliqué eso al inspector Harding.

—¿De verdad esperarán a que nosotros nos presentemos para examinar las cosas?

—No pueden empezar hasta que llegue Harding —dijo Fitch—. Y él está aquí, en Armedius. La desaparición no fue descubierta hasta hace un rato. Así que, si ahora nosotros...

—¡Fitch! —llamó una voz desde delante de ellos. Joel miró hacia arriba y descubrió al inspector Harding con un grupo de agentes de policía—. ¡Paso ligero, soldado!

—Sí, sí —dijo Fitch, apresurándose al máximo.

Harding hizo una seña y sus agentes se dispersaron.

—Le he dicho al ingeniero que corte el tráfico de resortrenes —explicó mientras Fitch y Joel se reunían con él—. Mis hombres están asegurando el campus: ningún estudiante de rithmática más va a abandonar este sitio sin disponer de protección policial hasta que sepamos qué está pasando.

—Una decisión muy sabia —dijo Fitch mientras Harding y él iban hacia la estación. Joel se apresuró a seguirlos, cargado con los rollos. Algunos estudiantes se habían reunido en el césped para observar a la policía, y Joel entrevió unos familiares rizos pelirrojos entre el grupo.

—¡Eh! —dijo Melody, abriéndose paso entre los estudiantes y corriendo hacia Joel—. ¿Qué pasa?

El muchacho torció el gesto al tiempo que el profesor Fitch se volvía hacia ella.

—Ah, Melody, querida. He dejado en mi oficina unas cuantas defensas para que las dibujes. Hoy puedes trabajar en eso mientras yo estoy fuera.

—¿Dibujar? —inquirió Melody—. ¡Estamos en plena crisis!

—Vamos, vamos —dijo el profesor—. Todavía no disponemos de la totalidad de los hechos. Voy a ver si me entero de qué está pasando. Mientras tanto, tú has de seguir con tu formación.

Ella fulminó con la mirada a Joel, quien se encogió de hombros como pidiéndole disculpas.

—¡Vamos, soldados! —dijo Harding—. ¡Debemos actuar deprisa, mientras la escena del crimen todavía está fresca!

Dejaron atrás a Melody. Ella los observó con los brazos en jarras, y Joel tuvo el presentimiento de que en cuanto volviera tendría que aguantarle otra perorata.

Llegaron a la estación, un gran edificio de ladrillo abierto por los extremos. Joel rara vez había viajado en uno de los trenes. Sus abuelos vivían en la misma isla, y cuando querían verlos salía más barato coger un carruaje. Aparte de ellos, había escasas razones para que él dejara la ciudad, y mucho menos la isla.

Sonrió con anticipación mientras subía por la rampa detrás de Harding y Fitch. Tuvieron que avanzar a contracorriente mientras el acostumbrado gentío estudiantil bajaba por la rampa alrededor de ellos.

—¿No ha cerrado la estación, inspector? —preguntó Fitch, mirando la oleada de estudiantes.

—No me lo puedo permitir —respondió Harding—. Si este campus va a convertirse en un refugio para los estudiantes, es necesario que lleguen aquí. Muchos de los no rithmatistas viven fuera del campus. Quiero que el mayor número posible de ellos venga aquí en busca de refugio. Ahora que han muerto civiles, no sabemos con certeza si los estudiantes corrientes están a salvo.

Los tres entraron en el edificio rectangular de ladrillo. Los trenes de las vías de resorte iban suspendidos bajo el tendido, y por lo tanto este quedaba a unos tres metros de altura por encima del suelo; discurría a través del edificio y salía por los extremos. Los vagones eran largos y esbeltos, diseñados como ornamentados carruajes.

Los motores mecánicos del vehículo sobresalían de la parte de arriba de los primeros dos vagones del tren, curvándose en torno al tendido de encima como grandes garras de hierro. Un grupo de trabajadores se afanaba en las pasarelas superiores, bajando una enorme batería de resortes en forma de tambor y conectándola al primero de los motores. Se le había dado cuerda en otro punto del recorrido; dar cuerda a un solo tambor podía requerir horas. Los poderosos resortes del interior tenían que ser lo bastante potentes para que pudieran mover el tren entero. Esa era la razón por la que resultaba preferible disponer de tizoides que hicieran el trabajo.

Harding llevó rápidamente a Fitch y Joel al interior del tren, seguidos por un pelotón de soldados. Estos hicieron salir a unas cuantas personas bastante disgustadas de un compartimiento en el extremo delantero del tren, dejando así espacio para Fitch, Harding y Joel.

Joel se apresuró a sentarse. La situación no podía ser menos halagüeña —otro estudiante secuestrado, personas inocentes asesinadas—, y sin embargo él no podía dejar de sentirse emocionado ante la perspectiva de viajar en el resortrén. Y en su propio compartimiento, nada menos.

El tren se estremecía entre un acompañamiento de ruidos metálicos mientras los trabajadores conectaban el tambor de resortes arriba. Joel vio a gente con cara enfadada saliendo del tren y yendo a esperar en el andén.

—¿Están evacuando el convoy? —preguntó Fitch.

—No —dijo Harding—. Mis hombres solo informan a los viajeros de que se cancelarán todas las paradas hasta Carolina del Este. Quien no quiera ir allí tendrá que bajar y esperar al siguiente tren.

El tambor quedó sujeto en su sitio con un potente sonido de abrazaderas. Entonces los trabajadores pasaron al segundo vagón, y no tardaron en oírse sonidos similares cuando empezaron a sujetar un segundo tambor al motor para los engranajes que había allí. Joel imaginó los gigantescos resortes y ruedas dentadas, increíblemente tensos con la energía acumulada, que solo esperaba el momento de ser liberada.

—Inspector —dijo Fitch, inclinándose hacia delante—, ¿de

verdad el estudiante al que se llevaron era el hijo de sir Calloway?

—Sí —dijo Harding, visiblemente preocupado.

—¿Y eso qué implica? —preguntó Fitch—. Para Armedius y para la isla, quiero decir.

El inspector sacudió la cabeza.

—No lo sé. Confieso que nunca he entendido a los políticos, Fitch. Soy un soldado; mi lugar está en el campo de batalla, no en una sala de conferencias. —Se volvió hacia Fitch para mirarlo a los ojos—. Lo que sí sé es que más vale que descubramos qué está sucediendo, y pronto.

—Sí —convino Fitch.

Joel frunció el ceño.

—No lo entiendo.

Fitch lo miró.

—¿No has estudiado gobierno?

—Claro que sí —dijo Joel—. Gobierno fue... uh, la asignatura que suspendí el año pasado.

Fitch suspiró.

—Tanto potencial desperdiciado.

—Me aburría —protestó Joel—. Quiero decir que, bueno, yo quiero aprender sobre rithmática, no sobre política. Porque, a ver, ¿cuándo voy a necesitar yo saber teoría política del gobierno?

—No lo sé —dijo Fitch—. Puede que ahora mismo.

Joel torció el gesto.

—Y la cosa no acaba en eso, claro está —intervino Fitch—. Joel, muchacho, la escuela consiste precisamente en aprender a aprender. Si no practicas el estudiar cosas que no te gustan, te encontrarás con muchas dificultades en la vida. ¿Cómo quieres llegar a ser un gran rithmatista e ir a la universidad si no aprendes a estudiar cuando no te apetece hacerlo?

—La verdad es que nunca lo había pensado desde ese punto de vista.

—Bueno, quizá deberías.

Joel se recostó en el asiento. Acababa de enterarse de que

existían universidades liberales en las que alumnos comunes estudiaban rithmática. Dudaba que esas universidades fueran a admitir a un estudiante que tenía la costumbre de suspender por lo menos una asignatura cada curso.

Apretó los dientes, frustrado consigo mismo, pero no había nada que pudiera hacer con respecto a los años pasados. Quizá pudiera cambiar el futuro. Suponiendo, naturalmente, que los problemas actuales no acabaran conduciendo al cierre de Armedius.

—Entonces ¿por qué debería estar en peligro Nueva Britania a causa de los acontecimientos en Armedius?

—Recuerden que el padre del joven desaparecido es un caballero-senador —dijo Harding—. Los Calloway son de Carolina del Este, que no dispone de su propia escuela rithmática, así que la gente de allí envía a sus rithmatistas a Armedius. Ciertas islas, no obstante, se quejan de que tienen que pagar por una escuela alejada de sus propias costas. No les gusta nada tener que confiar a sus rithmatistas al control de otra isla, ni siquiera para instruirlos.

Joel asintió. Las Islas Unidas eran completamente independientes. Había algunas cosas para las cuales pagaban todas de manera conjunta, como por ejemplo los rithmatistas y los inspectores federales, pero no constituían un solo país; al menos no como la Federación Azteka en Sudamérica.

—¿Está diciendo que el caballero-senador podría culpar a Nueva Britania por la desaparición de su hijo? —preguntó.

Harding asintió.

—Las tensiones se han exacerbado, con el problema comercial entre la coalición del noreste y la coalición tejana. ¡Malditos sean todos! Odio a los políticos. Ojalá volviera a estar en el frente de batalla.

Joel casi le preguntó por qué no seguía allí, pero titubeó. Algo en la expresión de Harding daba a entender que tal vez no fuera una buena idea mostrarse excesivamente curioso.

Fitch sacudió la cabeza.

—Me preocupa que todo esto, las desapariciones de los

muchachos y los extraños dibujos en las escenas del crimen, no sean más que una maniobra para encubrir lo que acaba de suceder. Nada menos que el secuestro del hijo de un influyente caballero-senador. Podría tratarse de una jugada política.

—O podría ser obra de alguna organización clandestina que intenta crear su propia fuerza de rithmatistas —añadió Harding—. Sé por experiencia que una Línea de Prohibición bien dibujada puede detener las balas, incluso una bala de cañón.

—Hum —murmuró Fitch—. Quizá no vaya del todo desencaminado, inspector.

—Eso espero —dijo Harding, dejando caer el puño sobre el brazo de su sillón—. No podemos permitirnos luchar entre nosotros. No de nuevo. La última vez eso estuvo a punto de ser nuestra perdición.

«Caray», pensó Joel, sintiendo un escalofrío. Nunca se había parado a pensar en la posible influencia de Armedius sobre la política mundial. De pronto, el futuro de la escuela pareció tener mucha más importancia de lo que había parecido hacía tan solo unos momentos antes.

El segundo tambor quedó sujeto en su sitio y el último de los disgustados pasajeros salió de su vagón. La vía se curvaba adentrándose en el cielo; la línea de acero estaba llena de huecos diseñados para que los dientes de los enormes engranajes de encima encajaran en ellos y, de esa manera, fuesen tirando del tren. Un súbito rechinar de acero contra acero llegó hasta ellos desde arriba cuando el ingeniero liberó el mecanismo de bloqueo del primer impulsor de engranajes y el convoy empezó a moverse.

Al principio el vehículo avanzó bastante despacio, estremeciéndose entre los chasquidos que salían de los engranajes. Después cobró velocidad progresivamente, saliendo de la estación y subiendo por la vía de resortes para elevarse en el aire. Había algo impresionante en estar situado por encima de todo lo demás. Conforme aumentaba la velocidad, el tren salió disparado a través del cielo por el centro de la ciudad, ascendiendo sobre los tejados de algunos de los edificios de menor altura.

La gente iba y venía por las calles, como muñecos o soldaditos de plomo, esparcidos al azar después de que un niño se hubiera olvidado de recogerlos. El resortrén empezó a descender, dirigiéndose hacia otra estación, pero no aflojó la marcha y pasó rápidamente por el centro del edificio sin detenerse en él.

Joel imaginó las expresiones de disgusto en los rostros de las personas que esperaban en los andenes, aunque solo fueran un confuso borrón mientras su tren pasaba disparado junto a ellas. El convoy serpenteó a través de la ciudad, pasando de largo por unas cuantas paradas más, y después la vía torció bruscamente hacia el sur. En cuestión de segundos se encontraron viajando velozmente por encima del agua.

Jamestown estaba en la costa de Nueva Britania, y las pocas veces que Joel había ido en el resortrén, había sido para ir a la playa. En una ocasión con su padre, en los buenos tiempos. Otra pocos años después, con su madre y sus abuelos.

Aquel viaje había resultado mucho menos divertido. Los cuatro se pasaron todo el tiempo pensando en aquel al que habían perdido.

Aun así, Joel nunca había llegado a cruzar las aguas. «Es la primera vez que visito otra de las islas.» Deseó que hubiera podido ser bajo circunstancias más agradables.

La vía se elevaba sobre una serie de grandes pilares de acero cuyas bases se sumergían en el océano. Las aguas eran relativamente poco profundas entre las islas, treinta metros como mucho, pero aun así, construir el trazado de los resortrenes había sido una empresa descomunal. Continuamente se tendían nuevos tramos, conectando las sesenta islas en una intrincada telaraña de acero.

Mirando adelante, Joel vio un cruce de cinco vías distintas. Algunas de ellas proseguían en dirección este, hacia Georgiabama, y otra se curvaba hacia el sureste, probablemente para encaminarse hacia los atolones floridianos. Ninguna de ellas iba directamente hacia el este. Se hablaba de tender una vía de resortrén que recorriera toda la distancia hasta Europa, pero las profundidades del océano dificultaban el proyecto.

Su convoy llegó al tramo de la vía que discurría en un círculo alrededor de la parte interior del cruce. Mientras circulaban por él, Joel miró por la ventanilla al tiempo que el ingeniero accionaba una palanca para elevar un artilugio en forma de gancho colocado encima del tren. El gancho entró en contacto con el pasador apropiado, y unos segundos después ya estaban saliendo disparados hacia Carolina del Este.

Fitch y Harding se acomodaron para el viaje; el profesor pasando las páginas de un libro y el inspector escribiendo anotaciones dirigidas a sí mismo en un cuaderno. La sensación de urgencia que acababan de experimentar parecía un extraño contrapunto a sus actitudes relajadas. Lo único que podían hacer era esperar. Aunque las islas se hallaban relativamente próximas las unas de las otras, se tardaba unas cuantas horas en cruzar las extensiones de océano más grandes entre ellas.

Joel pasó el viaje sentado y contemplando las olas del océano unos quince metros por debajo de él. Había algo hipnótico en cómo rompían y se agitaban. Al cabo de un tiempo, el tren empezó a reducir la velocidad a medida que los engranajes iban consumiendo metódicamente la potencia impulsora acumulada en los resortes.

Finalmente el tren se detuvo, quedando inmóvil sobre su vía por encima de las aguas. El vagón se estremeció y se oyó un tintineo lejano cuando el segundo engranaje impulsor fue activado. El movimiento se reinició. Para cuando Joel divisó tierra, habían transcurrido casi exactamente dos horas desde el momento en que salieron de Armedius.

El muchacho se despabiló. ¿Qué aspecto tendría Carolina? Su intuición le decía que no iba a ser tan diferente de Nueva Britania, dado que las dos islas estaban tan cerca la una de la otra. En cierto modo, tenía razón. La abundante vegetación y la frondosidad de los árboles le recordaron mucho a su propia isla.

Con todo, había algunas diferencias. En lugar de ciudades de cemento, Joel vio extensiones boscosas, a menudo dominadas por grandes casas solariegas que parecían esconderse entre las gruesas ramas y el follaje. No dejaron atrás ninguna ciudad que tuviera más de un par de docenas de edificios. Pasado un rato el tren empezó a reducir la velocidad de nuevo y Joel vio otra sucesión de casas. No se trataba de un pueblo, realmente; era más bien un conjunto de mansiones de campo lo bastante alejadas entre sí como para producir una impresión de aislamiento.

—¿Toda la isla está llena de mansiones? —preguntó Joel mientras el tren empezaba a descender.

—En absoluto —dijo Fitch—. Esto es el lado este, el favorito de los grandes terratenientes. El lado oeste de la isla es más urbano, aunque no contiene nada comparable con Jamestown. Tienes que recorrer casi toda la distancia hasta Denver para encontrar una ciudad tan magnífica.

Joel ladeó la cabeza. Nunca se le había ocurrido considerar que Jamestown fuera magnífica. Era como era, sin más.

El tren entró ruidosamente en la estación y se detuvo. No bajaron muchas personas, y la mayoría eran policías. Los otros viajeros aparentemente se dirigían al lado oeste de la isla, hacia donde el convoy se dirigiría en cuestión de minutos.

Joel, Fitch y Harding bajaron de su vagón y se adentraron en un calor pegajoso mientras los trabajadores empezaban a cambiar los tambores de resortes encima del tren que esperaba.

—Rápido —dijo Harding, bajando los escalones a toda prisa y saliendo de la estación. Su premura anterior parecía haber vuelto ahora que se hallaban fuera del tren. Joel lo siguió, de nuevo cargado con los rollos y libros de Fitch, aunque ahora disponía de una gran bolsa con correa que le había prestado uno de los agentes de policía.

Atravesaron un camino cubierto de grava, pasando bajo la sombra del tren suspendido por encima de ellos. Joel había esperado tomar un carruaje, pero por lo visto la mansión en cuestión era la enorme estructura blanca que se alzaba justo al final del camino. Harding, Fitch y los otros policías se encaminaron hacia ella con premura.

Joel se secó la frente con la mano libre. La mansión tenía una gran verja de hierro, muy parecida a la que había en Armedius. El césped estaba punteado de árboles, que daban sombra a la mayor parte del terreno, y el frontal de la mansión lucía majestuosas columnas blancas. El césped olía como si lo hubieran cortado hacía poco y estaba muy cuidado.

Agentes de policía iban y venían por el césped ante la fachada principal, y un contingente de ellos permanecía inmóvil custodiando la puerta. Cerca de esos agentes había congregado un buen número de hombres, todos con trajes caros y sombreros de copa. Mientras Harding, Joel y Fitch avanzaban por el césped hacia la mansión, un par de agentes se acercaron a ellos corriendo.

—Desde luego, habría que instituir la práctica del saludo entre agentes de policía —masculló Harding mientras los hombres se les aproximaban—. Tizas, hay que ver lo informal que parece ser todo el mundo.

—Inspector —dijo uno de los agentes, acompasando su paso al de ellos—, el área está asegurada. Hemos mantenido fuera a todo el mundo, aunque sacamos los cuerpos de los sirvientes. Todavía no hemos entrado en la habitación del chico.

Harding asintió.

—¿Cuántos muertos?

—Cuatro, señor.

—¡Tizas! ¿Cuántos testigos tenemos?

—Señor —dijo el agente de policía—, lo siento... pero, bueno, suponemos que esos cuatro hombres fueron los testigos.

—¿Nadie vio nada?

El agente sacudió la cabeza.

—Ni oyó nada, señor. El caballero-senador fue quien descubrió los cuerpos.

Harding se quedó helado.

—¿Estaba aquí?

El agente asintió.

—Pasó la noche en sus aposentos al final del pasillo, a solo dos habitaciones de donde se llevaron al chico.

Harding miró a Fitch y Joel vio la misma pregunta en las expresiones de ambos. «El culpable, quienquiera que sea, podría haber matado fácilmente al caballero-senador. En ese caso, ¿por qué se limitó a llevarse al chico?»

—Vamos —dijo el inspector—. Profesor, espero que no se sienta incomodado por la visión de un poco de sangre.

Fitch palideció.

—Bueno, uh...

Los tres subieron rápidamente los escalones de mármol que llevaban a la puerta principal, hecha de una delicada madera rojiza. Nada más franquear la entrada, encontraron a un hombre alto, con sombrero de copa y las manos encima del bastón cuya contera mantenía apoyada en el suelo ante él. Llevaba monóculo, y parecía estar bastante preocupado.

—Inspector Harding —dijo el hombre.

—Hola, Eventire —saludó el policía.

—¿Y este quién es? —preguntó Fitch.

—Soy el capitán Eventire —dijo el hombre—, y represento a las fuerzas de seguridad de sir Calloway. —Echó a andar junto a Harding—. Debo decir que estamos sumamente disgustados por los acontecimientos.

—Bueno, ¿cómo cree que me siento yo? —le espetó Harding—. ¿Contento de la vida?

Eventire se envaró.

—Sus agentes ya deberían haber resuelto este asunto. El caballero-senador está muy irritado, por así decirlo, con su fuerza policial de Nueva Britania por haber permitido que los problemas que están teniendo ustedes se extiendan a su finca y pongan en peligro a su familia.

—En primer lugar —dijo Harding, levantando un dedo—, soy un inspector federal, no un miembro de la policía de Nueva Britania. En segundo lugar, difícilmente puedo cargar con las culpas de esto. No sé si se acordará usted, capitán, pero anoche mismo estuve aquí, intentando persuadir al caballero-senador de que su hijo estaría más seguro en Armedius. Ese idiota no puede culpar a nadie más que a sí mismo por ignorar mis advertencias.

Harding se calló y señaló directamente a Eventire.

—En último lugar, capitán, me inclino a pensar que sus fuerzas de seguridad son la principal causa de la «irritación» de su señor. ¿Dónde se encontraban todos ustedes mientras su hijo estaba siendo secuestrado?

Eventire enrojeció. Los dos hombres se miraron a los ojos durante unos segundos hasta que Eventire acabó apartando la vista. Harding empezó a subir los escalones seguido de Joel y Fitch, tras los que iba Eventire.

—Supongo que esos dos serán sus rithmatistas, ¿no?

Harding asintió.

—Cuénteme, inspector —dijo Eventire—, ¿por qué el feroz cuerpo de inspectores federales no emplea a un rithmatista a jornada completa? Parecería lógico pensar que si su organización es tan importante y capaz como afirman todos, han de estar preparados para acontecimientos como este.

—No estamos preparados —replicó Harding—, porque normalmente los rithmatistas no matan a la gente. Y ahora, si me disculpa, mis hombres y yo necesitamos llevar a cabo ciertas investigaciones. Cuide de su señor, Eventire, y no se inmiscuya en mis asuntos.

Eventire se detuvo y esperó detrás, viéndolos marchar con obvio disgusto.

—Fuerzas de seguridad privadas —masculló Harding en cuanto estuvieron lo bastante lejos para que no se les pudiera oír—. Unos mercenarios, eso es lo que son. No puedes confiar en ellos en el frente, porque su lealtad nunca va más allá de las monedas que tengan en los bolsillos. Ah, ya hemos llegado.

Así era, ciertamente. Joel palideció cuando doblaron una

esquina y se encontraron ante un estrecho pasillo en cuyo suelo había varias manchas de sangre. Se alegró de que ya se hubieran ocupado de los cuerpos. La visión de aquellas manchas resecas, de un color entre marrón y rojizo, ya resultaba bastante inquietante.

El pasillo era blanco y estaba enmoquetado del mismo color, lo que resaltaba aún más el rojo de la sangre. Había sido decorado con un gusto exquisito, cuadros de flores en las paredes incluidos. Una pequeña araña de cristal colgaba del techo; su mecanismo de relojería iba y venía, chasqueando suavemente mientras funcionaba.

—El muy idiota... —dijo Harding, examinando la moqueta manchada de sangre—. Si el caballero-senador me hubiera hecho caso... Quizá después de esto los demás entrarán en razón y enviarán a sus hijos de vuelta a Armedius.

Fitch asintió, pero Joel se dio cuenta de que la visión de la sangre lo había afectado considerablemente. Ahora el profesor se movía con paso inseguro mientras Harding iba hacia uno de los agentes de policía presentes en la escena, un hombre alto con clara herencia azteka.

—¿Qué tenemos, Tzentian? —preguntó.

—Cuatro cuerpos descubiertos aquí en el pasillo, señor —respondió el agente, al tiempo que señalaba las manchas de sangre—. La causa de la muerte parece coincidir con ataques llevados a cabo por tizoides salvajes. La habitación del chico está ahí. —Señaló una puerta abierta hacia la mitad del pasillo—. No hemos entrado.

—Bien —asintió Harding, evitando las manchas de sangre mientras se dirigía hacia la puerta abierta.

—Señor... —dijo el agente cuando Harding se disponía a cruzar el umbral.

El inspector se detuvo tan súbitamente como si acabara de chocar con algo sólido.

—Señor, hay una Línea Rithmática en el suelo —indicó Tzentian—. Usted no quería que alteráramos la escena del crimen, así que todavía no la hemos quitado.

Harding dirigió una seña a Fitch. El profesor fue hacia él como si le costara caminar, procurando no mirar la sangre mientras andaba. Tras reunirse con ellos, Joel se arrodilló junto a la puerta. Extendió la mano, apretándola contra el aire.

Su mano quedó detenida. Algo la empujó hacia atrás, al principio suavemente y después con más fuerza cuando Joel insistió. Con un gran esfuerzo, Joel pudo acercarse unos cuantos milímetros más a la pared invisible, pero sin llegar a tener del todo la sensación de que le fuese posible tocarla. Era como tratar de juntar dos imanes que estuvieran encarados por los mismos polos.

El pasillo estaba enmoquetado, pero la habitación del chico tenía el suelo de madera. La Línea de Prohibición era fácil de ver. En algunos sitios estaba rota, con agujeros lo bastante grandes para que un tizoide pudiera pasar por ellos. En esos puntos, Joel podía introducir la mano y meterla en la habitación.

—Ah, hum —murmuró Fitch, arrodillándose en el suelo junto a él—. Sí. —Sacó un trozo de tiza y dibujó cuatro tizoides con forma de hombres con palas. Mirando con atención, Joel distinguió los glifos que el profesor escribió en la espalda de cada uno, dándoles instrucciones de avanzar hacia delante primero, para después atacar a cualquier tizoide que descubrieran.

Uno por uno, los dibujos hechos con tiza empezaron a cavar en la Línea de Prohibición.

—Listo —dijo Fitch, levantándose del suelo—. Me temo que el proceso llevará unos minutos.

—Inspector —dijo uno de los agentes—. Si tiene un momento, quizá quiera ver esto.

Harding siguió al agente un corto trecho por el pasillo.

Joel se levantó.

—¿Se encuentra usted bien, profesor?

—Sí, sí —dijo Fitch—. Es solo que... Bueno, este tipo de

cosas no se me dan demasiado bien, ¿sabes? A ello se debe, en parte, el hecho de que nunca destacara en Nebrask.

Joel asintió. Dejó su bolsa en el suelo y fue al punto del pasillo donde el inspector se había arrodillado junto a algo en el suelo. La mancha de sangre parecía una pisada.

—Las huellas llevan en esa dirección —decía el agente—, y salen por la puerta de atrás. Después de eso se pierden.

Harding estudió la pisada, que no se distinguía demasiado bien a causa de la moqueta.

—Va a ser difícil deducir algo a partir de esto.

El agente asintió.

—¿Todas las huellas son del mismo tamaño? —preguntó Joel.

El agente lo miró, como si reparara en él por primera vez. Después asintió.

—Eso significa que todo esto probablemente es obra de una sola persona, ¿no? —preguntó Joel.

—A menos que solo una de ellas pisara la sangre —dijo Harding.

—¿Qué me dice de otros dibujos con tiza? —preguntó Joel—. ¿Había alguno más aparte de los que se encontraron en la habitación del chico?

—En efecto —asintió el agente—. Uno a cada lado de este pasillo. —Los condujo hasta una pared, donde había la misma pauta de giros que había sido dibujada en las otras escenas del crimen.

Joel agitó la mano ante ella, pero no sintió que fuera repelida o afectada de ninguna otra manera.

—¿Profesor? —llamó, atrayendo la atención de Fitch—. Dibuje un tizoide en la pared, aquí, y haga que se mueva a través de este motivo —le pidió en cuanto el hombre se hubo reunido con él.

—Hum, sí... Sí, muchacho, muy buena idea —murmuró Fitch, y empezó a dibujar.

—¿Qué propósito tiene este ejercicio? —preguntó Harding, plantándose junto a ellos con las manos a la espalda.

—Si ese motivo de curvas realmente es un dibujo rithmático —explicó Joel—, entonces el tizoide tendrá que atacar la tiza para poder pasar a través de la línea. Si ese motivo no tiene ningún poder rithmático, entonces el tizoide podrá pasar por encima con tanta facilidad como si no hubiera nada.

Fitch acabó su tizoide. Este, un cangrejo, se arrastró por la pared enfrente de ellos, y titubeó ante el motivo de curvas. Pareció meditar unos instantes y, acto seguido, volvió a ponerse en movimiento.

Y a continuación se detuvo de nuevo.

Joel sintió un escalofrío. El tizoide volvió a intentarlo, pero se vio repelido. Finalmente, empezó a arañar el motivo de curvas y pasados unos instantes consiguió abrirse paso a través de él sin excesiva dificultad.

—Bueno, que me... —dijo Fitch—. Es rithmático.

—¿Y? —exclamó Harding—. Aquí me encuentro en clara desventaja. ¿Qué está sucediendo?

—Solo existen cuatro Líneas Rithmáticas —dijo Fitch—. O, al menos, esa es la base de la que partimos —murmuró con expresión pensativa, como sumido en profundas cavilaciones—. Joel, dime una cosa. ¿Crees que esto podría ser una Línea de Custodia? Después de todo, durante los primeros años no supimos de la existencia de las elipses. Esto quizá sea algo parecido.

—Pero sigo sin ver por qué razón iba a dibujar una Línea de Custodia tan pequeña. ¿Y en la pared? No tiene ningún sentido, profesor. Además, el tizoide se ha abierto paso con demasiada facilidad para que ese dibujo sea una Línea de Custodia. Si lo es, no está resultando muy efectiva.

—Sí... —admitió Fitch—. Creo que tienes razón. —Extendió la mano, disipando a su tizoide—. Resulta de lo más extraño.

—¿No dijo que había un segundo dibujo en la pared? —le preguntó Harding al agente.

El hombre asintió y condujo a Harding y Joel al otro extremo del pasillo, donde había otra copia del mismo motivo curvilíneo.

Joel resiguió la silueta con los dedos y frunció el ceño.

—¿Qué pasa, hijo? —preguntó Harding—. Pareces preocupado.

—Este tiene una brecha —señaló el muchacho.

—¿Fue atacado por un tizoide?

—No —respondió Joel—. No tiene aspecto de haber sido arañado. Es solo que parece inacabado, como si lo hubieran dibujado demasiado deprisa. —Miró pasillo abajo—. Usted encontró este dibujo en casa de Lilly Whiting. ¿En qué pared estaba?

—¿Importa eso?

—No lo sé. Podría ser.

—Estaba en la fachada principal de la casa —dijo Harding—. Hacia la calle.

—¿Y en la casa de Herman?

—Fuera de su puerta —dijo Harding—, en el pasillo.

Joel tabaleó en la pared con las puntas de los dedos.

—Esta es la primera vez que alguien más ha sufrido daños aparte del rithmatista. Los cuatro hombres que murieron.

Harding asintió.

—Según los informes, probablemente estaban jugando a cartas en la cocina de la servidumbre.

—¿Dónde está esa cocina? —preguntó Joel.

Harding señaló escaleras abajo.

—En este lado del pasillo —dijo Joel—. Cerca del símbolo roto. Tal vez haya una conexión.

—Tal vez —admitió Harding, frotándose la barbilla—. Tienes mucho ojo para este tipo de cosas, chico. ¿Nunca has pensado hacerte agente de policía?

—¿Quién, yo? —exclamó Joel.

Harding asintió.

—Bueno... la verdad es que no.

—Pues deberías pensar en ello, soldado. Siempre conviene disponer de hombres que tengan buena vista para los detalles.

Un inspector. A Joel nunca se le había pasado por la cabeza. Lo único que quería, y cada vez más, era ir a estudiar rithmática, como había sugerido Fitch.

Pero lo que acababa de decir Harding... bueno, era otra opción. Él nunca sería rithmatista, eso ya hacía años que lo había aceptado, pero podía dedicarse a otras cosas. Cosas emocionantes.

—¿Inspector? —llamó Fitch—. La Línea de Prohibición ha caído. Podemos entrar.

Joel miró a Harding, después de lo cual cruzaron juntos el umbral y entraron en la habitación.

LA DEFENSA SHOAFF

Nótese que las Líneas de Prohibición solo se utilizan cuando son absolutamente necesarias para anclar la defensa.

Esta Defensa suele ser utilizada por rithmatistas avanzados que se han especializado en Líneas de Vigor.

La Shoaff es una defensa de nueve puntos. Su principal objetivo es permitir que el rithmatista disponga de mucho espacio para disparar Líneas de Vigor. En lugar de usar los tradicionales círculos en los puntos de sujeción, emplea elipses, que dejan más espacio abierto para el trazado de Líneas de Vigor. Luego hay que añadir tizoides con ataduras largas a cada elipse.

La Shoaff es versátil, pero resulta débil contra las Líneas de Vigor.

Alcanza su mayor efectividad contra una potente ofensiva de tizoides.

Esto es interesante, ya que la defensa es buena de por sí en el caso de que uno prefiera DIBUJAR Líneas de Vigor.

P or el Maestro —musitó Fitch, inmóvil en el umbral. Más
allá había un corto tramo de pasillo que torcía hacia la
derecha, recorriendo una pequeña distancia dentro de
la habitación propiamente dicha.

El pasillo estaba lleno de dibujos rithmáticos rotos: un
Círculo de Custodia encima de otro, docenas de Líneas de
Prohibición. Joel lo contempló, asombrado ante la cantidad
de tiza esparcida por el suelo.

—Esto parece un campo de batalla —comentó Harding
desde el umbral—. Lo he visto antes. No con tiza, claro, sino
con hombres.

Joel lo miró.

—¿Qué quiere decir?

—Oh, salta a la vista —repuso Harding, señalando con el
dedo—. El chico de Calloway dibujó un círculo inicial cerca de
la entrada y después bloqueó los lados mediante líneas para
evitar ser rodeado. Cuando abrieron una brecha en el frontal,
abandonó ese círculo y dibujó otro detrás del primero. Como
un ejército que se retira lentamente en un campo de batalla.

—Era bueno —dijo Joel—. Esas defensas son de lo más
intrincado.

—Sí —coincidió Fitch—. Nunca lo tuve en mi clase, pero
oí hablar mucho de Charles. Se comentaba que era un poco
alborotador, pero tenía una gran capacidad rithmática.

—Eso es un rasgo que comparten los tres estudiantes secuestrados —dijo Joel—. Eran los mejores estudiantes de rithmática de la escuela. —Dio un paso adelante; podía pasar por encima de las Líneas de Custodia que formaban los círculos, aunque las Líneas de Prohibición trazadas a los lados lo detendrían si intentaba ir a través de ellas.

—Procura no pisar la tiza, por favor —pidió Fitch mientras echaba mano de los rollos y se preparaba a tomar apuntes de cada una de las líneas defensivas—. ¡No alteres nada!

Joel asintió. Al examinar con mayor atención el montón de pequeñas líneas y puntos descubrió que eran restos de tizoides destruidos. El inspector Harding dirigió una señal a sus agentes para que permanecieran fuera de la habitación y después dio un rodeo en torno a Fitch para avanzar cautelosamente por el pasillo con Joel.

—Ahí —dijo, señalando el último círculo en la línea—. Sangre.

La había, ciertamente, aunque solo unas cuantas gotas, como en las otras escenas. Joel rodeó la defensa, silbó suavemente y se agachó.

—¿Qué? —preguntó Harding.

—La Shoaff, una defensa de nueve puntos —señaló el muchacho—. Y le salió perfecta. —Extendiendo la mano, cogió una tira de papel que habían dejado cerca del círculo. Detallaba la Defensa Shoaff.

La sostuvo en alto para el inspector.

—Papel barato. Incluso disponiendo de un patrón, no es fácil hacer una de nueve puntos.

—Pobre chico —murmuró Harding, quitándose el sombrero de policía y poniéndoselo debajo del brazo en señal de respeto. Su mirada fue más allá de la línea de siete círculos que conducía al exterior de la habitación—. Todo un soldado.

Joel asintió mientras miraba aquellas gotas de sangre. Una vez más, no había cuerpo. Igual que en las otras escenas. Todo el mundo suponía que los estudiantes habían sido secuestrados, pero...

—¿Cómo lo llevaron fuera? —preguntó.

Los demás lo miraron.

—En el umbral tuvimos que pasar a través de una Línea de Prohibición —dijo Joel—. Si están secuestrando rithmatistas, me pregunto cómo lo sacaron de la habitación.

—Tuvieron que volver a dibujarla —dijo Harding, rascándose la barbilla—. Pero había agujeros en ella, como si hubiera sido atacada. ¿Así que la dibujaron de nuevo, y entonces la atacaron otra vez? Pero no entiendo por qué iban a hacer algo así. ¿Para ocultar que se llevaban al chico? ¿Por qué molestarse? Obviamente íbamos a saber que fue secuestrado.

Ninguno de ellos tenía respuesta para esas preguntas. Joel estudió las defensas por un instante y después, frunciendo el ceño, se inclinó sobre la rota y desgarrada Defensa Shoaff.

—Profesor Fitch, eche un vistazo a esto.

—¿Qué es?

—Un dibujo —respondió Joel—. En el suelo, y no se trata de ningún motivo rithmático. Es una especie de retrato.

Estaba hecho con tiza, pero parecía el tipo de dibujo al carboncillo que haría alguien durante una clase de bellas artes. Lo habían hecho apresuradamente, más un esbozo que un auténtico dibujo terminado. Mostraba a un hombre con sombrero hongo y un bastón muy largo que mantenía junto a su costado, con la contera apoyada en el suelo.

La cabeza del hombre parecía demasiado grande y buena parte de la cara estaba por dibujar, como una gran boca abierta. Sonreía.

Debajo de la imagen había unos cuantos párrafos escritos a toda prisa.

«No puedo verle los ojos. Dibuja como si hiciera garabatos. Nada de lo que hace conserva su forma. Los tizoides están distorsionados, y parece haber cientos de ellos. Los destruyo, y enseguida vuelven a la vida. Los bloqueo, y cavan a través de las líneas. Grito pidiendo ayuda, pero nadie viene.

»Él no se mueve del sitio, observándome con esos ojos suyos tan oscuros que no consigo ver. Los tizoides no se parecen a nada que haya visto antes. Se retuercen y se contorsionan, sin mantener nunca una sola forma.

»No puedo hacerles frente.

»Decidle a mi padre que siento haber sido tan mal hijo. Lo quiero. De verdad.»

Joel se estremeció y los tres guardaron silencio mientras leían las últimas palabras de Charles Calloway. Fitch se arrodilló y dibujó un tizoide del que se sirvió para comprobar el retrato, solo por si acaso fuera rithmático. El tizoide simplemente pasó por encima, haciendo caso omiso de él. Fitch lo disipó.

—Esos párrafos no tienen demasiado sentido —dijo después—. ¿Tizoides que vuelven a la vida después de haber sido destruidos? ¿Creaciones rithmáticas que no mantienen la forma que se les ha dado?

—He visto cosas así —murmuró Harding, levantando la vista y mirándolo a los ojos—. En Nebrask.

—¡Pero eso está muy lejos de aquí! —exclamó Fitch.

—Me parece que ya no podemos continuar negándolo por más tiempo, profesor —dijo Harding, poniéndose en pie—. Algo ha escapado de la Torre y, de alguna manera, ha llegado aquí.

—Pero quien está haciendo esto es un ser humano —protestó Fitch. Las manos le temblaban mientras pasaba las puntas de los dedos por el retrato que había dibujado Charles—. Eso no es la sombra de ningún Olvidado, Harding. Tiene la forma de una persona.

Mientras los escuchaba, Joel comprendió algo: en Nebrask estaba sucediendo mucho más de lo que la gente sabía.

—¿Qué es un Olvidado? —preguntó.

Tanto Fitch como Harding se volvieron hacia él, pero ninguno de los dos respondió.

—No te preocupes por eso, soldado —dijo Harding—. Estás siendo de una gran ayuda aquí, pero me temo que no estoy autorizado a hablarte de Nebrask.

Fitch parecía incómodo y de pronto Joel comprendió lo

que sentía Melody cuando le parecía que se la estaba excluyendo de algo. No se sorprendió, sin embargo. Los detalles de lo que había sucedido en Nebrask se mantenían casi tan en secreto como los misterios de la rithmática más compleja.

A la mayoría de la gente eso ya les convenía. El campo de batalla quedaba muy lejos, allá en las islas centrales. La gente prefería ignorar lo que ocurría en Nebrask. Los combates habían sido prácticamente continuos desde los tiempos del rey Gregory, y nunca cesarían. A veces había muertes, pero no eran frecuentes, y siempre se trataba de rithmatistas o de soldados profesionales. El gran público podía fingir fácilmente que todo estaba en orden.

A menos que algo consiguiera salir de allí. Joel se estremeció. «Aquí está sucediendo algo muy raro, incluso para lo que es habitual en Nebrask», pensó mientras observaba a Harding y a Fitch. El inspector había pasado más de una década en el frente de batalla, y aun así parecía perplejo por los sucesos a los que se enfrentaban.

Finalmente, Harding volvió a inspeccionar la habitación y Fitch se concentró en su dibujo. Poniéndose de rodillas, Joel leyó los párrafos una última vez.

«Dibuja como si hiciera garabatos...»

Con un poco de persuasión, Joel consiguió que Fitch le permitiera dibujar copias de las distintas defensas. Harding salió a organizar a sus hombres para que fueran en busca de más pistas, como por ejemplo señales de que hubieran forzado la entrada.

Joel dibujaba en silencio, utilizando carboncillo sobre papel. El carboncillo no tenía propiedades rithmáticas, ni siquiera cuando era utilizado por un rithmatista, pero se aproximaba lo suficiente a la tiza. El problema era que ningún dibujo podía llegar a recrear exactamente lo que se veía en el suelo, con todas sus líneas rotas y sutiles señales de arañazos.

En cuanto hubo terminado unas cuantas hojas, fue hacia Fitch, quien estudiaba de nuevo el círculo en cuyo interior Charles había librado su última batalla.

—El muchacho rodeó toda la habitación con tiza para impedir que los tizoides se arrastraran alrededor de sus líneas moviéndose sobre las paredes —indicó Fitch—. Muy astuto. Pero ¿te has dado cuenta de que el formato de este ataque confirma lo que pensamos acerca de los anteriores?

Joel asintió.

—Una enorme cantidad de tizoides, ataques a gran escala.

—Sí —dijo Fitch—. Y ahora contamos con ciertas evidencias de que la persona que ha lanzado estos ataques... la que garabatea... probablemente es un hombre, lo cual reduce el campo de la búsqueda. ¿Te importaría salir y hacer copias de esa especie de remolinos en las paredes para que dispongamos de varias versiones hechas por distintas manos? Sospecho que eso nos ayudará a ser más precisos.

Joel cogió un rollo de papel y un carboncillo antes de salir de la habitación. Ahora la mayoría de los agentes estaban abajo. Joel llegó a la puerta, titubeó y volvió a mirar dentro de la habitación.

Charles se había cortado el paso a sí mismo, al igual que Herman. Había sido o eso, o tratar de saltar por la ventana de un segundo piso. Dos opciones igual de terribles.

Joel se estremeció mientras pensaba en las horas terribles que tuvo que pasar Charles aquella noche, resistiendo a los tizoides con una defensa tras otra, intentando desesperadamente sobrevivir hasta que amaneciera.

Se apartó de la puerta y fue a la primera de las dos señales en la pared. Esta escena del delito parecía suministrar más preguntas que respuestas. Joel apoyó el papel en la pared, contempló el remolino de curvas y se puso a dibujar. Era...

Algo se movió en el pasillo.

Joel dio media vuelta y vislumbró algo que correteaba por el suelo del pasillo, apenas visible contra el blanco de la moqueta. Un tizoide.

—¡Profesor! —gritó Joel mientras echaba a correr en pos de la cosa—. ¡Inspector Harding!

El tizoide descendió por los escalones. Joel apenas podía distinguirlo contra la blancura del mármol, y lo perdió de vista en cuanto llegó a la base de las escaleras. Miró en derredor, estremeciéndose al imaginar que el tizoide se le subía por la pierna y le arañaba la piel.

—¿Joel? —preguntó Fitch, apareciendo en la balaustrada de arriba.

«¡Ahí!», pensó Joel, entreviendo un destello de tiza blanca cuando el tizoide cruzó la entrada de madera y bajó por los escalones de fuera.

—¡Un tizoide, profesor! —gritó—. Lo estoy persiguiendo.

—¡Joel! ¡No seas insensato! ¡Joel!

Pero el muchacho ya había salido por la puerta y corría tras el tizoide. Algunos agentes lo vieron y acudieron a la carrera. Joel les señaló el tizoide, que resultaba mucho más fácil de distinguir ahora que se movía a través de la hierba, a medida que sus líneas se adaptaban a la forma y los contornos de las hojas hasta parecer una sombra proyectada sobre una superficie irregular.

Los agentes pidieron más refuerzos y Fitch apareció en la entrada del edificio, con aspecto de estar hecho polvo. Joel siguió corriendo en un desesperado esfuerzo por evitar que el tizoide se le escapara. Las criaturas eran increíblemente rápidas y absolutamente incansables, así que tarde o temprano acabaría huyendo. Pero, por el momento, él y los agentes de policía no la perdían de vista.

El tizoide llegó a la verja y se deslizó raudamente por debajo de ella; Joel y los agentes corrieron hacia la puerta. El tizoide se dirigió hacia un gran roble de ramas muy gruesas y entonces, sorprendentemente, subió por el lado del tronco.

En ese momento Joel por fin pudo ver claramente la forma del tizoide. Se quedó helado.

—¿Un unicornio? —«Oh, no.»

Los agentes de policía se agruparon en torno a la base del árbol, mirando hacia arriba al tiempo que levantaban los rifles mecánicos.

—¡Tú! —llamó uno—. ¡Baja de ahí ahora mismo!

Joel fue hacia ellos. Melody estaba sentada en el árbol y la oyó suspirar teatralmente.

—¿No ha sido una buena idea? —le preguntó ella desde arriba.

—Y que lo digas —replicó Joel.

Explícate —dijo Harding, inmóvil y con los brazos en jarras.

Melody, sentada en una silla de la cocina de la mansión con la falda blanca sucia de haber trepado al árbol, hizo una mueca. Junto a ella, uno de los agentes de policía daba cuerda meticulosamente a los engranajes de su rifle. Los chasquidos metálicos resonaron en el pequeño espacio de la cocina.

—¿De verdad es necesario eso? —preguntó el profesor Fitch, mirando el arma.

—Haga el favor de no interrumpir, profesor —exigió Harding—. Usted puede entender el estudio de la rithmática, pero yo entiendo a los espías.

—¡No soy ninguna espía! —protestó Melody. Después hizo una pausa—. Bueno, sí, de acuerdo. Soy una espía. Pero trabajo únicamente para mí misma.

—¿Y qué interés tienes en esta operación? —preguntó Harding, poniéndose las manos a la espalda mientras empezaba a describir un lento círculo alrededor de Melody—. ¿Qué has tenido que ver con las muertes?

Melody miró de reojo a Joel y este advirtió que su compañera por fin parecía estar comprendiendo que quizá sí se había metido en un buen lío.

—¡No he tenido nada que ver con eso! Solo soy una estudiante.

—Eres una rithmatista —puntualizó Harding—. Esos crímenes fueron cometidos por un rithmatista.

—¿Y qué? —replicó Melody—. Hay un montón de rithmatistas en la zona.

—Has mostrado un persistente e indudable interés en esta investigación —dijo Harding.

—¡Soy curiosa! —exclamó Melody—. Todos los demás se están enterando de lo que pasa. ¿Por qué yo no?

—Nada de preguntas —exigió Harding—. ¿Te das cuenta de que tengo autoridad para meterte entre rejas hasta que esta investigación haya llegado a su fin? ¿Te das cuenta de que ahora eres nuestra principal sospechosa?

Melody palideció.

—Inspector —dijo Joel—, ¿podría... hablar con usted? ¿Fuera, quizá?

Harding lo miró sin decir nada y acabó asintiendo. Salieron por las puertas laterales y se alejaron un poco, hasta un sitio donde pudieran hablar en privado.

—Dentro de unos minutos volveremos a entrar —dijo Harding—. A esa chica le irá bien sudar un poco.

—Inspector —dijo Joel—, Melody no está detrás de los asesinatos o los secuestros. Créame.

—Sí —admitió Harding—. Sospecho que tienes razón, Joel. No obstante, estoy obligado a seguir todas las pistas. Esa jovencita me saca de quicio. No puedo evitar sospechar de ella.

—Usted no es el único al que Melody saca de quicio —dijo Joel—. Pero eso no significa que esos dibujos que parecen garabatos los haya hecho ella. Quiero decir que, bueno, el cómo llegó aquí es obvio. Nos vio salir de Armedius, y todo el mundo sabe a quién han secuestrado. Puedo responder por ella.

—¿Estás absolutamente seguro de que conoces a Melody, Joel? —preguntó Harding—. ¿Cómo puedes tener la certeza de que esa chica no te está engañando? Una parte de mí no deja de pensar que la persona que se encuentra detrás de estos crímenes se está ocultando justo ante nuestras narices, moviéndose libremente por todo Armedius. Para un rithmatista, la academia sería el mejor lugar donde esconderse sin levantar sospechas.

«¿Como Nalizar? —pensó Joel—. Anoche salió de su habitación para ir a alguna parte.»

Pero, pensándolo bien, ¿hasta qué punto conocía él a Melody? ¿Y si sus extravagancias y su amistad no eran más que un fingimiento? Por un instante Joel no pudo evitar compartir las sospechas de Harding. Cayó en la cuenta de que era muy poco lo que sabía acerca de la muchacha, o del porqué a su familia no parecía importarle lo que fuera de ella.

Por otra parte, Melody también parecía sincera. No ocultaba sus sentimientos; más bien los exhibía, pregonándolos a voz en grito. Con él siempre era de lo más franca. Con todo el mundo, al parecer.

Y, comprendió entonces, eso era precisamente lo que más le gustaba de ella.

—No —dijo—. No es Melody, inspector.

—Bueno, un voto de fe por tu parte significa mucho, desde mi punto de vista.

—¿La dejará marchar, entonces?

—Después de hacerle unas pocas preguntas más —contestó Harding, echando a andar hacia la cocina.

Joel lo siguió y entraron.

—Muy bien —dijo Harding—. Joel ha respondido por ti, señorita, y eso hace que me sienta más dispuesto a escuchar lo que tengas que decir. Pero sigues estando metida en un buen lío. Responde a mis preguntas y quizá no me veré obligado a presentar cargos contra ti.

Melody miró a Joel.

—¿Qué preguntas?

—Mis hombres han informado de que enviaste a un tizoide todo el trecho hasta el edificio —dijo Harding—. ¿Cómo conseguiste hacer algo así, en el nombre del Maestro?

Melody se encogió de hombros.

—No lo sé. Sencillamente lo hice.

—Querida —dijo Fitch—, conozco a muchos de los mejores rithmatistas del mundo. La serie de glifos necesarios para ordenar a un tizoide de que cruce toda esa distancia, suba las escaleras, luego vaya a la habitación... ¡Vaya, esa lista sería increíble! No tenía ni idea de que poseyeras esa clase de habilidad.

—¿Qué sentido tenía eso? —preguntó Harding—. ¿Por qué hacer que un tizoide recorriera toda esa distancia y luego volviera contigo? ¿Acaso querías que te atraparan?

—¡Tizas, no! —exclamó Melody—. Solo pretendía averiguar qué estaba sucediendo.

—¿Y esperabas que un tizoide te lo contara?

Melody titubeó.

—No —admitió finalmente—. Yo solo... Bueno, perdí el control del tizoide, ¿vale? Lo hice para distraer a algunos de los soldados.

Joel frunció el ceño. «Está mintiendo», pensó, reparando en cómo bajaba ella la vista mientras hablaba. En efecto, Melody siempre se mostraba sincera, y no sabía disimular las mentiras.

«Los tizoides se le dan extrañamente bien —pensó—. Nunca habría perdido el control de ese.» Pero... ¿significaba eso que Melody esperaba que su unicornio la informara de lo que había encontrado? Los tizoides no podían hablar. Eran como criaturas mecánicas; no pensaban, solo podían cumplir órdenes.

Sin embargo, aquel tizoide-unicornio había vuelto con Melody.

—A veces los tizoides pueden actuar de maneras muy extrañas, inspector —dijo Fitch.

—Soy consciente de ello, créame —repuso Harding—. Cada semana oía esa excusa de labios de algún rithmatista cuando estaba en el campo de batalla. Me asombra que sean ustedes capaces de obligarles a hacer algo, habida cuenta de la facilidad con la que van en la dirección equivocada por ninguna razón.

Melody sonrió levemente.

—Y usted, jovencita, sigue siendo sospechosa —declaró Harding, señalándola con el dedo.

—Inspector —dijo Fitch—, realmente... Gracias al dibujo

de arriba ahora sabemos que el Garabatos es un hombre o, al menos, una mujer muy convincentemente vestida de tal. Dudo que Melody pudiera hacer algo semejante, y estoy seguro de que habrá quienes estén en disposición de confirmar su paradero anoche.

Melody se apresuró a asentir.

—Tengo dos compañeras de habitación.

—Aparte de eso, inspector —prosiguió Fitch, levantando el dedo—, la descripción que descubrimos en la habitación de Charles indicaba que las Líneas Rithmáticas del secuestrador se comportan de una manera muy extraña. Yo he visto las líneas de la señorita Muns, y son de lo más normales. Para serle sincero, a menudo están bastante mal dibujadas.

—Muy bien —accedió Harding—. Puede irse, señorita Muns. Pero sepa que no la perderé de vista.

Melody exhaló un suspiro de alivio.

—Excelente —dijo Fitch, levantándose de su silla—. Tengo unos cuantos dibujos más que terminar. Joel, ¿tendrías la amabilidad de acompañar a Melody a la estación? Y, por favor, procura que no se meta en más problemas durante el trayecto.

—Claro —asintió Joel.

Harding volvió a su trabajo, aunque asignó a dos agentes para que fueran con Joel y Melody, asegurándose así de que ella salía del edificio. La muchacha fue con expresión hosca, seguida de Joel, y en cuanto llegaron a la puerta fulminó a los agentes con la mirada.

Los agentes se quedaron dentro de la mansión y Joel echó a andar por el césped con Melody.

—Eso ha distado mucho de resultar agradable —declaró ella.

—¿Qué esperabas, después de que te encontraran espiando en la escena de un delito? —preguntó Joel.

—A ti te dejaron entrar.

—¿Que se supone que significa eso?

Ella levantó la vista hacia el cielo y después sacudió la cabeza.

—Lo siento —dijo—. Es solo que... Bueno, resulta de lo más frustrante. Parece como si cada vez que quiero tomar parte en algo, alguien se apresure a decirme que es justo lo que no puedo hacer.

—Sé cómo te sientes.

—En fin —dijo Melody—, gracias por haber hablado en mi favor. Creo que evitaste que ese buitre me hiciera pedazos.

Joel se encogió de hombros.

—No, de verdad —insistió ella—. Te compensaré de alguna manera. Lo prometo.

—No estoy seguro de querer saber lo que implicará eso.

—Oh, te gustará —replicó ella, animándose—. Ya se me ha ocurrido una idea.

—¿Que es?

—¡Tendrás que esperar! No hay que estropear las sorpresas.

—Qué bien.

Una sorpresa de Melody. Eso sería maravilloso. Llegaron a la estación, pero en lugar de entrar se quedaron a la acogedora sombra de los árboles mientras esperaban a Fitch. Melody intentó hacer que Joel hablara un poco más, pero este se encontró dando respuestas distraídas.

No podía dejar de pensar en aquel bosquejo de retrato, con esas palabras llenas de miedo debajo de él. Charles Calloway supo que iba a morir, y sin embargo había dejado anotaciones sobre todo lo que le fue posible llegar a deducir. Era un gesto noble, probablemente más noble que cuanto hubiera hecho Joel en su vida.

«Alguien tiene que detener esto —pensó mientras apoyaba la espalda en el tronco de un árbol—. Hay que hacer algo.» No eran solo los estudiantes, no era solo Armedius, los que corrían peligro. Personas corrientes habían sido asesinadas. Y si lo que decían Fitch y Harding era cierto, aquellos secuestros estaban amenazando la estabilidad de las mismas Islas Unidas.

«Al final todo vuelve a estar relacionado con esos extraños dibujos hechos con tiza —pensó Joel—. Ese motivo de curvas... ¡Si pudiera acordarme de dónde lo he visto antes!»

Sacudió la cabeza y miró a Melody, que estaba sentada en un retazo de hierba a poca distancia.

—¿Cómo lo hiciste? —preguntó—. Lo de ese tizoide, quiero decir.

—Sencillamente perdí el control.

Joel la miró con ojos inexpresivos.

—¿Qué? —preguntó ella.

—Es evidente que estás mintiendo, Melody.

Ella gimió y, dejándose caer sobre la hierba, alzó la mirada hacia los árboles. Joel pensó que probablemente iba a dejar la pregunta sin responder.

—No sé cómo lo hice, Joel —contestó Melody pasados unos instantes—. En las clases todo el mundo habla continuamente de dar instrucciones a los tizoides, y de que carecen de voluntad propia, como si no fueran más que bestias mecánicas. Pero... bueno, los glifos de instrucciones nunca han sido lo mío.

—Entonces, ¿cómo consigues que te obedezcan tan bien?

—Sencillamente lo hacen —dijo ella—. Yo... Bueno, creo que los tizoides me entienden, y notan lo que quiero de ellos. Les explico qué deseo que hagan, y entonces ellos van y lo hacen.

—¿Se lo explicas?

—Sí. Hablándoles en susurros. Parece que les gusta.

—¿Y pueden traerte información?

Ella se encogió de hombros, un gesto que resultó bastante extraño por estar tumbada encima de la hierba.

—No es que puedan hablar ni nada por el estilo. Pero la forma en que se mueven alrededor de mí, las cosas que hacen... Bien... sí, a veces tengo la sensación de que capto lo que intentan expresar. —Volvió la cabeza para mirarlo—. Solo son imaginaciones mías, ¿verdad? Lo que pasa es que quiero ser muy hábil con los tizoides para compensar el hecho de que soy pésima con las líneas.

—No sé qué decirte, Melody. Soy la persona menos indicada para darte información sobre los tizoides. En lo que a mí concierne, probablemente te escuchan.

Eso pareció reconfortarla. La joven sonrió y volvió a contemplar el cielo hasta que llegó el profesor Fitch. Al parecer Harding iba a permanecer en la mansión para seguir investigando. Joel descubrió que se alegraba de volver a Armedius. No había comido nada en todo el día, y el estómago le empezaba a protestar.

Entraron en la estación y se dirigieron al andén desierto para esperar el próximo tren.

—Esto añade algunos elementos muy inquietantes a nuestra situación —comentó Fitch.

Joel asintió.

—Tizoides salvajes, todas esas Líneas Rithmáticas desconocidas... —continuó el profesor—. Tal vez necesitaré que empieces a ayudarme en el examen de algunos de los textos rithmáticos más oscuros. En algún lugar de los registros tiene que haber mención de cosas así.

Joel lo miró, sintiéndose mucho más animado que hacía unos momentos. Pero las realidades de su situación no tardaron en imponerse de nuevo. Miró a Melody, que estaba de pie detrás de ellos, probablemente demasiado lejos para que pudiese oír nada; sin duda, el haber sido sorprendida espiando hacía que se sintiera incómoda en presencia de Fitch.

—Tiempos revueltos —añadió el profesor, sacudiendo la cabeza cuando la vía empezó a temblar, una indicación de que se aproximaba un resortrén—. Tiempos revueltos...

Poco después, volvían a cruzar las aguas en dirección a Armedius.

CÍRCULOS DE NUEVE PUNTOS

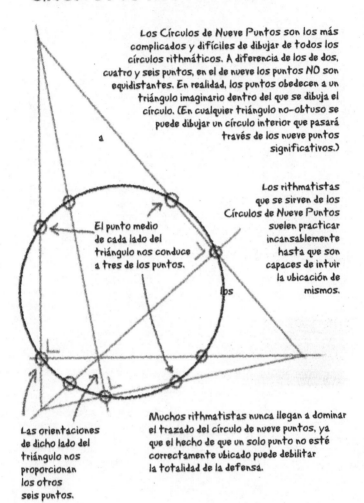

Los Círculos de Nueve Puntos son los más complicados y difíciles de dibujar de todos los círculos rithmáticos. A diferencia de los de dos, cuatro y seis puntos, en el de nueve los puntos NO son equidistantes. En realidad, los puntos obedecen a un triángulo imaginario dentro del que se dibuja el círculo. (En cualquier triángulo no-obtuso se puede dibujar un círculo interior que pasará través de los nueve puntos significativos.)

Los rithmatistas que se sirven de los Círculos de Nueve Puntos suelen practicar incansablemente hasta que son capaces de intuir la ubicación de mismos.

El punto medio de cada lado del triángulo nos conduce a tres de los puntos.

Las orientaciones de dicho lado del triángulo nos proporcionan los otros seis puntos.

Muchos rithmatistas nunca llegan a dominar el trazado del círculo de nueve puntos, ya que el hecho de que un solo punto no esté correctamente ubicado puede debilitar la totalidad de la defensa.

CAPÍTULO

7

Los primeros encuentros de europeos con tizoides salvajes todavía son objeto de cierto debate», empezaba diciendo el libro.

Joel estaba sentado con la espalda apoyada en la pared de ladrillo del despacho del profesor Fitch. Decir «objeto de cierto debate» era quedarse muy corto. Por el momento, y pese a que llevaba una semana entera estudiando el tema, Joel aún no había sido capaz de encontrar aunque solo fuera dos fuentes que estuvieran de acuerdo sobre cuándo habían tenido lugar los primeros avistamientos de tizoides salvajes.

«Ello se debe —continuaba el texto— a las pésimas prácticas en el mantenimiento de los registros observadas por muchos de quienes partieron con rumbo oeste a través de los océanos después de que tuviera lugar el contacto inicial entre navíos aztekas y el Viejo Mundo.

»Si bien muchos de esos primeros exploradores —como Jacques Cartier y el tristemente famoso Francisco Vásquez de Coronado— actuaban en nombre de las naciones europeas, en realidad buscaban la fama o la fortuna personal. Era una época de expansionismo y exploración. Las Islas Americanas presentaban un paisaje desconocido que conquistar, controlar y —si todo iba bien— utilizar.

»Por aquel entonces ya había rumores de guerra en Asia, y el imperio joseun empezaba a dar muestras de poder. Más de un hombre emprendedor cayó en la cuenta de que si podía poner un pie en el Nuevo Mundo, quizá sería capaz de establecerse como independiente, liberado de la opresión —ya fuese meramente percibida o real— de sus señores europeos.

»Tras haberse visto rechazados por los poderosos imperios sudamericanos, que tras siglos de guerras y continuos enfrentamientos con los tizoides tenían amplia práctica bélica, los exploradores volvieron su atención hacia las islas. Nunca se les dijo qué peligros les aguardarían allí. Durante esta era, las naciones aztekas siempre se mostraron xenófobas y proclives al aislamiento.

»La Torre de Nebrask es, naturalmente, una presencia destacada en los primeros registros. De fecha obviamente antigua, la torre era uno de los prodigios de las islas, pues se trataba de la única estructura de aparente diseño humano que se había descubierta en ellas.

»Numerosos exploradores describieron la torre. Aun así, esos mismos exploradores declararon que cuando regresaron a Nebrask, la torre había desaparecido. Aseguraban que esta se desplazaba por la isla, y que nunca estaba del todo en el mismo sitio.

»Obviamente, esos informes deben tomarse con escepticismo. Al fin y al cabo, en nuestros días la torre parece absolutamente estable. Con todo, hay cosas extrañas. La absoluta ausencia de vida humana en las islas debería haberse tomado como una indicación de que algo raro pasaba en América. Alguien había construido la Torre de Nebrask; alguien había ocupado las islas en épocas anteriores. ¿Habían sido los aztekas?

»Estos apenas hablaban de Nebrask, y cuando lo hacían solo era para calificarla de abominación. Hasta el momento, sus registros no aclaran nada. Plantaron cara a los tizoides que intentaban asentarse en sus tierras, y aceptaron a refugiados de las islas, pero no llevaron a cabo ninguna exploración hacia el norte. En cuanto a esos refugiados —que ya llevan unos quinientos años integrados en la cultura azteka—, sus historias son completamente orales, y se han deteriorado con el paso del tiempo. Cuentan leyendas y hablan de horrores terribles, de mala suerte y presagios, y de naciones enteras aniquiladas. Pero no proporcionan más detalles, y cada historia parece contradecir las demás.

»Los primeros exploradores norteamericanos afirmaron haberse encontrado con algún que otro nativo de las islas. De hecho, muchos de los nombres de las islas y de las ciudades provienen de esos primeros informes. ¿Se trataba de nativos aztekas, o de los restos de alguna otra cultura? Si ciertos pueblos habían vivido en las islas, como así afirman las leyendas aztekas, ¿qué fue de sus ciudades y pueblos?

»Según algunos de los primeros colonizadores, se percibía un vacío casi sobrenatural en las islas. Una turbadora e inexplicable inmovilidad. La única conclusión a la que podemos llegar es que tiene que haber algo de verdad en las historias aztekas, y que los pueblos que vivieron aquí antes que nosotros fueron expulsados hacia el sur. O eso, o fueron destruidos por los tizoides salvajes, como casi nos ocurrió a nosotros.

»En opinión de este autor, el informe Estévez parece ser el más merecedor de confianza y el que fecha con mayor precisión los primeros avistamientos de tizoides por parte de europeos, por muy inquietante que resulte en su concepto.»

Joel cerró el libro, apoyó la cabeza en la pared y se frotó los ojos con las puntas de los dedos. Conocía el informe Estévez, ya que acababa de leerlo en otro libro. Hablaba de un grupo de exploradores españoles que, mientras buscaban oro, habían entrado en un extraño y angosto desfiladero de una de las islas del suroeste: Bonneville, o Zona Árida, o algo así.

Esos exploradores, al frente de los cuales iba Manuel Estévez, hallaron en las paredes del desfiladero un grupo de pequeñas imágenes con forma humana. Figuras primitivas, como las que se encuentran en cavernas habitadas y abandonadas en un remoto pasado.

Los exploradores habían acampado allí para pasar la noche, disfrutando del rumor del arroyo y del abrigo que les ofrecía el lugar. Sin embargo, poco después de que se pusiera el sol, contaron que las imágenes de las paredes habían empezado a bailar y moverse.

El mismo Estévez había descrito los dibujos con todo lujo de detalles. Todavía más importante, había insistido en que los dibujos no eran tallas o grabados, sino que habían sido trazados con una sustancia blanquecina parecida a la tiza. Incluso hizo dibujos de las figuras y los incluyó en su registro, que había sobrevivido hasta la actualidad.

—Joel —dijo Fitch—, pareces agotado.

El muchacho parpadeó y levantó la vista. El profesor estaba sentado a su escritorio, y por los círculos oscuros que había debajo de sus ojos Joel supuso que debía de sentirse por lo menos el doble de cansado que él.

—Estoy bien —aseguró, conteniendo un bostezo.

Fitch no pareció demasiado convencido. Habían pasado la última semana buscando en un tomo tras otro. Fitch asignó al chico básicamente los libros históricos, ya que los textos de nivel más elevado excedían con mucho sus capacidades. Joel tenía intención de aprender y estudiar hasta que pudiera entender aquellos libros. De momento, sin embargo, sería preferible que se centrase en otros proyectos.

El inspector Harding proseguía la investigación para dar con el secuestrador, y aquello no era un trabajo apropiado para Joel y Fitch. Ellos dos eran especialistas. O, bueno, Fitch lo era. Joel todavía no estaba seguro de qué era él exactamente. Aparte de un estudiante agotado, claro está.

—¿Algo digno de mención en ese libro? —preguntó Fitch en tono esperanzado.

Joel sacudió la cabeza.

—Básicamente habla de otros informes y comenta su validez. Es una lectura bastante fácil. Seguiré con él y veré si hay algo de utilidad.

Fitch estaba convencido de que si existían otras líneas rithmáticas, se haría mención de ellas en alguno de aquellos registros. Un dibujo, como el que había hecho Estévez, perdido en el tiempo pero ahora súbitamente relevante.

—Eh —dijo Joel, dándose cuenta de lo que estaba leyendo el profesor—, ¿eso no son las notas sobre los registros censales que tomé yo?

—¿Hum? Ah, sí. Nunca tuve ocasión de examinarlas.

—Probablemente no hace falta que se preocupe por eso ahora. Dudo que esos registros de defunciones vayan a ser de gran ayuda.

—Oh, no sabría qué decirte —murmuró Fitch mientras pasaba las páginas—. Puede que esta no sea la primera vez que han tenido lugar acontecimientos como estos. ¿Y si hubo otras desapariciones parecidas, pero fueron tan aisladas que nunca se las llegó a relacionar entre sí? Nosotros solo...

Guardó silencio al tiempo que levantaba una de las páginas.

—¿Qué pasa? —preguntó Joel—. ¿Ha encontrado usted algo?

—¿Hum? Oh, no. No he encontrado nada. —El profesor volvió a poner rápidamente la página en su sitio—. Debería volver a concentrarme en mi otra lectura...

Joel decidió que Fitch era un pésimo mentiroso. Eso probablemente fuera debido a su incapacidad para manejar cualquier tipo de confrontación. ¿Qué había visto en aquella página que acababa de cautivar su atención? ¿Y por qué no quería mencionárselo a Joel?

Estaba intentando dar con alguna manera de examinar discretamente el motón de hojas que Finch tenía en el escritorio cuando la puerta al final de la angosta cámara se abrió, y Melody entró por ella. Su clase había terminado hacía media hora. ¿Por qué habría vuelto?

—¿Melody? —preguntó el profesor—. ¿Te has dejado olvidado algo?

—Qué va —replicó ella, apoyándose en el quicio de la puerta—. Estoy aquí por un asunto de naturaleza oficial.

—¿Oficial? —preguntó Fitch.

—Sí —respondió ella, enseñándole una tira de papel—. Nalizar aún me tiene haciendo recados después de las clases. Por cierto, me he dado cuenta de que la culpa de mi lamentable situación actual es única y exclusivamente tuya, Joel.

—¿Mía?

—Claro —dijo ella—. Si no te hubieras metido en líos visitando todas esas clases rithmáticas, ahora yo no tendría que pasarme las tardes correteando por el campus como un juguetito de relojería. Aquí tiene su nota, profesor: dice que el rector quiere que Joel vaya a su despacho.

—¿Yo? —preguntó Joel—. ¿Por qué?

Melody se encogió de hombros.

—Algo relacionado con tus calificaciones, creo. Bueno, tengo otras tareas serviles, ridículas y aburridas que desempeñar. ¿Te veo en la cena?

Joel asintió con la cabeza, y Melody se marchó. Joel fue a coger la nota, que ella había dejado metida entre dos libros. Calificaciones. Sabía que hubiese debido sentir alarma, pero en aquellos momentos algo tan prosaico le parecía muy remoto.

La nota había sido sellada, naturalmente, pero Joel distinguió el punto donde Melody había despegado un poco el lado para atisbar su contenido. Fue a coger su bolsa de los libros.

—Pues me voy.

—¿Hum? —murmuró Fitch, ya absorto en un libro—. Ah, sí. Muy bien. Te veré mañana.

Joel pasó junto al escritorio mientras salía, aprovechando para echar un rápido vistazo a lo que había estado leyendo Fitch. Era una de las listas censales de estudiantes que se graduaron en Armedius en determinado año. Joel había señalado a los que murieron en circunstancias sospechosas. Había dos, pero Joel no reconoció ningún nombre que fuera tan importante como para merecer semejante atención por parte de Fitch. ¿Por qué, entonces...?

Casi se le pasó por alto, igual que la última vez. El nombre de Exton encabezaba la lista, entre los graduados de la Escuela General aquel año. ¿Sería eso lo que había atraído la atención de Fitch, o no era más que una coincidencia?

Una vez fuera, Joel atravesó el césped camino de la administración. Armedius había cambiado bastante durante los últimos siete días. Ahora había muchos más agentes de policía, que entre otras cosas comprobaban las identidades en el acceso principal y en la estación de resortrén. A los estudiantes de rithmática no se les permitía salir del campus sin una escolta. Joel pasó junto a algunos de ellos y les oyó quejarse de que Armedius empezaba a parecer una prisión.

También pasó junto a un grupo de estudiantes comunes que estaban jugando un partido en el campo de fútbol. Sus esfuerzos parecían carecer de entusiasmo, y había muchos menos de lo que habría sido de esperar en otras circunstancias. La mayoría de padres de estudiantes corrientes habían sacado a sus hijos de la academia para el verano, y se les seguía permitiendo que lo hicieran. Aunque hubieran asesinado a cuatro personas corrientes, estaba claro que los rithmatistas continuaban siendo el objetivo principal y los demás en principio se encontraban a salvo fuera del campus.

No se había producido ninguna otra desaparición desde la de Charles Calloway. Había transcurrido una semana, y ahora todo el mundo parecía limitarse a esperar. ¿Cuándo llegaría? ¿Qué sucedería la siguiente vez? ¿Quién estaba a salvo y quién no?

Joel apretó el paso cuando estaba llegando a la puerta principal, y más allá de ella vio otro de los grandes cambios que habían tenido lugar en la academia.

Se estaba llevando a cabo un acto de protesta.

Los manifestantes llevaban pancartas. «Queremos la verdad. ¡Los borradores son peligrosos! ¡Enviadlos a Nebrask!»

Numerosos editorialistas por todas las Islas Unidas habían decidido que las muertes de los cuatro sirvientes de los Calloway habían sido por culpa de los rithmatistas. Esos periodistas veían en ello alguna clase de guerra oculta —algunos llegaban al extremo de llamarla conspiración— entre sectas enfrentadas de rithmatistas. Incluso había quienes pensaban que todo aquello —la existencia de los rithmatistas, la ceremonia de Acogida, los combates en Nebrask— no era sino un fraude a gran escala utilizado para mantener en el poder a la Iglesia monárquica.

Y así, un pequeño pero muy ruidoso grupo de activistas antirrithmatistas había organizado una manifestación frente a las puertas de Armedius. Joel no sabía qué pensar de aquello. Lo que sí sabía, con todo, era que algunas casas de estudiantes de rithmática —todos los cuales ahora permanecían en la escuela— habían sido objeto de diversos actos vandálicos durante la noche.

Joel no se detuvo a escuchar a los que protestaban, pero los sonidos de su cántico lo siguieron. «¡Queremos la verdad! ¡Alto al privilegio rithmatista! Queremos la verdad...»

Joel apretó el paso por el sendero que llevaba a la administración. Dos soldados armados con rifles flanqueaban la entrada, pero conocían al muchacho y lo dejaron entrar.

—¡Joel! —dijo Florence—. No esperábamos que vinieras tan rápido. —Pese a la dureza de las nuevas circunstancias imperantes en el campus, la rubia secretaria insistía en llevar un vestido veraniego de color amarillo, con pamela para protegerse del sol.

—Por supuesto que ha venido rápido —intervino Exton, sin levantar los ojos de su trabajo—. Algunas personas no ignoran sus responsabilidades.

—¡Pero qué pelmazo eres!

Mirando más allá del mostrador, Joel vio un periódico encima del escritorio de Florence. «¡Crisis en Nueva Britania!», proclamaba el titular en primera plana.

—En estos momentos el rector está reunido —dijo Florence—. Estoy segura de que no tardará en acabar.

—¿Qué tal van las cosas por aquí? —preguntó Joel, mirando por la ventana en dirección a los agentes de policía.

—Oh, ya sabes —contestó la secretaria—. Igual que siempre.

Exton resopló.

—En otros momentos pareces más que impaciente por cotillear. ¿Por qué tanta discreción ahora?

Florence se ruborizó.

—La verdad, Joel —dijo Exton, dejando su pluma y levantando la vista—, es que las cosas no van nada bien. Aunque finjas no ver a esos memos apostados en las puertas, aunque no te importe tropezarte con un agente de policía a cada paso, las cosas están mal.

—¿Como cuánto de mal? —preguntó el joven.

Florence suspiró y cruzó los brazos sobre el escritorio.

—Las islas sin escuelas rithmáticas están hablando de abrir sus propios centros de enseñanza.

Joel se encogió de hombros.

—¿Tan desastroso sería eso?

—Bueno, para empezar, el nivel de calidad de la educación caería en picado. Verás, Armedius es algo más que una escuela. Es uno de los pocos lugares donde personas llegadas de todas las islas trabajan juntas.

—Jamestown es distinta de la mayoría de las otras ciudades —coincidió Exton—. En la mayor parte del mundo, no ves a un joseun codeándose con un egipcio. En muchas islas, si eres forastero, aunque seas un americano de solo unas cuantas islas más allá, te consideran un intruso. ¿Puedes imaginar lo que será del esfuerzo bélico en Nebrask si sesenta escuelas distintas, cada una adiestrando rithmatistas de maneras distintas, empiezan a discutir sobre quién va a defender qué sección del terreno? Bastante complicado resulta ya con solo ocho escuelas.

—Y también habría que decidir cómo deberían ser esas escuelas —añadió Florence, mirando su periódico. Se editaba en Maineford, una de las islas al norte—. Leyendo los editoriales, cualquiera pensaría que los rithmatistas ni siquiera son personas. Mucha gente está pidiendo que los saquen de las clases corrientes y se los adiestre únicamente para combatir en Nebrask. Como si los rithmatistas no fueran más que balas, que deben ser metidas en un arma de fuego para luego dispararla.

Joel frunció el ceño, pero no dijo nada. Desde su escritorio, Florence chasqueó la lengua y volvió a concentrarse en su trabajo.

—Ellos mismos se lo han buscado —murmuró Exton desde su sitio, hablando casi consigo mismo.

—¿Quiénes? —preguntó Joel.

—Los rithmatistas —respondió Exton—. Por ser tan exclusivistas y amantes del secreto. Mira cómo te trataron, Joel. Cuando consideran que alguien no es digno de relacionarse con ellos, simplemente lo dejan de lado.

Joel levantó una ceja. Había percibido cierta intensa amargura en la voz de Exton. ¿Algo relacionado con sus días como estudiante en Armedius, quizá?

—En fin —continuó Exton—. El modo en que los rithmatistas tratan a los demás hace que la gente corriente, que paga lo que cuesta estudiar aquí, empiece a preguntarse si los rithmatistas realmente necesitan una escuela tan elegante y pensiones vitalicias.

Joel tabaleó en el mostrador con la punta del dedo índice.

—¿Es cierto que estudiaste aquí en Armedius, Exton? —preguntó.

El secretario dejó de escribir.

—¿Quién te ha contado eso?

—Lo vi en los registros de las graduaciones cuando estaba trabajando en un proyecto para el profesor Fitch.

Exton tardó unos instantes en hablar.

—Sí —dijo finalmente—. Estuve aquí.

—¡Exton! —exclamó Florence—. ¡Nunca me lo habías contado! Vaya, ¿cómo se las arregló tu familia para costear tu educación?

—Prefiero no hablar del tema.

—Oh, venga —insistió Florence.

Exton se levantó y fue a coger su chaqueta y su sombrero hongo de los ganchos en la pared.

—Creo que me tomaré el descanso ahora —anunció, y salió del edificio.

—¡Será cascarrabias! —dijo Florence mientras lo veía marchar.

Poco después, la puerta del despacho del rector se abrió y el inspector Harding salió por ella, con su traje azul tan impecable como siempre. Cogió su rifle, que había dejado apoyado en la pared fuera del despacho, y se lo colgó del hombro.

—Pondré en marcha lo de esas patrullas —le dijo al rector York—. No vamos a permitir que vuelva a suceder algo como el incidente de los ladrillos, señor, eso se lo aseguro.

El rector asintió. Harding parecía sentir un considerable respeto hacia él; quizá porque, con su corpulencia y su gran bigote de guías caídas, le recordaba a un general en un campo de batalla.

—Tengo la última lista puesta al día para usted, inspector —dijo Florence, levantándose y tendiéndole una hoja de papel.

Harding la examinó y enrojeció levemente mientras lo hacía.

—¿Qué pasa? —preguntó el rector.

El inspector levantó la vista.

—Un descuido por mi parte, señor. Todavía hay catorce estudiantes rithmatistas cuyos padres se niegan a enviarlos a Armedius para que puedan disponer de protección. Eso es inaceptable.

—Usted no tiene la culpa de la terquedad de algunos padres —dijo York.

—Lo asumo como una responsabilidad mía, señor —dijo Harding—. Si me disculpa... —Salió de la oficina, saludando a Joel con una inclinación de cabeza mientras pasaba junto a él.

—Ah, Joel —dijo el rector—. Pasa, hijo.

El joven entró en el despacho y, una vez más, se acomodó en el asiento frente a aquel escritorio demasiado grande, sintiéndose como un animalito que debe levantar la vista hacia un imponente amo humano.

—¿Quería hablar conmigo de mis notas, señor? —preguntó en cuanto el rector hubo tomado asiento.

—En realidad, no —dijo York—. Eso era una mera excusa que me perdonarás, espero. —Cruzó los brazos encima del escritorio—. Están sucediendo cosas en mi campus, hijo. Mi trabajo consiste en mantenerme lo más al corriente de ellas que pueda. Necesito que me proporciones información.

—¿Señor? —exclamó Joel—. Con el debido respeto, solo soy un estudiante. No sé de cuánta ayuda le podré ser. En cualquier caso, la idea de espiar al profesor Fitch no me gusta nada.

York rio suavemente.

—No estás espiando, hijo. Ayer tuve aquí a Fitch, y ahora acabo de hablar con Harding. Confío en ambos. Lo que quiero realmente son opiniones imparciales. Necesito saber qué ocurre, y no puedo estar en todas partes a la vez. Me gustaría que me hablaras de todo lo que has visto y hecho mientras estabas trabajando con Fitch.

Y así, durante la hora siguiente, Joel hizo lo que se le pedía. Habló de cómo había estudiado los registros censales, de sus experiencias al visitar la escena de la desaparición de Charles Calloway, y de las cosas que había leído. York escuchó. Conforme discurría la hora, Joel descubrió que el respeto que sentía por el rector no paraba de crecer.

A York le interesaba realmente aquello, y estaba dispuesto a escuchar las opiniones y pensamientos de un simple estudiante no rithmatista. Cuando su explicación iba llegando a su fin, Joel intentó decidir si debía mencionar sus sospechas acerca de Nalizar. Contempló al rector, quien no había dejado de tomar notas mientras Joel iba hablando.

—Bien —dijo York, levantando la vista—. Gracias, Joel. Es justo lo que necesitaba.

—De nada, señor —dijo el chico—. Pero... bueno, hay otra cosa.

—¿Sí?

—Señor, creo que el profesor Nalizar podría tener algo que ver con todo esto.

York se inclinó hacia delante.

—¿Qué te hace decir eso?

—En realidad no tengo ninguna prueba —dijo Joel—. Son meras coincidencias. Como que Nalizar apareciera precisamente en el momento en que lo hizo, combinado con algunas de las cosas que ha hecho.

—¿Como cuáles?

Joel se sonrojó, repentinamente consciente de lo ridículo que sonaba aquello. Estaba sentado en el despacho del rector, acusando a uno de los hombres que el mismo York había contratado.

—Yo... —murmuró—. Lo siento, señor. No debería haber hablado.

—Al contrario. Yo también sospecho de Nalizar.

Joel levantó la vista hacia él con un respingo.

—No sé muy bien si solo se debe a la antipatía que me inspira ese hombre, o si realmente hay algo más. Nalizar ha pasado mucho tiempo en el departamento de administración intentando averiguar más cosas sobre la investigación. No dejo de preguntarme si es porque quiere saber cuánto sabemos nosotros, o si meramente está celoso.

—¿Celoso?

York asintió.

—No sé si eres consciente de ello, pero el caso es que el profesor Fitch está adquiriendo cierto grado de notoriedad. La prensa se fijó en él, y ahora se le menciona en prácticamente cada artículo relacionado con las desapariciones. Aparentemente, es «el arma secreta contra los secuestradores» en la que confían los inspectores federales.

—¡Vaya! —exclamó Joel.

—En todo caso —continuó York—, ahora desearía no haber contratado nunca a Nalizar. Es profesor titular, no obstante, y resultaría muy difícil despedirlo; además, en realidad no tengo ninguna prueba de que se encuentre involucrado en esto. Así que te lo preguntaré otra vez. ¿Qué es exactamente lo que te hace sospechar de él?

—Bueno, ¿se acuerda de lo que le dije sobre la existencia de nuevas Líneas Rithmáticas? Bien, pues vi a Nalizar sacando de la biblioteca un libro sobre nuevas Líneas Rithmáticas y su posible existencia.

—¿Algo más?

—La otra noche Nalizar salió de su edificio —dijo Joel—. La noche en que secuestraron a Charles Calloway. Yo estaba dando un paseo y lo vi.

York se frotó la barbilla.

—Tienes razón —suspiró—. No es una prueba demasiado concluyente.

—Rector, ¿sabe por qué está aquí Nalizar? Quiero decir que..., bueno, si se comportó tan heroicamente en Nebrask, ¿por qué está en una escuela dando clases en vez de dedicarse a combatir a los tizoides salvajes?

York estudió en silencio al muchacho durante unos segundos.

—¿Señor? —preguntó este finalmente.

—Estoy intentando decidir si debo contártelo o no —dijo el rector—. Si he de serte sincero, hijo, esta información es un poco delicada.

—Sé guardar un secreto.

—No dudo de eso. Pero el decidir qué contar y qué no sigue siendo responsabilidad mía. —Juntó los dedos—. Hubo un... incidente en Nebrask.

—¿Qué clase de incidente?

—La muerte de un rithmatista. Pese a lo que afirman muchas personas aquí en el este, en Nebrask cualquier muerte es tratada con la mayor gravedad por el gabinete de guerra. En este caso había muchos ojos pendientes de lo que ocurría, y se decidió que sería preferible que algunos hombres, como Nalizar, fueran reasignados a puestos alejados del frente.

—¿Así que Nalizar mató a alguien?

—No —respondió York—, estuvo involucrado en un incidente en el que unos tizoides salvajes mataron a un joven rithmatista. Nalizar nunca fue imputado, y de hecho no tenía por qué, a juzgar por lo que he leído. Cuando lo entrevisté para el puesto que ocupa aquí, Nalizar atribuyó su implicación en el caso a ciertas fuerzas políticas que quisieron evitar que apareciese una mancha en su historial. Ese tipo de cosas suceden lo bastante a menudo para que yo le creyera. Todavía le creo, de hecho.

—Pero...

—Pero resulta sospechoso —admitió York—. Cuéntame, ¿qué aspecto tienen esas nuevas líneas que descubriste?

—¿Me permite una pluma?

York le dio una, junto con una hoja de papel. Joel dibujó los motivos de curvas que habían sido descubiertos en las tres escenas del crimen.

—Nadie sabe de qué se trata, pero al menos ahora sabemos que es rithmático.

York se frotó la barbilla mientras contemplaba la hoja.

—Hum... sí. Es curioso, ¿sabes?, pero el caso es que por alguna razón me resulta extrañamente familiar.

Joel sintió que le daba un vuelco el corazón.

—¿Le resulta familiar?

York asintió.

—Probablemente no sea nada.

«¿A qué se deberá que a él también le resulte familiar? —pensó Joel—. El rector York no ha estudiado rithmática. ¿Qué tenemos en común él y yo? Únicamente la escuela.

»La escuela y...»

Joel levantó la vista, abriendo los ojos como platos, cuando por fin se acordó de dónde había visto aquel motivo antes.

SOLIDEZ DE LA LÍNEA

La solidez de las Líneas de Prohibición depende de lo firme que sea el trazo. Su estabilidad depende del material sobre el que sean dibujadas, y el límite de resistencia depende del grosor de la línea.

será superior al de

La solidez de las Líneas de Custodia depende de lo regulares que sean y de lo pronunciado de la curvatura. (Así pues, un círculo tiene la misma solidez en todo su perímetro, pero en el caso de una elipse varía dependiendo de los lados.)

Será más sólida allí donde se curva más que un círculo y más débil allí donde se curva menos.

Es más sólida, pero cuesta más de dibujar que

La solidez de las Líneas de Vigor depende de lo grande que sea la curva de su onda.

La solidez de las Líneas de Creación depende de la complejidad, creatividad y belleza estética del tizoide que se dibuja.

CAPÍTULO 8

Joel salió de la administración, con una apresurada despedida a York y los dos secretarios. No le dijo a nadie lo que acababa de descubrir. Antes necesitaba confirmarlo por sí mismo.

Enfiló el sendero que llevaba al edificio de la residencia y echó a andar con rapidez. Resistió el impulso de correr; con la tensión que reinaba en el campus, eso probablemente hubiera atraído más atención de la que deseaba.

Por desgracia, entonces vio que Melody iba por el sendero en dirección a la administración, se suponía que con los trabajos ya terminados. Contrariado, intentó esconderse desviándose hacia un lado, pero naturalmente ella lo vio.

—¡Joel! —lo llamó—. ¡He decidido que soy genial!

—Llevo un poco de prisa... —dijo él mientras Melody se acercaba corriendo.

—Chorradas —dijo ella—. Tengo algo interesantísimo que contarte. ¿No estás emocionado?

—Sí —dijo Joel, reanudando la marcha por el sendero—. Pero ya me lo contarás más tarde.

—¡Eh! —protestó Melody, tirándole del brazo—. ¿Otra vez pasando de mí?

—¿Otra vez? —dijo Joel—. Pero si nunca he pasado de ti.

—Ya, claro.

—Oye, durante la primeras semanas, ¿no estabas enfada-

— 309 —

da conmigo precisamente porque pensabas que te estaba acechando?

—Eso es agua pasada —replicó ella—. No, escucha, se trata de algo realmente importante. Creo que se me ha ocurrido la forma de que llegues a ser un rithmatista.

Joel casi tropezó con sus propios pies.

—¡Ja! —dijo Melody—. Ya sabía yo que así me harías caso.

—No lo habrás dicho solo para que me pare a escucharte, ¿verdad?

—Tizas, no. ¡Joel, acabo de decirte que soy un genio!

—Cuéntamelo mientras andamos —dijo Joel, reemprendiendo la marcha—. Tengo que comprobar una cosa.

—Hoy estás un poco raro, Joel —dijo ella, poniéndose a su altura.

—Acabo de caer en algo —dijo él, llegando al edificio de la residencia familiar—. Algo que llevaba tiempo dándome vueltas por la cabeza. —Subió los escalones que conducían al segundo piso, seguido de Melody.

—La verdad, Joel, no me gusta nada que me traten así —dijo ella—. ¿Sabes la de días que llevo pensando en alguna manera de devolverte el favor que me hiciste al defenderme ante Harding? Vengo a contártelo, ¿y me lo agradeces saliendo por piernas como si te hubieras vuelto loco? Empiezo a tomármelo como algo personal.

Joel se detuvo, suspiró y la miró.

—En cada una de las escenas donde secuestraron estudiantes hemos descubierto nuevos tipos de Líneas Rithmáticas.

—¿De veras?

—Sí. Una de ellas me sonaba de algo. No conseguía acordarme de qué, pero hace unos minutos el rector York ha dicho una cosa que me lo ha traído todo a la memoria. Así que ahora voy a asegurarme.

—Ah —dijo ella—. Y... en cuanto hayas acabado con eso, ¿serás capaz de dedicar a mi descomunal, asombroso, deslumbrante anuncio la atención que se merece?

—Claro —respondió Joel.

—Vale, me parece justo.

Melody lo siguió sin volver a abrir la boca mientras Joel iba por el pasillo hacia la habitación que compartía con su madre. Entró en la estancia y se dirigió a la cómoda que había junto a la cama.

—Caramba —exclamó la muchacha, atisbando dentro de la habitación—. Duermes aquí, ¿eh? Es..., bueno, acogedor.

Joel abrió el cajón de arriba de la cómoda, que estaba lleno de cachivaches, y empezó a hurgar en él.

—¿Dónde están las otras habitaciones? ¿Al otro lado del pasillo, aquí?

—No, esto es todo lo que hay —respondió Joel.

—Oh. ¿Dónde vive tu madre?

—Aquí.

—¿Los dos vivís en esta habitación? —preguntó Melody.

—Yo utilizo la cama durante las noches y ella la ocupa de día. Pero hoy está fuera, visitando a sus padres. Es su día libre. —«Y demasiado pocos que tiene.»

—Increíble. Verás, esto es mucho más pequeño que mi habitación de la residencia estudiantil. Y allí todos nos quejamos de lo diminutas que son.

Joel encontró lo que estaba buscando y lo sacó del cajón de la cómoda.

—¿Una llave? —preguntó Melody.

Joel pasó junto a ella como una exhalación y corrió hacia las escaleras. Melody se apresuró a seguirlo.

—¿Para qué es esa llave?

—No siempre hemos vivido en esa habitación —explicó Joel, pasando por el primer piso sin detenerse y continuando en dirección al sótano. La puerta que buscaba se hallaba al final de las escaleras.

—¿Y qué? —preguntó Melody mientras él abría la puerta.

Joel la miró, y después empujó la puerta con la mano.

—Antes vivíamos aquí —dijo, señalando la habitación que había al otro lado.

El taller de su padre.

La espaciosa estancia, llena de formas envueltas en sombras, olía a cerrado. Joel entró en ella, sorprendiéndose de lo familiar que le resultaba. Llevaba más de siete años sin poner los pies en ese lugar, y sin embargo sabía perfectamente dónde encontrar la lámpara en la pared. Dándole cuerda, hizo girar la llave del fondo y esperó a que el mecanismo empezara a zumbar y emitiera su claridad.

La luz de la lámpara se derramó sobre una habitación polvorienta ocupada por mesas viejas, pilas de bloques de caliza y el viejo horno que se había utilizado para cocer varillas de tiza. Joel entró en la habitación con reverencia, sintiendo que todos sus recuerdos se desperezaban ruidosamente, como otras tantas papilas gustativas a las que se acabara de entregar algo dulce y agrio a la vez.

—Yo dormía ahí —dijo, señalando el rincón del fondo, ocupado por una pequeña cama. Un par de sábanas colgaban del techo, dispuestas de manera que fuese posible correrlas para disponer de un poco de intimidad.

La cama de sus padres estaba en el otro rincón, con unas sábanas colgando de manera similar. Entre las dos «habitaciones» estaba el mobiliario: unas cuantas sillas, algunas cómodas. Su padre siempre estaba hablando de levantar tabiques para dividir el taller en cuartos independientes. Después de que él muriese, no les fue posible acomodar ninguno de esos muebles en la nueva habitación, así que la madre de Joel se había limitado a dejarlos donde estaban.

El muchacho sonrió con aire nostálgico, recordando cómo canturreaba su padre mientras alisaba la tiza en su mesa. La mayor parte del espacio había estado dedicado al taller: los calderos, las redomas para mezclar, el horno con forma de alambique, los montones de libros sobre la composición y la consistencia de la tiza...

—Caray —dijo Melody—. Aquí dentro se siente... mucha paz.

Joel cruzó la habitación sobre el suelo cubierto de polvo.

En una de las mesas encontró una muestra de varillas de tiza que abarcaban todo el espectro cromático. Cogió una de color azul y pasó los dedos por ella, pero el recubrimiento impidió que se manchara. Después fue al otro extremo de la estancia, el que quedaba frente a las camas. Allí, colgadas en la pared, había fórmulas que detallaban los distintos grados de dureza de la tiza.

Las fórmulas para la tiza estaban rodeadas por imágenes de las distintas defensas rithmáticas. Había docenas de ellas, dibujadas por el padre de Joel, con anotaciones explicando quién las había utilizado y durante qué duelo lo había hecho. También había recortes de periódico sobre enfrentamientos famosos, así como historias sobre duelistas célebres.

Surgida de la memoria, la voz de Trent resonó en la mente de Joel. Su padre leyendo en voz alta sobre aquellos duelos, explicando con emoción brillantes peripecias a su hijito. Recordar aquel entusiasmo trajo consigo otro desfile de recuerdos. Joel los mantuvo a raya, centrando la atención en otra cosa. Porque en medio de todas aquellas fórmulas, defensas y recortes de periódico, había una hoja de papel de gran tamaño.

Dibujado en ella estaba el motivo rithmático lleno de curvas que se había encontrado en las distintas escenas del crimen.

Joel exhaló lentamente.

—¿Qué? —preguntó Melody, acercándose a él.

—Eso es —señaló Joel—. La nueva Línea Rithmática.

—Espera, espera. ¿Tu padre es el secuestrador?

—No, claro que no. Pero él sabía, Melody. Pidió prestado dinero, solicitó permisos especiales en el trabajo, visitó a rithmatistas de cada una de las ocho escuelas. Estaba trabajando en algo..., algo que era su gran pasión.

Melody miró hacia allí, recorriendo los recortes y los dibujos con la mirada.

—Vaya, he ahí el porqué —murmuró.

—¿El porqué de qué?

—El porqué estás tan fascinado por la rithmática —dijo

ella—. Una vez te lo pregunté. Nunca me respondiste. Es por tu padre.

Joel miró la pared, con sus pautas y defensas. Su padre le hablaba mucho de ellas, explicándole qué defensas daban mejores resultados contra determinadas estructuras ofensivas. Otros chicos jugaban al fútbol con sus padres. Joel había dibujado defensas con el suyo.

—Papá siempre quiso que yo fuera a Armedius —dijo Joel—. Deseaba que yo fuera rithmatista, aunque nunca mencionó nada al respecto. Él y yo siempre estábamos juntos. Creo que se dedicó a fabricar tizas porque de esa manera podría trabajar con rithmatistas.

Y su padre había dado con algo maravilloso. ¡Una nueva Línea Rithmática! Que no había sido descubierta por hombres como Fitch o Nalizar, rithmatistas con años de experiencia. Había sido descubierta por el padre de Joel, un simple fabricante de tizas.

¿Cómo? ¿Qué significaba? ¿Qué hacía esa línea? Demasiadas preguntas. Su padre habría hecho anotaciones, ¿verdad? Joel tendría que buscarlas, seguir la pista de los estudios de su padre durante sus últimos días. Descubrir qué relación guardaba aquello con las desapariciones.

Pero de momento, le bastaba con deleitarse. «Lo conseguiste, papá. Lograste algo que ninguno de ellos fue capaz de lograr.»

—Bueno —dijo finalmente, volviéndose hacia Melody—, ¿cuál es tu gran noticia?

—Oh. Ahora resulta un poco difícil proclamarlo como es debido. No sé, pero... Es solo que... Bueno, el caso es que he estado estudiando un poco.

—¿Estudiar? ¿Tú?

—¡Yo estudio! —protestó ella con los brazos en jarras—. Y de todas maneras no deberías quejarte, porque el estudio fue sobre ti.

—¿Estudiaste sobre mí? Dime ¿quién acosa a quién ahora?

—No sobre ti personalmente, tonto. Estuve estudiando

lo que te sucedió. Joel, está claro que tu Acogida no se llevó a cabo de la manera apropiada. Se suponía que tenías que entrar en esa cámara.

—Ya te expliqué lo que sucedió —replicó Joel—. Según el padre Stewart, no hacía falta que yo entrara ahí.

—Pues no podía estar más equivocado —aseguró Melody, al tiempo que alzaba la mano en un gesto melodramático—. ¡Tu alma inmortal podría correr peligro! No fuiste acogido. ¡Esa ceremonia fue una auténtica chapuza! Tienes que volver a pasar por ella.

—¿Ocho años después?

—Claro —dijo Melody—. ¿Por qué no? Mira, falta menos de una semana para el Cuatro de Julio. Si conseguimos convencer al vicario de que corres peligro de perder el alma, quizá te permita hacer otro intento. De la manera correcta, esta vez.

Joel reflexionó unos instantes.

—¿Estás segura de que puedo volver a pasar por la ceremonia de Acogida?

—Segura del todo —aseguró Melody—. Puedo localizarte las referencias.

«Soy demasiado mayor. Pero... bueno, el rey Gregory se convirtió en rithmatista mucho después de haber cumplido los ocho. Así que quizá yo también podría.» Sonrió.

—Sí, a lo mejor valdría la pena intentarlo.

—Sabía que lo agradecerías —dijo Melody—. Dime que soy genial.

—Eres genial —dijo Joel, y después volvió nuevamente la mirada hacia el dibujo en la pared—. Vayamos a hablar con Fitch. Quiero que vea esto. Ya nos ocuparemos del vicario después.

A juzgar por lo que he visto hasta ahora —dijo Fitch, sentado en una silla junto a una mesa en el centro del taller—, tu padre estaba convencido de que existían otras Líneas Rithmáticas. Mira, fíjate en esto.

Extendió la mano hacia el montón de libros y papeles viejos y entresacó una hoja. Durante las últimas horas, Joel y Melody habían ayudado al profesor a organizar el taller y examinar los papeles del padre de Joel. El taller casi parecía estar en funcionamiento otra vez.

La hoja aleteó en el aire cuando Fitch se la tendió a Joel. Parecía tratarse de alguna clase de documento legal.

—Es un contrato de patrocinio —dijo Fitch.

—Academia Valendar —observó Joel—. Eso está en el archipiélago californiano, ¿verdad? ¿Es una de las otras escuelas que adiestran rithmatistas?

Fitch asintió.

—Aquí dentro hay cuatro hojas de las mismas características, cada una de ellas remitida por una de las ocho escuelas. Prometen a tu padre y a su familia patrocinio para un período de cien años en el caso de que demostrara la existencia de una nueva Línea Rithmática más allá de las cuatro originales.

—¿Patrocinio? —preguntó Melody.

—Dinero, querida —explicó Fitch—. Un honorario, y bastante generoso. Con semejantes ingresos procedentes de cuatro escuelas distintas, el padre de Joel se hubiera convertido en un hombre muy rico. ¡Debo decir que me asombra el nivel de comprensión de la rithmática que alcanzó tu padre, Joel! Estos escritos suyos son pero que muy avanzados. Estoy seguro de que los otros profesores se sorprenderían muchísimo si descubrieran estas cosas. Ahora me doy cuenta de que nunca supimos reconocer sus méritos de la manera que se merecía.

—Convenció a alguien —dijo Joel, señalando el contrato de patrocinio.

—Ah, sí. Eso parece, desde luego. Tuvo que trabajar muy duro y presentar algunas evidencias de lo más convincentes, para conseguir ese tipo de contrato. Por lo que puedo ver aquí, el padre de Joel investigó con las distintas escuelas. Incluso fue a Europa y Asia para reunirse con estudiosos y profesores de allí.

«Y al hacerlo, acumuló un buen número de deudas», pensó Joel mientras tomaba asiento en el taburete junto a la mesa-de-trabajo-convertida-en-escritorio que estaba utilizando Fitch.

—Pero encontró la nueva Línea Rithmática —dijo Melody, señalando el dibujo en la pared—. ¿Por qué no se hizo rico, entonces?

—Porque no consiguió que funcionara —respondió Fitch, extrayendo una hoja de papel—. De la misma manera que nosotros tampoco hemos sido capaces de hacerla funcionar. He dibujado esa línea con la máxima exactitud, y no hace absolutamente nada. El secuestrador sabe algo que nosotros desconocemos.

—Así que carece de significado —intervino Joel—. Mi padre no sabía más de lo que sabemos nosotros. Se le ocurrió que podían existir otras líneas, e incluso consiguió dibujar una réplica de una, pero luego no logró que funcionara.

—Bueno —dijo Fitch, rebuscando entre los papeles—. Aquí hay algo importante, una teoría que se le ocurrió a tu padre acerca de por qué ocurrió eso. Verás, muchos estudiosos creen que una Línea Rithmática funciona basándose en los objetivos del rithmatista cuando la dibuja. Hacen hincapié en el hecho de que si escribimos palabras con una tiza, o incluso si hacemos dibujitos con ella, nada cobra vida a menos que nuestro propósito concreto sea crear un dibujo rithmático. Ninguna de las líneas rectas que hay en el alfabeto se convierte accidentalmente en una Línea de Prohibición, por ejemplo.

»Por lo tanto, los deseos del rithmatista afectan a lo que dibuja. No de una manera cuantificable: por ejemplo, un rithmatista no puede limitarse a desear que sus Líneas de Prohibición sean más sólidas. Sin embargo, si un rithmatista no tiene la intención de crear una Línea de Prohibición, la línea sencillamente no hará nada.

—Entonces, la razón de que usted no lograra que ese motivo de curvas hiciera algo... —empezó Joel.

—No hizo nada porque yo no sabía qué se supone que debía hacer —repuso Fitch—. Tu padre creía que a menos que pudiera combinar el tipo de línea apropiado con el conocimiento de lo que hacía esa línea, nada saldría de ello.

Fitch cogió otra hoja.

—Algunos se rieron de él por eso, me temo. Yo..., hum, todavía recuerdo algunos de esos incidentes. En un momento dado, tu padre convenció a unos cuantos rithmatistas de que dibujaran sus líneas, pero después no consiguió que esas líneas hicieran nada, pese a que disponía de un buen número de posibles intenciones para que las probaran. A juzgar por estos escritos suyos, lo consideró una gran derrota.

Un ruidoso suspiro subió hasta ellos desde el suelo, donde estaba tumbada Melody, escuchando y mirando el techo. «Tendrá que lavarse la falda cada día —pensó Joel—, visto lo que le gusta sentarse en el suelo, trepar a los árboles y tumbarse en la hierba.»

—¿Te aburres, querida? —le preguntó Fitch.

—Solo un poco —respondió Melody—. Continúe, continúe. —Acto seguido, no obstante, volvió a suspirar.

Fitch miró a Joel enarcando una ceja y el muchacho se encogió de hombros. A veces Melody sentía el impulso de recordar a los demás que se hallaba presente.

—De todas maneras —prosiguió Fitch—, esto es un descubrimiento maravilloso.

—¿Aunque no nos diga lo que hace la línea?

—Sí —replicó Fitch—. Tu padre era un hombre muy meticuloso, Joel. Reunió un gran número de textos, algunos de ellos realmente raros, y los anotó, relacionando todo aquello que contuviera indicios o teorías sobre nuevas Líneas Rithmáticas. Vaya, es casi como si tu padre hubiera mirado hacia delante en el tiempo y visto justo lo que íbamos a necesitar para esta investigación. ¡Sus notas nos ahorrarán meses de trabajo!

Joel asintió.

—Me atrevo a decir —murmuró el profesor casi para sí

mismo— que realmente deberíamos haber tomado más en serio a Trent. Desde luego que sí. Caramba, ese hombre era un genio. Es como descubrir que tu portero es, en secreto, un teórico de la mecánica de resortes avanzada y ha estado construyendo un equíilix en sus ratos libres. Hum...

Joel pasó los dedos por uno de los volúmenes, imaginándose a su padre mientras trabajaba en aquella misma habitación, dando forma a sus tizas sin dejar de pensar continuamente en prodigios rithmáticos. Recordaba haber estado sentado en el suelo, con los ojos levantados hacia la mesa, mientras oía canturrear a su padre. Recordaba el olor que emanaba del horno encendido. Su padre cocía algunas de sus tizas, en tanto que otras se limitaba a secarlas a la intemperie, siempre en busca del ideal de composición, durabilidad y precisión en las líneas.

Melody se incorporó, apartándose unos rizos pelirrojos de los ojos.

—¿Te encuentras bien? —preguntó a su compañero.

—Pensaba en mi padre, nada más.

Ella permaneció inmóvil, sin dejar de mirarlo.

—Bueno —dijo finalmente—, mañana es sábado.

—¿Y?

—El día siguiente es domingo.

—Pues sí...

—Tienes que hablar con el vicario —le explicó ella—. Debes conseguir que te permita volver a pasar por la Acogida.

—¿De qué se trata? —preguntó Fitch, levantando la vista del libro que leía.

—Joel va a ser acogido —dijo Melody.

—¿Eso no se hizo cuando tenía ocho años? —le preguntó Fitch.

—Pues sí —contestó Melody—. Pero metieron la pata. Vamos a hacer que le permitan repetirlo.

—Dudo que eso esté en nuestra mano, Melody —se apresuró a decir Joel—. Ni siquiera sé si es el momento apropiado para preocuparse por eso.

—El Cuatro de Julio es la semana que viene —adujo Melody—. Si te lo pierdes, entonces tendrás que esperar un año entero.

—Sí, bueno —dijo Joel—. Pero ahora mismo hay cosas mucho más importantes de las que preocuparse.

—¡No me lo puedo creer! —exclamó Melody, volviendo a echarse en el suelo—. Llevas toda tu vida soñando con la rithmática y los rithmatistas; ahora se te presenta la posibilidad de serlo, ¿y piensas dejarla escapar?

—Tampoco es que sea una gran posibilidad —replicó Joel—. Me refiero a que, de todas maneras, solo una de cada cien personas es elegida.

Fitch estaba observando con interés.

—Un momento, un momento. Melody, querida, ¿qué te hace pensar que permitirán que Joel vuelva a intentarlo?

—No llegó a entrar en la Cámara de Acogida —explicó Melody—. Así que no pudo... bueno, ya sabe.

—Ah —dijo Fitch—. Comprendo.

—Pues yo no —observó Joel.

—No es justo —añadió Melody, mirando el techo—. Ya ha visto lo bueno que es con la rithmática. Nunca tuvo una oportunidad. Debería tenerla.

—Hum —murmuró Fitch—. Bueno, no soy ningún experto en procedimientos eclesiásticos, pero me parece que te costará bastante convencer al vicario de que permita que un joven de dieciséis años tome parte en una ceremonia de Acogida.

—Lo conseguiremos —aseguró Melody tercamente, como si Joel no tuviera ni voz ni voto en el asunto.

Entonces una sombra oscureció el hueco de la puerta. Joel se volvió y descubrió a su madre de pie fuera, en el rellano al final de las escaleras.

—Vaya —dijo el chico al ver la cara de perplejidad de su madre—. Hum...

—Señora Saxon —intervino Fitch, levantándose del asiento—. Su hijo ha hecho un descubrimiento maravilloso.

La mujer entró en la habitación luciendo su vestido de viaje azul y con el pelo recogido en la nuca. Joel la observó con inquietud. ¿Qué opinaría su madre de que hubieran invadido la cámara que ella había cerrado con llave y dejado atrás hacía tanto tiempo?

Pero ella sonrió.

—Han pasado años —dijo—. Más de una vez pensé en volver a bajar aquí, pero siempre me inquietaba que fuera a dolerme demasiado. Me preocupaba que el hacerlo me recordara a Trent. —Sostuvo la mirada de Joel—. Me lo recuerda, sí, pero no duele. Creo... creo que ya va siendo hora de que volvamos aquí.

TIPOS DE TIZOIDES

TIZOIDES DEFENSIVOS

TIZOIDES OFENSIVOS

Las Líneas de Creación siguen siendo las menos cuantificables de las Líneas Rithmáticas. Parece que el tipo de tizoide dibujado afecta a su capacidad para seguir instrucciones. Por ejemplo, un tizoide con forma de caballero generalmente es más potente cuando se encuentra unido a un punto defensivo que cuando se lo envía a atacar. Un tizoide con garras o dientes grandes sirve bien para el ataque, pero no tanto en la defensa. Los tizoides de forma hinchada pueden aguantar más impactos de Líneas de Vigor, pero resultan bastante lentos a la hora de desplazarse. Los tizoides con muchas patas se mueven deprisa, pero en general no pueden masticar con tanta rapidez a través de las líneas enemigas.

Absorbe bien los impactos

Se mueve deprisa

CAPÍTULO

Joel estaba sentado en el gran salón catedralicio, con los brazos apoyados en el respaldo del banco de iglesia que tenía delante y la cabeza reclinada en los brazos, mientras sus pensamientos se negaban a descansar en lo más mínimo.

—El Maestro dio vida a los sin vida —proclamó el padre Stewart, enfrascado en su sermón—. Ahora los sin vida somos nosotros, necesitados de su gracia reparadora para que nos devuelva a la vida y a la luz.

Precisamente la luz entraba por los vitrales, cada uno de los cuales estaba provisto de un reloj cuyo tictac indicaba el transcurso del tiempo. En la ventana principal —un círculo de un azul intenso— había incrustado el reloj más magnífico de cuantos había en la isla, cuyos engranajes e incluso las agujas estaban formados por cristales multicolores.

Los bancos se sucedían a lo largo del pasillo que discurría por el centro de la catedral. Muy por encima de ellos, en los confines del interior coronado por una cúpula, las estatuas de los doce apóstoles montaban guardia sobre la congregación de feligreses. De vez en cuando se movían, con sus mecanismos de relojería confiriéndoles una apariencia de vida. La vida de los sin vida.

—El pan de la vida —salmodió el padre Stewart—, el agua de la vida, el poder de la resurrección.

Joel ya había oído todo aquello con anterioridad. Los sacerdotes, había notado hacía mucho, mostraban una marcada tendencia a repetirse. Ese día en particular le estaba resultando todavía más difícil que de costumbre prestar atención. Encontraba extraño, e incluso inquietante, que su vida se hubiera involucrado hasta tal punto con las importantes novedades que estaban teniendo lugar en Armedius. ¿Era el destino quien lo había puesto donde estaba en ese momento? ¿O era la voluntad del Maestro, como decía tan a menudo el padre Stewart?

Volvió a alzar la mirada hacia los vitrales. ¿Qué implicaría para la Iglesia que la opinión pública se volviera contra los rithmatistas? Algunos de los vitrales mostraban al rey Gregory, el Monarca en el Exilio. Siempre se hallaba rodeado de dibujos rithmáticos.

Esculpidas en la mampostería de las paredes había pautas entrecruzadas de círculos y líneas. Mientras que el edificio en sí tenía forma de cruz, el centro donde se encontraban los brazos de la catedral era circular, y unos pilares marcaban la ubicación de los puntos de un círculo de nueve puntos.

Los apóstoles observaban y el Maestro en persona se hallaba simbolizado en la mampara ornamentada que separaba el coro de la nave. Una estatua de san Da Vinci trazaba círculos, engranajes y triángulos rithmáticos en el suelo delante de sí mismo. Leonardo da Vinci había sido canonizado y adoptado en el seno de la Iglesia monárquica, pese a —o quizá precisamente por— haber sido un cristiano rebelde.

Hasta los más ajenos al tema conocían la relación existente entre la rithmática y la Iglesia. Ningún hombre adquiría poderes rithmáticos sin haber aceptado primero que se le Acogiera. No necesitaban mantenerse fieles y, de hecho, ni siquiera hacía falta que profesaran creencia alguna en la Iglesia. Bastaba con que aceptaran ser acogidos, con lo cual daban el primer paso hacia la salvación.

Para los musulmanes, la rithmática era una blasfemia. Otras iglesias cristianas aceptaban de mala gana la necesidad de la ceremonia, pero discutían que probara la autoridad de la

Iglesia monárquica. Los joseun ignoraban el lado religioso de la experiencia, manteniéndose budistas a pesar de sus Acogidas.

Sin embargo, ningún hombre podía negar que sin la Iglesia monárquica, no existiría la rithmática. Ese hecho permitió que la Iglesia —que había estado al borde de la extinción— llegara a ser el credo religioso más poderoso del mundo. ¿Saldría en defensa de los rithmatistas si el gran público intentaba provocar su caída?

La madre de Joel estaba sentada junto a él, escuchando devotamente el sermón. Los dos habían dedicado el día anterior a instalarse de nuevo en el taller. Eso no requirió mucho tiempo, ya que no tenían demasiadas pertenencias. Cada vez que Joel entraba en el taller, no obstante, se sentía como si volviera a tener ocho años y apenas pasara del metro de estatura.

Algo le tocó la nuca. Joel dio un respingo, se volvió y quedó bastante sorprendido al encontrar a Melody sentada en el banco detrás de él. La última vez que la vio estaba en el otro lado del edificio.

—El padre Stewart ya casi ha acabado —siseó ella—. ¿Vas a preguntárselo, o quieres que lo haga yo?

Joel se encogió de hombros en un gesto que no comprometía a nada. Unos instantes después, Melody se deslizó en el banco junto a él.

—¿Se puede saber qué te pasa? —preguntó en voz baja—. ¡Creía que esto era lo que más deseabas en la vida!

—Y lo es —susurró él.

—Pues nadie lo diría. ¡Desde que te conté mi plan no has hecho otra cosa que remolonear! Te comportas como si no quisieras ser acogido.

—Claro que quiero, es solo que... —¿Cómo podía explicarlo?—. Es absurdo, Melody, pero estoy preocupado. Durante mucho tiempo me he definido a mí mismo por el hecho de que se me escapó la ocasión de ser rithmatista. ¿No lo entiendes? Si esto sale bien, pero continúo sin ser elegido, ya ni siquiera tendré eso en lo que apoyarme...

Joel había estudiado, aprendiendo las pautas y las defensas, siguiendo los pasos de su padre. Pero mientras tanto, había sido capaz de sentirse seguro en el conocimiento de que lo suyo no había sido un fracaso o un rechazo. Sencillamente se le escapó la ocasión, y fue por una buena causa.

Joel no había sido quien destruyó las esperanzas de su padre de llegar a tener un hijo rithmatista. No se le podía culpar de que no hubiera tenido ocasión, ¿verdad?

—Tienes razón, es ridículo —dijo Melody.

—Pasaré por ello —replicó Joel—. Es solo que... me preocupa. Eso es todo.

Lógicamente, Joel veía los problemas que encerraba ese razonamiento. A uno no se le podía «culpar» por no ser un rithmatista. Con todo, los sentimientos de la gente no siempre se basaban en la lógica. Casi hubiera preferido que se le dejara con la posibilidad de haber podido ser rithmatista en lugar de saberlo con certeza.

La insistencia de Melody en que volviera a intentarlo había hecho que todos los antiguos temores salieran nuevamente a la luz.

El padre Stewart concluyó su sermón y Joel inclinó la cabeza para la plegaria ritual. No había oído gran cosa de lo que había dicho el vicario. Para cuando fue pronunciado el «amén», sin embargo, ya había tomado la decisión. Si realmente había aunque solo fuera una posibilidad de ser rithmatista, no iba a dejarla escapar. Esta vez no.

Reprimió su nerviosismo y se levantó del banco.

—¿Joel? —preguntó su madre.

—Solo será un momento, mamá —dijo él—. Quiero hablar con el vicario.

Se fue a toda prisa y Melody se reunió rápidamente con él.

—Voy a hacerlo —le dijo Joel—. No hace falta que vengas.

—Perfecto —repuso Melody, por una vez sin su uniforme escolar. En lugar de eso, llevaba un vestido blanco de una sola pieza que le sentaba realmente bien. Le llegaba hasta las rodillas, dejando a la vista una buena cantidad de pierna.

«Céntrate», pensó Joel.

—Sigo sin estar seguro de que esto vaya a funcionar —añadió después.

—No seas tan pesimista —dijo ella, con una chispa de jovialidad en los ojos—. Tengo planeados unos cuantos trucos.

«Oh, cielos», pensó Joel.

Llegaron al frontal de la nave y se detuvieron ante el padre Stewart. El vicario los miró y se puso bien las gafas, un gesto que hizo oscilar la mitra amarilla que llevaba en la cabeza. El gran tocado, del mismo color que su ropaje, estaba marcado con un círculo de nueve puntos dentro del cual había inscrita una cruz.

—¿Puedo hacer algo por vosotros? —preguntó el padre Stewart, inclinándose hacia delante. Se estaba haciendo pero que muy mayor, pensó Joel, y la barba blanca le llegaba casi hasta la cintura.

—Yo... —empezó a decir Joel, y por un instante no supo cómo continuar—. Padre, ¿se acuerda de mi Acogida?

—Hum, déjame hacer memoria —dijo el anciano—. ¿Cuántos años tienes, Joel?

—Dieciséis —respondió Joel—. Pero no fui acogido durante la ceremonia habitual. Yo...

—Ah, sí —dijo el vicario—. Tu padre. Ahora me acuerdo, hijo. Yo mismo llevé a cabo tu Acogida.

—Sí, bueno... —dijo Joel. Empezar acusando al anciano sacerdote de que lo había hecho todo mal no parecía correcto.

A los lados, otras personas empezaban a formar cola; después del sermón, siempre había quienes querían hablar con el padre Stewart. Las velas ardían en el candelabro cerca del altar, y sus llamas oscilaban con la corriente de aire que creaban las puertas al abrirse. Más allá del altar, al fondo de la catedral, estaba la Cámara de Acogida, un pequeño recinto de piedra con puertas a cada extremo.

Melody lo empujó con el codo.

—Padre —dijo Joel—, yo... no quiero ser irrespetuoso, pero

el caso es que estoy preocupado por mi Acogida. No llegué a entrar en la Cámara.

—Ah, sí, hijo —dijo Stewart—. Puedo entender tu preocupación, pero no necesitas temer por tu salvación. Por todo el mundo hay sitios donde la Iglesia no es lo bastante prominente como para garantizar una catedral llena, y allí no tienen cámaras de Acogida. Pero aun así, esas personas se encuentran tan bien asistidas como nosotros.

—Pero no pueden llegar a ser rithmatistas —alegó Joel.

—Bueno, no —admitió Stewart.

—Yo no tuve una oportunidad —dijo Joel—. De llegar a serlo, entonces. Rithmatista, quiero decir.

—Pues claro que tuviste una oportunidad, hijo —añadió Stewart—. Sencillamente fuiste incapaz de aprovecharla. Niño, demasiadas personas se obsesionan con esta cuestión. El Maestro acepta tanto a los rithmatistas como a los no rithmatistas; para él todos son lo mismo. Ser un rithmatista es ser elegido para el servicio, y eso no significa que un hombre se vuelva poderoso o egocéntrico. Empeñarse demasiado en esas cosas es un pecado que, me temo, demasiados de nosotros ignoramos.

Joel se ruborizó. Stewart parecía considerar que la conversación había llegado a su fin y le sonrió cálidamente, al tiempo que le ponía la mano en el hombro y lo bendecía. Después el sacerdote se volvió hacia el siguiente feligrés.

—Padre —dijo Joel—, quiero tomar parte en la ceremonia de Acogida de esta semana.

El padre Stewart dio un respingo y se volvió hacia él.

—¡Hijo, eres demasiado mayor!

—Yo...

—Eso no importa —se apresuró a intervenir Melody, adelantándosele—. Un hombre puede ser acogido a cualquier edad. ¿No es así? Es lo que dice el devocionario.

—Bueno —dijo el padre Stewart—, normalmente eso se refiere a personas que se convierten al Evangelio de nuestro Maestro cuando ya tienen ocho años.

—Pero igualmente podría referirse a Joel —dijo ella.

—¡Él ya ha sido acogido!

—No llegó a entrar en la Cámara —dijo Melody tozudamente—. ¿No conoce el caso de Roy Stephens, padre? A él se le permitió ser acogido durante su noveno año porque el Cuatro de Julio estaba enfermo.

—Eso sucedió en Maineford —replicó el padre Stewart—. ¡Una archidiócesis completamente distinta! Allí arriba hacen cosas bastante raras. No existe ninguna razón para que se vuelva a acoger a Joel.

—Solo una: que eso le daría la oportunidad de llegar a ser rithmatista —dijo Melody.

El padre Stewart suspiró y sacudió la cabeza.

—Pareces haber estudiado muy bien las palabras, niña, pero no entiendes los significados. Yo sé lo que es mejor para Joel, créeme.

—¿Ah, sí? —exclamó Melody, elevando el tono de voz mientras el padre Stewart empezaba a darse la vuelta de nuevo—. ¿Y por qué no le cuenta usted a Joel cuál fue la verdadera razón por la que no le permitió entrar en la Cámara de Acogida hace ocho años? ¿Sería quizá porque se estaban llevando a cabo algunos trabajos en la pared norte para reparar los daños causados por el agua?

—Melody —la interrumpió Joel, agarrándola del brazo mientras ella iba mostrándose cada vez más beligerante.

—¿Qué pasa si el Maestro quería que Joel fuera un rithmatista? —continuó ella—. ¿Consideró usted eso cuando le negó la oportunidad? ¿Todo porque estaba renovando su catedral? ¿Acaso el alma y el futuro de un chico merecen que se los trate de esa manera?

La incomodidad de Joel fue aumentando mientras la voz de Melody resonaba a través de la normalmente solemne cámara. Intentó acallarla, pero ella lo ignoró.

—¡Porque lo que es a mí, me parece una tragedia! —exclamó levantando mucho la voz—. ¡Deberíamos estar dispuestos a alentar en todo lo posible a alguien que quiere ser rithmatista! ¿O es que la Iglesia va a ponerse de parte de quienes han empezado a volverse contra nosotros? ¿Se negarán sus sacerdotes a ayudar a un chico que solo pretende cumplir con la voluntad del Maestro? ¿Qué está sucediendo realmente, vicario?

—Está bien, niña, calla —dijo el padre Stewart, llevándose las manos a la frente—. Basta de gritos.

—¿Dejará que Joel sea acogido? —preguntó ella.

—Si eso hace que te calles de una vez —dijo el padre Stewart—, entonces solicitaré el permiso del obispo. Si él otorga su consentimiento, Joel podrá volver a ser acogido. ¿Te darás por satisfecha con eso?

—Por el momento, supongo —asintió Melody, cruzándose de brazos.

—Entonces vete en paz con la bendición del Maestro, niña —rezongó el padre Stewart. Acto seguido, hablando en susurros, añadió—: Y que el demonio que te ha mandado a mi encuentro sea ascendido de rango, allá en los Abismos, por haberme deparado semejante dolor de cabeza.

Melody agarró del brazo a Joel y se lo llevó de allí. Su madre esperaba un poco retirada, entre dos bancos.

—¿Qué ha pasado? —preguntó.

—Nada, señora Saxon —respondió Melody alegremente—. Nada en absoluto.

En cuanto dejaron atrás a su madre, Joel miró a Melody.

—Bueno, así que ese era tu gran plan, ¿eh? ¿Tener una pataleta?

—Las pataletas son una noble estrategia de probada eficacia —sentenció ella como si tal cosa—. Sobre todo si dispones de un buen par de pulmones y tienes que vértelas con un viejo sacerdote cascarrabias. Conozco a Stewart; si haces suficiente ruido, al final siempre acaba cediendo.

Cuando salieron de la catedral, Harding estaba hablando con algunos de sus agentes de policía en la entrada. Un par de gárgolas mecánicas merodeaban por la cornisa sobre la puerta de acceso al edificio.

—El padre Stewart dijo que pediría permiso —advirtió Joel—. No creo que hayamos ganado.

—Claro que hemos ganado —aseguró Melody—. El padre Stewart no querrá que le monte otra escena, sobre todo teniendo el cuenta el punto a que están llegando las tensiones entre los rithmatistas y la gente corriente. Anda, vayamos a buscar algo de comer. Las pataletas siempre me dan hambre.

Joel suspiró, pero se dejó llevar a través de la calle en dirección al campus.

SUJETAR TIZOIDES

En general los rithmatistas utilizan un simple glifo «◇» para representar la instrucción «defiende» a un tizoide. Cualquier tizoide cuya programación incluya este glifo protegerá activamente su perímetro contra otros tizoides que no estén sujetos al mismo círculo.

La idea básica es atar al tizoide al punto de sujeción del círculo mediante una Línea de Creación.

Lo que da mejor resultado es una cuerda o una cadena.

Algunos optan por crear el tizoide mismo sujeto al punto, lo que generalmente no es una buena idea porque le hace perder flexibilidad.

Proporcionar al tizoide una correa larga puede aumentar su radio de alcance, pero existe el riesgo de que se distraiga o se desvíe.

CAPÍTULO

El círculo —leyó Joel— es divino. Única forma verdaderamente eterna y perfecta, ha servido como símbolo para las obras del Maestro desde que el antiguo egipcio Ahmes descubrió por primera vez el número divino propiamente dicho. Muchos estudiosos medievales se sirvieron del compás, la herramienta mediante la cual se traza un círculo, para simbolizar el poder de creación del Maestro. Se encuentra presente en muchos manuscritos iluminados.

»Antes de que llegáramos a las Islas Americanas, la historia entró en un período oscuro para el círculo. Se vio que la Tierra no era un círculo plano, sino una esfera de regularidad cuestionable. Quedó demostrado que los planetas celestiales se mueven en elipses, lo cual debilitó aún más la creencia en el divino círculo.

»Entonces descubrimos la rithmática.

»En ella, las palabras carecen de importancia. Solo los números tienen significado, y el círculo lo domina todo. Cuanto más se aproxima a la perfección en su forma, más poderoso es. Así pues, ha quedado demostrado que el círculo está más allá del simple razonamiento humano. Es algo inherentemente divino.

»En consecuencia, resulta extraño que algo hecho por el hombre desempeñara tan importante papel en el descubrimiento de la rithmática. Si su majestad no hubiera llevado uno de los relojes de bolsillo al nuevo estilo hechos por mae-se Freudland, tal vez nada de esto hubiera sucedido jamás, y el hombre podría haber sucumbido ante los tizoides sal-vajes.»

El capítulo terminaba ahí. Joel estaba sentado en el taller vacío, con la espalda apoyada en la pared. Unas cuantas cin-tas de sol se infiltraban por las ventanas de arriba, desparra-mándose a través del aire lleno de polvo para desplegarse en cuadrados sobre el suelo.

Joel pasó las páginas del viejo volumen. El texto procedía del diario de Adam Makings, el astrónomo y científico perso-nal del rey Gregory III, fundador de la rithmática. A Ma-kings se atribuía el descubrimiento y la descripción de los principios en que se basaban los círculos rithmáticos de dos, cuatro y seis puntos.

El libro provenía de la colección del padre de Joel, y al parecer era muy valioso, ya que se trataba de uno de los pri-meros ejemplares existentes. ¿Por qué la madre de Joel no lo había vendido, ese o cualquiera de los otros libros, para pagar deudas? Quizá no había conocido su valor.

El libro contenía las teorías de Makings sobre la existencia de otras figuras rithmáticas, aunque este nunca había llegado a ninguna conclusión definitiva. Esa última parte, no obstan-te, resultó ser de mayor interés para Joel que ninguna otra.

«Si su majestad no hubiera llevado consigo uno de los re-lojes de bolsillo al nuevo estilo hechos por maese Freudland, tal vez nada de esto hubiera sucedido jamás y el hombre po-dría haber sucumbido ante los tizoides salvajes...»

Joel frunció el ceño y pasó al siguiente capítulo, pero no encontró ninguna otra referencia al reloj de bolsillo.

Era muy poco lo que se sabía acerca de cómo el rey Gre-gory había descubierto la rithmática. La posición oficial de la Iglesia era que había recibido ese conocimiento en el trans-curso de una visión. Las representaciones religiosas solían mostrar a Gregory arrodillado en oración, con un haz de luz cayendo alrededor de él y formando un círculo marcado con seis puntos. La cubierta interior de aquel libro lucía una lámina similar, aunque esta mostraba la visión apareciendo en el aire enfrente de Gregory.

¿Qué función podía desempeñar un reloj de bolsillo en eso?

—¿Joel?

Una voz femenina creó ecos en los pasillos de ladrillo del sótano de la residencia. Unos instantes después, el rostro de Melody apareció en el hueco de la puerta del taller. Llevaba una bolsa para libros colgada del hombro y vestía la falda y la blusa propias de una estudiante de rithmática.

—¿Aún sigues ahí? —inquirió.

—Hay mucho que estudiar... —empezó a decir Joel.

—¡Estás sentado prácticamente a oscuras! —exclamó Melody, acercándose a él—. Este sitio es horrible.

—Pues yo lo encuentro de lo más reconfortante —aseguró Joel, al tiempo que recorría el taller con la mirada.

—Lo que tú digas. Pero ahora mismo te vas a tomar un descanso. Anda, vamos.

—Pero...

—Nada de excusas —replicó ella, cogiéndolo del brazo y tirando de él. Joel dejó que lo levantase. Era miércoles; al día siguiente era el Cuatro de Julio y tendría lugar la ceremonia de Acogida. Seguían sin noticias del vicario sobre si Joel podría asistir a ella o no, y el Garabatos aún no había vuelto a atacar.

En la prensa eran muchos quienes aseguraban que los controles del inspector Harding habían tenido éxito, y las últimas bolsas de resistencia empeñadas en mantener alejados a los estudiantes rithmatistas estaban empezando a ceder.

Joel no compartía ese alivio. Sentía como si hubiera un hacha suspendida encima de sus cabezas, esperando solo el momento de caer.

—Vamos —dijo Melody, sacándolo del sótano a la luz del atardecer—. De verdad, como no te cuides un poco más acabarás marchitándote y te convertirás en un profesor.

Joel se frotó el cuello y se desperezó. Sí, era agradable estar al aire libre.

—Podríamos ir a la administración del campus —dijo Melody—, a ver si el vicario ya te ha mandado algo.

Joel se encogió de hombros y echaron a andar. Los días empezaban a hacerse más cálidos y la humedad de Nueva Britania se alejaba en dirección al océano. Después de toda una mañana encerrado en el taller se agradecía un poco de calor.

Cuando pasaron por delante del Colegio de Humanidades, Joel vio a un grupo de trabajadores ocupados en restregar la pared en la que hacía dos noches habían escrito «Volved a Nebrask». A Harding lo enfureció que alguien hubiera logrado burlar sus medidas de seguridad.

«No me sorprendería que la pintada hubiera sido obra de miembros del cuerpo estudiantil», pensó Joel. Siempre había habido tensiones entre los ricos estudiantes corrientes y los rithmatistas.

Melody la vio también.

—¿Te has enterado de lo de Virginia y Thaddius?

—¿Quiénes son esos?

—Rithmatistas —dijo Melody—, dos estudiantes del curso superior. Ayer estuvieron fuera del campus después de los servicios eclesiásticos. De pronto se tropezaron con una turba formada por hombres, que los persiguieron y les tiraron botellas. Es la primera vez que oigo algo semejante.

—¿Se encuentran bien?

—Bueno, sí... —murmuró Melody, visiblemente incómoda—. Se pusieron a dibujar tizoides. Eso hizo que los hombres se dispersaran en un abrir y cerrar de ojos.

Tizoides.

—Pero...

—No, ninguno de los dos conoce el Glifo del Desgarramiento —se apresuró a puntualizar Melody—. Y aunque lo conocieran no lo habrían utilizado. Servirse de eso contra la gente es un pecado, ¿sabes?

—Aun así, es un feo asunto —señaló Joel—. Empezarán a correr historias.

—¿Qué podían hacer? ¿Dejar que la turba los atrapara?

—Bueno, no...

Siguieron andando, incómodos, unos instantes más.

—¡Oh! —exclamó Melody—. Acabo de acordarme. He de pasar por el Colegio de la Creación.

—¿Qué? —exclamó Joel mientras ella daba media vuelta.

—Nos viene de camino —dijo ella, poniéndose bien la tira de la bolsa y haciéndole señas de que no se detuviera.

—¡Pero si está en el otro extremo del campus!

Ella puso los ojos en blanco exageradamente.

—¿Qué dices? ¡Ni que esa pequeña caminata fuera a acabar contigo! Venga, venga.

Joel gruñó, pero hizo lo que le pedía.

—¿A que no lo adivinas? —preguntó ella entonces.

Joel enarcó una ceja.

—Por fin he superado lo del dibujo —dijo ella—. Ahora el profesor Fitch me ha puesto a trabajar a partir de una pauta.

—¡Estupendo! —Era el paso siguiente: dibujar las formas rithmáticas basándose en un pequeño esquema de referencia. Melody hubiese debido dominarlo hacía años, pero Joel se calló aquella parte.

—Sí —añadió ella agitando la mano—. Tú dame unos cuantos meses más y le habré cogido el tranquillo a esto de la rithmática. Seré capaz de vencer en duelo a cualquiera que tenga diez años.

Joel no pudo contener la risa.

—¿Por qué hemos de pasar por el Salón de la Creación, de todas maneras?

Melody le enseñó una notita doblada.

—Oh, claro —dijo Joel—. Material de oficina.

Ella asintió.

—Espera —apuntó Joel, frunciendo el ceño—. ¿Estás repartiendo material? ¿Por eso bajaste a buscarme? ¿Porque te habías hartado de hacer el reparto sola?

—Claro —contestó Melody alegremente—. ¿No sabías que *existes* con el único propósito de entretenerme?

—Pues qué bien.

Estaban pasando junto al Colegio de la Custodia. Un buen número de miembros del personal entraban y salían apresuradamente de él.

—La melé, claro —dijo Joel—. Será el sábado, y se están preparando para ella.

Melody puso cara de disgusto.

—No puedo creer que aún estén celebrando esa cosa.

—¿Por qué no iban a hacerlo?

—Bueno, teniendo en cuenta los últimos acontecimientos...

Joel se encogió de hombros.

—Sospecho que Harding limitará la asistencia a estudiantes e integrantes del cuadro académico. De todas maneras, el Garabatos siempre ataca de noche. Un acontecimiento así estará demasiado lleno de rithmatistas para que sea un buen sitio en el que intentar nada.

Melody gruñó algo ininteligible mientras subían la colina en dirección al Colegio de la Creación.

—¿Qué has dicho? —preguntó Joel.

—Para empezar, no entiendo por qué han de celebrar la melé —dijo Melody—. ¿Qué sentido tiene?

—Es divertido —replicó Joel—. Permite que los estudiantes adquieran un poco de práctica con duelos reales y demuestren su dominio de la rithmática. ¿Qué tiene eso de malo?

—Cada profesor ha de enviar al menos un estudiante al acto —dijo Melody.

—¿Y?

—¿Y cuántos estudiantes tiene Fitch?

Joel se detuvo en la ladera de la colina.

—Espera un momento... ¿Vas a librar un duelo en la melé?

—Y ser humillada a conciencia. Lo cual tampoco representa ninguna novedad para mí, claro. Aun así, no entiendo por qué se me tiene que exhibir de esa manera.

—Oh, vamos. Puede que todavía hagas un buen papel; después de todo, los tizoides se te dan de fábula.

Ella le dirigió una mirada inexpresiva.

—Nalizar va a presentar a doce estudiantes para que peleen en la melé. —Era el máximo permitido—. ¿A quién crees que eliminarán primero?

—En ese caso no serás humillada. ¿Quién esperaría que pudieras aguantar contra todos ellos? Limítate a disfrutar de la experiencia.

—Será espantoso.

—Es una tradición de lo más divertida.

—La quema de brujas también lo era —replicó Melody—. A menos que fueras la bruja.

Joel soltó una risita mientras llegaban al Colegio de la Creación. Fueron hasta una de las puertas y Melody extendió la mano para tirar de ella.

Joel se quedó helado. Era el despacho de Nalizar.

—¿Aquí?

—Sí —dijo Melody con una mueca—. La administración tenía una nota para él. Ah, sí, se me había olvidado. —Metió la mano en su bolsa, sacando de ella el libro *Orígenes del poder*, el que Joel había cogido prestado hacía unas semanas—. Nalizar pidió este libro y la biblioteca contactó conmigo, dado que yo era la última persona que lo había sacado en préstamo.

—¿Nalizar quiere este libro? —preguntó Joel.

—Pues... sí. Eso es lo que acabo de decir. Lo encontré en la oficina de Fitch, donde lo dejaste. Lo siento.

—No es culpa tuya —dijo Joel. Se había hecho la ilusión de que, en cuanto hubiera dedicado algún tiempo a estudiar los volúmenes de su padre, sería capaz de entender aquel libro.

—Enseguida vuelvo —dijo Melody, abriendo la puerta y corriendo escaleras arriba.

Joel esperó abajo, puesto que no tenía ningún deseo de ver a Nalizar. Pero... ¿por qué quería precisamente ese libro el profesor?

«Nalizar está involucrado en esto de alguna manera», pensó, yendo alrededor del edificio para mirar por la ventana del despacho. Entonces se detuvo en seco. El joven profesor estaba allí, con su largo tabardo rojo abotonado hasta el cuello, escrutando el campus por la ventana, aunque sus ojos pasaron por encima de Joel como si no reparara en él.

De pronto la cabeza Nalizar giró velozmente en dirección al muchacho y lo miró directamente a los ojos.

Otras veces, cuando había visto al profesor, Joel lo había encontrado altivo. Arrogante de un modo juvenil, casi ingenuo.

Ahora en la expresión de Nalizar no había nada de eso. Permanecía completamente inmóvil en aquella habitación sumida en las sombras, alto y erguido, con los brazos entrelazados a la espalda mientras bajaba la mirada hacia Joel. Contemplativo.

Nalizar se volvió al oír la llamada de Melody a la puerta y acto seguido se apartó de la ventana. Unos minutos después, la joven apareció al final de las escaleras cargada con una pila de libros y la bolsa llena de otros libros. Joel se apresuró a acudir en su ayuda.

—Uf —dijo ella mientras Joel cogía la mitad de los libros—. Gracias. Toma, este podría interesarte. —Deslizó un volumen sobre el extremo superior de su pila.

Joel lo cogió. *Postulaciones sobre la posibilidad de nuevas y todavía no descubiertas Líneas Rithmáticas* rezaba el título, de Gerald Taffington. Era el libro que había querido robarle a Nalizar, ese que el profesor había pedido en préstamo hacía unas semanas.

—¿Lo has robado? —preguntó en voz baja.

—Qué va —respondió Melody, yendo pendiente abajo con su pila de libros—. Nalizar me dijo que devolviera estos libros a la biblioteca como si yo fuera una especie de chica de los recados honoraria.

—Uh... es que eso es precisamente lo que eres, Melody. Solo que sin la coletilla de «honoraria».

Ella soltó un bufido y reanudaron la marcha colina abajo.

—Veo que Nalizar está sacando muchos libros —observó Joel, repasando los títulos en sus brazos—. Y todos son sobre teoría de la rithmática.

—Bueno, Nalizar es profesor —dijo Melody—. Eh, ¿qué haces?

—Mirar cuándo los sacó de la biblioteca —respondió Joel, manteniéndolos en equilibrio mientras intentaba pasar a la tapa de atrás en cada uno para mirar el sellado en la tarjeta—. Parece como si estos de aquí los hubiera tenido en préstamo durante menos de dos semanas.

—¿Y?

—Que eso es mucha lectura —dijo Joel—. Mira, este sobre reflexión avanzada del vigor lo sacó ayer. ¿Y ya lo está devolviendo?

Ella se encogió de hombros.

—No debe de haberlo encontrado tan interesante como se imaginaba.

—O eso, o es que está buscando algo —dijo Joel—. Por eso los lee por encima a ver si encuentra determinada información. Quizás intenta desarrollar otra línea nueva.

—¿Otra? —exclamó Melody—. Todavía insistes en relacionarlo con las desapariciones, ¿verdad?

—Tengo mis sospechas.

—Y si Nalizar está detrás de ellas —objetó Melody—, ¿por qué todas las desapariciones tienen lugar fuera del campus? ¿No se hubiera llevado a los estudiantes hasta los que era más fácil llegar?

—No habría querido atraer sospechas hacia su persona.

—¿Y el motivo? —preguntó Melody.

—No lo sé. Llevarse al hijo de un caballero-senador cambia mucho las cosas. Lo ocurrido deja de ser un problema local para convertirse en una crisis nacional. No tiene ningún sentido. A menos que eso fuese lo que él quería desde el principio.

Melody se lo quedó mirando.

—¿El razonamiento te parece forzado? —preguntó Joel.

—Claro. Si se tratara de crear una crisis nacional, entonces podría haberse limitado a secuestrar al caballero-senador.

Joel se vio obligado a admitir que tenía razón. ¿Cuáles eran los verdaderos motivos del Garabatos? ¿Tenían que ver con los rithmatistas, o solo buscaba sembrar la discordia entre las islas? Si todo se reducía a matar o secuestrar estudiantes, ¿de dónde habían salido las nuevas Líneas Rithmáticas, y por qué estaban involucrados los tizoides salvajes? ¿Lo estaban realmente? ¿Podían unos tizoides corrientes recibir unas instrucciones que los hicieran actuar igual que los salvajes, para así despistar a la policía?

Llegaron a la biblioteca y entraron en ella, después de lo cual fueron a devolver los libros de Nalizar. La señora Torrent les dirigió una de sus expresiones de disgusto patentadas mientras registraba los volúmenes, y después volvió a prestar a Melody el libro sobre Líneas Rithmáticas potenciales.

Salieron de la biblioteca y Melody le pasó el texto a Joel. Este se lo puso debajo del brazo.

—¿No íbamos a ir a la administración para ver si había alguna nota del vicario?

—Supongo —dijo ella, suspirando.

—Vaya, de pronto pareces como abatida.

—Yo soy así —replicó ella—. Los bruscos cambios de humor me hacen más interesante. De todas maneras, admitirás que no me has deparado una tarde muy agradable. He tenido ocasión de ver a Nalizar, con lo guapo que es, pero también me he visto obligada a pensar en la melé.

—Lo dices como si yo tuviera la culpa —protestó Joel.

—Bueno —replicó ella—, no iba a decirlo yo misma, pero ya que lo mencionas, considero que deberías pedirme disculpas.

—Oh, por favor.

—¿Es que no sientes ni aunque solo sea un poquito de pena por mí? —preguntó ella—. ¿No te da lástima verme obligada a ir allí para que toda la gente de la escuela se ría de mí?

—Quizá sabrás defenderte.

Ella lo miró con ojos inexpresivos.

—¿Has visto algún círculo de los míos, Joel?

—Estás mejorando.

—¡Falta menos de una semana para la melé!

—Vale —admitió él—, no tienes la menor posibilidad. Pero, bueno, la única manera de aprender es intentándolo.

—Realmente eres como un profesor.

—¡Eh! —exclamó Joel mientras iban hacia el edificio de la administración—. Eso me ha dolido. A lo largo de mi carrera escolar me he esforzado muchísimo para ser un transgresor. Apuesto a que he suspendido más asignaturas que tú.

—Lo dudo —replicó ella altivamente—. Y además, aunque lo hayas hecho, dudo que suspendieras tan espectacularmente o tan embarazosamente como lo hice yo.

—Ahí le has dado —asintió él con una risita—. Nadie es tan espectacularmente embarazoso como tú, Melody.

—Yo no he dicho eso.

Ya habían llegado al edificio, custodiado por los agentes de policía de Harding.

—Bueno, de lo malo saca lo que puedas —dijo Melody—. Si el rector York restringe la melé a los estudiantes y el profesorado, entonces no tendré que pasar vergüenza ante mis padres.

—Un momento. ¿Vendrían?

—Mis padres siempre vienen a la melé —dijo ella, torciendo el gesto—. Sobre todo cuando un vástago suyo va a participar en el encuentro.

—Cuando hablas de tus padres, suena como si pensaras que te odian o algo por el estilo.

—No es eso. Lo que pasa es que... bueno, mis padres son personas importantes. Siempre están muy ocupados. No les queda demasiado tiempo para esa hija que parece incapaz de entender la rithmática.

—No será para tanto —dijo Joel.

Ella lo miró con una ceja levantada.

—Tengo dos hermanos y una hermana, todos mayores que yo, todos rithmatistas. Los tres ganaron la melé al menos dos veces durante su carrera académica. William la ganó los cuatro años en que fue elegido para tomar parte en ella.

—Caray —murmuró Joel.

—Y yo ni siquiera soy capaz de dibujar un círculo como es debido —añadió Melody, echando a andar tan deprisa que Joel tuvo que correr para no quedarse atrás.

»No es que mis padres sean malas personas —continuó—. Pero, bueno, creo que les resulta más cómodo tenerme aquí. Floridia queda lo bastante lejos para que no tengan que verme a menudo. Probablemente podría ir a casa los fines de semana, y durante los primeros años lo hice. Pero últimamente, sin embargo, con la muerte de William... bueno, la verdad es que mi casa no es un sitio donde te puedas sentir muy a gusto.

—Espera —dijo Joel—. ¿Muerte?

Ella se encogió de hombros.

—Nebrask es peligrosa.

«Muerte —pensó Joel—. En Nebrask. Y su apellido es...» Muns. Joel se detuvo en seco.

Melody se volvió.

—Tu hermano —dijo Joel—. ¿Qué edad tenía?

—Me llevaba tres años —dijo Melody.

—¿Murió el año pasado?

Ella asintió en silencio.

—¡Tizas! —exclamó Joel—. Vi su necrológica en las listas que me pasó el profesor Fitch.

—¿Y?

—Y el año pasado —añadió Joel—, el profesor Nalizar estuvo involucrado en la muerte de un estudiante de rithmática. Por eso lo enviaron lejos del frente de batalla. ¡Puede que haya alguna relación! Quizá...

—Joel —masculló Melody, atrayendo su atención.

El muchacho parpadeó y al mirarla a los ojos vio la aflicción oculta tras una expresión de enfado.

—No metas a William en esto —advirtió ella—. Yo solo... No lo hagas. Si tienes que buscar conspiraciones alrededor de Nalizar, adelante. Pero no menciones a mi hermano.

—Lo siento —se disculpó Joel—. Pero... si resultara que Nalizar estuvo involucrado, ¿no querrías saberlo? —replicó.

—Es que ya sé que estuvo involucrado —dijo Melody—. Nalizar encabezó un equipo que fue más allá del Círculo de Nebrask para llegar hasta la misma base de la torre, en un intento de recuperar a mi hermano. Ni siquiera encontraron el cuerpo.

—¡Entonces quizá Nalizar mató a tu hermano! —apuntó Joel—. A lo mejor eso de que no pudo encontrarlo solo fue una mentira.

—Joel... —dijo ella, bajando la voz—. Solo voy a hablar de este tema una vez, ¿de acuerdo? William murió por su propia culpa. Corrió más allá de las líneas defensivas, y la mitad del contingente vio cómo acababa cubierto de tizoides.

»Mi hermano intentó demostrar que era un héroe, y puso en peligro a muchas personas. Nalizar fue al frente de un grupo más allá de la barrera para traerlo de vuelta. Nalizar arriesgó su vida por mi hermano.

Joel titubeó, recordando cómo describía ella siempre al profesor.

—Lo que le hizo a Fitch no me gustó nada —prosiguió Melody—, pero Nalizar es un héroe. Dejó el frente de batalla debido a la sensación de fracaso que le sobrevino por no haber sido capaz de rescatar a tiempo a William.

Para Joel había algo que no acababa de encajar en todo eso, pero no le dijo nada a Melody y se limitó a asentir.

—Lo siento —murmuró después.

Ella asintió, aparentemente dando por concluido el tema. Después recorrieron en silencio el resto del trayecto hasta el edificio de la administración.

«¿Así que de pronto Nalizar decidió que no podía soportar el fracaso? —pensó Joel—. ¿Dejó el frente de batalla debido a una muerte? Si fue su conciencia la que le hizo abandonar el frente de batalla, entonces ¿por qué se quejó tan amargamente de la política al rector York?

»Aquí está sucediendo algo relacionado con ese hombre.»

Abrieron la puerta de la administración y Joel descubrió complacido que tanto Harding como Fitch se encontraban allí. El inspector estaba hablando con Florence de suministros y alojamientos para sus agentes, mientras que el profesor se encontraba sentado en una de las sillas de espera.

—Ah, Joel —dijo Fitch, levantándose del asiento.

—¿Profesor? —contestó Joel—. No me estaría buscando, ¿verdad?

—¿Hum? ¿Qué? Ah, no, he de entregar al rector un informe sobre nuestro trabajo. Me hace venir aquí cada dos o tres días. No has descubierto nada nuevo, ¿verdad?

El muchacho negó con la cabeza.

—Solo acompaño a Melody en sus recados. —Quedándose callado, se apoyó en la pared mientras Melody iba a recoger otra pila de notas que entregar—. Aunque sí, ha habido una cosa —dijo finalmente.

—¿Hum?

—¿Qué sabe usted sobre el descubrimiento de la rithmática? —preguntó Joel—. De cuando el rey Gregory estaba vivo...

—Sé más que la mayoría —respondió Fitch—. Después de todo, soy historiador.

—¿Los relojes participaron de alguna manera en el descubrimiento?

—Ah —dijo Fitch—. Te refieres al informe de Adam Makings, ¿verdad?

—Sí.

—¡Ja! Todavía puedes convertirte en un especialista, muchacho. Un trabajo excelente, excelente. Sí, los primeros registros contienen ciertas referencias bastante extrañas al funcionamiento de los relojes, y no hemos conseguido averiguar por qué. Los primeros tizoides reaccionaban a ellos, aunque ahora ya no lo hacen. El poder que los engranajes ejerce sobre los tizoides es una de las razones por las que los mecanismos de resortes son utilizados tan a menudo en las iglesias monárquicas, ¿sabes?

—Es una metáfora —añadió Exton desde el otro lado de la habitación.

Joel levantó la vista; no se había dado cuenta de que el secretario estuviera prestando atención.

—Pregúntale acerca de ello al vicario cuando tengas ocasión —continuó Exton—. Los sacerdotes tienen una visión muy interesante del tiempo. Algo relacionado con la forma en que el hombre lo divide cuando introduce orden en el caos.

Se oyó una risita en aquel lado de la habitación, donde Florence había interrumpido su conversación con el inspector Harding.

—¡Exton! ¡Pensaba que estabas demasiado ocupado para charlar!

—Y así es —musitó él—. Casi he renunciado a poder hacer algo en este manicomio. Todo el mundo corre de un lado a otro y hace ruido continuamente. Voy a tener que encontrar alguna manera de trabajar cuando no haya nadie rondando por ahí.

—Bueno —dijo Joel al profesor Fitch—, entonces lo de los relojes probablemente solo sea un callejón sin salida, si otras personas ya repararon en ello y lo investigaron. —Suspiró—. No estoy seguro de que vaya a encontrar nada de utilidad en esos libros. No deja de asombrarme lo poco que sé acerca de la rithmática.

Fitch asintió.

—A veces yo siento exactamente lo mismo.

—Recuerdo estar sentado viendo el duelo que usted mantuvo con Nalizar —dijo Joel—. Creía saberlo todo, solo porque entendía las defensas que le estaba viendo utilizar. Pero hay mucho más de lo que pensaba entonces.

Fitch sonrió.

—¿Qué? —preguntó Joel.

—Lo que acabas de decir es la base sobre la que reposa toda la erudición. —Estiró el brazo y puso la mano sobre el hombro de Joel, que quedaba por encima del suyo—. Joel, hijo, tu contribución a esta investigación ha sido inapreciable. Si York no hubiera decidido que podía contar contigo como ayudante... bueno, no sé dónde estaríamos ahora.

Joel se encontró sonriendo. La sinceridad de Fitch era conmovedora.

—¡Ajá! —declaró una voz.

Joel dio media vuelta y encontró a Melody sosteniendo una carta. Un instante después la vio atravesar la oficina en una rápida carrera, lo que provocó que Exton frunciera el ceño. Llegó al mostrador que separaba la zona de trabajo del área de espera y extendió el brazo por encima de él, tendiéndole la carta a Joel.

—Es del vicario —dijo—. ¡Ábrela, ábrela!

Joel la aceptó con cierta vacilación. Estaba marcada con la cruz de relojería. Rompió el sello, inspiró hondo y abrió la carta.

Joel —rezaba esta—, he revisado tu caso y he hablado con el obispo de Nueva Britania, así como con el rector de tu escuela. Tras cierta deliberación, hemos determinado que, en efecto, tu petición no carece de fundamento. Si existe una posibilidad de que el Maestro quiera que seas un rithmatista, no deberíamos negarte la oportunidad.

Preséntate en la catedral el martes a las ocho en punto y se te proporcionará una túnica de Acogida. Tendrás una oportunidad de entrar en la cámara antes de que empiece la ceremonia habitual. Tráete contigo a tu madre y a cualquier persona con la que puedas tener el deseo de compartir este acontecimiento.

Vicario STEWART

Joel levantó la vista de la nota, atónito.

—¿Qué pone? —preguntó Melody, que ya no podía contenerse.

—Significa que todavía hay esperanza —dijo Joel, bajando la nota—. Voy a tener una oportunidad.

ANCLAR CÍRCULOS
DEFENSIVOS

Si se trazan Líneas de Vigor con un
arco largo, estas pueden emplearse
para mover otras líneas.

(Es una estrategia difícil contra
las Líneas de Prohibición, pero
mucho más sencilla para los
tizoides y las Líneas de Custodia.)

A causa de esto, es importante
anclar un Círculo Defensivo con
unas cuantas Líneas de Prohibición
conectadas a puntos de sujeción.
Cuantas más líneas se utilicen,
mayor será la estabilidad.
No obstante, si se emplean
demasiadas, eso impide
el desplazamiento dentro
de la propia defensa.

El rithmatista inteligente espera
hasta encontrar defensas que no
hayan sido ancladas debidamente,
y entonces las ataca.

Nota: Naturalmente, la Línea de Vigor
no tardará en quedarse sin potencia. No
obstante, incluso mover unos cuantos
centímetros la defensa de un oponente a
menudo puede producir excelentes resultados.

En general los rithmatistas optan
por conectar dos puntos de sujeción
mediante una Línea de Prohibición.

Una sola línea no es suficiente, ya que de esa
manera el círculo puede ser zarandeado hasta
soltarlo. Conviene utilizar dos.

Nota: Existen otras estrategias para anclar
el círculo.

CAPÍTULO

Ya entrada la noche, Joel permanecía inmóvil en su cama mientras intentaba poner algo de orden en sus confusas emociones. Un reloj hacía tictac en la pared del taller. Joel evitaba mirarlo; no quería saber la hora.

Era tarde. Y él estaba despierto. Justo el día anterior a su Acogida.

Sus probabilidades de convertirse en un rithmatista no llegaban a una entre cien. Hacerse esperanzas parecía ridículo, y sin embargo su nerviosismo hacía que el sueño quedara descartado. Iba a tener una oportunidad de convertirse en un rithmatista. Una oportunidad auténtica, real.

¿Qué implicaría si finalmente era elegido? No podría obtener un retribución hasta después de haber servido en Nebrask, y por lo tanto su madre probablemente tendría que seguir trabajando.

Nebrask. Tendría que ir allí. Joel no sabía gran cosa sobre lo que sucedía en aquel lugar. Estaban los tizoides salvajes, por supuesto. Los rithmatistas mantenían el enorme Círculo de Custodia, que medía centenares de metros de diámetro, para mantener a los tizoides y la Torre encerrados dentro de él.

También estaban los informes que hablaban de otras cosas que había en la isla. Cosas oscuras, inexplicadas. Cosas a las que Joel tendría que enfrentarse, en el supuesto de que fuera hecho rithmatista. Y él solo dispondría de un año para prepararse y aprender, mientras que otros estudiantes habían disfrutado de ocho o nueve.

«Por eso no permiten que las personas mayores lleguen a rithmatistas —comprendió—. Hay que adiestrarlas y enseñarles cuando son jóvenes.»

Los estudiantes iban a Nebrask para recibir su último año de instrucción. Después venían diez años de servicio, y luego la libertad. Algunos optaban por trabajar en las centrales de resortes, pero otros, le había dicho Melody, se quedaban en Nebrask. No por el dinero, sino por el reto. Por el esfuerzo y la lucha. ¿Sería ese el futuro de Joel?

«De todas maneras, no importa —pensó, cambiando de postura en un intento de obligarse a conciliar el sueño—. No voy a ser rithmatista. El Maestro no me escogerá porque no tendré tiempo suficiente para adiestrarme.»

Sin embargo, existía una posibilidad. Durante los treinta minutos siguientes, pensar en esa posibilidad impidió que Joel conciliara el sueño.

Finalmente, se levantó y extendió la mano hacia la lámpara junto a su cama. Dio vuelta a la llave lateral y después contempló a través del cristal los engranajes que empezaron a girar dentro de la lámpara. Varios pequeños filamentos se calentaron a causa de la fricción, emanando una iluminación que los reflectores del interior concentraron e hicieron salir por la parte de arriba.

Joel se inclinó sobre los libros que había junto a su cama y escogió uno. *Relato del cautiverio y la restauración de la señora Mary Rowlandson*, ponía en la primera página. Un diario, una de las primeras creaciones literarias de los colonizadores de las Islas Americanas. Lo que contaba había sucedido antes de que los tizoides salvajes iniciaran su gran ofensiva, pero después de que hubieran empezado a acosar a la gente.

«La soberanía y bondad del MAESTRO —leyó—, junto con la fidelidad mostrada a sus promesas, en un relato de la cautividad y restauración de la señora Mary Rowlandson. La segunda Adición [sic] corregida y enmendada. Escrita de su puño y letra para su uso privado, y ahora hecha pública a instancias de algunas amistades.

»El diez de febrero del decimosexto año de nuestra llegada, los tizoides salvajes llegaron en gran número para precipitarse sobre Lancaster. Oyendo un ruido de salpicaduras, miramos fuera; unas cuantas casas estaban ardiendo y el humo ascendía a los cielos. Los monstruos eran visibles sobre el suelo, serpenteando entre los cubos de agua que nuestros hombres habían arrojado.»

Agua. Se llevaba la tiza, pero no de forma muy efectiva. Aún no habían descubierto la composición de ácidos que disolvía a los tizoides con una sola salpicadura.

«En una casa se comieron a cinco personas: al padre, la madre y un niño de pecho los dejaron sin la piel y luego se les comieron los ojos. A las otras dos las hicieron salir por la puerta. Hubo dos más que, estando fuera de su guarnición por alguna circunstancia, fueron presa de ellas; una fue despojada de toda su piel, la otra escapó.

»Otra, viendo a muchos de los tizoides salvajes por los alrededores de su granero, se aventuró a salir fuera, pero rápidamente fue presa de ellos. Se le comieron los pies hasta que cayó al suelo entre gritos y entonces se le echaron encima. Hubo tres más pertenecientes a la misma guarnición que murieron en los ataques; los tizoides salvajes treparon por los lados de las paredes, atacaron desde todas las direcciones a la vez, derribaron linternas e iniciaron incendios. Así prosiguieron esas criaturas asesinas, prendiendo fuegos y destruyendo cuanto encontraban a su paso.»

Joel se estremeció en el silencio de su habitación. La frialdad del relato era inquietante y, al mismo tiempo, extrañamente fascinadora. ¿Cómo reaccionaría una persona que nunca hubiera visto un tizoide antes? ¿Cuál sería la respuesta ante una imagen viviente que trepaba por las paredes y se deslizaba bajo las puertas, atacando sin piedad, comiéndose la carne de los cuerpos?

La linterna seguía girando.

«Al final llegaron y pusieron sitio a nuestra casa, y prontamente fue el día más lúgubre que jamás presenciaron mis ojos. Se deslizaron bajo la puerta y se comieron rápidamente a un hombre de los nuestros, después a otro, y a un tercero después.

»Es llegada, pues, la hora terrible, de la que he oído hablar a menudo (en tiempos de guerra, como fue el caso de otros), pero ahora son mis ojos los que la ven. Algunos en nuestra casa luchaban por sus vidas, otros se revolcaban en su propia sangre, el edificio ardía en llamas sobre nuestras cabezas. Se oía el llanto de madres y niños gritando por sí mismos, y otro más: "Maestro, ¿qué haremos?"

»Entonces me llevé a mis hijos (y a uno de los de mi hermana) para partir y dejar la casa; pero tan pronto como llegamos a la puerta y aparecimos por ella, las criaturas de fuera subieron por la colina hacia nosotros.

»Mi cuñado (que había sido herido antes, mientras defendía la casa, y le sangraban las piernas) fue asaltado desde atrás y cayó gritando con un cubo de agua en las manos. En ese momento los tizoides salvajes bailaron desdeñosamente, silenciosamente, alrededor de él. Sin duda alguna son Demonios de los Abismos, muchos de ellos hechos a imitación del hombre, pero creados con rayas y palotes.

»Permanecí inmóvil presa del miedo mientras nos rodeaban. Así aquellas implacables criaturas hicieron una carnicería con mi familia, paralizada de terror, mientras la sangre se acumulaba a nuestros pies. Los niños fueron tomados mientras yo corría en busca del cubo para usarlo en nuestra defensa, pero había sido vaciado, y noté una fría sensación en la pierna, seguida por un intenso dolor.

»Fue en ese punto cuando lo vi, algo en la oscuridad, iluminado apenas por las llamas de nuestra casa ardiendo. Una forma que parecía absorber la luz, creada completamente de oscuridad, negrura que se movía: como carboncillo arañado y frotado contra el suelo, solo que manteniéndose erguida en las sombras junto a la casa.

»Esa profunda y terrible negrura observaba. Era algo llegado de los mismísimos Abismos. La forma se retorció, vibrando, como un fuego más negro que la pez dibujado con carboncillo.

»Observaba.»

Entonces algo crujió contra la ventana de la habitación de Joel.

Dando un salto, vio una sombra que se apartaba del pequeño panel de cristal. La ventana quedaba en lo más alto de la pared, justo donde empezaba el techo.

«¡Vándalos!», pensó Joel, acordándose de la imprecación que habían pintado en el edificio de Humanidades. Saltó de la cama y corrió a la puerta, echándose encima una chaqueta mientras lo hacía. Unos instantes después ya iba escaleras arriba y salía por la puerta.

Rodeó el edificio para ver qué habían escrito los vándalos, pero se encontró con que todo aquel lado estaba impoluto. ¿Se habría equivocado?

Entonces lo descubrió. Un símbolo escrito con tiza en la pared de ladrillo. Un remolino de curvas. La Línea Rithmática que aún no habían sido capaces de identificar.

La noche estaba extrañamente silenciosa.

«Oh no...», pensó Joel, sintiendo un frío terrible. Retrocedió alejándose de la pared y abrió la boca para pedir auxilio.

El grito le salió desusadamente suave. Sintió que el sonido casi era arrancado de su garganta, aspirado hacia ese símbolo, amortiguado.

«Los secuestros... —pensó, aturdido—. Nadie oyó a los rithmatistas mientras gritaban pidiendo ayuda. Salvo por unos cuantos sirvientes, en el lado del pasillo donde ese símbolo había sido dibujado con demasiada premura.

»Eso es lo que hace la línea. Absorbe el sonido.»

Retrocedió dando traspiés. Tenía que encontrar a la policía, dar la alarma. El Garabatos había ido a la residencia para...

La residencia. Aquella era la residencia general. En el edificio no había rithmatistas. ¿A quién había ido a buscar el secuestrador?

Unas temblorosas formas blancas aparecieron por encima del extremo superior del edificio y empezaron a arrastrarse pared abajo.

Iban a por él.

Joel chilló en vano, pues el sonido murió enseguida, y echó a correr a través del césped. «Esto no puede estar pasando —pensó con terror—. ¡No soy rithmatista! Se supone que el Garabatos solo va a por ellos.»

Corrió desesperadamente sin dejar de gritar pidiendo auxilio. Sin embargo, la voz que le salía de los labios apenas llegaba a ser un susurro. Joel miró atrás y vio que una pequeña ola de blancura lo seguía por el césped. Había alrededor de una docena de criaturas, menos que las que habían tomado parte en los ataques anteriores. Pero, naturalmente, Joel no era rithmatista.

Volvió a gritar, lleno de pánico, con el corazón retumbándole en el pecho y sintiendo frío por todo el cuerpo. Ni un solo sonido salió de su boca.

«Piensa, Joel —se dijo a sí mismo—. No te dejes dominar por el miedo. Si te entregas al pánico, morirás.

»Esa línea que roba el sonido no puede ser efectiva a tanta distancia. Alguien en una de las otras escenas del crimen se hubiera dado cuenta de que no podía emitir sonido alguno, y eso habría delatado la presencia de la línea.

»Lo cual significa que tiene que haber otras copias del símbolo cerca. Dibujadas formando una hilera, porque...

»Porque el Garabatos adivinó en qué dirección echaría a correr yo.»

Deteniéndose en seco, Joel miró frenéticamente a través del césped sumido en la oscuridad. No había otra iluminación que la procedente de unas cuantas linternas fantasma, pero a esa tenue luz, lo vio. Una línea blanca trazada a través del cemento de la acera. Una Línea de Prohibición.

Dándose la vuelta, miró hacia atrás. Los tizoides seguían avanzando, empujándolo hacia la Línea de Prohibición en un intento de acorralarlo y atraparlo. Probablemente también hubiera líneas a los lados; dibujar con tiza sobre la tierra era difícil, pero no imposible. Si quedaba atrapado entre Líneas de Prohibición...

Moriría.

El pensamiento casi bastó para aturdirlo de nuevo. La ola de tizoides se aproximaba, y en ese momento distinguió lo que había descrito Charles en su última nota. Aquellas cosas no eran como los tizoides tradicionales. Sus formas se estremecían violentamente, como ante algún sonido fantasmal. Brazos, piernas y cuerpos se confundían entre sí, como las visiones de un pintor demente incapaz de decidir cuál era la monstruosidad que quería crear exactamente.

«¡Muévete!», gritó algo en el interior de Joel. Respiró hondo y acto seguido echó a correr directamente hacia los tizoides. Cuando estuvo bien cerca, saltó hacia arriba, pasando por encima de las criaturas. Un instante después sus pies tocaron el suelo y volvió corriendo por donde había venido.

«Ahora hay que pensar deprisa —se dijo—. No puedes ir a la residencia. Simplemente pasarán por debajo de las puertas. He de encontrar a los soldados. Ellos tienen ácido.»

¿Dónde estaban las patrullas de Harding? Joel corrió lo más rápido que podían llevarlo sus piernas en dirección al lado rithmático del campus.

Empezaba a jadear. No podría ir más deprisa que los tizoides durante mucho tiempo. Entonces distinguió luces delante de él. El edificio de la administración del campus. Lanzó un grito entrecortado.

—¡Socorro!

Por suerte, el sonido tuvo toda la potencia que podían llegar a darle sus pulmones. Había conseguido salir de la trampa. No obstante, aunque el sonido ya no se hallaba amortiguado, su voz fue más bien débil. Joel llevaba demasiado tiempo corriendo a toda velocidad.

La puerta del edificio se abrió de golpe y Exton, luciendo su típica chaqueta con pajarita, miró hacia fuera.

—¿Joel? —llamó—. ¿Qué pasa?

El muchacho, sudoroso, sacudió la cabeza. Se atrevió a mirar atrás y vio a los tizoides arrastrándose rápidamente sobre la hierba justo detrás de él. A escasos centímetros de distancia.

—¡Cielo santo! —gritó Exton.

Joel se dio la vuelta, pero en su apresuramiento, tropezó y cayó al suelo.

Gritó, medio conmocionado y sin aliento a causa del golpe. Todavía aturdido, se encogió temerosamente a la espera del dolor, el frío, aquellos feroces ataques sobre los que había leído.

Pero no pasó nada.

—¡Socorro, policía, ayuda! —gritaba Exton.

Joel levantó la cabeza. ¿Por qué no estaba muerto? La linterna solitaria que veía brillar a través de la ventana del edificio administrativo proyectaba una tenue claridad sobre el césped. Los tizoides se estremecían muy cerca de él, rodeándolo en un corro de figuras que no paraban de vibrar. Manos diminutas, ojos, caras, piernas y garras se formaban periódicamente alrededor de tempestuosos cuerpos de tiza que no dejaban de girar y agitarse.

No avanzaron.

Joel se incorporó sobre los codos. Entonces lo vio: el dólar de oro que le había dado Melody. Se le había salido del bolsillo cuando cayó al suelo y brillaba sobre la hierba.

Los engranajes que contenía emitían un suave tictac que repelía a los tizoides. Unos cuantos intentaron avanzar, pero se mostraban reticentes.

De pronto se oyó un ruido de salpicadura y uno de los tizoides se disolvió en una oleada de líquido.

—Deprisa, Joel —dijo Exton, tendiéndole una mano desde una corta distancia al tiempo que sujetaba un cubo vacío en la otra. Joel se levantó del suelo, cogió la moneda de oro y corrió a través de la brecha que Exton acababa de crear en la línea de tizoides.

Este volvió a entrar corriendo en el edificio de la administración.

—¡Exton! —dijo Joel, siguiéndolo por la puerta y entrando en la oficina—. Tenemos que correr. ¡Aquí no podremos detenerlos!

Exton cerró la puerta de golpe, sin prestarle ninguna atención. Después se arrodilló en el suelo y se sacó del bolsillo un trozo de tiza. Dibujó una línea frente a la entrada, prolongándola por los lados de la pared y alrededor del umbral. Luego retrocedió.

Los tizoides se detuvieron fuera, aunque Joel llegó a vislumbrar que empezaban a atacar la línea. Exton procedió a dibujar otra línea en torno a Joel y a él mismo, dejándolos encerrados.

—¡Exton, eres un rithmatista! —exclamó Joel.

—Sí, pero fracasado —admitió Exton, a quien le temblaban las manos—. Hacía años que no llevaba una tiza encima. Pero, bueno, con todos los problemas que ha habido últimamente en la escuela...

En el otro extremo de la habitación, los tizoides se arrastraban sobre los paneles de la ventana, buscando vías de entrada. El parpadeo de la única linterna bañaba la oficina con una tenue iluminación que apenas podía alejar las sombras.

—¿Qué está pasando? —preguntó Exton—. ¿Por qué te perseguían?

—No lo sé —dijo Joel al tiempo que comprobaba la Línea de Prohibición que los rodeaba. No estaba particularmente bien dibujada, y no aguantaría mucho frente a los tizoides—. ¿Tienes más ácido? —preguntó.

Exton señaló con un movimiento de la cabeza un segundo cubo cercano, dentro de su cuadrado defensivo. Joel lo cogió.

—Es el último —advirtió Exton, retorciéndose las manos—. Harding los dejó aquí para nosotros.

Joel miró a los tizoides, visibles bajo la puerta, que estaban atacando la línea dibujada por Exton. Sacó la moneda.

Antes las había detenido. ¿Por qué?

—Tendremos que correr hacia las puertas, Exton —dijo, intentando evitar que el terror hiciera que le temblase la voz—. Los soldados que hay allí tendrán más ácido.

—¿Correr? —preguntó Exton—. ¡Yo... yo no puedo correr! ¡No estoy lo bastante en forma para huir de los tizoides!

Tenía razón, claro. Con lo rollizo que estaba, Exton no sería capaz de aguantar mucho tiempo. Joel sintió que le temblaban las manos, así que apretó los puños. Se arrodilló, sin dejar de mirar a los tizoides más allá de la Línea de Prohibición. Se estaban abriendo paso a mordiscos con alarmante rapidez.

Cogió la moneda y la puso en el suelo detrás de la línea. Los tizoides retrocedieron un poco.

Después, cautelosamente, las criaturas volvieron a avanzar y reanudaron su ataque contra la Línea de Prohibición.

«Maldita sea —pensó Joel—. Así que no las detendrá, o al menos no del todo.» Exton y él estaban metidos en un lío. Y de los gordos. Se volvió hacia el secretario, que se estaba secando la frente con un pañuelo.

—Dibuja otra caja a tu alrededor —le dijo.

—¿Qué?

—Dibuja tantas líneas como puedas —indicó Joel—. Asegúrate de que no se tocan entre sí salvo en las esquinas. Espera aquí —añadió mientras se volvía hacia la puerta—. Voy a ir en busca de ayuda.

—Joel, esas cosas están ahí fuera. —Exton se sobresaltó cuando la ventana se rajó de pronto. Miró los cristales, donde un par de tizoides habían empezado a atacarlos, arañando uno de los paneles con un sonido terrible. La rajadura se hizo más grande—. ¡Pronto estarán dentro!

Joel respiró hondo.

—No voy a quedarme sentado aquí como hicieron Herman y Charles, esperando a que se abra una brecha en mis defensas. Puedo llegar a las puertas, no hay demasiada distancia.

—Joel, yo...

—¡Dibuja las líneas! —gritó el chico.

Exton lo miró como si no supiera qué hacer, pero después se arrodilló en el suelo y empezó a encerrarse dentro de un conjunto de Líneas de Prohibición.

Joel se puso la moneda en la palma de la mano. Después cogió el cubo y vertió la mayor parte de su contenido debajo de la puerta, borrando la Línea de Prohibición. Los tizoides que había fuera desaparecieron como tierra lavada de una pared blanca. Joel abrió la puerta y, sin mirar atrás, echó a correr hacia las puertas de la academia.

Sabía que no podría correr lo bastante deprisa con un cubo lleno de líquido, así que lo tiró a sus espaldas.

Corrió, sosteniendo la moneda.

¿Qué le sucedería si las puertas no estaban custodiadas? ¿Y si el Garabatos había conseguido matar a los soldados o crear alguna clase de distracción?

Que moriría. Con la piel arrancada de la carne, con los ojos sacados de las órbitas. Igual que habían muerto todas aquellas personas en el relato de Mary Rowlandson.

«No —pensó con determinación—. Ella sobrevivió para escribir su historia.

»¡Y yo sobreviviré para escribir la mía!»

Chilló, impulsándose a sí mismo en una veloz carrera por el campus sumido en la oscuridad. Un instante después vio luces ante él. Y gente que se movía cerca de ellas.

—¡Alto! —ordenó uno de los agentes.

—¡Tizoides! —gritó Joel—. ¡Me están siguiendo!

Nada más oírlo, los agentes se apresuraron a coger cubos. Joel agradeció la previsión y organización de Harding, porque sus hombres no perdieron ni un segundo en pensar o preguntar. Formaron una línea defensiva, cubos en ristre, mientras

Joel pasaba corriendo entre ellos y caía de rodillas, exhausto y jadeante, con el corazón latiéndole a cien por hora.

Se volvió, apoyándose en el suelo con una mano. Lo habían seguido cuatro tizoides, más que suficientes para matarlo. Los cuatro se habían detenido en aquella oscuridad prácticamente absoluta, apenas visibles desde las puertas.

—Por el Maestro —susurró uno de los agentes—. ¿A qué están esperando?

—Quietos —ordenó otro policía, sosteniendo su cubo.

—¿Deberíamos cargar? —preguntó un tercero.

—Quietos —repitió el agente que había hablado antes.

Entonces los tizoides se dispersaron, desapareciendo en la noche.

Con un jadeo de agotamiento, Joel se dejó caer de espaldas en el suelo.

—Otro hombre está atrapado en el edificio de la administración —dijo respirando entrecortadamente—. Tienen que ir a ayudarlo.

Uno de los soldados levantó la mano, haciendo señas a un pelotón de cuatro para que fueran en esa dirección. Después empuñó su arma y disparó hacia arriba. Los resortes quedaron liberados con un seco chasquido metálico y la bala surcó el aire.

Joel, sudado y tembloroso, permaneció inmóvil en el suelo. Los soldados siguieron con sus cubos en ristre, nerviosos, hasta que Harding llegó al galope desde el este, montado en su corcel de relojería y empuñando su rifle.

—¡Tizoides, señor! —gritó uno de los agentes—. ¡En el edificio de la administración!

Harding masculló un juramento.

—¡Envíen tres hombres para que alerten a las patrullas alrededor de los alojamientos de los rithmatistas! —gritó después, haciendo volver grupas a su caballo para partir al galope hacia el edificio. Se echó el rifle al hombro mientras cabalgaba, sustituyéndolo por lo que parecía un odre de vino lleno de ácido.

Joel se conformó con quedarse tendido en el suelo, intentando asimilar lo que acababa de suceder.

«Alguien ha intentado matarme.»

Dos horas después, Joel estaba sentado en la oficina del profesor Fitch con un tazón de cacao caliente en las manos y su madre, llorosa, junto a él. La mujer alternaba los abrazos a su hijo con los reproches al inspector Harding por que no hubiera organizado patrullas para proteger a los no rithmatistas.

El profesor Fitch tenía la mirada velada, como si se sintiera aturdido después de enterarse de lo que acababa de suceder. Exton, aparentemente, se encontraba bien, aunque la policía estaba hablando con él en el edificio de la administración.

A poca distancia, Harding se hallaba de pie en compañía de dos soldados. La presencia de toda aquella gente abarrotaba el pequeño despacho parecido a un pasillo.

Joel no conseguía dejar de temblar, aunque eso lo llenaba de vergüenza. Pero había estado a punto de morir, y cada vez que volvía a pensar en ello, sentía que todo le daba vueltas.

—Joel, muchacho —dijo Fitch—. ¿Seguro que te encuentras bien?

Joel dijo que sí con la cabeza y después tomó un sorbo de su tazón de cacao.

—Lo siento, cariño —se lamentó la señora Saxon—. Soy una mala madre. ¡No debería pasar toda la noche fuera de casa!

—Hablas como si hubiera sido culpa tuya —dijo Joel en voz muy baja.

—Bueno, es que...

—No, mamá —la interrumpió Joel—. Si hubieras estado conmigo, podrían haberte matado. Mejor que estuvieras lejos.

Ella se echó hacia atrás en su taburete, todavía muy afectada.

Harding dio permiso para retirarse a sus hombres y después se acercó a Joel.

—Chico, encontramos las pautas de las que me hablaste —dijo—. Había cinco; una en la pared fuera de tu habitación, y cuatro más espaciadas a lo largo del suelo en la dirección que tomaste. Terminaban en una caja hecha con una Línea de Prohibición. Si no hubieras pensado con la rapidez con que lo hiciste, habrías quedado atrapado.

Joel asintió y su madre empezó a llorar de nuevo.

—Tengo a todo el campus en alerta, muchacho —dijo Harding—. Esta noche te has portado bien. Muy bien, de hecho. Has pensado deprisa, y has mostrado tanta valentía como capacidad física. Estoy impresionado.

—Casi me meé en los pantalones —susurró Joel.

Harding resopló.

—He visto hombres del doble de tu edad que se quedaban helados en el combate cuando vieron a su primer tizoide. Hiciste un trabajo asombroso. Es posible que hayas resuelto este caso.

Joel levantó la cabeza para mirarlo con sorpresa.

—¿Qué?

—Ahora no puedo hablar —dijo Harding, levantando una mano—. Pero si mis sospechas se confirman, por la mañana habré efectuado un arresto. Ahora deberías dormir un poco. —Titubeó—. Si esto fuera el campo de batalla, hijo, pediría que se te concedieran los máximos honores.

—Yo... —dijo Joel—. No sé si seré capaz de volver al taller para dormir...

—El chico y su madre pueden quedarse aquí —anunció Fitch, levantándose—. Yo me instalaré en una de las habitaciones vacías.

—Excelente —dijo el inspector—. Señora Saxon, pondré a diez hombres con ácido para que custodien esta entrada toda la noche, dos dentro de la habitación, si así lo desea.

—Sí —dijo ella—, por favor.

—Intente no preocuparse demasiado —añadió Harding—.

Estoy seguro de que lo peor ha pasado ya. Además, según tengo entendido, mañana te espera un día importante, Joel.

La ceremonia de Acogida. Joel casi se había olvidado de ella. Con un asentimiento de cabeza, se despidió de Harding, que salió y cerró la puerta.

—Bueno —dijo Fitch—. Como puedes ver la cama ya está hecha y debajo hay mantas extras para que duermas en el suelo. Espero que te parezca bien el arreglo.

—Sí, estupendo.

—Joel, muchacho —dijo Fitch—. Lo has hecho muy bien, de verdad.

—Corrí —replicó Joel en voz baja—. Es lo único que fui capaz de hacer. Debería haber tenido ácido en la habitación, y...

—¿Y qué, muchacho? —preguntó Fitch—. ¿Arrojar un cubo mientras los otros tizoides caían sobre ti? Un hombre solo no puede mantener el frente contra los tizoides; en Nebrask eso no tardas en aprenderlo. Hace falta una brigada de cubos, docenas de hombres, para mantener a raya a un grupo de esas criaturas.

El chico bajó la vista y Fitch se arrodilló.

—Joel. Por si te sirve de alguna ayuda, puedo imaginar lo que se siente. Yo... bueno, ya sabes que nunca hice muy buen papel en Nebrask. La primera vez que vi una carga de tizoides, me las vi y me las deseé para mantener mis líneas. Ni siquiera soy capaz de batirme en duelo con otra persona sin perder los nervios. Harding tiene razón: esta noche te has portado muy bien.

«Quiero ser capaz de hacer más —pensó Joel—. Luchar.»

—Exton es un rithmatista —expuso en voz alta.

—Sí —dijo Fitch—. Fue expulsado de la escuela rithmática durante sus primeros años en Armedius debido a ciertas... complicaciones. Sucede muy rara vez.

—Recuerdo haberle oído hablar de eso —dijo Joel—. A Melody. Profesor, quiero que dibuje esa nueva línea que encontramos, la de los remolinos.

—¿Ahora? —preguntó Fitch.

—Sí.

—Cariño —intervino su madre—, necesitas descansar.

—Solo eso, profesor —insistió Joel—. Después me iré a la cama.

—Sí, bueno, de acuerdo —accedió Fitch, sacando su tiza y arrodillándose para empezar a dibujar en el suelo.

—Su función es acallar las cosas —dijo Joel—. Absorbe el sonido.

—¿Cómo sabes...? —La voz prácticamente dejó de oírsele en cuanto terminó el dibujo.

Fitch parpadeó y levantó la vista hacia Joel.

—Bueno, que me aspen —dijo, pero su voz sonó mucho más débil, como si estuviera lejos de allí.

Joel respiró hondo y después intentó gritar «¡Lo sé!». Esta vez el sonido quedó todavía más amortiguado, por lo que apenas llegó a ser un murmullo. Cuando susurró, sin embargo, ese sonido sí que fue emitido con normalidad.

Fitch disipó la línea.

—Asombroso.

Joel asintió.

—Las que encontramos en las escenas de los crímenes ya no funcionaban, así que la línea debe de quedarse sin energía pasado un tiempo, o algo por el estilo.

—Joel... —dijo Fitch—. ¿Te das cuenta de lo que acabas de hacer? Has resuelto el problema al que tu padre dedicó toda su vida.

—Fue fácil —dijo Joel, presa de un súbito agotamiento—. Alguien me dio la respuesta: intentaron matarme con ello.

HACER REBOTAR LÍNEAS DE VIGOR

Las Líneas de Vigor reaccionan de una manera interesante contra las Líneas de Prohibición. En lugar de romperlas o desplazarlas, lo que hacen es reflejarse *EN* ellas adquiriendo una nueva dirección.

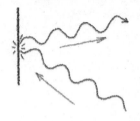

Las estrategias rithmáticas avanzadas incluyen el aprender a dibujar las Líneas de Prohibición con el propósito específico de que reflejen las Líneas de Vigor. A menudo, esta es una de las únicas formas de abrirse paso a través de las defensas de un enemigo.

Nótese que aquí el rithmatista hace que su Línea de Vigor rebote en las Líneas de Prohibición de su enemigo para atacar así su Círculo de Custodia.

A primera hora de la mañana siguiente, Harding arrestó a Exton.

Joel lo supo por Fitch mientras atravesaban el césped de camino a la catedral para la Acogida de Joel. Su madre le agarraba el brazo, como si temiera que en cualquier momento alguna bestia fuera a surgir de la nada para llevárselo.

—¿Ha arrestado a Exton? —se extrañó Joel—. No tiene sentido.

—Bueno, hum —dijo Fitch—. El asesinato rara vez lo tiene. Pero entiendo que estés afectado. Exton también era amigo mío, aunque a él nunca le gustaron los rithmatistas. Desde que fue expulsado.

—¡Pero volvió para trabajar aquí!

—Quienes sienten un odio muy intenso suelen estar fascinados por aquello que detestan —adujo Fitch—. Ya viste ese dibujo en la casa de Charles, el del hombre con el sombrero hongo y el bastón. Se parece muchísimo a Exton.

—Se parece a muchísima gente —replicó Joel—. ¡La mitad de los hombres de la ciudad llevan sombrero hongo y usan bastón! Solo era un boceto. No pueden servirse de eso como prueba.

—Exton sabía dónde vivían todos los estudiantes rithmatistas —le recordó Fitch—. Tenía acceso a los registros de Armedius.

Joel guardó silencio. Eran argumentos bastante sólidos. Pero ¿Exton? ¿El gruñón, pero siempre afable Exton?

—No le des más vueltas, hijo —le aconsejó su madre—. Si Exton no es quien buscan, estoy segura de que los tribunales determinarán su inocencia. Ahora tienes que prepararte. Si vas a ser acogido, deberías pensar únicamente en el Maestro.

—No —dijo Joel—. Quiero hablar con Harding. Mi Acogida... —No podía esperar. Otra vez no. Pero esto era importante—. ¿Dónde está?

Encontraron al inspector supervisando a un pelotón de agentes de policía que estaban registrando la oficina del campus. El rector York esperaba a cierta distancia, con aspecto de estar muy disgustado, en compañía de una llorosa Florence.

—¡Joel! —lo llamó ella, haciéndole señas con la mano—. ¡Diles que esto es una locura! ¡Exton nunca haría daño a nadie! Era un encanto de hombre.

El agente de policía que estaba junto a Florence, aparentemente interrogándola tanto a ella como al rector, la hizo callar. El inspector Harding examinaba unas notas en la entrada de la oficina y levantó la vista de ellas cuando Joel se acercó.

—Ah —dijo—. El joven héroe. ¿No deberías estar en algún sitio, muchacho? De hecho, tal como yo lo veo, deberías tener una escolta. Ahora mismo te mandaré a unos cuantos soldados para que te acompañen hasta la capilla.

—¿De verdad lo cree necesario? —preguntó Fitch—. Quiero decir que, bueno, dado que ya tiene en custodia a alguien que...

—Me temo que es necesario —declaró Harding—. Todo buen investigador sabe que no se deja de buscar solo por haber hecho ya un arresto. No habremos acabado hasta que sepamos con quién estaba trabajando Exton, y dónde escondió los cuerpos... es decir, dónde tiene a los jóvenes.

La madre de Joel palideció ante ese último comentario.

—¿Podría hablar a solas con usted un momento, inspector? —preguntó Joel.

Harding asintió y se alejaron una corta distancia.

—¿Está seguro de que tiene usted al hombre correcto, inspector? —preguntó Joel.

—Nunca llevo a cabo un arresto a menos que esté seguro, hijo.

—Anoche Exton me salvó.

—No, muchacho —dijo Fitch—. Lo que hizo fue salvarse a sí mismo. ¿Sabes por qué fue expulsado del programa rithmático hace treinta años?

Joel negó con la cabeza.

—La razón fue que no era capaz de controlar a sus tizoides —intervino Harding—. Eso lo volvía demasiado peligroso para enviarlo a Nebrask. Ya viste lo escurridizos que eran esos tizoides de la otra noche. Si carecían de forma era debido a lo precario del dibujo. Exton los lanzó contra ti, pero en realidad era incapaz de controlarlos, y por eso cuando volviste a conducirlos hacia él, no le quedó más remedio que dejarlos fuera.

—No lo creo —dijo Joel—. Harding, esto es un error. Ya sé que a Exton le caen mal los rithmatistas, pero eso no es razón suficiente para arrestar a un hombre. Hoy en día, la mitad de la población de las Islas Unidas parece odiarlos.

—¿Exton acudió en tu ayuda inmediatamente? —preguntó Harding.

—No —admitió Joel, acordándose de su caída y de los gritos de Exton—. Pero solo porque estaba asustado, y después acabó ayudándome. Inspector, conozco a Exton. Él nunca haría algo semejante.

—Las mentes de los asesinos son muy extrañas, Joel —dijo Harding—. A menudo, la gente se sorprende de que personas a las que conocían resulten ser tales monstruos. Esto es información confidencial, pero cuando registramos el escritorio de Exton encontramos objetos pertenecientes a los tres muchachos desaparecidos.

—¿Estaban allí? —preguntó Joel.

—Sí. Y en su habitación hallamos páginas y más páginas

donde echaba pestes de los rithmatistas. Textos llenos de odio y furia donde hablaba de... bueno, cosas desagradables. Lo he visto antes en los obsesos. Siempre son precisamente los que menos te esperas. Fitch me puso sobre aviso acerca del secretario hace unos días; algo le recordó que Exton había estudiado en Armedius.

—Los registros censales —indicó Joel—. Yo estaba con el profesor cuando se acordó.

—Ah, sí —dijo Harding—. ¡Bueno, ojalá hubiera hecho caso antes al profesor! Empecé a investigar a Exton discretamente, pero no fui lo bastante rápido. Solo logré juntar las piezas cuando fuiste atacado anoche.

—¿A causa de esas líneas onduladas? —preguntó Joel.

—En realidad, no —dijo Harding—. Fue por lo que sucedió ayer por la tarde en la oficina. Tú estabas allí, hablando con Fitch, y él te elogió por haber sido de tanta ayuda en el proceso de encontrar al Garabatos. Bueno, cuando me enteré de que habías sido atacado, mi mente empezó a funcionar. ¿Quién podría tener un motivo para matarte? Solo alguien que supiera lo valioso que eras para el trabajo de Fitch.

»Exton también oyó esas palabras, hijo. Sin duda temía que lo relacionaras con la nueva Línea Rithmática. Probablemente la vio cuando tu padre estaba trabajando en ella, ya que tu padre fue a ver al rector en busca de fondos para investigar cómo funcionaba la línea. Pero la prueba que me preocupó de verdad la conseguimos aún más tarde, cuando algunos de mis hombres registraron sus alojamientos.

Joel sacudió la cabeza. Exton. ¿De verdad podía haber sido él? La revelación de que podía tratarse de alguien tan próximo, alguien a quien él conocía y entendía, resultaba casi tan inquietante como el mismo ataque.

«Cosas pertenecientes a los tres chicos desaparecidos, encontradas en su escritorio —pensó Joel, sintiendo un escalofrío—. Esos objetos... quizá los tenía por... no sé, ¿razones relacionadas con el caso? ¿Los había recogido en la residencia de los estudiantes para enviárselos a las familias?»

—York dice que no dio ninguna orden al respecto —dijo Harding—. Ahora la única pregunta que queda por responder es el paradero de los chicos. No te voy a mentir, muchacho. Es probable que estén muertos, enterrados en alguna parte. Tendremos que interrogar a Exton para encontrar las respuestas.

»Todo este asunto es muy desagradable. Lo que más me duele es que haya tenido lugar durante mi turno. No sé cuáles serán las ramificaciones, tampoco. El hijo de un caballero-senador muerto, un hombre que fue contratado por el rector York responsable...

Joel asintió, sin saber muy bien qué decir. Seguía sin estar convencido del todo. Era como si faltase algo. Pero necesitaba tiempo para pensar en ello.

—Exton... —dijo—. ¿Cuándo se le juzgará?

—Casos así tardan meses en llegar a los tribunales —respondió Harding—. No será en el futuro inmediato, pero nos harás falta como testigo.

—¿Mantendrá usted el confinamiento en el campus?

Harding asintió.

—Durante al menos otra semana, sin perder de vista a los estudiantes rithmatistas. Como te dije antes, un arresto no es razón para volverse descuidado.

«Entonces todavía dispongo de tiempo —pensó Joel—. Exton tardará en ser juzgado, y el campus sigue estando a salvo. Si es que lo estuvo alguna vez.»

Eso parecía suficiente por ahora. Joel estaba agotado, y todavía tenía que vérselas con su ceremonia de Acogida. Primero se ocuparía de eso y después quizá dispondría de tiempo para pensar, a ver si conseguía determinar qué era lo que no acababa de encajar en toda aquella historia.

—Tenía que pedirle una cosa —dijo—. Mi amiga, Melody. Quiero que asista a mi Acogida. ¿La dejará salir del campus durante el día de hoy?

—¿Melody es esa alborotadora pelirroja? —preguntó Harding.

Joel asintió con una leve mueca.

—Bueno, de acuerdo, pero que conste que lo hago por ti —dijo Harding. Habló con un par de soldados, que fueron rápidamente a buscarla.

Joel esperó, padeciendo por Exton, que esperaba en la cárcel. «Lo de llegar a ser rithmatista es potencialmente importante —pensó—. He de seguir adelante con esto. Si soy uno de ellos, mis palabras tendrán más peso.»

Los soldados acabaron regresando con Melody, cuyos rizos rojos resultaban claramente visibles incluso en la lejanía. Cuando estuvo más cerca, la muchacha corrió hacia Joel. Este se despidió de Harding con una inclinación de cabeza y fue al encuentro de su amiga.

—Tú —dijo ella, señalándolo con el dedo—, ahora sí que te has metido en una buena.

—¿Qué? —preguntó Joel.

—Te embarcaste en una aventura, faltó poco para que te mataran, luchaste con tizoides, ¡y no me invitaste!

Joel puso los ojos en blanco.

—Francamente, eso fue de lo más desconsiderado por tu parte —prosiguió ella—. ¿De qué sirve tener amigos si de vez en cuando no los pones en situación de peligro de muerte?

—Sí, creo que incluso podrías calificarlo de trágico —se burló Joel, sonriendo levemente mientras se reunía con su madre y el profesor Fitch.

—No —dijo Melody—. Estoy pensando que necesito una nueva palabra. «Trágico» ya no tiene el efecto que busco. ¿Qué te parecería «atroz»?

—No está mal —dijo Joel—. ¿Vamos, entonces?

—Supongo que me alegro de que estés bien —dijo Melody—. La noticia se ha propagado por todo la residencia rithmática. A la mayoría de los demás se les pone la cara como un tomate cuando piensan que quien resolvió el rompecabezas, y quien los salvó, fue un no rithmatista. Por supuesto, la mitad de ese enrojecimiento facial probablemente se deba a que ninguno de nosotros puede irse todavía.

—Claro —dijo Joel—. Harding es un tipo muy cuidadoso. En mi opinión, sabe lo que se hace.

—¿Le crees, entonces?

«Objetos que habían pertenecido a cada uno de los estudiantes —pensó Joel—. Y páginas enteras despotricando, diciendo que quería vengarse de ellos...»

Fueron por el mismo sendero que Joel había recorrido a la carrera la noche anterior, lleno de terror en la oscuridad, cuando iba al encuentro de los guardias.

—No lo sé —dijo.

Joel recordaba buena parte de lo que estaba diciendo el padre Stewart en ese momento de la última vez en que había pasado por una ceremonia de Acogida. En aquella ocasión él no estaba tan nervioso; quizás había sido demasiado joven para comprender en qué se estaba metiendo.

Las rodillas le dolieron un poco cuando las hincó en el suelo, vestido con una túnica blanca, ante el padre Stewart, quien lo roció con agua y lo ungió con aceite. Si Joel quería entrar en la Cámara de Acogida, antes tenían que volver a pasar por todo el ritual.

¿Por qué todo tenía que suceder a la vez? Joel aún estaba fatigado por la falta de sueño, y no podía dejar de pensar en Exton. El secretario había parecido asustado de verdad. Pero lo habría estado, naturalmente, si era cierto que sus propios tizoides fueron hacia él para atacarlo.

Joel se sentía como si se hubiera visto arrastrado por algo muchísimo más grande que él. Había nuevas Líneas Rithmáticas. Había resuelto esa búsqueda en la que su padre había fracasado, y sin embargo no se le iba a pagar por ello: todos los contratos de patrocinio firmados por su padre expiraron cuando transcurrieron los cinco años de plazo estipulados sin que ninguna línea hubiera llegado a ser producida. Con todo, el mundo quedaría impresionado por el descubrimiento de una nueva pauta rithmática tan distinta de las otras.

El padre Stewart entonó algo en el idioma antiguo, que Joel apenas reconoció como procedente de las escrituras. En lo alto, los apóstoles giraron sus cabezas mecánicas. A la derecha de Joel, el presanto Euclides se alzaba dentro de un mural triangular.

Joel estaba a punto de ser uno de los no conversos más viejos que jamás hubieran pasado por la ceremonia de Acogida. El mundo parecía estar convirtiéndose en un lugar más incierto. Las muertes en Armedius habían soliviantado a las islas, y se hablaba de otra guerra civil. Las realidades de la alta política estaban empezando a parecerle cada vez más cercanas a Joel. Más y más aterradoras.

La vida no era simple. Nunca lo había sido. Solo que él no lo había sabido.

«Pero ¿cómo encaja Nalizar en todo esto? —pensó Joel—. Sigo sin confiar en ese hombre.» Exton había expresado en varias ocasiones lo poco que le gustaba el joven profesor, pero quizá fuese algo en qué pensar. ¿Podría haber incriminado Nalizar a Exton?

Quizá Joel solo quería descubrir que Nalizar estaba haciendo algo horrible.

El padre Stewart dejó de hablar. Joel parpadeó, cayendo en la cuenta de que no había estado prestando atención. Levantó la vista y el padre Stewart asintió, con un temblor de su fina barba blanca. Después señaló la Cámara de Acogida detrás del altar.

Joel se puso en pie. Fitch, su madre y Melody estaban sentados en los bancos; por lo demás el templo se hallaba vacío, ya que la ceremonia de Acogida regular para quienes tenían ocho años todavía tardaría unas horas en empezar. La gran sala de la catedral titilaba con la claridad que emanaba de las vidrieras y los delicados murales.

Joel rodeó sin hacer ruido el altar, yendo a la cámara cuadrada, cuya puerta estaba adornada con una estrella de seis puntas. Joel la miró, después se sacó la moneda del bolsillo y la sostuvo ante él.

El engranaje principal que se movía dentro tenía seis dientes. El centro de cada uno correspondía a la ubicación de una de las seis puntas. El engranaje más pequeño a la derecha solo tenía cuatro dientes. El que había a la izquierda mostraba nueve dientes, dispuestos a intervalos irregulares. Los tres encajaban formando una sola estructura, que tenía que estar sincronizada a la perfección para accionar con el engranaje irregular de nueve dientes.

«Vaya», pensó Joel, guardándose la moneda en el bolsillo. Después empujó la puerta para entrar.

Dentro encontró una habitación de mármol blanco que contenía un cojín para arrodillarse y un pequeño altar hecho con un bloque de mármol, culminado por un cojín para apoyar los codos. En la habitación no parecía haber nada más; aunque una linterna mecánica, montada en una caja cristalina de manera que proyectaba su luz centelleante sobre las paredes, derramaba un intenso resplandor desde lo alto.

Joel esperó, sin moverse y con el corazón palpitándole en el pecho. No pasó nada. Se arrodilló, temerosamente, pero no supo qué decir.

Eso era otra pieza en todo aquel rompecabezas. ¿Había realmente un Maestro en el cielo? Gente como Mary Rowlandson, la esposa del colono sobre la que había leído la noche anterior, creían en Dios.

Los tizoides salvajes no la habían matado. La mantuvieron prisionera, impidiéndole huir. Nadie sabía cuáles habrían sido sus motivos para semejante acto.

Finalmente Mary Rowlandson escapó, en parte gracias a los esfuerzos de su esposo y algunos otros hombres de la colonia. ¿Su supervivencia había sido dirigida por el Maestro, o fue pura suerte? ¿Qué creía Joel?

—No sé qué decir —murmuró—. Me imagino que si estás ahí, te enfadarás si aseguro que creo si en realidad no es así. La verdad es que tampoco estoy seguro de que no crea. Podrías estar ahí. Espero que estés, supongo.

»En cualquier caso, quiero ser rithmatista. A pesar de todos los problemas que causará. Yo... necesito el poder para enfrentarme a ellos. No quiero volver a correr.

»Seré un buen rithmatista. Conozco las defensas mejor que casi ningún otro en el campus. Defenderé a las islas en Nebrask. Serviré. Solo déjame ser rithmatista.

No sucedió nada. Joel esperó. La mayoría de quienes iban a la Cámara de Acogida entraban y salían rápidamente, así que supuso que no tenía sentido quedarse a esperar. O sería capaz de dibujar las líneas cuando se fuera, o no.

Dio media vuelta, dispuesto a irse.

Algo estaba inmóvil en la habitación detrás de él.

Sobresaltado, Joel retrocedió tan de prisa que estuvo a punto de caer sobre el pequeño altar. La cosa que estaba detrás de él era de un blanco brillante. Era tan alta como Joel, y tenía forma humana, aunque era muy flaca, de brazos delgadísimos y solo mostraba una línea recta por cabeza. En una mano sostenía lo que parecía un tosco arco.

La cosa parecía haber sido como dibujada, pero no se adhería a las paredes o a los suelos del modo en que lo hacían los tizoides. Su forma era primitiva, como los dibujos antiguos que se encontraban en la pared de un acantilado.

De pronto, Joel recordó la historia que había leído antes, el relato del explorador que encontró un desfiladero donde los dibujos bailaban.

La cosa no se movió. Joel se inclinó cautelosamente hacia un lado y advirtió que cuando la observaba desde ese ángulo, casi desaparecía.

Retrocedió un poco para poder mirar de frente a la cosa. ¿Qué haría ese ser? Joel dio un vacilante paso hacia delante, al tiempo que extendía la mano. Se detuvo y después tocó a la cosa.

Esta se estremeció violentamente y cayó al suelo, pegándose a la superficie como un dibujo hecho con tiza. Joel retrocedió dando traspiés mientras la cosa se escurría velozmente por debajo del altar.

El muchacho cayó de rodillas y entonces descubrió una hendidura en la base del altar. Más allá de ella solo había oscuridad.

—No... —murmuró, extendiendo la mano—. Por favor. ¡Vuelve!

Permaneció arrodillado allí durante casi una hora. Finalmente, llamaron a la puerta.

Joel la abrió y encontró al padre Stewart esperando fuera.

—Ven, chico —dijo el padre Stewart—. Sea lo que sea, ya ha sucedido. Ahora veremos cuál ha sido el resultado.

Le tendió un trozo de tiza.

Joel salió de la cámara de Acogida sintiéndose aturdido y confuso. Cogiendo la tiza sin decir nada, fue hacia un bloque de piedra puesto en el suelo con el propósito de que se dibujara en él. Se arrodilló. Melody, Fitch y su madre se aproximaron.

Joel dibujó una Línea de Prohibición en la parte superior del bloque. Melody se apresuró a extender la mano hacia ella, pero Joel ya sabía qué sucedería.

La mano de la muchacha pasó por encima del panel a través de la línea. Su expresión se oscureció.

El padre Stewart parecía no saber qué cara poner.

—Bueno, hijo, al parecer el Maestro tiene otros planes para ti. En su nombre, te declaro miembro pleno de la Iglesia del Monarca. —Titubeó—. No lo consideres un fracaso. Ve, y el Maestro te guiará al camino que él ha escogido. —Era lo mismo que le había dicho hacía ocho años.

—No —exclamó Melody—. ¡Aquí hay un error! Se suponía que... Se suponía que esta vez todo iba a ser diferente...

—Tranquila, no pasa nada —la calmó Joel, sintiéndose exhausto. La aplastante sensación de derrota, combinada con el agotamiento, hacía que le costara respirar.

Por encima de todo, lo que quería ahora era estar solo. Dio media vuelta y salió lentamente de la catedral para regresar al campus.

LA DEFENSA TAYLOR

Se ha dicho que es la defensa más poderosa conocida por la rithmática.

La Taylor resulta muy eficaz a la hora de concentrar el fuego y los tizoides del enemigo en esos pasillos abiertos.

Emplear esta defensa en los duelos regulares suscita cierta controversia porque se sirve de dos círculos. Su uso está permitido, pero si el círculo exterior es atravesado, eso se considera una derrota.

La Defensa Taylor se sirve de dos círculos, uno dentro del otro. El rithmatista ha de poseer la capacidad de un experto para que esos círculos sean perfectamente concéntricos, ya que de otra manera las Líneas de Prohibición dirigidas hacia el exterior no pasarán a través de los puntos de sujeción del otro círculo.

El gran número de tizoides defensivos le confiere una extraordinaria resistencia. No obstante, el rithmatista TIENE que dibujar muy rápido.

Nótese el uso de Líneas de Prohibición externas para hacer rebotar en ellas Líneas de Vigor.

Llamada a menudo «Defensa Imposible», la Taylor es una de las defensas conocidas más difíciles debido a que depende no de uno, sino de dos círculos de nueve puntos.

CAPÍTULO

23

Joel pasó la mayor parte del día durmiendo, pero aquella noche no intentó ir a la cama. Se sentó ante la mesa de su padre mientras los engranajes de una linterna de relojería zumbaban suavemente en la pared detrás de él.

Había quitado los libros de la mesa, haciendo sitio a las viejas anotaciones de su padre, que había puesto junto a unos cuantos trozos de su mejor tiza. Las notas y los diagramas parecían carecer de importancia. El misterio había sido resuelto. El problema había terminado.

Joel no era rithmatista. Había fallado a su padre.

«Basta ya —se dijo—. Deja de compadecerte a ti mismo.»

Le entraron ganas de volcar la mesa, de ponerse a gritar. Quería romper los trozos de tiza y luego pisotearlos hasta reducirlos a polvo. ¿Por qué se había atrevido a abrigar esperanzas, si ya sabía que muy pocas personas eran elegidas?

Una gran parte de la vida se reducía a decepción. Joel se preguntaba muchas veces cómo era posible que la humanidad tuviera tanta capacidad de aguante, y si los escasos momentos en que las cosas iban bien realmente compensaban todo el resto.

Así era como acababa todo. Joel estaba de nuevo en el mismo punto donde empezó, igual que antes. Sus calificaciones habían sido tan mediocres que ya no podría aspirar a proseguir su formación académica en cuanto terminara los estudios en Armedius. Ahora ni siquiera contaba con la pequeña y vaga esperanza de encontrar alguna manera de llegar a ser rithmatista.

Los tres estudiantes a los que se habían llevado estaban muertos. Desaparecidos para siempre, dejados por Exton en tumbas anónimas. El asesino se había visto frenado, pero ¿qué significaba eso para las familias que habían perdido a sus hijos? El dolor no se mitigaría por ello.

Joel se inclinó hacia delante.

—¿Por qué? —les preguntó a los papeles y anotaciones—. ¿Por qué todo tiene que acabar así?

La obra de su padre quedaría olvidada debido a las horribles acciones de Exton. El secretario sería recordado como un asesino, pero también como el hombre que al final había resuelto el misterio de una nueva Línea Rithmática.

«¿Cómo? —pensó Joel—. ¿Cómo resolvió ese misterio? ¿Cómo se las arregló Exton, un hombre que suspendió las asignaturas, para descubrir cosas que ningún especialista en rithmática había sido capaz de desentrañar?»

Se levantó y empezó a ir de un lado a otro. Las anotaciones de su padre continuaban desafiándolo, como si brillaran a la luz de la linterna.

Joel fue hacia ellas y se puso a rebuscar entre las hojas, intentando dar con la más antigua. Acabó encontrando una, amarilleada por el paso del tiempo, uno de cuyos bordes había empezado a ponerse marrón.

«He vuelto a ir a los frentes de Nebrask —leyó—, pero fue muy poco lo que descubrí. Quienes sirven allí hablan de que continuamente están sucediendo cosas extrañas, aunque nunca parecen suceder cuando yo estoy presente.

»Sigo convencido de que existen otras líneas. Necesito saber qué es lo que hacen antes de poder determinar nada más.»

Al final de la página había un símbolo dibujado, la Línea de Silenciamiento, con sus cuatro volutas.

—¿Dónde? —preguntó Joel—. ¿Dónde obtuviste esto, papá? ¿Cómo lo descubriste? ¿En Nebrask?

Si ese hubiera sido el caso, entonces otros sabrían de ello. Seguramente los rithmatistas en el frente de batalla, si veían líneas así, intuirían su significado. ¿Y quién las dibujaría? Los tizoides salvajes no dibujaban líneas. ¿O acaso sí lo hacían?

Joel dejó a un lado la hoja y empezó a inspeccionar el diario de su padre, en un intento de fechar cuándo había escrito aquel pasaje.

La última entrada, correspondiente al día antes de su muerte, daba Nebrask como el destino de aquel viaje.

Joel se recostó en el asiento y se puso a pensar en ello. Después fue pasando las hojas hacia atrás hasta llegar a las primeras fechas de un viaje. Una visita a la isla Zona Árida.

Zona Árida, cerca de Bonneville y Texas. Todas ellas eran islas del suroeste. El padre de Joel había ido allí en varias ocasiones, según las entradas del diario.

Joel frunció el ceño y miró los libros que había dejado en el suelo. Uno era el que Nalizar había sacado de la biblioteca, aquel que hablaba de más Líneas Rithmáticas. Joel lo cogió y, abriéndolo por el final, observó la tarjeta donde se detallaba el historial del libro en la biblioteca. El volumen solo había sido pedido en préstamo un par de veces a lo largo de los años.

El padre de Joel encabezaba la breve lista. Su primera visita a Zona Árida había tenido lugar pocas semanas después de que hubiera sacado el libro.

Joel abrió el volumen y miró los títulos de los capítulos. Uno llevaba por título «Teorías históricas de las nuevas líneas». Pasó directamente a ese y fue examinando su contenido a la luz de una sola linterna.

Tardó unas cuantas horas en dar con lo que buscaba. «Algunos de los primeros exploradores —decía el libro— contaron haber visto extraños dibujos en los acantilados de aquellas islas del suroeste. No podemos saber quién los creó, ya que una gran parte de América se hallaba deshabitada en el momento de la llegada de los europeos.

»Según han afirmado algunos, las líneas dibujadas siguiendo esas pautas tienen propiedades rithmáticas. No obstante, la mayoría de los especialistas lo descarta. Muchas formas extrañas pueden ser dibujadas y cobrar vida de tizoide a partir de una Línea de Creación. Eso no las convierte en una nueva Línea Rithmática.»

Joel pasó a la página siguiente. Allí, frente a él, estaba un esbozo de la criatura que había visto en la Cámara de Acogida ese mismo día, apenas unas horas antes.

«¿Qué está pasando aquí?», pensó mientras leía el pie de la imagen. Este rezaba así: «Uno de los muchos dibujos hechos por el capitán Estévez durante sus exploraciones de la isla Zona Árida.»

Joel parpadeó sorprendido y volvió a bajar la vista hacia su mesa.

En ese momento se produjo un ruidito en la ventana.

Con un chillido, Joel saltó de su asiento y extendió la mano hacia el cubo de ácido que le había proporcionado el inspector Harding, pero entonces vio qué había al otro lado de la ventana.

Cabello rojo, ojos muy grandes. Melody le sonreía al tiempo que agitaba la mano. Joel miró el reloj. Eran las dos de la madrugada.

Con un gemido, el muchacho salió del taller y subió los escalones que llevaban a la puerta de la residencia, que se hallaba cerrada. Melody estaba fuera. Tenía la falda arrugada y ramitas en el pelo.

—¿Se puede saber qué estás haciendo aquí? —preguntó Joel.

—Pasar frío —contestó ella—. ¿No vas a invitar a entrar a una dama?

—No sé si sería apropiado...

Como si no le hubiera oído, Melody entró y bajó al taller. Joel suspiró, cerró la puerta y la siguió. Una vez dentro, Melody se volvió hacia él con los brazos en jarras.

—Esto es terrible —dijo.

—¿El qué? —preguntó Joel.

—Realmente, no hace tanto efecto como la palabra «trági-co», ¿verdad? —Se dejó caer en una silla—. Necesito otra pa-labra.

—¿Sabes qué hora es?

—Estoy enfadada —prosiguió ella, haciendo caso omiso de su pregunta—. Nos han tenido encerrados todo el día. Tú padeces insomnio, así que pensé que podía venir a chincharte un poco.

—¿Diste esquinazo a los guardias?

—Por la ventana. Segundo piso. Hay un árbol cerca. Bajar por un tronco es más difícil de lo que parece.

—Tienes suerte de que no te pillaran los soldados.

—Anda ya —replicó ella—. Los soldados no están ahí.

—¿Qué?

—Oh, hay un par en la puerta principal —dijo ella—. Pero solo esos dos. Los que patrullaban bajo las ventanas se fueron hace poco. Supongo que les habrán cambiado el turno o algo por el estilo. De todos modos, eso no cuenta. Lo importante, Joel, es esta tragedia de la que intento hablarte.

—¿Te refieres a que te hayan tenido encerrada?

—A eso, sí —contestó ella—. Y al hecho de que Exton está entre rejas. Él no lo hizo, Joel. Sé que no lo hizo. En una ocasión me dio la mitad de su bocadillo.

—¿Y eso es razón para que no sea un asesino?

—Hay más—dijo Melody—. Exton es un tipo encanta-dor. Se queja mucho, pero me cae bien. Tiene buen corazón. También es inteligente.

—La persona que ha estado haciendo todo esto es bastan-te inteligente.

—Exacto. ¿Por qué iba a atacar Exton al hijo de un caba-llero-senador? Si quería pasar desapercibido, me parece una estrategia bastante estúpida. Esa es la parte de todo este asun-to que no tiene sentido. Deberíamos estar preguntándonos por qué, y me refiero a por qué atacar a Charles. Si lo averi-guáramos, apostaría a que el verdadero motivo para todo esto saltaría a la vista.

Joel la miró con expresión pensativa.

—Harding dispone de pruebas contra Exton —dijo pasados unos instantes.

—¿Y?

—Que normalmente las pruebas sirven para demostrar que una persona es culpable.

—No me lo creo —replicó Melody—. Mira, si Exton fue expulsado de aquí hace tantos años, ¿cómo llegó a ser tan buen rithmatista como para crear una línea de la que nadie más sabía absolutamente nada?

—Sí, ya lo sé. —Se levantó de la silla—. Acompáñame... —dijo, saliendo por la puerta.

Melody lo siguió.

—¿Adónde vamos?

—A la oficina del profesor Fitch —respondió Joel, al tiempo que empezaba a cruzar el campus sumido en la oscuridad. Caminaron en silencio durante un rato antes de que el muchacho cayera en la cuenta—. ¿Dónde están las patrullas de la policía?

—No lo sé —contestó Melody—. ¿Recuerdas que te he dicho que ya no se las veía por ninguna parte?

Joel apretó el paso. Llegaron al Colegio de la Custodia y corrieron escaleras arriba. Joel estuvo llamando a la puerta durante unos instantes, y finalmente esta fue abierta por el profesor Fitch, visiblemente adormilado.

—¿Hum?

—Profesor, creo que está sucediendo algo —dijo Joel.

El hombre bostezó.

—¿Qué hora es?

—Temprano —contestó el chico—. Profesor, ¿vio las líneas que pretendían atraparme? ¿La jaula de Líneas de Prohibición que supuestamente dibujó Exton?

—¿Sí? —preguntó Fitch.

—¿Estaban bien dibujadas?

—Sí, eran buenas. Expertamente rectas.

—Profesor —prosiguió Joel—, yo vi las líneas que Exton

dibujó en la puerta. No tenían la forma adecuada. Hizo un pésimo trabajo.

—Porque intentaba engañarte, Joel.

—No. Exton temía por su vida. Lo vi en sus ojos. ¡Nunca habría dibujado deliberadamente mal en esas circunstancias! Profesor, ¿y si Nalizar...?

—¡Joel! —lo cortó Fitch—. ¡Ya empiezo a hartarme de esa fijación tuya con el profesor Nalizar! Yo... bueno... detesto levantar la voz, pero ¡es que ya no puedo más! ¿Me despiertas a horas intempestivas para hablarme de Nalizar? Él no lo hizo, por mucho que tú quieras lo contrario.

Joel no dijo nada mientras Fitch se frotaba los ojos.

—No es por ser cascarrabias, de verdad —dijo después el profesor—. Es solo que... bueno, mejor hablamos por la mañana.

Con eso y un bostezo, cerró la puerta.

—Estupendo —masculló Melody.

—La falta de sueño le sienta fatal —opinó Joel—. El profesor siempre ha sido así.

—¿Y ahora qué? —preguntó Melody.

—Vayamos a hablar con los soldados que custodian tu residencia —dijo Joel, corriendo escaleras abajo—. A ver si averiguamos por qué los otros no están de patrulla.

Volvieron a atravesar el campus en la oscuridad y Joel empezó a desear haberse traído consigo aquel cubo de ácido. Pero seguramente los hombres de Harding...

Se detuvo en seco. La residencia de los estudiantes rithmatistas estaba justo delante, y la puerta se hallaba abierta. Dos formas yacían sobre la hierba ante la entrada.

—¡Tizas! —exclamó Joel, echando a correr seguido de Melody.

Las formas resultaron ser los soldados. Temblando de nerviosismo, Joel le buscó el pulso al primero.

—Vivo, pero inconsciente —dijo. Repitió la operación con el otro soldado, descubriendo que también seguía con vida.

—Esto..., Joel —musitó Melody—. ¿Te acuerdas de lo que

te dije esta mañana, eso de que estaba muy enfadada contigo por no haberme invitado a ser atacada en tu compañía?

—Sí.

—Pues lo retiro completamente.

Joel levantó la vista hacia la entrada abierta. En el interior había reflejos de luz, tenuemente visibles a lo lejos.

—Ve en busca de ayuda —pidió.

—¿Adónde? —preguntó ella.

—Las puertas principales —dijo él—, la administración. ¡No lo sé! Tú encuentra ayuda. Yo iré a averiguar quién está dentro.

—Joel, no eres rithmatista. ¿Qué puedes hacer?

—Ahí dentro puede haber personas en peligro de muerte, Melody.

—La rithmatista soy yo.

—Si el Garabatos realmente está ahí —dijo Joel—, dará igual cuál de los dos entre. Tus líneas no serán ninguna defensa contra él. ¡Ve!

Melody permaneció inmóvil por un instante y después partió a la carrera.

Joel miró la entrada abierta. «¿Qué estoy haciendo?»

Apretó los dientes y entró. En el rincón, encontró unos cuantos cubos de ácido, cogió uno y con él se sintió un poco más seguro mientras empezaba a subir sigilosamente las escaleras. Los chicos estaban en el primer piso, las chicas en el segundo y unas cuantas familias de profesores en el tercero. Durante la noche había matronas de residencia estacionadas en el segundo piso para hacer cumplir las normas. Si Joel conseguía dar con alguna de ellas, quizá podrían ayudar.

Llegó al final del tramo de escaleras en el segundo piso y entró en el vestíbulo, que parecía hallarse vacío.

Entonces oyó algo en las escaleras detrás de él.

Joel se volvió, presa del pánico, y vio que algo bajaba los escalones detrás de él, moviéndose en la oscuridad reinante. Sin pensar apenas, Joel alzó su cubo de ácido y arrojó el contenido.

El algo resultó ser una persona: la salpicadura de ácido caló por completo al sorprendido Nalizar.

Con un jadeo ahogado, el profesor se frotó los ojos mientras Joel chillaba y se apresuraba a retroceder por el vestíbulo. Aturdido por el pánico, pensó en correr a la habitación de Melody, donde podría utilizar el árbol del que ella le había hablado antes para bajar por el tronco y alejarse. Oyó que Nalizar lo seguía soltando maldiciones.

De pronto chocó de lleno con algo invisible. El impacto lo lanzó hacia atrás, dejándolo aturdido en el suelo. El pasillo estaba muy poco iluminado, de forma que Joel no vio la Línea de Prohibición en el suelo.

—Estúpido mocoso —masculló Nalizar, agarrándolo por el hombro.

El chico chilló y le dio un puñetazo en el estómago con todas sus fuerzas. Nalizar gruñó, pero no aflojó su presa. Lo que hizo fue extender la pierna y pasar el pie por el suelo, arañándolo. Su pie dejó tras de sí una línea de tiza.

«Tiza en el tacón del zapato —pensó Joel—. Buena idea. Difícil hacer líneas rectas, pero una buena idea.»

Nalizar lo mandó al suelo de un empujón, y después completó una Caja de Prohibición a su alrededor. El profesor le sujetaba el brazo con tanta fuerza que Joel gimió de dolor.

Estaba atrapado.

Joel chilló y tanteó la caja invisible con las manos. Era sólida.

—Idiota —dijo Nalizar, limpiándose la cara con una parte seca de su tabardo—. Si sobrevives a esta noche, me deberás un tabardo nuevo.

La piel se le veía irritada a causa del ácido, y tenía los ojos inyectados en sangre, aunque el ácido que se echaba en los cubos no era lo bastante concentrado como para ser realmente peligroso para los seres humanos.

—Yo... —dijo Nalizar.

Una de las puertas del pasillo se abrió de golpe, interrumpiéndolo. El joven profesor se volvió en redondo cuando una figura salió al pasillo. Joel apenas pudo entrever la cara en la penumbra.

Era el inspector Harding.

Nalizar se quedó inmóvil por un segundo, goteando ácido. Miró a Joel y después al inspector.

—Bien —le dijo—, así que es usted. Por fin le he encontrado.

Harding no se movió. En la penumbra, la cúpula que rematba su sombrero del cuerpo de policía hacía que pareciese un sombrero hongo. Bajando el rifle, Harding apoyó la mano en la culata y puso la punta del cañón contra el suelo. Como si fuera un bastón.

Llevaba el sombrero calado de tal manera que Joel no podía verle los ojos. Lo que sí podía ver, en cambio, era la horrible sonrisa del inspector. Harding abrió la boca y echó la cabeza hacia atrás.

Un enjambre de tizoides convulsos salió de su boca como un torrente, para bajarle correteando por el pecho y esparcírsele sobre el cuerpo.

Con un juramento, Nalizar se arrodilló y dibujó un círculo en torno a sí mismo. Joel lo vio completar la Defensa Easton con trazos rápidos y cuidadosos.

«Harding —pensó Joel—. Mencionó que había una comisaría federal cerca de la casa de Lilly Whiting. Y también comentó que él estaba de ronda en la misma zona de donde se llevaron a Herman Libel, e incluso afirmó que el Garabatos se estaba burlando de él al atacar tan cerca.

»Y después, Charles Calloway. Mientras estábamos investigando la casa de Charles, Harding señaló que la noche anterior había estado allí, intentando conseguir que la familia enviara a su hijo de vuelta a Armedius.

»Cuando Harding galopó hacia las puertas después de que lo llamaran la noche en que fui atacado, llegó del este. De la dirección del campus general, no del rithmático. Había estado allí, controlando a los tizoides.

»Exton no fue el único que oyó al profesor Fitch cuando

decía lo importante que era yo. Harding también estaba allí.

»¡Tizas!»

Joel gritó pidiendo ayuda mientras golpeaba la barrera invisible con los puños. ¡De pronto todo adquiría sentido! ¿Por qué atacar a los estudiantes fuera del campus? ¿Por qué llevarse al hijo del caballero-senador?

Para inspirar el pánico. Para que todos los estudiantes de rithmática se congregaran en Armedius, mientras que de otra manera hubiesen permanecido en sus casas. Harding había asegurado el campus, trayendo allí a todos los rithmatistas, incluida la mitad que normalmente vivía a una gran distancia, y los había encerrado en la residencia.

Así los tenía juntos a todos y podía acabar con ellos de un solo golpe.

Joel siguió golpeando inútilmente los muros de su prisión invisible. Gritó, pero tan pronto como su voz alcanzaba determinado nivel de decibelios, el exceso de sonido se desvanecía. Miró a un lado y vio una de las Líneas de Silenciamiento, escondida contra la blancura de la pared pintada. Se encontraba lo bastante alejada para que solo le absorbiera la voz cuando gritaba, no cuando hablaba en un tono normal.

Soltó una maldición y cayó de rodillas. Harding disipó la Línea de Prohibición en el pasillo, aquella con la que había chocado Joel, y la multitud de tizoides avanzó y rodeó a Nalizar para atacar sus defensas. El profesor trabajó rápidamente, sacando la mano de su círculo y dibujando Líneas de Vigor para arrancar trozos de los tizoides. Eso no pareció surtir demasiado efecto. Aquellas criaturas informes simplemente hacían que les volvieran a crecer.

Joel empujó la base de su prisión buscando el punto más débil. Encontró una sección, la que Nalizar había dibujado con el pie, que ofrecía bastante menos resistencia. Allí el trazo no era tan recto.

Joel se lamió el dedo y se puso a frotar la base de la línea. Como táctica no era gran cosa. Las Líneas de Prohibición eran las más sólidas de las cuatro. Joel solo podía frotar en el lado, desgastando cuidadosamente la línea poco a poco. Era un proceso que, según los manuales, podía durar horas.

A Nalizar, por su parte, las cosas tampoco le estaban yendo muy bien. Aunque había dibujado una defensa brillante, había demasiados tizoides. El inspector Harding se alzaba entre las sombras. Apenas parecía moverse, como si no fuera más que una sonriente estatua oscura.

Entonces su brazo se movió mientras el resto de su cuerpo permanecía completamente inmóvil. Bajó la punta del cañón de su rifle y Joel distinguió un trozo de tiza sujeto a ella con cinta adhesiva. Harding dibujó una Línea de Vigor en el suelo.

Solo que no era del todo una Línea de Vigor. Era demasiado directa, y en lugar de curvas tenía lo que casi parecían dientes de sierra. Como la segunda nueva Línea Rithmática que habían encontrado en la casa de Lilly Whiting. Joel casi se había olvidado de ella.

La nueva línea salió disparada hacia delante igual que lo hubiese hecho una Línea de Vigor, atravesando a algunos de los tizoides del mismo Harding antes de hacer impacto en las defensas. Con un juramento, Nalizar extendió la mano para dibujar una curva y reparar el trozo que acababa de quedar arrancado.

La manga de su tabardo goteaba ácido, que cayó directamente sobre su círculo y abrió un agujero en él. Nalizar se lo quedó mirando, y los tizoides se apresuraron a huir del ácido. Entonces, uno se abalanzó sobre la gota, quedando disuelto. Otro tizoide siguió al primero. Eso diluyó el ácido, ya que el siguiente tizoide que entró en contacto con él no se desvaneció, sino que empezó a atacar los lados del agujero que había causado el ácido.

—Estás cometiendo un error —dijo Nalizar, levantando la vista hacia Harding.

El hombre dibujó otra línea con dientes de sierra. Esta pasó por el agujero y alcanzó de lleno a Nalizar, que salió despedido hacia atrás.

Joel se quedó boquiabierto. «Es una Línea de Vigor que puede afectar a algo más que la tiza —comprendió—. Eso es... ¡es asombroso!»

Los tizoides que cambiaban de forma se retiraron. Nalizar yacía en el centro de su círculo, inconsciente. Harding sonrió, con los ojos siempre en sombra, y después fue hacia la siguiente puerta del pasillo, que estaba a la derecha de Joel. La abrió empujándola con la mano y el muchacho vio a las chicas que dormían allí dentro.

Un enjambre de tizoides salvajes fluyó en pos de Harding e inundó la residencia. Joel gritó, pero la Línea de Silenciamiento le robó la voz. Una de las chicas se removió y acabó incorporándose en la cama.

Los tizoides se abalanzaron sobre ella y enseguida la cubrieron por completo. La joven tenía la boca abierta, pero de ella no salió sonido alguno. En la pared había otra Línea de Silenciamiento, dibujada para evitar que nada despertara a las otras estudiantes.

Joel no pudo hacer más que mirar, sin dejar de dar puñetazos en la pared invisible al tiempo que la joven temblaba y se retorcía mientras un grupo de tizoides se le metía en la boca, todavía abierta en un desesperado intento de gritar. Le clavaron las garras en la piel, cubriéndosela con alfilerazos de sangre. Más y más tizoides se arrastraron al interior de su boca.

La joven no dejaba de temblar. Convulsionada por los espasmos, cayó al suelo y rodó por él mientras parecía encogerse y perder volumen. Su figura empezó a ondular. Joel miraba, horrorizado. La chica no tardó en ser indistinguible de aquellos tizoides dibujados apresuradamente.

Harding observaba en silencio con una gran sonrisa, los dientes al descubierto, los ojos envueltos en sombras.

—¿Por qué? —inquirió Joel—. ¿Qué está pasando?

Harding no respondió mientras sus tizoides empezaban a cebarse en las otras chicas de la residencia. Una por una, dos muchachas más fueron consumidas y transformadas. Lo horrendo del espectáculo hizo que Joel apartara la mirada. Los tizoides que habían sido disueltos en el ácido ya estaban formándose de nuevo, emergiendo del charco mientras volvían a la vida.

Harding fue a la siguiente habitación, pasando junto a Joel. Abrió la puerta y entró, y el muchacho descubrió que una Línea de Silenciamiento ya había sido dibujada en la puerta. Harding probablemente las había hecho antes de empezar a actuar.

Los tizoides garabateados fluyeron por el pasillo detrás de Harding, y después desaparecieron dentro de la habitación. Al pensar en las chicas que dormían dentro, Joel sintió que se le revolvía el estómago. Poniéndose de rodillas, volvió a arañar su línea en un desesperado intento de atravesarla. Sus esfuerzos eran en vano.

De pronto un tizoide se le puso delante y empezó a atacar la línea.

Saltando hacia atrás, Joel echó mano de su moneda e intentó servirse de ella para alejar a la criatura, pero esta hizo caso omiso tanto de la moneda como de él.

En ese momento el chico se dio cuenta de que la criatura era un unicornio y miró hacia donde una cara atisbaba tras la esquina que había frente a él, pasillo abajo. Melody dibujó otro unicornio y lo envió en auxilio del primero. Joel dio un paso atrás, asombrado por la rapidez con que el unicornio abría agujeros en la línea de Nalizar.

«Los tizoides se le dan realmente bien», pensó mientras atravesaba una brecha lo bastante grande para que pudiera escurrirse por ahí. Sudando, corrió hacia su amiga.

—Melody —susurró. Mientras no chillara, las Líneas de Silenciamiento no le robarían la voz. El sonido no llegaría a propagarse lo bastante lejos, suponía, como para activarlas.

—Joel, esta pasando algo muy malo —dijo ella—. No hay ni un solo soldado en las puertas o en la administración. Probé a llamar a las puertas de los profesores, pero nadie me respondió. ¿Ese del suelo es el profesor Nalizar?

—Sí, Melody —dijo Joel—. Venga, tenemos que...

—¡Le has derrotado! —exclamó ella con sorpresa, poniéndose en pie.

—No, creo que estaba equivocado acerca de él —respondió el muchacho con voz apremiante—. Hemos de...

Entonces Harding salió de la habitación y miró en su dirección, interponiéndose entre ellos y las escaleras. Melody gritó, pero la mayor parte del sonido quedó amortiguado y Joel, mascullando un juramento, la agarró de la mano. Juntos, echaron a correr por el pasillo.

El pasillo de la residencia formaba un cuadrado, con habitaciones que daban al interior y afuera. Si podían recorrer todo el contorno, llegarían a las escaleras.

Melody que corría con él, de pronto lo detuvo agarrándolo del brazo.

—Mi habitación —dijo señalando con el dedo—. Por la ventana.

Joel asintió con un gesto. Cuando Melody abrió la puerta, los dos amigos se encontraron ante una oleada de tizoides que entraban por la ventana abierta, arrastrándose por las paredes como una inundación de arañas blancas. Harding los había enviado por la fachada del edificio.

Joel cerró la puerta con un juramento mientras Melody volvía a gritar. Como se estaban alejando de las Líneas de Prohibición, aquel grito no quedó tan amortiguado como los anteriores.

Los primeros tizoides empezaron a escurrirse por debajo de la puerta. Otros llegaron correteando por el pasillo desde el extremo en el que estaba Harding. Joel tiró de Melody en dirección a las escaleras, pero se quedó helado cuando vio a otro grupo de tizoides que llegaba desde ahí.

Estaban rodeados.

—¡Oh, tizas! ¡Oh, tizas! ¡Oh, tizas! —murmuró Melody. Se arrodilló en el suelo, dibujó un círculo en torno a ellos y añadió un cuadrado de Prohibición alrededor del círculo—. Estamos perdidos. Vamos a morir.

Harding dobló la esquina. El inspector era una silueta oscura que se movía en silencio, sin decir palabra. Se detuvo mientras los tizoides empezaban a atacar el círculo de Melody, y después levantó la mano para accionar la llave de la linterna más próxima, arrojando un poco más de luz al pasillo.

En aquella media claridad, parecía aún más distorsionado que cuando estaba en penumbra.

—¡Hábleme! —pidió Joel—. ¡Harding, usted es mi amigo! ¿Por qué está haciendo esto? ¿Qué le sucedió ahí fuera, en Nebrask?

Harding empezó a dibujar una de sus Líneas de Vigor modificadas. El círculo que había hecho Melody no tardaría en ceder. Los tizoides se removían y temblaban, como si estuvieran impacientes por morderles la carne.

De pronto, una voz resonó en el pasillo, nítida y airada.

—¡Déjelos en paz!

Harding se volvió hacia la figura que acababa de detenerse en el otro extremo del pasillo. Vestida con un tabardo de rithmatista desabrochado, sostenía un trozo de tiza en cada mano.

Era el profesor Fitch.

Dibujo del segundo piso de la residencia rithmática hecho por Joel

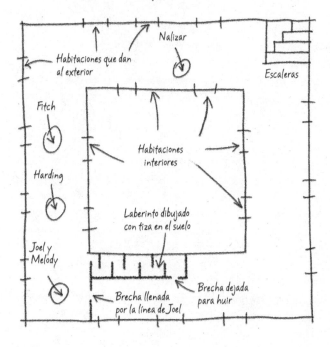

Habitaciones que dan al exterior

Nalizar

Escaleras

Fitch

Harding

Joel y Melody

Habitaciones interiores

Laberinto dibujado con tiza en el suelo

Brecha dejada para huir

Brecha llenada por la línea de Joel

CAPÍTULO

24

El profesor Fitch estaba temblando. Joel lo veía incluso desde esa distancia. La oleada de tizoides se apartó de Joel y Melody y corrió hacia el profesor.

Harding levantó su rifle.

Fitch se arrodilló y dibujó una Línea de Prohibición en el suelo. Un instante después se produjo un estruendoso chasquido y un sonido de aire en movimiento cuando el rifle fue disparado.

La bala voló por el pasillo, chocó con la línea y se detuvo a escasos centímetros de la cabeza de Fitch. Después perdió su inercia y cayó hacia atrás, lejos, rebotando en el suelo con un tintineo metálico.

En ese momento Harding dejó escapar su primer sonido, un rugido de furia que las Líneas de Silenciamiento se encargaron de acallar. Aun así, fue lo bastante potente para hacer que Fitch se estremeciera y levantara la vista, con los ojos desorbitados de miedo. El anciano profesor titubeó.

Entonces miró a Joel y Melody, atrapados en su círculo que empezaba a desmoronarse. Fitch apretó la mandíbula y las manos le dejaron de temblar. Bajó la mirada hacia la oleada de tizoides que se aproximaba y extendió las dos manos para apoyar la punta de su tiza contra el suelo a cada lado de él.

Se puso a dibujar.

Joel se incorporó y, asombrado, vio que Fitch giraba y se

servía de su tiza para dibujar dos Líneas de Custodia una dentro de otra, ambas de lo más perfecto que Joel hubiera visto nunca. Después el profesor añadió pequeños círculos en el exterior, uno tras otro en rápida sucesión, dibujando los círculos con una mano mientras con la otra trazaba una Línea de Prohibición dentro de cada uno para que sirviera de ancla.

La Defensa Taylor.

—Profesor... —susurró Joel. La defensa era perfecta. Majestuosa—. Sabía que usted podía hacerlo.

—Joel —intervino Melody—. Escucha. Presta atención. Tenemos que salir de aquí.

Se arrodilló y utilizó su tiza para disipar la Línea de Prohibición alrededor de ellos.

—No —dijo Joel, mirándola—. Melody, esos tizoides no son naturales. Fitch no puede hacerles frente; no pueden ser destruidos. Tenemos que ayudarle.

—¿Cómo?

Joel miró atrás.

—Disipa todas esas líneas que nos rodean.

Mientras ella así lo hacía, Joel se arrodilló y sacó de su bolsillo un trozo de tiza azul.

—¡Eh, has empezado a llevar encima algo de tiza! —exclamó Melody.

—La tiza de mi padre —explicó Joel mientras dibujaba en el suelo una pauta laberíntica rectangular—. Ve a dibujar esto en el corredor. Hazlo todo lo largo que puedas y deja abierta esta pequeña sección en el lado y en el extremo más alejado.

Ella asintió y fue donde le había dicho él para empezar a dibujar. Joel cogió su tiza y cerró la brecha que Melody había dejado abierta.

—¿De qué nos va a servir esto? —preguntó ella mientras dibujaba apresuradamente.

—Ya lo verás —respondió Joel, volviéndose de nuevo hacia Harding y Fitch. El profesor dibujaba con furia y le estaba yendo bastante mejor que a Nalizar. Había logrado encerrar en cajas a un par de los tizoides del Garabatos, dejándolos atrapados.

Desgraciadamente, sus defensas exteriores ya casi habían sido consumidas. Así no iba a aguantar mucho.

Joel dio a Melody todo el tiempo que se atrevió y entonces gritó:

—¡Eh, Harding!

El inspector se volvió.

—La noche pasada —dijo Joel— usted intentó matarme. Ahora tiene la ocasión de acabar conmigo. Porque si no lo hace, iré a buscar ayuda y... —Sin llegar a terminar la frase, chilló. Aparentemente, Harding no necesitaba que lo animaran, porque casi una tercera parte de sus tizoides ya volvían por el pasillo en dirección a Joel y Melody, aliviando en parte la presión a que estaba sometido el acosado Fitch.

Joel dio media vuelta y corrió pasillo abajo. Melody había dibujado deprisa, y aunque sus líneas no eran perfectamente rectas, servirían. Joel entró en el largo pasadizo de tiza que había trazado Melody, con Líneas de Prohibición a cada lado de él, y después empezó a avanzar por el corto laberinto de líneas.

Como había esperado, los tizoides fueron en masa detrás de él. Podrían haber llegado hasta Melody si hubieran sabido que la sección de líneas que había dibujado Joel no era rithmática; pero, igual que antes, los tizoides parecieron quedar tan engañados por una falsa línea como hubiera podido sucederle a un humano, al menos en un primer momento.

Joel salió como una exhalación por el agujero al final del pequeño laberinto.

—¡Ciérralo!

Melody así lo hizo, dejando bloqueados a los tizoides. Las criaturas dieron media vuelta inmediatamente para escapar por el inicio del laberinto.

—¡Vamos! —dijo Joel, quien echó a correr en compañía de Melody. Ambos libraron una frenética carrera con los tizoides, que debían seguir los recodos del laberinto para llegar al final. Joel y Melody pasaron por la brecha donde él había dibujado una línea no rithmática, y acto seguido Melody cerró la entrada al laberinto.

Después se quedó inmóvil, jadeando, mientras los tizoides se estremecían frenéticamente. Enseguida empezaron a atacar las paredes.

Joel se volvió.

—¡Melody! —chilló al ver que otro grupo de tizoides se había apartado del profesor Fitch y se dirigía hacia ellos.

Chillando también, Melody se apresuró a dibujar una línea que cruzaba el pasillo y después la prolongó a ambos lados por la pared para protegerlos.

Eso dejó atrapadas a las criaturas de nuevo. Harding dejó a la segunda oleada de tizoides allí, royendo la línea que mantenía separados del combate a Joel y Melody.

—¡Es cuanto podemos hacer, profesor! —gritó el muchacho. Después, en un tono más bajo, añadió—: Vamos, vamos...

Fitch dibujaba con una expresión de intensa concentración. Cada vez que parecía flaquear, levantaba la cabeza para mirar a Melody y Joel rodeados de tizoides. Entonces su ademán se hacía más resuelto y seguía con su trabajo.

Harding-Garabatos gruñó y acto seguido empezó a lanzar contra Fitch sus Líneas de Vigor reforzadas. El profesor dibujó expertas Líneas de Prohibición que no solo bloquearon, sino que también desviaron las Líneas de Vigor.

Respirando con jadeos entrecortados, Joel no apartaba la mirada de lo que hacía Fitch mientras Melody fortificaba sus defensas, dibujando líneas de refuerzo allí donde parecía que los tizoides estaban a punto de abrirse paso.

—Vamos, vamos... —repitió Joel—. Usted puede hacerlo, profesor.

Fitch trabajaba frenéticamente, dibujando con ambas manos. Su defensa era digna de un verdadero experto; atraía a los tizoides hacia puntos débiles, para luego dejarlos bloqueados dentro de Líneas de Custodia.

Y entonces, con una sonrisa en los labios, Fitch dibujó una Línea de Vigor con dientes de sierra como había estado haciendo Harding.

La línea salió disparada por la habitación y alcanzó de lleno al sorprendido inspector, haciendo que saliera despedido hacia atrás. Harding se estrelló contra el suelo con un gruñido. Se levantó con un gemido y dibujó un Círculo de Custodia en torno a sí mismo, tras lo cual trazó una Línea de Prohibición ante él.

«¿Cuándo se convirtió Harding en un rithmatista? —pensó Joel, cayendo en la cuenta por primera vez de lo extraño que era todo aquello—. Esa Línea de Custodia es casi inhumanamente perfecta. ¡Y la ha dibujado a bastante distancia, con la tiza sujeta a la punta del cañón de su rifle!»

Fitch no se amilanó. Hizo rebotar expertamente dos Líneas de Vigor alrededor del frontal del muro defensivo de Harding, con lo que este se vio obligado a dibujar Líneas de Prohibición también en los flancos.

Entonces Fitch hizo rebotar una Línea de Vigor en la pared que había dibujado Melody, y el ataque impactó de lleno en la parte posterior de la defensa de Harding.

—Caray —exclamó Joel.

Harding gritó y acto seguido dibujó también una línea detrás de él.

—¡Ja! —chilló Fitch en el preciso instante en que los tizoides irrumpían dentro de su círculo.

—¡Profesor! —gritó Joel.

Fitch, sin embargo, se levantó del suelo y saltó fuera del círculo mientras los tizoides se amontonaban en el interior. Las criaturas titubearon, y Fitch dibujó rápidamente una Línea de Prohibición para que el círculo quedara bloqueado, dejándolas atrapadas dentro de su propia defensa. Después cruzó la habitación a la carrera y dibujó una Línea de Prohibición cruzando el pasillo para dejar atrapados contra la línea de Melody a los tizoides que había allí.

Finalmente, se volvió hacia Harding, pero el inspector, o

lo que fuese aquel ser, permaneció inmóvil, los ojos sumidos en sombras. Sin sonreír, ahora se limitaba a esperar. La criatura sabía que los tizoides no tardarían en liberarse y volverían a la carga.

—Profesor —llamó Joel, a quien se le había ocurrido una idea. Era una posibilidad muy remota, pero...

Fitch se volvió hacia él.

—Un reloj —indicó Joel—. Encuentre algún reloj.

Fitch frunció el ceño, pero hizo lo que se le pedía. Entró corriendo en una de las habitaciones estudiantiles, salió de ella con un reloj y lo sostuvo ante Joel.

—¿Qué hago con esto?

—Rompa la carcasa del reloj —dijo Joel—. ¡Muestre a las criaturas los engranajes de dentro!

Fitch así lo hizo, haciendo palanca desesperadamente hasta que consiguió desprender la parte externa. Después alzó el mecanismo, enseñando los engranajes. Harding-Garabatos retrocedió, dejando caer el rifle al tiempo que levantaba las manos.

Fitch fue hacia él, sin dejar de mostrar los engranajes que se movían, los resortes que daban cuerda, los rotores que giraban sin cesar. Harding gritó y, a la luz de la única linterna, Joel vio que la sombra de la criatura empezaba a estremecerse convulsivamente. Después la sombra se difuminó poco a poco, hasta acabar pareciendo como si la hubieran dibujado al carboncillo.

—¡Por todos los abismos! —exclamó Fitch—. ¡Un Olvidado!

—¿Qué tizas es un Olvidado? —preguntó Joel.

—Una criatura de Nebrask —contestó Fitch—. Van al frente de los tizoides salvajes. Pero... ¿cómo se las ha arreglado para llegar hasta aquí? ¡Y unida a Harding! No sabía que tal cosa fuera posible. Esto es terrible, Joel.

—Eso último ya me lo había figurado —dijo Joel—. ¿Cómo la matamos?

—Ácido —respondió Fitch, pasándole el reloj—. ¡Necesitamos ácido!

—Melody, haz desaparecer la parte de atrás para que pueda salir por ahí.

—Pero...

—¡Hazlo! —ordenó Joel.

Ella movió la mano hacia atrás, disipando la línea. El muchacho corrió por el pasillo y bajó a toda prisa los escalones hasta donde esperaba el segundo cubo de ácido. Lo cogió y corrió escaleras arriba. Dobló la esquina en la otra dirección, pasó junto a Nalizar, que seguía tendido en el suelo, y apareció detrás del profesor.

Esperó junto a él, indeciso. Cerca, los tizoides que Fitch había dejado atrapados dentro de su defensa salieron en tropel para fluir por el suelo hacia ellos.

Joel respiró hondo y arrojó el ácido en dirección a Harding. La sustancia borró la Línea de Prohibición y el Círculo de Custodia, derramándose sobre la sombra de Harding.

Esta se disolvió, como si hubiera sido dibujada con un carboncillo. O con una tiza. La negrura se fundió con el ácido.

El inspector gritó y después cayó al suelo.

Los tizoides dejaron de moverse.

Todo quedó en silencio.

Joel esperó, con los músculos en tensión mientras observaba a aquellos tizoides. Las criaturas permanecieron inmóviles.

«¡Le hemos vencido! ¡Lo conseguimos!»

—Vaya, vaya —murmuró Fitch mientras se secaba la frente con la mano—. Acabo de ganar un duelo. ¡Es la primera vez que salgo vencedor! Apenas me temblaron las manos.

—Ha estado usted fantástico, profesor —le felicitó Joel.

—Bueno, en cuanto a eso no sabría qué decirte. Pero en fin, después de que os marcharais no había manera de que pudiese conciliar el sueño. Después de como os había tratado y todo lo demás... Y, bueno, tú habías tenido razón en muchas ocasiones, y yo te había dicho que te fueras sin escucharte siquiera. Así que salí a buscarte. Vi a los soldados delante del edificio, y...

Titubeó.

—Un momento —dijo, señalando con el dedo—. ¿Qué les está sucediendo?

Joel volvió la cabeza hacia los tizoides atrapados. Aquellas criaturas habían empezado a estremecerse todavía más furiosamente de lo normal. De pronto empezaron a expandirse.

«Oh, no», pensó Joel.

—¡Disipad las líneas que las mantienen encerradas! ¡Deprisa!

Fitch y Melody lo miraron con incredulidad.

—¡Confiad en mí! —dijo Joel mientras los tizoides empezaban a cobrar forma. Fitch fue corriendo hasta su defensa y empezó a liberar a los tizoides que había capturado en pequeñas cajas. Melody miró a Joel con cara de «más vale que sepas lo que estás haciendo», y después se inclinó sobre sus líneas para disiparlas.

El primero de los tizoides adquirió tres dimensiones, formando los contornos de la joven a la que Joel había visto desaparecer hacía un rato. Fitch dejó escapar una exclamación de sorpresa y después, extendiendo la mano con una tiza entre los dedos, empezó a liberar a los tizoides lo más deprisa posible antes de que las personas que había dentro de ellos se vieran aplastadas por su confinamiento.

En cuestión de minutos, Joel, Melody y Fitch quedaron rodeados por un grupo de personas aturdidas. Algunas eran estudiantes —entre los que Joel reconoció a Herman Libel—, pero muchos eran rithmatistas de veintitantos años con el tabardo de los graduados. Rithmatistas que habían combatido en Nebrask.

—¿William? —preguntó Melody, mirando a uno de los rithmatistas más jóvenes, que era pelirrojo.

—¿Dónde tizas estoy? —preguntó el joven algo confuso—. ¿Mel? ¿Qué...?

El hermano de Melody se calló cuando esta lo estrechó en un fuerte abrazo.

En ese momento, Joel oyó pasos. Por la esquina apareció

Nalizar que, sin aliento, empuñaba un trozo de tiza del que aún caían gotitas de ácido.

—Salvaré... —comenzó a decir, y se calló—. Oh.

—Sí —dijo Joel—. Justo en el momento adecuado, profesor. —Se dejó caer al suelo, exhausto, y apoyó la espalda en la pared.

Melody se dirigió a él con los brazos en jarras.

—¿Qué, ya nos hemos quedado sin resuello? —preguntó con una sonrisa, seguida por su muy confuso hermano.

—Trágico, ¿eh? —preguntó Joel.

—Ya te digo.

DEFENSA EASTON AVANZADA

Este lado de la figura es más defensivo, con un mayor número de círculos. Un rithmatista sensato empezará concentrándose en los oponentes del sureste, donde la defensa es más débil, pero también más abierta.

El rithmatista ha añadido al exterior de la figura un mayor número de tizoides defensivos. Esto es una excelente manera de sacar partido de la enorme cantidad de puntos de sujeción de que dispone la Easton.

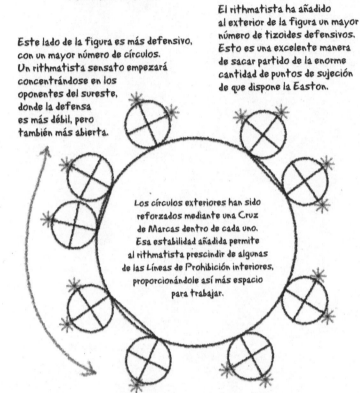

Los círculos exteriores han sido reforzados mediante una Cruz de Marcas dentro de cada uno. Esa estabilidad añadida permite al rithmatista prescindir de algunas de las Líneas de Prohibición interiores, proporcionándole así más espacio para trabajar.

Comparar una Easton básica con una dibujada por un rithmatista más avanzado resulta muy didáctico. Nótese que la Easton es, en sí misma, una defensa difícil de dibujar, por lo que completar aunque solo sea la versión básica en situaciones de presión se considera todo un logro.

CAPÍTULO

Supongo que le debemos una disculpa al profesor Nalizar, ¿no? —preguntó el rector York.

—Primero yo me disculparía ante Exton, señor —respondió Joel con un encogimiento de hombros.

York soltó una risita que le estremeció el bigote.

—Ya está hecho, chico. Ya está hecho.

Estaban frente al Colegio de la Custodia, observando a los grupos de espectadores que se disponían a asistir a la melé. York había declarado que el campus volvía a quedar abierto después de unos pocos días de caos tras la derrota del Garabatos. El rector quería dejar muy claro que Armedius seguiría adelante; se había asegurado de que se diera a conocer no solo el regreso de los estudiantes desaparecidos, sino también el de las docenas de rithmatistas que se creía habían muerto en Nebrask. Los medios de comunicación estaban frenéticos.

—Y no una, sino dos nuevas Líneas Rithmáticas descubiertas —manifestó York, con las manos a la espalda y todo el aspecto de estar muy satisfecho.

—Sí —dijo Joel, un poco evasivo.

York se lo quedó mirando.

—He enviado cartas a algunos amigos míos que dirigen otras academias, Joel.

El muchacho se volvió hacia él.

—Teniendo en cuenta los últimos acontecimientos, creo

que será posible persuadir a algunos de ellos de que deberían hacer honor a los contratos que firmaron con tu padre —explicó el rector—. Armedius, ciertamente, así lo hará. Quizá no vayan a ser las riquezas con las que soñaba tu padre, pero me aseguraré de que las deudas de tu madre sean pagadas y todavía le quede algún sobrante. Os lo debemos a ti y al profesor Fitch.

Joel sonrió.

—Su gratitud incluirá un par de buenos asientos para la melé, ¿verdad?

—Ya los tienes reservados, hijo. En primera fila.

—¡Gracias!

—Me parece que somos nosotros los que debemos darte las gracias —dijo York.

Mirando a un lado, Joel vio aproximarse a algunos hombres cuyos trajes tenían todo el aspecto de haber costado una pequeña fortuna. Uno de ellos era el caballero-senador Calloway.

—Ah —dijo el rector—. Si me disculpas, hay políticos a los que es necesario entretener.

—Claro, señor —contestó Joel, y York se retiró.

Joel se quedó allí un buen rato, viendo el gentío que entraba por las imponentes puertas del edificio para ir llenando las localidades. Exton llegó con Florence. Últimamente los dos parecían discutir mucho menos que antes.

Harding había sido relevado del servicio activo, pero aseguraba no recordar nada de cuanto había sucedido. Joel se sentía inclinado a creerle. Había presenciado el cambio que tuvo lugar en el inspector. Las autoridades, en cambio, no estaban tan dispuestas a entenderlo. Aparentemente, los Olvidados nunca habían actuado así antes.

Joel empezaba a sospechar que lo que creaba rithmatistas en la Cámara de Acogida, fuera lo que fuese, podía estar sucediendo también en Nebrask. Tenía que ver con algo llamado Llamarada de Sombra.

Había visto ese algo en el interior de la Cámara de Acogida. Después preguntó a unas cuantas personas que no habían llegado a ser rithmatistas, y supo que ninguna de ellas había visto una cosa así. Por su parte los rithmatistas, Melody incluida, no hablarían de la experiencia.

Joel no estaba seguro de por qué había visto a la Llamarada de Sombra, o de por qué no se había convertido en rithmatista debido a ello, pero su experiencia daba a entender que el proceso de la Acogida era mucho más complejo de lo que imaginaba el gran público.

Harding no tenía absolutamente ningún historial de haber poseído capacidades rithmáticas, y ya no era capaz de producir líneas. Lo que le había hecho el Olvidado, fuera lo que fuese, le había otorgado esa capacidad. ¿Era eso lo que una Llamarada de Sombra hacía durante la Acogida?

Saberlo había llenado de inquietud a Joel. Existía más de una forma de convertirse en rithmatista. Una de ellas guardaba relación con algo tenebroso y mortífero. ¿Podía haber otras?

Las puertas de la esperanza se habían abierto de nuevo. Joel no estaba seguro de si eso era bueno o malo.

—¡Joel! —dijo Exton. El rollizo secretario corrió hacia él y le estrechó la mano—. Muchísimas gracias, muchacho. Fitch me contó que seguiste creyendo en mí, incluso cuando me pusieron bajo custodia.

—Harding casi logró convencerme —se disculpó Joel—. Pero había cosas que no encajaban. El inspector tuvo que poner ahí las pruebas en tu contra cuando estuvo investigando en la oficina.

Exton asintió. Tanto Lilly Whiting como Charles Calloway habían identificado a Harding como el Garabatos.

—Bueno, hijo, tú sí que eres un amigo —dijo Exton—. Hablo en serio.

Florence sonrió.

—¿Eso significa que dejarás de meterte con él?

—Bueno, ya veremos —dijo Exton—. ¡Eso dependerá de si interrumpe mi trabajo o no! Y, hablando de trabajo, he de adjudicar la melé. No quiero ni pensar en la que se habría organizado si no me hubieran soltado: ¡nadie más conoce las reglas de este dichoso acto lo suficiente como para hacer de árbitro!

Con eso, él y Florence siguieron andando hacia el auditorio.

Joel se quedó fuera, esperando. Tradicionalmente, los rithmatistas no hacían acto de presencia hasta que la mayor parte de los asientos habían sido ocupados, y esta melé no iba a ser ninguna excepción. Los estudiantes empezaron a llegar y fueron entrando por las puertas, donde Exton hacía que echaran a suertes en qué punto del campo ellos —o, si querían competir en un equipo, su grupo— empezarían a dibujar.

—Eh —dijo una voz detrás de él.

Joel dirigió una sonrisa a Melody. La joven llevaba su falda y su blusa habituales, aunque aquella falda en particular estaba dividida y le llegaba hasta los tobillos para que le resultara más fácil arrodillarse y dibujar. Debajo probablemente llevaba rodilleras.

—¿Qué, vienes a ver cómo me dejan hecha picadillo en el campo? —preguntó ella.

—La otra noche supiste hacerlo bastante bien contra los tizoides.

—Esas líneas que dibujé solo consiguieron frenarlos unos momentos, y tú lo sabes.

—Bueno, pase lo que pase hoy —dijo Joel—, ayudaste a rescatar a unos treinta rithmatistas del Garabatos. Los ganadores de la competición tendrán que asumir el hecho de que mientras tú estabas salvando a todas y cada una de las sesenta islas, ellos roncaban a unas cuantas puertas de distancia.

—Sí, en eso llevas razón —admitió Melody. Entonces torció el gesto.

—¿Qué pasa? —preguntó Joel.

Ella señaló un grupito de personas que lucían tabardos rithmáticos. Entre ellas Joel reconoció al hermano de Melody, William.

—¿Tus padres? —preguntó.

La muchacha asintió.

No parecían tan terribles. Cierto, la madre lucía un peinado de peluquería y un maquillaje impecable, y el padre tenía una mandíbula que rayaba en la perfección y un porte de lo más majestuoso, pero...

—Creo que ya entiendo a qué te refieres —dijo—. Tiene que ser difícil estar a la altura de sus expectativas, ¿eh?

—Desde luego —dijo Melody—. Es mejor ser el hijo de un fabricante de tizas, créeme.

—Lo tendré presente.

Ella suspiró, un sonido decididamente teatral, mientras sus padres y su hermano entraban por las puertas.

—Bueno, supongo que ya he de irme a que me humillen.

—Estoy seguro de que pase lo que pase —dijo Joel—, lo harás espectacularmente.

Melody echó a andar. Él se disponía a seguirla cuando vio llegar a un grupo de rithmatistas. Eran doce, vestidos con camisas rojas y pantalones o faldas blancas. El equipo de Nalizar había llegado.

El profesor iba al frente de ellos. ¿Cómo era posible que, simplemente por asociación, ese hombre lograra que un grupo de estudiantes pareciera más arrogante, más exclusivo? Nalizar se quedó junto a las puertas con los brazos cruzados mientras sus estudiantes iban entrando uno por uno.

Joel apretó los dientes y se obligó a entrar en el edificio después de Nalizar. Una vez dentro, divisó al profesor yendo por un corto pasillo a la derecha, en dirección a las escaleras que conducían a la sala de observación.

Se apresuró a seguirlo. Por el momento aquella estancia se hallaba prácticamente vacía, aunque Joel podía oír el rumor de conversaciones en las puertas del auditorio no muy lejos de allí.

—Profesor —lo llamó.

Nalizar se volvió hacia él, pero no hizo más que dedicarle una rápida ojeada antes de seguir su camino.

—Profesor —insistió Joel—, querría disculparme.

Nalizar se dio la vuelta de nuevo, y esta vez centró la mirada en Joel, como si lo viera por primera vez.

—Quieres disculparte por haber ido por ahí diciendo que yo era el secuestrador.

Joel palideció.

—Sí —prosiguió Nalizar—, tus acusaciones llegaron a mis oídos.

—Bueno, estaba equivocado —reconoció Joel—. Lo siento mucho.

Nalizar levantó una ceja, pero esa fue su única respuesta. Viniendo de él, parecía algo próximo a la aceptación.

—Usted vino aquí, a Armedius, siguiendo a Harding —dijo Joel.

—Sí —confirmó Nalizar—. Sabía que algo había quedado libre, pero nadie en Nebrask me creyó. Harding parecía el candidato más probable. Hice que las autoridades me apartaran del servicio basándome en un tecnicismo, y vine aquí. Cuando empezó a desaparecer gente, comprendí que estaba en lo cierto. Los Olvidados pueden ser astutos, sin embargo, y necesitaba pruebas en las que basar una acusación. Después de todo, como quizá ya hayas descubierto, lanzar acusaciones contra personas inocentes es algo que resulta sumamente desagradable.

Joel apretó los dientes.

—¿Fue él, entonces?

—Un Olvidado —dijo Nalizar—. Lee los periódicos. Ahí encontrarás toda la información.

—Los periódicos no están al corriente de los detalles y no hablarán de ellos. Esperaba que...

—No tengo por costumbre tratar estos asuntos con no rithmatistas —saltó Nalizar.

Joel respiró hondo.

—Muy bien.

Nalizar volvió a levantar la ceja.

—No busco ningún enfrentamiento, profesor. A fin de cuentas, usted y yo tenemos el mismo objetivo. Si nos hubiéramos ayudado mutuamente, quizá podríamos haber conseguido algo más.

—Lo que realmente permitiría conseguir el mejor resultado sería que no volvieras a cruzarte en mi camino —replicó Nalizar—. Sin el torpe lanzamiento de ácido que hiciste, yo hubiese tenido fuerzas suficientes para vencer a ese estúpido de Harding. Ahora, si me disculpas, tengo que irme.

Nalizar empezó a alejarse.

«¿Hubiese tenido fuerzas suficientes...?»

—¿Profesor?

Nalizar se detuvo.

—¿Qué quieres ahora? —preguntó, sin darse la vuelta.

—Solo quería desearle suerte... como la que tuvo anoche.

—¿Qué suerte tuve anoche?

—Me refiero al hecho de que el inspector Harding no le disparase a usted, sino a Fitch —dijo Joel—. Nunca llegó a disparar su arma contra usted, a pesar de que en un primer momento usted no disponía de ninguna Línea de Prohibición para detener el proyectil.

Nalizar no abrió la boca.

—Y también fue una suerte que no le atacara con sus tizoides mientras usted estaba inconsciente —añadió Joel—. Lo que hizo fue ignorarle e ir a por los estudiantes. Si yo hubiera sido el inspector, primero habría convertido en un tizoide a la mayor amenaza, el adulto que había sido adiestrado como rithmatista.

Joel ladeó la cabeza mientras iba desgranando las conclusiones antes de darse cuenta de lo que estaba haciendo. «¡Tizas! —pensó—. ¡Hace un momento me disculpaba, y ahora lo estoy acusando de nuevo! Estoy obsesionado con este hombre.»

Abrió la boca para retirar lo que había dicho, pero se quedó helado cuando Nalizar dio media vuelta hacia él, con el rostro envuelto en sombras.

—Unas conclusiones muy interesantes —sentenció el profesor suavemente, sin asomo de burla en su voz.

Joel retrocedió vacilando.

—¿Alguna teoría más? —preguntó Nalizar.

—Yo... —El muchacho tragó saliva—. Harding. El ser que lo controlaba no parecía demasiado... inteligente. Se encerró él mismo con sus propias Líneas de Prohibición, y no coordinó a sus tizoides, lo que nos permitió escapar a Melody y a mí. Nunca habló salvo para gruñir o tratar de gritar.

»Sin embargo —continuó—, el plan era realmente complejo. Suponía culpar a Exton, secuestrar a los estudiantes perfectos para causar un pánico que terminaría con la mayoría de los rithmatistas del campus alojados en el mismo sitio, donde podrían ser atacados y tomados en una sola noche. El ser con el que luchamos parecía manifestarse solo de noche. De día era el propio Harding quien ejercía el control. El inspector no hacía los planes, y el Olvidado tampoco parecía ser lo bastante inteligente para hacerlos en su lugar. No he podido evitar preguntarme... ¿contaría con la ayuda de alguien más? ¿Quizá de alguien más inteligente?

Nalizar acabó de darse la vuelta. Era alto, y ahora algo en él parecía distinto. Como lo había parecido aquella noche en que Joel levantó la vista hacia la ventana del profesor y este lo había mirado desde arriba.

La arrogancia de Nalizar se había esfumado, sustituida por un frío cálculo. Era como si el joven advenedizo solo fuera una persona a la que se había moldeado con mucho cuidado queriendo que la gente la odiara pero, al mismo tiempo, la ignorara como una amenaza.

Nalizar dio un paso adelante. Joel empezó a sudar y retrocedió.

—Joel —dijo el joven profesor—, te comportas como si te sintieses en peligro. —Detrás de sus ojos destelló algo oscuro; una negrura absoluta, abrasadora.

—¿Qué eres? —susurró Joel.

Nalizar sonrió, deteniéndose a un metro escaso de Joel.

—Un héroe —susurró—, desagraviado por tus propias palabras. El hombre que no le cae bien a nadie, pero en cuyas honradas intenciones todos creen. El profesor que acudió en auxilio de los estudiantes, pese a que llegara demasiado tarde y fuera demasiado débil para poder derrotar al enemigo.

—Fue una treta —concluyó Joel. Rememoró la sorpresa de Nalizar al encontrarlo en el dormitorio y la forma en que había reaccionado ante Harding. Entonces no pareció sorprendido, sino más bien... disgustado. Como si cayera en la cuenta de que acababa de ser implicado.

¿Había modificado Nalizar sus planes en ese momento, enfrentándose a Harding para aparecer como un héroe con el único objetivo de engañar a Joel?

—Tú me habrías dejado vivir —dijo Joel—. Te habrías quedado tendido en el suelo, presumiblemente inconsciente, mientras tu esbirro convertía a los alumnos en tizoides. Entonces podrías haberte lanzado a la carga y salvado a unos cuantos estudiantes. Habrías sido un héroe, pero aun así Armedius hubiera quedado diezmado.

La voz de Joel resonaba en el pasillo vacío.

—¿Qué pensarían los demás, Joel, si te oyeran decir semejantes barbaridades? —preguntó Nalizar—. Y eso, solo un día después de haber admitido públicamente que soy un héroe. Me atrevo a decir que eso te haría parecer bastante incoherente.

«Tiene razón —pensó Joel como aturdido—. Ahora no me creerán, después de que yo mismo haya hablado a favor de Nalizar.» Además, Melody y Fitch habían corroborado que al final el profesor había acudido en su ayuda.

Joel miró a Nalizar a los ojos y vio que la oscuridad volvía a agitarse detrás de ellos; una cosa real, tangible, ocupando la superficie ocular con un manchón de negrura que cambiaba constantemente.

Nalizar le dirigió una inclinación de cabeza, como en señal de respeto. Parecía un gesto extraño viniendo del arrogante profesor.

—Lamento haberte menospreciado —dijo después—. Siempre me cuesta percibir las diferencias entre los que no sois rithmatistas. ¡Os parecéis tanto todos! Pero tú... tú eres especial. Me pregunto por qué no te quisieron.

—Yo tenía razón —susurró Joel—. Desde el principio, yo tenía razón acerca de ti.

—Oh, pero en realidad te equivocabas. No sabes ni una pequeña fracción de lo que crees saber.

—¿Qué eres? —repitió Joel.

—Un maestro —dijo él—. Y también un estudiante.

—Los libros de la biblioteca —dijo Joel—. No buscabas nada determinado, porque solo intentabas descubrir qué sabemos acerca de la rithmática. Y así poder juzgar cuáles son exactamente las habilidades de la humanidad.

Nalizar no dijo nada.

«Vino a por los estudiantes —comprendió Joel—. La guerra en Nebrask... los tizoides llevan siglos sin ser capaces de romper el cerco. Nuestros rithmatistas son demasiado fuertes. Pero si una criatura como Nalizar conseguía llegar hasta los estudiantes antes de que fueran adiestrados...»

Solo se puede formar un nuevo rithmatista cuando muere uno. ¿Qué sucedería si todos ellos fueran convertidos en tizoides-monstruo?

No más rithmatistas. No más línea de contención en Nebrask.

El peso de lo que acababa de descubrir abrumó a Joel.

—Nalizar el hombre está muerto, ¿verdad? —preguntó—. Lo tomaste en Nebrask cuando entró en la brecha para encontrar al hermano de Melody... y Harding estaba con él, ¿no? Melody dijo que Nalizar condujo una expedición, y eso incluiría soldados. Los tomaste a ambos a la vez y después viniste aquí.

—Veo que necesito dejarte solo para que pienses —dijo Nalizar.

Joel metió la mano en el bolsillo y sacó la moneda de oro, sosteniéndola ante Nalizar como si quisiera mantenerlo a raya.

La criatura la contempló unos instantes y después se la

arrebató de los dedos, sosteniéndola a la luz mientras miraba el mecanismo de relojería que contenía.

—¿Sabes por qué el tiempo crea tal confusión en algunos de nosotros, Joel? —preguntó finalmente.

El muchacho no dijo nada.

—Porque fue el hombre quien lo creó. Lo seccionó. No hay nada inherentemente importante en un segundo o un minuto. Son meras divisiones ficticias, puestas en vigor por la humanidad, entidades artificiales. —Miró a Joel—. Pero en manos del hombre, esas cosas tienen vida. Minutos, segundos, horas. Lo arbitrario se convierte en una ley. Para alguien que viene de fuera, esas leyes pueden resultar perturbadoras. Confunden. Aterran.

Le lanzó la moneda.

—Entre nosotros también hay quienes se preocupan más por entender, pues una persona rara vez teme aquello que entiende —dijo después—. Ahora, si me disculpas, tengo una competición que ganar.

Joel contempló, impotente, como la criatura que era Nalizar desaparecía escalones arriba para reunirse con los otros profesores. No se había salido con la suya, pero parecía de los que tienen varios planes en marcha al mismo tiempo.

¿Qué estaba planeando Nalizar para su equipo personal de estudiantes? ¿Por qué crear un grupo de jóvenes rithmatistas que le eran resueltamente leales? A quienes ganaran la melé se les asignarían puestos de primera categoría en Nebrask. Pasarían a ser líderes...

«Tizas», pensó Joel mientras se apresuraba a volver al auditorio. Tenía que hacer algo, pero ¿qué? Después de lo ocurrido, nadie le creería acerca de Nalizar.

Los estudiantes ya habían sido situados en el campo, algunos de ellos en solitario, otros agrupados en equipos. Joel vio a Melody, que, desgraciadamente, había sacado una ubicación muy pobre cerca del centro del campo. Rodeada de enemigos, tendría que defenderse por todos los lados a la vez.

Estaba arrodillada en el suelo, con la cabeza baja y los hombros encorvados. Al verla así Joel sintió que se le formaba un nudo en el estómago.

Si los estudiantes de Nalizar salían vencedores de aquella melé, los que fueran a Nebrask para el último año de adiestramiento pasarían a ocupar posiciones de autoridad sobre otros estudiantes. Nalizar quería que ganaran; quería que su gente tuviera el control, que estuviera al mando. Joel no podía permitir eso.

Los estudiantes de Nalizar no podían resultar ganadores en aquella melé.

El muchacho miró a un lado. Exton estaba hablando con algunos secretarios de la ciudad que actuarían en calidad de ayudantes suyos para el arbitraje. Permanecerían atentos al desarrollo de los duelos para asegurarse de que tan pronto como se abriera una brecha en un Círculo de Custodia, el rithmatista que hubiera dentro quedara descalificado.

Joel respiró hondo y fue hacia Exton.

—¿Existe alguna regla que impida a un no rithmatista entrar en la melé?

Exton dio un respingo.

—¿Joel? ¿A qué viene eso?

—¿Hay alguna regla contra ello?

—Bueno, la verdad es que no —contestó Exton—. Solo se pide que quien participe sea alumno de alguno de los profesores de rithmática, lo que no es el caso para cualquier no rithmatista.

—Excepto yo —dijo Joel.

Exton parpadeó.

—Bueno, sí, supongo que, técnicamente, ser su asistente de investigación durante el optativo de verano bastaría. ¡Pero, Joel, para un no rithmatista sería una locura salir allí!

Joel volvió la mirada hacia el campo. Este año había unos cuarenta estudiantes en la cancha.

—Voy a entrar en el equipo del profesor Fitch —dijo—. Ocuparé un lugar en el campo con Melody.

—Pero... Quiero decir...

—Tú ponme ahí abajo, Exton —dijo Joel, entrando en la cancha a la carrera.

Su entrada causó un gran revuelo. Los estudiantes levantaron la vista y la multitud empezó a murmurar. Melody no lo vio. Seguía arrodillada, con la cabeza baja, sin enterarse de los murmullos y esporádicos estallidos de carcajadas ocasionados por la entrada de Joel.

El gran reloj de la pared dio la hora, una campanada tras otra. La melé se celebraba a mediodía, y en cuanto hubiera acabado de sonar la duodécima campanada, los estudiantes ya podrían empezar a dibujar. Cuarenta chasquidos resonaron en la cancha cuando otros tantos estudiantes apoyaron su tiza contra el suelo de piedra negra. Melody extendió la mano con aire dubitativo. Joel se arrodilló y puso su tiza contra el suelo junto a la de ella.

—¿Joel? —exclamó Melody, mirándolo con sorpresa—. ¿Qué tizas estás haciendo?

—Estoy muy enfadado contigo —dijo él.

—¿Qué?

—¡Sales aquí para que se te humille, y ni siquiera me invitas a acompañarte!

Ella titubeó y al final acabó sonriendo.

—Tonto —dijo—. Cayendo más deprisa que yo no vas a demostrarme nada.

—No tengo intención de caer —replicó Joel, levantando su tiza azul. Sonó la sexta campanada—. Tú solo dibuja lo que yo vaya haciendo.

—¿Qué quieres decir?

—Sigue mi dibujo. ¡Tizas, Melody, llevas todo el verano practicando lo mismo! Apuesto a que puedes hacerlo mejor que ninguno de los presentes. Allí donde veas azul, dibuja encima con blanco.

Sonó la duodécima campanada y Joel empezó a dibujar. Trazó un gran círculo alrededor de él y de Melody, y ella lo imitó, resiguiendo su línea con absoluta exactitud. Joel se detuvo.

—¿Qué? —dijo Melody.

—¿Sencillo y seguro?

—¡Tizas, no! —exclamó ella—. ¡Si nos han de eliminar, que sea a lo grande! ¡Un nueve puntas!

Joel sonrió y se mantuvo inmóvil mientras escuchaba dibujar en torno a él. Casi se imaginaba siendo un rithmatista.

Volvió a apoyar la punta de la tiza en el suelo, dividió el círculo mentalmente, y empezó a dibujar.

El profesor Fitch permanecía inmóvil sobre el suelo de cristal sosteniendo una taza, aunque no bebía de ella. Estaba demasiado nervioso. Temía que le temblara la mano y acabara derramándose encima todo el té.

El salón mirador sobre el campo de competición era un sitio de lo más agradable. Imperaban los tonos marrones y había una tenue iluminación cenital para no distraer de lo que ocurría abajo, mientras que los marcos metálicos que sujetaban los cuadrados de cristal impedían que uno tuviera sensación de vértigo por estar directamente encima del campo de la melé.

Habitualmente Fitch disfrutaba de la vista y de los privilegios que conllevaba el cargo de profesor. Había presenciado numerosos duelos desde aquella sala. Eso, sin embargo, no había conseguido que la experiencia fuera menos calamitosa para sus nervios.

—Está usted un poco pálido, profesor —dijo una voz.

Fitch volvió la cabeza y vio que el rector York se reunía con él. Intentó quitar importancia a su comentario con una risita, pero apenas pudo oírla.

—¿Nervioso? —preguntó York.

—Ah, bueno, sí. Por desgracia. Prefiero el duelo de mediados de invierno, Thomas. Normalmente en ese no tengo estudiantes.

—Ah, profesor —dijo York, dándole una palmadita en el hombro—. Hace tan solo dos días se enfrentó usted a un Olvidado, por todas las tizas. Seguramente podrá aguantar un poco de estrés de duelo, ¿no?

—Hum, sí, por supuesto. —Fitch intentó sonreír—. Es solo que... Bueno, ya sabe cómo me tomo la confrontación.

—Y, por supuesto, hoy la competición brilla por su ausencia —dijo otra voz.

Dándose la vuelta, Fitch miró a través del grupo de profesores y dignatarios hacia donde estaba Nalizar con su tabardo rojo. Llevaba la misma prenda que antaño había pertenecido a Fitch; el otro tabardo se había echado a perder debido al ácido.

—Mis estudiantes son los mejor adiestrados —continuó Nalizar—. Llevamos todo el verano practicando duelos. No tardarán en ver la importancia que tiene organizar una ofensiva potente y rápida.

«Una ofensiva potente y rápida es garantía de un duelo excelente —convino Fitch para sus adentros—. Pero es una pésima táctica defensiva en el campo de batalla, donde probablemente estarás rodeado.»

Nalizar no tenía en cuenta eso, claro está. Él solo tenía en cuenta la victoria. Fitch no se lo reprochaba, ya que Nalizar era joven. Para quienes se hallaban en la flor de la juventud, la rapidez en los ataques solía ser una cuestión fundamental.

York frunció el ceño.

—Ese hombre es demasiado arrogante para mi gusto —dijo sin levantar la voz—. Yo... La verdad es que ahora lamento haberlo traído al campus, Fitch. Si hubiera sabido lo que le haría...

—Tonterías, Thomas —replicó Fitch—. No fue culpa de usted en absoluto; sí, en absoluto. Nalizar se irá volviendo más sensato conforme pase el tiempo. ¡Y, bueno, no cabe duda de que le ha dado una buena sacudida a nuestro campus!

—Una sacudida no siempre es beneficiosa, Fitch —observó York—. Sobre todo cuando lo tienes todo a tu cargo y ya te parece bien cómo funcionan las cosas.

Fitch bebió un sorbo de té, que aún no había probado. Abajo, reparó entonces, los estudiantes ya estaban dibujando. Se había perdido el principio. Torció el gesto, sin atreverse a buscar con la mirada a la pobre Melody. Pensando en el bien de la chica, Fitch había decidido evitar cualquier clase de prisas en su reeducación. Melody todavía no estaba preparada para algo como aquello.

Al pensar en ello sintió que el nerviosismo volvía a adueñarse de él. «¡Maldita sea! —pensó—. ¿Por qué nunca puedo sentirme seguro de mí mismo, como Nalizar?» Ese hombre tenía el don de no inmutarse por nada.

—Eh —dijo el profesor Campbell—. ¿Ese de ahí no es el hijo del fabricante de tizas?

Fitch dio un respingo y poco faltó para que se le cayera la taza cuando bajó la mirada hacia el gran campo circular de abajo. Exactamente en el centro, dos figuras dibujaban desde dentro del mismo círculo. Eso no estaba prohibido por las reglas, pero era de lo más inusual; significaría que una brecha en el círculo los dejaría a ambos fuera de la competición, y eso no era un riesgo que mereciera la pena correr.

Poco a poco, Fitch empezó a comprender quiénes eran aquellos dos estudiantes. Uno no llevaba el uniforme de rithmatista. Vestía la ropa, resistente y sin nada de particular, propia del hijo de una sirvienta de Armedius.

—Bueno, que me... —dijo York—. ¿Eso es legal?

—¡No puede serlo! —intervino un profesor.

—Creo que de hecho lo es —puntualizó otro.

Fitch miró abajo, calculando mentalmente los arcos entre los puntos en el círculo de Joel y Melody.

—Oh, muchacho —dijo con una sonrisa—. Te ha quedado perfecto. Precioso.

Nalizar apareció junto a él y miró hacia abajo. Su expresión había cambiado, ya no mostraba ni asomo de altivez. En lugar de eso, ahora solo había consternación en su rostro. Fascinación, incluso.

«Sí —pensó Fitch—, estoy seguro de que Nalizar acabará resultando ser un tipo de lo más legal, solo con que le demos tiempo suficiente...»

La tiza azul vibraba entre los dedos de Joel mientras la desplazaba sobre el suelo negro a medida que dibujaba sin levantar la vista. Estaba completamente rodeado de oponentes, y eso era todo lo que necesitaba saber. Calar al contrario no le serviría de nada. Necesitaba defensa. Una defensa muy sólida antes de que pudiera pasar a cualquier clase de ataque.

Dibujó algo así como un cruce entre persona y lagarto, y después lo ató a un punto de sujeción antes de seguir dibujando.

—Un momento, un momento —dijo Melody—. ¿A eso lo llamas tú un tizoide?

—Bueno, uh...

—¿Eso es una zanahoria que camina?

—¡Es un hombre lagarto! —exclamó Joel, dibujando en el otro lado para reparar un círculo que había sido atravesado.

—Sí, lo que tú digas. Oye, déjame los tizoides a mí, ¿de acuerdo? Limítate a poner una X donde quieras que estén, y yo los haré según convenga a la situación.

—No irás a dibujar unicornios, ¿verdad? —preguntó Joel, dándose la vuelta y sin dejar de dibujar.

—¿Qué tienen de malo los unicornios? —inquirió Melody desde detrás de él. Su tiza no paraba de hacer ruido mientras se deslizaba sobre el suelo—. Son unos animales muy nobles y...

—Son unos animales muy nobles e increíblemente propios de las chicas —la cortó Joel—. Tengo que pensar en mi reputación masculina.

—Oh, tranquilo —dijo ella—. En cuanto empieces a tratar con los unicornios y, quién sabe, puede que con algunas personas-flor y uno o dos pegasos, verás como acaban gustándote. De lo contrario, ya puedes ir a dibujar tu propio círculo, muchísimas gracias.

Joel sonrió, sintiéndose menos nervioso. Era como si dibujar líneas fuera lo más natural del mundo para él. Había practicado muchísimo, primero con su padre, después a solas en su habitación, finalmente con el profesor Fitch. Poner las líneas donde lo hacía parecía sencillamente correcto.

Las oleadas de tizoides llegaron primero, en un número sorprendentemente elevado. Joel levantó la cabeza para ver que los alumnos de Nalizar —con su adiestramiento avanzado en cómo librar duelos— ya habían eliminado a unos cuantos oponentes. Dibujar tan rápido y con un estilo tan ofensivo les había conferido ventaja en la primera parte de la melé. Pero después los perjudicaría a medida que fuera pasando el tiempo.

Joel y Melody, junto con tres o cuatro infortunados estudiantes más, se encontraban en el centro exacto del campo rodeados por el equipo de Nalizar, dispuesto en un anillo alrededor de ellos. Obviamente, su plan consistía en eliminar a quienes se hallaban en el centro, para luego enfrentarse a los que estaban en el perímetro.

«¿Qué pretendes hacer con esos estudiantes, Nalizar? —se preguntó Joel—. ¿Qué mentiras les estás enseñando?»

Apretó los dientes. La posición era excelente para los estudiantes de Nalizar, pero nefasta para él y Melody. Estaban rodeados por un círculo de enemigos.

Grandes oleadas de tizoides avanzaron hacia ellos. A esas alturas, sin embargo, Melody ya tenía lista más de una docena de unicornios. Esa era una de las ventajas de la Defensa Easton, al estar formada por un gran círculo con nueve puntos de sujeción y un círculo más pequeño unido a cada uno de ellos. Teóricamente, cada uno de esos círculos menores podía contener hasta cinco tizoides sujetos.

Con Melody en el equipo, eso representaba una clara ventaja. Sus pequeños unicornios no dejaban de hacer corvetas en lo que a Joel le parecía una exhibición completamente indigna, pero el caso era que las hacían incluso mientras iban despedazando trolls, dragones, caballeros y masas enemigas. Los tizoides de Nalizar no tuvieron ninguna posibilidad. Mientras sus cuerpos destrozados se iban amontonando en el suelo, Melody añadió un par de unicornios más a su defensa.

—¡Eh, la verdad es que esto casi resulta divertido! —exclamó.

Joel vio que Melody tenía la frente bañada en sudor, y a él le dolían las piernas de tanto estar arrodillado en el suelo. Pese a ello, no pudo evitar estar de acuerdo con ella.

Varias Líneas de Vigor no tardaron en alcanzar sus defensas, arrancando trozos de los unicornios de Melody —cosa que la alteró bastante— y abriendo agujeros en los círculos exteriores. Los estudiantes de Nalizar habían comprendido que tendrían que abrirse paso a golpes. Por suerte, Joel se había asegurado de que su defensa estuviera bien anclada  con Líneas de Prohibición. Demasiadas, quizá. Melody no paraba de tropezar con ellas y maldecía cada vez que le sucedía.

Joel tenía que hacer algo. Los estudiantes de Nalizar acabarían abriéndose paso.

—¿Lista para lucirte? —preguntó Joel.

—La pregunta está de más.

Joel dibujó la nueva línea, la que era un cruce entre una Línea de Vigor y una de Prohibición. Estaban llamándola Línea de Revocación, y él ya había dedicado horas a practicarla. Era más potente que una Línea de Vigor, aunque desde luego tenía sus límites.

No obstante, probablemente ejercería un gran impacto so-

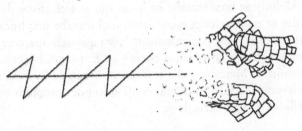

bre la moral. Melody siguió la línea trazada por Joel, y la suya salió disparada por el suelo en un movimiento que disipó convenientemente el original de Joel conforme avanzaba. Él la había apuntado hacia un estudiante que no había anclado adecuadamente su círculo, y no se vio decepcionado. Su Línea de Revocación chocó de lleno contra el círculo de aquel desdichado estudiante, arrancándolo del suelo y haciendo que quedara desalineado por un par de metros.

Eso contaba como una descalificación; el estudiante, después de todo, había pasado a estar fuera de su círculo. Uno de los árbitros fue hacia el chico y le dijo que debía salir del campo.

—Uno menos —murmuró Joel, y continuó dibujando.

Los profesores y funcionarios de las islas congregados en el mirador murmuraban entre ellos. Fitch estaba directamente encima de Joel y Melody, y se limitaba a observar. Vio que la defensa de sus alumnos repelía a docenas y docenas de tizoides. La vio absorber impacto tras impacto sin perder un ápice de su solidez. Vio que los disparos de Joel —efectuados no muy a menudo, pero aun así siempre en el momento más apropiado— se estrellaban contra los círculos enemigos.

Miró, y sintió que su nerviosismo poco a poco iba dando paso al orgullo. Debajo de él, dos de sus alumnos libraban batalla teniéndolo todo en contra y, de alguna manera, se las arreglaban para empezar a ganar. Un círculo tras otro, los estudiantes de Nalizar caían ante ellos, después de que un preciso disparo efectuado por Joel hubiera abierto brecha en las formaciones.

Melody se concentraba en hacer que sus efectivos de tizoides se mantuvieran constantes. Joel trazaba una línea, y después observaba pacientemente hasta que veía aparecer alguna brecha en las oleadas enemigas. Entonces buscaba la atención de Melody, y ella trazaba su Línea de Revocación sin levantar la vista siquiera, confiando por completo en la habilidad y la puntería de él.

En circunstancias normales, una defensa con dos personas dentro de ella solo servía para crear problemas; dos círculos, uno dentro del otro, hubieran sido más útiles. Sin embargo, con un no rithmatista en el campo, tenía sentido.

—Asombroso —murmuró York.

—Eso tiene que ser ilegal —no paraba de decir el profesor Hatch—. ¿Dentro del mismo círculo?

Casi todos los demás habían ido quedándose callados. La legalidad no les importaba. No, ellos —al igual que Fitch— miraban y entendían. Debajo de aquel suelo de cristal había dos estudiantes que no se limitaban a librar duelos. Combatían. Entendían.

—Es precioso —susurró Nalizar, sorprendiendo a Fitch. Hubiera esperado que el profesor más joven estuviera furioso—. Tendré que seguir con mucha atención a esos dos. Son asombrosos.

Fitch volvió a bajar la mirada hacia el campo, sorprendido por la emoción que lo embargaba. Resistiendo en el interior del anillo formado por el equipo de Nalizar, Joel y Melody habían hecho pedazos la estrategia del enemigo. Ahora los alumnos de Nalizar se veían obligados a luchar en dos frentes a la vez. Siguieron acabando lentamente con los estudiantes situados en el exterior de su anillo, mas para cuando hubieron acabado de hacerlo, Joel y Melody habían eliminado a la mitad de ellos.

La cosa quedó en seis contra dos. Incluso eso debería haber sido una superioridad numérica aplastante.

No lo fue.

Después de que oyera sonar la campana, Joel tardó unos instantes en comprender lo que significaba ese tañido. Siguió dibujando, concentrándose en algunos círculos exteriores para añadir un bastión secundario de defensa, dado que sus círculos principales habían estado a punto de ser atravesados una docena de veces.

—Esto... ¿Joel? —dijo Melody.

—¿Sí?

—Levanta la vista.

Joel dejó de dibujar para hacer lo que le pedía. Todo el campo de juego estaba vacío, solo una última figura vestida con el rojo de la rithmática se dirigía lentamente hacia las puertas. Era una chica y Joel la vio pasar por encima de círculos rotos y líneas inacabadas, avanzando entre Líneas de Prohibición y borrando círculos con sus pasos.

Joel parpadeó.

—¿Qué ha pasado?

—Hemos ganado, tonto —dijo Melody—. Esto... ¿tú te lo esperabas?

Joel negó con la cabeza.

—Vaya —replicó Melody—. Bueno, pues entonces supongo que ya va siendo hora de que tengamos un poco de espectáculo. —Levantándose de un salto, dejó escapar un chillido de deleite y se puso a dar botes mientras gritaba—: ¡Sí, sí, sí!

Joel sonrió. Miró hacia arriba, y aunque el cristal del techo estaba tintado, le pareció que podía ver el tabardo rojo de Nalizar, inmóvil, con los ojos fijos en él.

«Te estoy observando», parecía decir la postura del profesor.

Fue entonces cuando el atónito público prorrumpió en movimientos y ruidos, algunos vitoreando, otros apresurándose a bajar al campo.

«Y yo también te estoy observando, Nalizar —pensó Joel, sin dejar de mirar hacia arriba—. Ya te he detenido en dos ocasiones. Y volveré a hacerlo.

»Todas las veces que haga falta.»

FIN DEL LIBRO PRIMERO

«Para viajar lejos no hay mejor nave que un libro.»
EMILY DICKINSON

Gracias por tu lectura de este libro.

En **penguinlibros.club** encontrarás las mejores
recomendaciones de lectura.

Únete a nuestra comunidad y viaja con nosotros.

penguinlibros.club

Penguin
Random House
Grupo Editorial

 penguinlibros